南宋浙江遗民词人研究

A Study on the Adherent Ci-Poets of the Southern Song Dynasty in Zhejiang

李香珠　著

国家社科基金后期资助项目
出版说明

后期资助项目是国家社科基金设立的一类重要项目，旨在鼓励广大社科研究者潜心治学，支持基础研究多出优秀成果。它是经过严格评审，从接近完成的科研成果中遴选立项的。为扩大后期资助项目的影响，更好地推动学术发展，促进成果转化，全国哲学社会科学工作办公室按照“统一设计、统一标识、统一版式、形成系列”的总体要求，组织出版国家社科基金后期资助项目成果。

全国哲学社会科学工作办公室

序

浙江是中国历史上遗民活动较多的地区之一，几乎每一次的改朝换代，都会涌现出一批缅怀故国、不仕新朝的遗民，他们或走进山林，以隐居的形式不与新的统治者合作；或作诗作词，结社吟唱，用诗歌表达对前朝的留恋和对江山易主的黍离之悲。而在所有朝代中，宋末元初的遗民不仅人数众多，影响也最大，自然，留下的文学作品也最为丰富。

浙江地区的遗民活动之所以在宋末元初特别活跃，除了南宋定都临安，宋亡后南方汉人在政治地位上面临巨大反差这一特殊情况外，也与当时尖锐的民族矛盾、强烈的文化冲突以及浙江的地域文化有关。在中国历史上，形成遗民的思想基础主要有两个：一个是忠于君王、不事新朝的忠节，当然，这里往往也和个人洁身自爱的高节杂糅在一起。商周之际伯夷、叔齐不食周粟，饿死首阳山，以身殉道的行为，就是这种气节观的集中体现。两人的事迹在后代得到了大力推崇，成为遗民心中的榜样。在南宋理学十分盛行的社会环境下，伯夷、叔齐的故事，无疑成为鼓舞浙江遗民的精神力量。另一个则是严辨华夷、不屈外族的民族气节。和中国历史上大多数的改朝换代不同，南宋亡灭是外族入侵引发的政权更迭。宋末遗民除了有一般意义上江山沦陷的哀伤外，还有几千年汉文化能否延续的文化危机感。他们的坚持与抗争，既表现了国家破亡之际忠于前朝的一种气节，也表现了民族存亡之秋反抗外族的爱国之情，具有家国与民族的双重意义。因此宋末遗民的数量之多，抗争之激烈，以及所留文学作品之丰富，都是空前的。当然，遗民的形成，除了这最重要的两条外，还有一些其他因素，比如文化的认同、思维的惯性以及性格的原因，等等。这与遗民个体的差异有关，也与一个地区的地域文化有关。浙江历史悠久，文化发达，本身基础就不错，加上靖康后都城迁到临安，原有的人口结构以及经济、文化等状况都得到进一步改善，文化气息更为浓郁，读书重道的传统也得以强化。礼义廉耻，忠君报国，这些观念在民间深入人心，成为形成遗民的思想基础和良好的社会氛围。另外，浙江除了杭嘉湖区域外，大部分地区属于丘陵地带，地少人多，生存压力大，长期竞争的环境，使当地人不仅变得敏锐和聪明，也变得更加坚毅，更加有韧性。这种敏锐、倔强、坚毅和韧性的性格，与遗民的心理基础十分相近，因此在鼎革之际，尤其是外族入侵导致神州陆沉之时，产生大量忠于前主，心恋故国，至死不与新朝合作的遗民，是十分自然的事。

宋末元初浙江遗民诗词创作也十分活跃，如著名的遗民诗社月泉吟社就在浙江，《乐府补题》的遗民酬唱活动也发生在浙江，因此留下的遗民文学作品很多。就词的创作而言，比较著名的遗民词人就有周密、王沂孙、汪元量、文及翁，以及祖籍甘肃但已经在浙江生活了好几代的张炎等。他们的创作不仅数量多，在表达方式上和美学风貌上也具有自己的特点。浙江山水秀美，无论是下三府江南水乡的湖光潋滟，还是上八府丘陵山区苍翠深幽，置身其间，均有如画的美感。浙江词人长期受此濡染，其作品也渐渐形成清丽的风貌和内敛婉曲的特点。这种风格特征即使在遗民文学的创作上也没有很大的改变，如遗民词人往往将追忆前朝的黍离之悲和倔强的性格因素糅合在一起，构成其凄婉低沉而又坚韧不拔的内在情感，这种情感借助于清丽的色彩、雅致的语言和严整的格律婉曲地表达出来，形成一种深幽苍凉而不失厚重的美学风貌。与此相关，词人在题材的选择上也有一些自己的特点，喜欢伤春悲秋、美人香草的内容，因此作品中有数量不少的咏物词和节序词。宋末元初出现的《乐府补题》，就是遗民咏物词的集中呈现。《乐府补题》的背景是胡僧杨琏真伽发掘六陵，遗民闻讯后内心的悲愤可想而知，但词采用的却是托物言情的手法，分咏莲、蝉、莼、蟹、龙涎香等物，借此抒发故国之思和沦亡之悲，感情凄切，意象迷离，寄托遥深。清代浙江词人朱彝尊对其作了高度评价："诵其词可以观志意所存。虽有山林友朋之娱，而身世之感，别有凄然言外者。其骚人《橘颂》之遗音乎？"(《乐府补题跋》)。这些咏物之作当然是遗民词，但又以其精美的形式呈现出来，给人强烈的美感。应该说，这些遗民词非常符合宋词的体性特点，是文质兼善的上乘之作。

浙江宋末元初的遗民词不仅数量多，而且特色鲜明，具有较高的文学价值和十分丰富的社会内涵，但遗憾的是，这些遗民词作为一个整体并没有受到足够的重视。李香珠是浙江丽水人，早在十几年前，当她还在华东师范大学中文系攻读硕士学位时，就对宋元之际的浙江遗民词表现出很浓的兴趣，并将之作为学位论文的选题。她希望从整体上对这些遗民词作研究，弥补词史上的一个薄弱环节，同时也是为家乡的文化建设尽一份绵薄之力。此后的一年多时间，她往返于学校和图书馆，多方收集资料。不仅仔细阅读了这些遗民的词作和个人别集，还广泛涉猎了宋元时期历史、政治、哲学、宗教等背景资料，希望将这些遗民词人的政治立场和文学创作置于更为宽阔的历史场景中加以考察。由于宋元之际浙江遗民词人的数量不少，因此文献收集和梳理的工作量颇大。这一年她很努力，也很辛苦。论文答辩时，其新颖的选题和扎实的论证得到答辩老师的首肯和好评。考虑到硕士论文的规模较小，完成的时间也比较有限，老师们希望她在毕业后做进一步深入研究，不要放弃，并建议她在条件具备时申请一个浙江省的课题，获得地方政府的支持。几年后香珠打来电话，兴奋地告诉我，她的课题立项了。我由衷地为她高兴。和硕士论文相比，她所报的课题规模更大，也更为深入，其中对陈著、何梦桂等中小词人的研究具有开创性，学术价值较高，另外对宋元之际浙江遗民词人的整体性研究也非常具有自己的特色。现在书要出版了，对香珠来说，这是她多年研究工作的一次小结，也是她学术生涯的一次飞跃，值得庆贺。但我们希望香珠不要止步于此，要乘此机会对今后学术研究做进一步的规划，以取得更好的成绩。

朱惠国

2020 年 7 月于沪西之云瓶斋

目　录

引　言 …… 1

第一章　社会历史文化背景分析

第一节　历史背景分析 …… 6

第二节　理学思想分析 …… 8

第三节　地域文化分析 …… 9

第二章　浙江文学演进及其影响因素分析

第一节　浙江悠久文明与浙江文学 …… 12

第二节　三次移民大潮与浙江文学 …… 15

第三节　浙江文学至宋蔚为大观 …… 18

第三章　南宋浙江遗民词人地域分布情况

第一节　杭州地区遗民词人 …… 23

第二节　湖州地区遗民词人 …… 34

第三节　绍兴地区遗民词人 …… 38

第四节　其他地区遗民词人 …… 41

第四章　南宋浙江遗民词人交游考略

第一节　结社交游互动 …… 45

第二节　寄赠次韵唱酬 …… 57

第三节　何梦桂词中人物考 …… 87

第五章　南宋浙江遗民词的题材特点

第一节　“春水秋声新月落叶”的物情之咏…………………… 102

第二节　寿词与理学思想的深刻影响………………………… 108

第三节　春惹恨长的四时节序词……………………………… 112

第六章　南宋浙江遗民词的主题分析

第一节　“目断东南半壁，怅长淮已非吾土”的亡国悲慨与反思 ………………………………………………………… 116

第二节　“雁书不尽相思字”的故乡故人之思………………… 127

第三节　“无限沧桑身世感，新词多半说渊明”的隐逸旋律 ………………………………………………………… 133

第四节　“困眠醒起，无打门声”的宁静淡泊生活之向往 … 137

第七章　南宋浙江遗民词的艺术追求

第一节　崇尚雅正、追慕姜周形成“清雅”词风 …………… 140

第二节　艺术表现上的雅化努力……………………………… 148

第三节　“清雅”词风成因探析………………………………… 159

第八章　陈著研究

第一节　关于家世及其争议…………………………………… 166

第二节　关于为政及其争议…………………………………… 174

第三节　交游考略……………………………………………… 180

第四节　著述颇丰　评价两极………………………………… 200

附　录　南宋浙江遗民词人活动年表 ……………………… 204

参考书目……………………………………………………… 212

后　记………………………………………………………… 217

引　言

南宋灭亡之后的很长一段时间，浙江地区活跃着一批遗民词人，他们的创作活动十分频繁，词作也相当有特色，但由于种种原因，这批词人中除张炎、周密、王沂孙、汪元量等一些大家外，大部分人的生平以及创作情况少有人关注，未能引起必要的重视；至于对浙江遗民词人群体的整体性的专门研究则成果更少，近年来仅见有硕博学位论文将其作为整个宋遗民词研究的一个部分加以探讨，如北京大学丁楹的《南宋遗民词人研究》、中南大学李俊的《南宋遗民词人词体意象研究》和湖南大学牛海蓉《元初宋金遗民词人研究》等，这不能不说是词学研究中的遗憾。而在后人不多的研究中，涉及对宋末浙江遗民词人的评价，尤其对词中所抒写的亡国之恨、反抗情绪的鲜明程度，以及词人在宋亡这样一个特殊时期还孜孜求于词艺词技的雕琢等方面，却颇有一些微词。在这样一种民族情结的抒写上，后人似乎更欣赏的是以民族气节、爱国主义典范出现的以庐陵为中心的江西遗民词人群体的表现。王国维在《人间词话》即云，“文文山词，风骨甚高，亦有境界，远在圣与、叔夏、公谨诸公之上”①；江西庐陵遗民词人词富有英雄之气，“气冲牛斗，无一毫委靡之色”②。此可谓后人评说之代表。本书拟借助作者身处浙江的地域便利及地方文献优势，结合个人的治学条件，通过对南宋浙江遗民词人资料的梳理，力图从整体上把握浙江遗民词人的生存与创作情况，并在此基础上，对其作品的思想主题、审美价值、社会功能和词学史意义做出尽可能客观的评价，以还其应有的地位。

一、学术前史回顾

对宋末浙江遗民词人的研究，包括两个方面：一是个体的研究，一是群体的研究。相较于群体的研究，个体的研究来得早且成果相对更突出。个体研究主要集中在其中较为著名的几个词人如张炎、周密、王沂孙、汪元量

① 王国维：《人间词话》，唐圭璋《词话丛编》，第5册，中华书局1986年版，第4262页。

② ［清］王奕清等：《历代词话》，唐圭璋《词话丛编》，第2册，中华书局1986年版，第1258页。

等词人上。根据王兆鹏先生对20世纪历代词人的研究成果的统计显示：20世纪研究周密的有17项(部)论著(注：一篇论文或一本著作、论文集、校注、选注本等俱作一项统计)，汪元量的有12篇(部)论著，王沂孙的有35篇(部)论著，而张炎的最多，达90篇(部)论著①。这样的研究成果，与作为20世纪研究热点的苏轼、李清照、辛弃疾比远远不足，但与明清两代的词人比，则大大超过了。这说明这些在爱国思想、词学研究或在文章著述等方面有突出表现的词人还是受到了学者的相当关注，并且对他们的研究也比较深入，不仅已经做了大量的最基本的考订工作(包括生平、作品归属等的考订)，如孔凡礼的《关于汪元量的家世、生平和著述》等；而且也出现了关于他们词创作主题思想、艺术特色的研究专文及专著，如杨海明的《张炎词研究》等。群体研究，除了2007年笔者作为硕士论文的专题研究外，至今尚无专门成果，但近十余年来，学界对于宋末整个遗民群体越来越多的关注中，浙江的遗民词人作为重要的一个群体也自然受到了较多的关注。具体有两类情况：一是在词学专著中的专门论述，如陶然《金元词通论》中第八章"金元词人群体"第五节"宋元之际杭越词人群"，对浙江杭越遗民词人群的构成、成就和影响作了客观而概要的分析。一是古代文学专业的硕博学位论文，重要的如华东师大刘荣平的博士论文《宋遗民词人群体研究》，将浙江的临安词人群作为宋末的两大词人群体之一进行专门论述，探讨了临安词人群吟社的活动情况、群体的诗词唱和情况、群体的心态以及群体特征等几个方面问题，并通过与江西遗民词人群体的对比，凸显临安遗民词人群体的特殊性及价值，较为全面。但他们的"杭越词人群"和"临安词人群"等群体概念表述与本书不同，其范围自然也有一定区别。

以上研究成果，对本书所选定的"南宋浙江遗民词人研究"的进行具有一定的启示和借鉴意义，也提供了一些基本思路。本书将以此为基础，着重将南宋浙江遗民词人作为一个地域性的词人群体进行整体研究，并将视野扩展到目前学界相对涉足较少甚至尚未有人涉足的其他一些遗民词人，如陈允平、陈著、柴望、何梦桂、李彭老兄弟等人，以期反映出宋元之际浙江遗民词人思想、创作的整体风貌。

二、概念及范围的确定

书中所论及的"遗民"，除了包括传统意义上的入新朝而不仕者外，还指当时迫于种种原因出仕新朝为学官，而心仍系故宋、以传播汉家学说为

① 王兆鹏：《唐宋词史的还原与建构》，湖北人民出版社2005年版，第98页。

己任的一些词人。对于这些"隐于学官"[①]者，不管是迫于"以升斗自给"[②]的谋生需要，还是出于"不仕而为民，则其身将不免于累也"[③]的危虑，他们讲学传道，维系斯文，有功于"圣贤一脉"的传承，从大处讲可以"以夏化夷"，做的是征服"征服者"的工作。另一方面，切实的生计问题，也使自古多贫寒的士人不能像夷、齐一样做到"不食周粟"的决绝地步，但亡国的遗恨又使得他们难以臣服元政权。"达则仕行志，穷则为人师"[④]，两难之间，他们以传承儒家道统之词来减轻背负的心理压力，选择了"为人师"的书院教学。对此，现代学者也给予了充分的理解，认为其"为教也，匪但化民成俗而已，并隐然有为天地立心，为生民立极之意；盖知异族之侵扰横暴，必不可久也，故教后学，勿以当前进取为功，而以潜藏待时为用，使深蓄其力以待剥穷必复之机，则于人心亦不无小补"。[⑤]遗民文人们的忍辱负重，使得从政治和民族战争的角度看是失败者的汉民族，"从文化的角度来看，汉族文化却无一例外地将外来者基本同化"[⑥]，可以说正是文人们以书院教学传承汉文化、以文存史努力的结果。因此，本书考察的范围除了像周密、李彭老等这一大部分隐逸词人之外，还将王沂孙（入元后迫于情势和生计一度做庆元路即今浙江宁波一带的学正，他的一些词章写了出仕的不得已和想要归隐的愿望，并很快就辞官归隐了，和那班甘心趋奉新朝的人不可同日而语）、仇远（有《忆旧游》"忆寒烟古驿"词，写他出仕溧阳教授复杂矛盾的心情；又有《满庭芳》"寒食无情"词，因迫于生计而出仕，仇远心中自有许多难言的苦衷，表达了"何时向、溪流练带，一舸载鸱夷"盼望归隐的心情）、赵与仁等入仕元朝为学官者也纳入其中，正是出于上述考虑，看重他们食元禄而为宋民的宋遗民心迹。总之，入元不仕或隐于学官而仍以宋遗民自居者，皆为本书的考察对象。

"浙江"这一地名的内涵、外延在不同的历史时期有所不同。在春秋时期，浙江分属吴、越两国。以会稽（今绍兴）为都城的越国，在越王勾践时期曾经相当富强。秦朝在浙江设置了会稽郡。三国时期，浙江富阳人孙权建立了吴国。公元10世纪初，浙江临安人钱镠建立吴越国，以今杭州为都

---

① 方勇：《南宋遗民诗人群体研究》，人民出版社2000年版，第119页。

② ［清］顾嗣立：《元诗选》初集上，中华书局1987年版，第218页。

③ ［元］戴表元：《送屠存博之婺州数序》，《剡源集》卷13，中华书局1985年版，第187页。

④ ［宋］陈著：《赠弟观之王传心馆数语送行》，《本堂集》卷26，《文渊阁四库全书》第1185册，上海古籍出版社1987年版，第130页。

⑤ 周祖谟：《周祖谟学术论著自选集》，北京师范大学出版社1993年版，第627页。

⑥ 陶然：《金元词通论》，上海古籍出版社2010年版，第40页。

城。南宋王朝建都临安(今杭州)150余年。元朝时浙江属江浙行中书省。明朝时浙江承宣布政使司辖杭、嘉、湖、宁、绍、台、金、衢、严、温、处11府,1州(安吉州),75县,省界区域基本定型。清朝初期地方行政承袭明朝,康熙初年始为省,浙江省的建置至此大体确定。而在本书所要考察的宋王朝,设有两浙路,分为两浙东路和两浙西路,即通常说的浙东、浙西。浙东包括温州、处州、婺州、衢州、明州、台州、越州7地;浙西包括杭州、苏州、湖州、秀州、常州、江阴军、镇江府、严州8地。本书所论及的"浙江",指的是今日所言之浙江,即包括上述的浙东7地和浙西的杭州、湖州、秀州和严州,共11个地区。

因南宋迁都临安,北方的国土为金人所占,大量的北宋臣民随之纷纷迁往南方,因而本文所指的浙江词人包括两种类型:一为世代居住型,一为长期寓居型。前者属于浙江人这无须多论,后者如周密、张炎等虽祖籍在北方(周为山东,张为甘肃),但在其父祖辈甚至更早的时候即已入住浙江,虽他们在著述中也时有对祖籍的思念与眷恋,甚至以祖籍人自居,如周密的《齐东野语》一书题名为"齐",表明自己是齐人,但他们的生活、交游与创作皆以浙江为中心,所以称他们为浙江籍词人当是恰当的。

而在时间上,是指由宋入元经历两朝的词人。生卒年明确的自然容易断定,生卒年不详的词人主要根据其词作或诗文以及其他文献资料确定其是否经历两朝,由此确定其由宋入元的经历。

关于群体。如陶然老师所论,主要有三类:"有些纯粹是地域性的,如绵亘有元一代的大都词人群,他们的创作风貌各有特色,只是由于地域上的接近而可归为一类;有些是心理趋同型的群体,如阵容颇壮的遗民词人群,身份心境类似,但词风不妨有所差异;还有的是创作趋同型的群体,其成员身份地位各不相同,词风却较为接近。不过更多的还是上述三方面融合型的词人群体,即地域、心理、词风三者都相对近似。"①拙著所论之浙江遗民词人群体即为一个三方面融合的群体,他们共处浙江这个地域,有着共同的遗民身份和心理,其中一部分词人交游频繁且有共同的词风追求。

根据上述对"遗民""浙江""群体"等概念的界定,根据史料确定拙著所论之南宋浙江遗民词人24位,具体如表0.1。

---

① 陶然:《金元词通论》,上海古籍出版社2010年版,第41页。

表 0.1　南宋浙江遗民词人情况

序号	词　人	生卒年	占籍	入元情况	材料来源	词　集	词作
1	李彭老	？—？	德清	不仕	《浩然斋雅谈》	《龟溪二隐词》	21
2	李莱老	？—？	德清	不仕	《浩然斋雅谈》	《龟溪二隐词》	17
3	柴　望	1212—1280	江山	不仕	《秋堂集》	《凉州鼓吹》	13
4	陈　著	1214—1297	鄞县	不仕	《宋史翼》	《本堂集》	122
5	吴大有	？—？	嵊县	不仕	《宋季忠义录》	见《绝妙好词》	1
6	陈允平	1205？—1280？	四明	未仕	《西麓诗稿序》	《西麓继周集》《日湖渔唱》	208
7	薛梦桂	？—？	永嘉	不仕	《浩然斋雅谈》	见《绝妙好词》	4
8	文及翁	？—？	吴兴	不仕	《吴兴掌故集》	见《全宋词》	1
9	莫起炎	1226—1294	吴兴	不仕	《元史》	见《全宋词》	1
10	牟　巘	1227—1311	吴兴	不仕	《宋史翼》	《陵阳词》	9
11	何梦桂	1228—1303？	淳安	不仕	《潜斋文集》	《潜斋词》	47
12	周　密	1232—1298	吴兴	不仕	《弁阳老人自铭》	《草窗词》	153
13	朱嗣发	1234—1304	乌程	不仕	《陵阳集》	见《阳春白雪》	1
14	曹良史	？—？	钱塘	不仕	《宋诗纪事》	见《绝妙好词》	1
15	赵与仁	？—？	临安	教授	《全宋词》	见《绝妙好词》	5
16	汪元量	1241？—1317后	钱塘	被迫仕	《汪元量事迹系年》	《水云词》	52
17	王沂孙	？—？	会稽	学正	《延佑四明志》	《花外集》	65
18	柴元彪	？—？	江山	不仕	《柴氏四隐集》	《袜线词》	8
19	范晞文	？—？	钱塘	路学	《养蒙文集》	见《绝妙好词》	1
20	仇　远	1247—1326	钱塘	教授	《桐江续集》	《无弦琴谱》	120
21	董嗣杲	？—？	临安	不仕	《宋诗纪事》	见《全宋词》	2
22	唐　珏	1247—？	会稽	不仕	《宋史翼》	见《全宋词》	4
23	王易简	？—？	山阴	不仕	《宋元学案补遗》	见《绝妙好词》	7
24	张　炎	1248—1319后	临安	未仕	《张炎年表》	《山中白云词》	302
总　计							1165

第一章　社会历史文化背景分析

本书所要考察的这一群词人处于宋末元初这一特殊的时代和国都所在地浙江这一特别的地域中，他们的词创作自然受到这些特殊因素的影响，进而形成了自己的风格与追求。考察这一时期，其社会文化背景的特殊性主要表现在以下几个方面。

第一节　历史背景分析

当历史进入13世纪之后，素以弓马擅长的漠北蒙古民族便狂飙突起，在铁木真、忽必烈祖孙的统率下，"起朔漠，并西域，平西夏，灭女真，臣高丽，定南诏"[①]，然后下江南，于1276年攻入南宋首都临安，大宋王朝在金戈铁马中终于连半壁江山也保不住，南宋由此灭亡，蒙古贵族在中华大地上建立起了一个统一的元王朝。

虽然从历史发展的眼光来看，偏安于一隅的腐朽衰败的汉族赵宋王朝被虎虎有生气的蒙古族所覆灭是历史发展的必然，不值得为之惋惜。但古代的蒙古族毕竟是一个游牧兼狩猎的落后民族，"自春徂冬，旦旦逐猎"[②]和长期逐水草而居的流动生活，使他们养成了惯于奔驰杀掠的残暴习性。从成吉思汗以来蒙古贵族对周邻地区所进行的一系列扩张战争，到长达半个多世纪的灭金亡宋的统一战争，其间处处可见夷城掠地、劫夺财货、屠戮生灵的残酷场面，令人不寒而栗。南宋政权灭亡后，权臣们更是卖官鬻爵，"妄兴横事，罗织平民，骗其家私，夺占妻女，甚则害伤性命，其气焰之嚣张、心肠之残忍、手段之毒辣，简直是空前绝后的"。[③] 与此同时，元朝统治者还推行民族分化和民族压迫政策，把人分为蒙古、色目、汉人、南人四等，在

---

① ［明］宋濂等：《元史・志・卷第十・地理志序》，中华书局1976年版，第1页。

② ［宋］孟珙：《蒙鞑备录・军政》，中华书局1985年版，第4页。

③ 方勇：《南宋遗民诗人群体研究》，人民出版社2000年版，第11页。

刑法、赋役、任官等方面都严格规定了不平等的待遇，其中最受凌虐和刻剥的自然是原属南宋的江南汉人即所谓“南人”。由此可见，江南汉人还没能从亡国的巨痛中走出来，就又遭受到了更为残暴野蛮的异族政权统治和前所未有的民族压迫，其惨痛情状是可以想见的。

不唯如此，在经历了天崩地裂的家国灭亡的巨变后，汉族儒士的地位也发生了极大的变化。虽然蒙元最高统治者如忽必烈为了缘饰文治而采取过不少优待儒士的措施，但儒士毕竟是汉民族在特殊历史条件下产生的特殊产物，在中国封建社会的历史长河中，在绝大部分时期，他们在政治、经济和法律等方面都能享有特殊的待遇，具有较高的地位。尤其是在宋代政治文化一体化的社会中，儒士享有有史以来最为优厚的待遇。因此，相比之下，忽必烈给予儒士的那一点点优惠待遇实在显得太可怜了。更何况，这些所谓的优惠，即使在忽必烈在位的时候也没有被真正执行过。而自隋唐建立的科举制度也在这个时候被废弃了，这更使儒士们几乎陷入了绝望的境地。

王朝的更迭绝不只是单纯的改朝换代而已，它带来的不仅是政治与社会的剧烈动荡，还使身处其中的文人们的命运和心态发生了明显的变化。词作为生活经历与内在心灵外化和流露的产物，不可避免地烙上了时代深深的印记。综观近250年的金元词史，可以说，词的“每一次重大的转向和新发展几乎都与王朝的更迭有关。金灭北宋，击碎了‘政宣风流’，却反而激发了南宋初期南渡词人们爱国热情的高涨；而金代初期‘吴蔡体’的形成也可以看做是王朝更迭所促成的。蒙古灭金，金遗民成为这一时期词坛上的亮点；元灭南宋，南宋遗民又成为词坛的主导力量。同样元代后期天下大乱的动荡局势，也使得元末词与元代中期表现出颇为明显的差异”。①朝代的更迭深刻地影响着词人的创作，从而影响着词史的流变与演进。因此，既是“南人”又是“儒士”的浙江遗民词人们，在饱尝了兵火流离的巨大痛苦之后，从原来“四民之首”的座上宾、皇城根下的大宋子民一下子成了社会最底层的不幸者。国家灭亡的切肤之痛、民族歧视的屈辱和社会地位的沦丧、功业幻梦的破灭、人格形象的扭曲所引起的极度悲愤，使他们词作的表现功能大大加强了，主题思想也发生了深刻的变化，亡国的哀痛以及对故宋腐朽政权的反思、对故国故乡的思念也就成为他们此期词创作中的一块主要内容。

---

① 陶然：《金元词通论》，上海古籍出版社2010年版，第41页。

第二节 理学思想分析

所谓夷夏之辨，就是“把未开化的夷狄与先进的诸夏区别开来”。[1] 这是春秋以前就有的华夏民族传统观念，及至孔子作《春秋》，这一思想意识在理论上得到了进一步阐述，孔子还特别强调“尊王攘夷”的基本观点。而至史称“隆宋”的宋代，表面的繁荣并不能掩饰其非常艰巨的“攘夷”任务，可以说，整个两宋始终处于夷狄交侵之中。也正因此，夷夏之辨以及对具有“夷夏之辨”思想的《春秋》大义的阐扬，在这一民族矛盾日益尖锐的时期便日趋盛炽起来。

而赵宋又是理学形成以至昌明的时代。理学又称道学，但较道学的范围要大得多。它不仅以程朱理学为主干，而且包括了理学分化后的诸多学派，是一个特定的思想史概念。理学作为一种影响广泛而久远的学说与思潮，其在宋代的形成与发展，是重建封建国家中央集权统治的需要和产物。宋王朝的建立，结束了残唐五代国家长期混乱、分裂的政治局面，重新确立了大一统的中央集权制。但是，长期的分裂和混乱，特别是五代时期王朝那种无信无义的互相替代方式，无疑使得传统的伦理道德规范遭受到了极大的摧残和破坏，作为这种道德规范的儒家思想亦随之崩坏。而儒家思想向来被视为中国封建统治的思想基础，因此这种局面显然不利于大一统政治的稳定和巩固。而要结束分裂混乱的局面，使封建集权统治长治久安，就必须重整儒家伦理纲常和道德规范。正是基于这样的历史条件，为了加强与大一统政治相适应的思想统治，宋统治者从一开始就倡导尊儒读经，宋代的儒学复兴由此形成。在此背景下，极力提倡重整伦理纲常、道德名教，是宋代儒学复兴的主要内容，也是其显著特点。不仅如此，南宋理学家还发动书院运动，其主要目的之一，就是重建纲常，重塑注重义利之辨的价值观。由于宋长期与辽、金、西夏、蒙元交战，忠孝节义、精忠报国、夷夏之防等思想内容不断在书院的讲堂上讲授强调，不仅深入读书人之心，而且妇孺皆知，形成了“饿死事小，失节事大”的社会共识……而自伊洛诸子以来的理学家大都重人格、崇气节、尚道义、厉廉耻，堪为后世师表。尤其是理学集大成者朱熹，还专门提出了华夷之辨高于君臣之分的原则，这不仅强调了民族大义的崇高性，甚至还把理论的阐发与当时的社会现实统一到

---

① 方勇：《南宋遗民诗人群体研究》，人民出版社2000年版，第25页。

了一起。

“古之遗民，莫盛于宋。”[①]南宋是中国遗民史上的黄金时期，两汉而下，遗民至宋季元初最盛。金人郝经曾言：“宋有天下，文治三百年，其德泽庞厚，膏于肌肤，藏于骨髓。民知以义为守，不为偷生一时计。其培植也厚，故其持藉也坚。”[②]这段文字道出遗民群体鼎盛之缘由，既是庞厚的德泽使然，又是深入骨髓的守义不偷生的理学熏染的必然结果。宋末的浙江遗民词人们，他们就是在这样的“民族大义”的教育和前辈道德人格的影响下成长起来的。元初，包括浙江遗民词人在内的一个队伍庞大的宋遗民群体的存在，可以说，正是理学家长期倡导的忠孝节义观、理学思想深入人心背景下的产物。他们不仅规模空前壮大，而且人格特征也愈加突出。这些遗民们身在元土，心系南宋，“痛忆我君我父母，眼中不识天下人”[③]，认赵宋为君父之国，而不愿与新政权合作，不仅在服饰、动作、语言、礼度等外在行为上捍卫着故宋王朝的传统文明，更通过发自内心深处的歌咏呼唤着华夏文明的复归，显示出其巨大的力量。

综上所述，理学思想对宋浙江遗民词人的思想、出处以及词创作都有着深刻的影响。

第三节　地域文化分析

“文学研究如果只考虑时间元素（时代性）而忽略空间元素（地域性），许多问题根本无法解释。”[④]时空限制性是人类一般文化存在的显著特征。从空间维度上看，人类总是在自己直接所处的地域空间创造着自己的文化，形成各自独特的文化形态和文化传统，同时又受到各自文化的影响。

所谓地域文化，是指一定地域内的文化现象及其空间组合特征，其基础是人类赖以生存的地理环境。在文化的形成及发展中，地理环境通过影响人类活动，进而对文化施加影响；人类又通过其自身的活动不断丰富地域文化。而作为一个地域性的词人群体，浙江（具体而言以杭州、绍兴和湖州为主）成为其群体活动空间，保持他们相对较为集中而密切的联系。浙

① [清]邵廷采：《思复堂文集》卷3，浙江古籍出版社1987年版，第198页。

② [金]郝经：《〈巴陵女子行〉序》，[清]顾嗣立《元诗选》初集上，中华书局1987年版，第407页。

③ [宋]郑思肖：《中兴集·德祐六年岁旦歌》，见郑思肖《心史》上，第41页。

④ 李浩：《唐代三大地域文学士族研究（增订本）》，中华书局2008年版，第4—5页。

江秀美的山水、四季分明的气候，影响浙人的生活并最终形成了浙江独特的地域文化。借着南宋建都临安这一契机，浙江的地域文化更是得到前所未有的发展，形成了自己的特色，成为宋代南方地域文化的一个重要代表。浙江山清水秀，杭州自不必多说，其他如明州（今浙江宁波）："明山之东，三垂际海，清淑之气，于是乎穷，毓奇孕秀显诸人者宜也。"①台州也是"陶和染醇，文物滋盛"②……秀美的山水孕育了居民的"灵慧"之性，进而形成良好的向学之风。史料记载，处州是"家习儒业"③"声声弦诵半儒家"④，温州（永嘉）"素号多士，学有渊源。近岁名流胜士，继踵而出"⑤，婺州则是"名士辈出，士知所学"⑥，越州"好学笃志，尊师择友，弦诵之声，比屋相闻"⑦。到了南宋，迁来一批北方的宗室，越州更是"士家最盛，园亭甲于浙东，一时坐客，皆骚人墨客"⑧，而庆元府（即明州，今之宁波）更因"其俗以儒素相先，不务骄奢"⑨，使其地"人才比他郡为冠"⑩，且使其成为南渡宗室选择定居地时的首选……秀美的山水、富庶的物质、良好的文化素质，使得文人每以文雅相尚，形成了精致华美的文风。生于斯长于斯的宋季浙江遗民词人，自然受到了这一精致华美的地域文风的影响，形成了尚雅的艺术追求。

相较而言，此期活跃于庐陵一代的江西遗民词人群体，在共同的历史和理学背景之下，则由于他们地处庐陵，受刚劲质朴、卓厉特出、尚义任侠、忠君守节的庐陵士风的影响，与其地域文化特色相适应，他们沿袭苏辛词

---

① [宋]罗濬纂修:《宝庆四明志》卷8,《文渊阁四库全书》第487册,上海古籍出版社1987年版,第105页。

② [宋]陈耆卿纂修:《嘉定赤城志》卷1,《文渊阁四库全书》第486册,上海古籍出版社1987年版,第568页。

③ [宋]祝穆:《宋本方舆胜览》卷9,《文渊阁四库全书》第471册,上海古籍出版社1987年版,第642页。

④ [宋]祝穆:《宋本方舆胜览》卷9,《文渊阁四库全书》第471册,上海古籍出版社1987年版,第643页。

⑤ [宋]祝穆:《宋本方舆胜览》卷9,《文渊阁四库全书》第471册,上海古籍出版社1987年版,第639页。

⑥ [宋]祝穆:《宋本方舆胜览》卷9,《文渊阁四库全书》第471册,上海古籍出版社1987年版,第631页。

⑦ [宋]施宿等撰《嘉泰会稽志》卷1,《文渊阁四库全书》第486册,上海古籍出版社1987年版,第12页。

⑧ [宋]陈鹄:《西塘集耆旧续闻》卷10,中华书局1985年版,第64页。

⑨ [宋]罗濬纂修:《宝庆四明志》卷14,《文渊阁四库全书》第487册,上海古籍出版社1987年版,第231页。

⑩ [宋]祝穆:《宋本方舆胜览》卷9,《文渊阁四库全书》第471册,上海古籍出版社1987年版,第627页。

风，表现出与浙江遗民词人们不一样的词风和艺术追求。

浙江地域文化在影响遗民词人文化性格、文学创作的同时，词人们也通过群体丰富的文学活动和丰硕的成果，丰富了浙江地域文化的内涵，推动着浙江地域文化的发展。宋亡后，在被蒙元统治阶级作为一整个阶层抛弃了的这些“南人”儒士们，在浙江杭越湖等优美而令人伤感的湖山亭台间，或结社唱和，或次韵酬赠，在互相砥砺的精神需求下有着频繁的诗词创作活动，留下了一千余首词作，结成了富有寄托的咏物专集《乐府补题》，孜孜以求清雅的词风，积累了雅词创作的丰富经验，并最终由张炎完成了词学理论专著《词源》，由周密编选了代表雅词成就的词集《绝妙好词》。所有这些，不仅使得遗民词“清雅”的浙江特色更为突出，也使得宋元之际的浙江地域文化，熠熠生辉，光照后人。

综上所述，由于共同的时代遭遇以及共同的哲学思潮、地域文化的影响，使得浙江遗民词人的词创作在题材的选择、思想情感的抒发以及艺术追求上呈现出许多共同的特点。

第二章　浙江文学演进及其影响因素分析

“浙”在北宋时指两浙路，南宋划分为两浙东路和两浙西路，所辖区域包括今浙江全部和江苏部分。今之浙江 11 地市，不同的历史时期分属不同的行政区和文化区。大而言之，分属吴文化和越文化，即谓浙西（下三府，杭嘉湖）和浙东（上八府，宁绍台温处金衢严）之别；细而言之，属于越文化区域的 8 地市也因为其地理环境可析出古越（宁绍地区）、婺越（金衢）和瓯越（台温处）3 个越文化区。因此，从差异的角度论，不仅浙东、浙西两浙文化有着各自的特色，“浙西尚博雅，浙东多豪俊”；而且同属越文化的古越、婺越和瓯越也体现着滨海文化与山谷文化的区别。但不论如何，从整个中华民族看，吴越文化（两浙文化）同源同出，“同俗并土，同气共俗”，具有许多共性，它人杰地灵，源远流长，共同铸就了浙江文明文化发展史上的三次大辉煌：以河姆渡文化、良渚文化以及越国文化为代表的史前和先秦时代；包括浙江在内的长江中下游地区，经济加速开发、飞跃发展，在全国经济文化格局中占比越来越大的东晋、南朝至隋唐时代；尤以盛极一时的“浙东学派”为代表的经济文化继续发展的南宋以降时代。源远流长的浙江文明史和优越的文化传统，为浙江文学环境的营造、文学素材的丰富以及文学人才的培养奠定了基础，提供了便利，并最终促进了独具地域特色的浙江文学的发展繁荣。

第一节　浙江悠久文明与浙江文学

浙江文明源远流长，浙江文学发展的先天条件得天独厚。从考古发现看，河姆渡文化、马家浜文化、嵩泽文化、良渚文化、马桥文化、好川文化，一路下来，浙江文明早在公元前 5000 年即距今 7000 年前的河姆渡文化已经发祥；而新近的考古发现，更是证明浙江的古文明早在距今 8000 年的上山文化、跨湖桥文化中已发祥。

“上山文化”发现于今浙江浦江上山遗址，具体位于钱塘江支流浦阳江上游的浦江县黄宅镇境内。它代表了一种新发现的、更为原始的新石器时代文化类型。经发掘证实，10000 年前当地人就会种植水稻，会用石磨棒和石磨盘磨稻谷脱壳。它将浙江著名的河姆渡等史前文明上溯了 1000 年(碳 14 测定结果是上山遗址的年代为距今 11400 年至 8400 年，不过有专家对这一数据态度审慎，但 8000 年以上是为专家们普遍接受的)。

距今 8000 年的"跨湖桥文化"发现于今浙江萧山跨湖桥遗址。跨湖桥遗址是由古湘湖的上、下湘湖泉之间的一座跨湖桥而命名。其遗址位于跨湖桥西南约 700 米的湘湖地带。其地位于浙江杭州萧山区城厢镇湘湖村湘湖旅游开发区内，离萧山城区约 4 千米，西南约 3 千米为钱塘江、富春江与浦阳江三江交汇处。遗址结构完整，文化面貌独特，器物群组合、制陶技术等，又自成一个整体。跨湖桥遗址的发现，将浙江的人类文明史提到了距今 8000 年前，打破了长江下游原来所认识的史前文化格局，证明了浙江的文明史是由多个源流谱系组成的，为研究整个长江流域的文化提供了重要线索，具有重大的文化价值。

而此前公认的浙江最早的"河姆渡文化"，其年代为公元前 5000 年至前 3300 年，是长江流域下游地区古老而多姿的新石器时代文化。1973 年，第一次发现于今浙江宁波余姚的河姆渡镇，因此得名。"河姆渡文化"主要分布在杭州湾南岸的宁绍平原及舟山岛，是新石器时代母系氏族公社时期的氏族村落遗址，反映了距今约 7000 年前长江下游流域氏族的情况。河姆渡遗址充分显示出长江流域在新石器时代中期文化的发展不亚于华北的文化，这可证明中国文化其实是多元发展，各有特色的。

"马家浜文化"，约公元前 5000 年至前 4000 年，是长江中下游、环太湖流域新石器时代早期文化代表。因浙江省嘉兴市南湖乡天带桥村马家浜遗址而得名。其主要分布在太湖地区，南达浙江的钱塘江北岸，西北到江苏常州一带。马家浜文化类型在嘉兴市境内的重要遗址有嘉兴的马家浜、吴家浜、干家埭、钟家港；桐乡的罗家角、谭家湾、张家埭、新桥、吴家墙门；海宁的郭家石桥、坟桥港；海盐的彭城，平湖的大坟塘，嘉善的小横港、大往遗址等。另外有湖州邱城、杭州吴家埠、苏州越城、吴县草鞋山、吴江梅埝、袁家埭、上海青浦崧泽下层和常州圩墩、武进潘家塘下层。其主要遗址分布在浙江，尤其是嘉兴境内。

"崧泽文化"，位于上海市西部青浦区城东约 4 千米处、地处太湖东岸的崧泽地区，也因此命名。其年代测定在公元前 3900 年至前 3300 年之间，大约经历了 600 年的发展阶段。除崧泽外，其典型遗址还有江苏吴县草鞋山和张陵山，常州圩墩、浙江吴兴邱城、海宁坟桥港等。从同属于长江下游新石器时代晚期的薛家岗文化、北阴阳营文化和崧泽文化，可以看出公元前3000多年，其时长江下游各部落集团都在从事以稻作为主的农业生产，采集和渔猎经济占有比较重要的地位，手工业的发展更多从制陶技术的进步方面得到体现，玉石器、骨角器的制作加工技术进展还比较缓慢。

被考古学界誉为“中华文明的一个源头”的“良渚文化”，其分布的中心地区在太湖流域，而遗址分布最密集的地区则在太湖流域的东北部、东部和东南部，代表遗址则为浙江的良渚遗址，其年代测定为约前3300年至前2000年，是虞朝文化在中国东南地区太湖流域的华夏文明早期文化类型。可以说良渚文化是一支分布在太湖流域的古文化。它不仅是中国文明的一个源头，更是中国文明的曙光。《鹖冠子》记载的“成鸠氏之国……兵强，世不可夺”①，实际上说的就是良渚文化集团的武力强大，天下无敌。考古研究还告诉我们，在良渚文化时期，农业已率先进入犁耕稻作时代；手工业趋于专业化，琢玉工业尤为发达；大型玉礼器的出现揭开了中国礼制社会的序幕；贵族大墓与平民小墓的分野显示出社会分化的加剧；刻划在出土器物上的“原始文字”被认为是中国成熟文字的前奏。因此，有人甚至指出：良渚古城其实就是“良渚古国”，中国朝代的断代应从现在认为的最早的夏、商、周，改成良渚。“良渚文化实证中华五千年文明”，中国文明的曙光是从良渚升起的。良渚是中华民族和东方文明的圣地。良渚社会已从荒蛮的史前期踏入文明的社会，良渚先民就是在这片土地上耕耘劳作，创造了辉煌的物质文明和精神文明。

“马桥文化”，最早发现于上海马桥遗址中层，1982年定名为“马桥文化”。从年代上来看，它紧接着良渚文化，但文化面貌却截然不同。马桥文化继承了少量良渚文化的文化因素，且良渚文化因素在马桥文化中不占主导地位。研究表明，马桥文化来源于浙西南山地的原始文化，同时也包含了山东地区的岳石文化、中原地区的二里头文化因素。马桥文化的年代大致与中原的夏和商相当。

“好川文化”遗址位于浙江省丽水市遂昌县城西12千米的三仁畲族乡好川村，1997年夏季发掘。专家鉴定，好川文化是一支分布于浙西南仙霞岭山地的新石器时代末期的考古学文化，其年代上限在良渚文化晚期，下限至夏末商初，属于良渚文化晚期，距今约4200年至3700年，前后积年500年左右。

浙地古时虽为蛮夷之地，但以上考古发现，证明浙江早在距今8000年前就有文明发祥，其稻作农业、礼仪观念、蚕丝文明等，都存在着不少可以

---

① 黄怀信：《鹖冠子汇校集注》，中华书局2004年版，第167页。

同黄河文明互补，甚至领先前行的潜力。如此久远的历史，造就了浙江悠久的物质文明和精神文明。历经几千年发展变化，在这个漫长而伟大的过程中，浙江的文明之花，不仅在江海流域也在西南山地盛开着。这既为浙江文学的源起提供了肥沃的土壤，也为浙江文学的发展提供了丰富的素材，积累了物质和精神的储备，可以说浙江文学的先天条件得天独厚，只要时机到来，浙江文学必定璀璨绽放。

第二节　三次移民大潮与浙江文学

三次移民南迁大潮，浙江文学的发展后天注入强劲外力并发生转型。中国历史上的东晋、南朝和南宋，政治上的败退与偏安而治，使得许多汉族的大家族迁移到长江以南，这是有名的全国性的移民南迁大潮，它把长江流域开发得比黄河流域还要发达。身处长江流域又得文明之先的浙江，也在这几次大开发中，无论经济还是文化都得到了长足的进步，中原迁徙者所带来的不同于当地区域文化的异质文化，为当地区域文化注入了新鲜血液，使得浙江文学也在与中原文化文学的交融中获得发展壮大。

地处吴越文化圈中以越文化为核心的浙江文化，它发轫于史前越族，中兴于春秋勾践的邦国，其越地土著文化的质性非常明显。而历史上三次大规模的移民潮，注入了中原文化的新鲜血液，实现了中原文化与越地土著文化的交融，使越文化得以迅速发展。

一、东晋永嘉之乱

魏晋南朝时期是浙江文化大发展的重要时期。早在公元前333年，楚败越以后，以越文化为核心的浙江发生了第一次大规模的种族变换转型，夷越土著文化逐渐被汉族主流文化所取代。而在公元316年长安沦陷西晋灭亡后，次年，琅琊王司马睿在建康（今南京）称王，带来数万之多的士族大姓的纷纷南迁。此后东晋和南朝都建都江南，浙江文化得到很好的发展，在文学、艺术等方面出现了许多新的气象。这是永嘉之乱晋室衣冠南渡带来的。浙江尤其是浙东的自然条件和人文环境，吸引了大批文化层次较高的移民和文化名人，“永嘉以后，帝室东迁，衣冠避难，多所萃止。艺文儒术，斯之为盛”①。这批来浙江的移民，不仅数量多且文化素质高，他们多

① ［唐］杜佑：《通典》卷182，《州郡》第12，中华书局1984年版，第966页。

为皇室贵族，官僚地主，文人学士，他们在浙江尤其是会稽这个远离建康政治中心的山水秀丽之地，形成了独特的文化小气候，极大地影响了浙江的文化和文学，促成了浙江文化一次不容小觑的发展和转型，山水文学便在这样的自然、人文和文人的共同作用下率先崛起，独领风骚，成为全国瞩目的中心。

二、唐朝安史之乱

安史之乱时，当时中国分为由中央政府所直接控制的长安及毗邻地区、由藩镇势力割据所控制的地区和广大的南方地区三块地区[①]，两京地区先后沦陷，后虽相继收复，但又成军事前线，因而移民纷纷南投，“三川北虏乱如麻，四海南奔似永嘉”[②]，形成历史上的第二次人口大南迁。

在此次移民大潮中，北方文化精英播迁南土，再一次使南方地区的文化繁盛起来，最后形成中唐至北宋时文化中心与政治中心相分离的新格局。隋统一中国后，中国文化中心随即北归；入唐以后，长安政治中心的地位得到强化。但南方经济却一直保持着良好的发展态势，因此当安史之乱爆发，南方的浙江等地又一次成了北方移民的理想避难所，第二次的移民浪潮带来了浙江经济文化发展的又一次机遇。至此，长江流域的整体文化与北方形成抗衡之势。

是时“中原多故，贤士大夫以三江五湖为家。登会稽者如鳞介之集渊薮”[③]。“中原多故”，而江南却很少受到安史之乱波及，江南的经济得到稳步发展。正是由于唐代浙东地区经济繁荣，社会稳定，北方士人才“如鳞介之集渊薮”大量流入浙江，浙江文化得到进一步发展。文学也在这样的背景下蓬勃发展。以诗歌而言，大历年间(766—779)严维、鲍防发起的数次大规模的浙东联唱，长庆年间(821—824)元稹、白居易的浙东唱和，以及更大规模的颜真卿等参加的浙西诗会，都是唐代声势浩大的文人诗歌创作活动，在文学史上有着积极的影响。文人雅集唱和之风在东晋南朝之后更进一步，也为南宋浙江文人群体结社唱和奠定了基础。

三、南宋靖康之乱

1126年北宋靖康之难带来的第三次大规模的移民浪潮给浙江文化带

---

① 参见陈寅恪:《唐代政治史述论稿》，上海古籍出版社1982年版，第21、26页。

② [清]彭定求等:《全唐诗》第5册，卷167，李白《永王东巡歌十一首》其二，中华书局1979年版，第1724页。

③ [唐]穆员:《鲍防碑》，[清]董诰《全唐文》第4册，卷783，上海古籍出版社1990年版，第3630页。

来了又一次蓬勃发展的机遇。此次移民潮持续时间久，迁移地域广，迁徙人口达500万之众。其所迁之地虽广，却以江南路及南宋首都所在地最为集中。此地是南方经济文化最发达的地区，移民中的精英分子大多聚集于此。自此之后，吴越地区成为中国经济文化的重心已成为定局，文化文学亦然。

六朝至隋唐至南宋的移民南迁大潮，士族文化的阴柔特质及其对温婉、清秀、恬静的追求，改变了吴越文化的审美取向，逐步给吴越文化注入了"士族精神，书生气质"。有学者认为，在北方中原文化的影响以及交融过程中，吴越原本尚武、复仇的文化品性发生变化，似乎不宜称之为吴越文化，而冠之以"江南文化"。南宋直至明清时期，吴越文化愈发向文弱、精致的方向生长。这样的三次移民大潮中，不仅带来了吴越地区经济、文化的大发展，并且在一定程度上改变了吴越文化的质性，使之朝着柔美精致发展，这在南宋浙江遗民词中也有较为明显的体现。

除了三次大的迁移外，还有几次小的迁移以及士人的宦游，也为南方包括浙江输入了外来文化，加快了浙江文化文学的融合与发展。比如唐末五代动乱频仍中北方士族的南迁，仅乾宁二年(895)七月，唐昭宗避乱出长安城，"京师士庶从幸者数十万"①，遂至宋代浙江许多人物，祖上多于唐末五代迁移。如宋末浙江遗民词人王易简，"京兆万年人……曾祖朏，唐剑州刺史。祖远，连州刺史。父贯，唐州刺史。易简少好学，工诗。会僖宗幸蜀，长安兵乱，避地山谷"②。

在古代社会，伴随着战争等灾难而来的迁徙大多是被动的，移居者不得不背井离乡，但移动以一种突进的方式却总能带来当地文化文学等的交融发展和跳跃式的提升，而且文化横向的引进要比纵向的继承发展来得更快。尤其是，迁入的除了大量的一般移民外，还有许多北方的高等级贵族与文化精英，他们整体文化素质较高，因而在很大程度上提升了移入地区的文化品位，使南方区域的文化繁盛起来。据冻国栋统计，唐时，北方各道人物由前期向后期在递减，而南方至江南道人物却在快速递增。

此外，宦游所形成的迁徙也会带来文化文学的交融与发展。宋王禹偁即谓：有唐"宦游之士，率以东南为善地，每刺一郡，殿一邦，必留其宗属子孙，占籍于治所，盖以江山泉石之秀异也。至今吴越士人，多唐之旧族耳"。③

---

① [后晋]刘昫等：《旧唐书》第3册，卷20上，《昭宗纪》，中华书局1975年版，第754页。

② [元]脱脱等：《宋史》第8册，卷262，《王易简传》，中华书局2000年版，第7459页。

③ [宋]王禹偁：《建溪处士赠大理评事柳府君墓碣铭并序》，《钦定四库全书荟要·小畜集》卷30，吉林出版集团2005年版，第706页。

第三节 浙江文学至宋蔚为大观

浙江文学集先天和后天优势，厚积薄发至宋蔚为大观。刘子健先生在《略说南宋的重要性》一文称："中国近八百年来的文化模式，是以南宋为领导的模式，以江、浙一带为重心。全国政治、经济、文化重心皆聚在一起，这是史所稀见的。"①可以说，这正是江浙地区集先天悠久的文明和后天移民的新血液而铸就的最重要的文化景观和成果。宋代文学亦然。

古来浙江大地，文风甚炽，名家辈出，有着厚重的文学积淀。但考察其文学的生成与发展走向，却不得不说，由于特殊的地域关系，一度呈滞后发展的态势。追溯浙江文学的历史，从先秦到两汉，从作为源头的远古先民口头文学，到于越时期的诗歌、铭文和散文，再到秦会稽的刻石文，至东汉出现的文人散文创作，一路走来，虽有古老的《弹歌》《候人兮猗》、以禹为中心的会稽神话系列，有《越人歌》等浙江"楚辞时代"的优秀诗作、也有《越绝书》等具多方成就的史书，还有王充《论衡》和赵晔《吴越春秋》等重要的散文创作，可谓文脉相承，自成特色；但相比于中原大地从《诗经》到诸子再到楚辞，从《史记》《汉书》到汉赋，在这相当长的历史时期内，中原大地已有较发达的文学景观，越地却基本上是寂寂无闻，难与中原相较。至三国时代，因吴国立国江东，浙江临近的吴都建业文人济济，浙江文学因之有所发展，但仍无引人注目的表现，仍是一个被遗忘的角落。浙江的古文学，可谓发育迟缓，但它是中国古代文学的后起之秀。

至东晋永嘉之乱后，衣冠南渡，浙江的"三吴"（吴郡、吴兴、会稽）即现在的杭嘉湖地区和宁绍地区，以其清秀的山水，便利的水陆交通和丰饶的物产，吸引了北方士人，成为他们理想的迁徙择居地。滞后发展的浙江文学，在具有悠久古文明的沃土上，因时而兴，得以快速发展。东晋南朝五朝相承，建都建业（康）长达 270 余年，浙江文学随着全国文学中心首次从北方黄河流域转向南方江浙地区而获得长足发展。南北文化交流，北来士人的加盟与地方才俊的涌现，文学创作数量激增，文人群体初步形成，浙江文学真正步入自己的兴起和发展轨道。此期，王谢大族迁居与浙东文人群体的形成，使各方面涌现了如王羲之、谢灵运、孔稚珪、沈约等具有全国影响

---

① 《大陆杂志》1985 年第 2 期，转引自武廷海《中国城市文化发展史上的"江南现象"（续）》，见《华中建筑》2000 年第 4 期，第 121 页。

的知名文学家，产生了《兰亭集序》《登池上楼》等一批厚重的文学作品；骈文则有吴均著名的《与宋元思书》，享有极高的声誉；小说创作活跃，重要的有干宝的志怪之作《搜神记》。另外还有谢灵运山水诗的创立，沈约永明文学声律理论的集大成……可以说，初兴期的浙江文学，一经兴起，便有着不凡的表现。

隋之后，唐到北宋，迁都北方，全国文学中心北移，但作为区域文学中心的浙江文学继续向前发展，尤其是唐末、五代时。唐时，浙江在唐人眼里归属于与“江西”相对的“江南”文化区。在唐人笔下，包括浙江在内的“江南”是有着明媚自然风光的“佳丽地”，几乎成了“好山水”的代名词。崔国辅诗云：“杨柳映春江，江南转佳丽。吴门绿波里，越国青山际。”①白居易亦云：“自秦穷楚越，浩荡五千里。闻有贤主人，而多好山水。”②而在这“好山水”中，烟波浩渺，且“无家水不通”③的碧水，更是吸引北方人的注目和欣羡。还有“吴越山多秀”④“越国春山秀”⑤的秀山以及江南气候孕育的垂柳、翠竹、莲和橘等“贞姿众木”⑥。其时，江南尤其是浙西东，可谓是财赋渊薮，“国之盈虚于是乎在”⑦具有特殊的经济地位。在唐人心目中，包括浙江在内的江南并不仅仅以其独特的山水佳丽闻名，其文化在唐时也颇有建树。而这一切，发生在开元盛世之后的“安史之乱”对江南的经济文化格局产生了不甚显赫却十分深远的影响⑧。唐人对此也有十分清醒的认识，李白即谓：“天下衣冠士庶避地东吴，永嘉南迁未盛于此。”⑨虽有虚夸之嫌，但江南许多地方在这次移民过程中受益却是事实。从地方情况看，苏

---

① ［清］彭定求等：《全唐诗》第4册，卷119，崔国辅《题豫章馆》，中华书局1979年版，第1200页。

② ［清］彭定求等：《全唐诗》第13册，卷431，白居易《长庆二年七月自中书舍人出守杭州路次蓝溪作》，中华书局1979年版，第4754页。

③ ［清］彭定求等：《全唐诗》第12册，卷384，张籍《送朱庆馀及第归越》，中华书局1979年版，第4314页。

④ ［清］彭定求等：《全唐诗》第4册，卷122，卢象《句》，中华书局1979年版，第1222页。

⑤ ［清］彭定求等：《全唐诗》第9册，卷282，李益《送诸暨王主簿之任》，中华书局1979年版，第3208页。

⑥ ［清］彭定求等：《全唐诗》第11册，卷368，席夔《赋得竹箭有筠》，中华书局1979年版，第4146页。

⑦ ［清］董诰等：《全唐文》第3册，卷534，李观《浙西观察判官厅壁记》，上海古籍出版社1990年版，第2401页。

⑧ 参看葛剑雄等：《中国移民史》第3卷“隋唐五代时期”，福建人民出版社1997年版。

⑨ ［清］董诰等：《全唐文》第2册，卷348，李白《为宋中丞请都金陵表》，上海古籍出版社1990年版，第1561页。

州受益最多，而浙江的衢州、绍兴等地皆颇多受益，“浙东诸州，衢为大郡”[①]，“百里油盆镜湖水，千峰钿朵会稽山”[②]，不只是在经济上富甲一方，当时江南在文化上也隐然已成天下的轴心。安史之乱，天子奔蜀，士人多奔吴，江南成“群彦今汪洋”[③]的“人海”[④]之地，诗文中频现“吴士风流甚可亲”[⑤]“吴中多贤士君子”[⑥]“吴中多诗人”[⑦]之谓。对此冻国栋有过一个统计，他据日本平冈武夫、市原亨吉编《唐代的诗人》和平冈武夫、金井清二编《唐代的散文作家》，对唐代诗人、散文家前后期各道分布进行了统计。统计显示，北方各道后期虽也有增加，但比例较小，而南方各道增加较多，其中江南道递升幅度最大，诗人从唐前期的 40 人增加到中晚唐的 261 人，散文家则从 40 人增加至 130 人，增幅分别是 552.5% 和 225%[⑧]。虽然诗文中之吴并不在浙江，但唐人认为，浙江“俗尚文学，有古遗风”[⑨]，吴作为包括浙江在内的江南之代表，体现了“安史之乱”后的江南，其文化亦颇为可观。

唐宋为中国文学发展的两大高峰，但是晚唐、五代及宋初却是中国文学发展的低谷。诗风整体上趋于纤巧，缺乏盛唐诗歌的雄伟气魄和混融境界。至宋初，也以沿袭晚唐、五代诗风为主。文章方面，则是骈风大盛，表现在宋人习用散体的奏议、书信、序跋、杂记等几乎都用骈文。且因长期混战，宋初文人的文化素质普遍下降。

经过长期的积累、探索和发展，到南宋，更随着迁都临安，文学中心随之再次南迁，并真正落在了浙江。至宋，浙江文学蔚为大观，盛极一时，地

---

① [清]董诰等:《全唐文》第 3 册，卷 693，元锡《衢州刺史谢上表》，上海古籍出版社 1990 年版，第 3151 页。

② [清]彭定求等:《全唐诗》第 12 册，卷 413，元稹《送王十一郎游剡中》，中华书局 1979 年版，第 4574 页。

③ [清]彭定求等:《全唐诗》第 6 册，卷 186，韦应物《郡斋雨中与诸文士燕集》，中华书局 1979 年版，第 1901 页。

④ [清]董诰等:《全唐文》第 3 册，卷 529，顾况《送宣歙李衙推八郎使东都序》，上海古籍出版社 1990 年版，第 2378 页。

⑤ [清]彭定求等:《全唐诗》第 8 册，卷 243，韩翃《送客之江宁》，中华书局 1979 年版，第 2728 页。

⑥ [清]董诰等:《全唐文》第 3 册，卷 492，权德舆《送右龙武郑录事东游序》，上海古籍出版社 1990 年版，第 2223 页。

⑦ [清]彭定求等:《全唐诗》第 13 册，卷 431，白居易《马上作》，中华书局 1979 年版，第 4756 页。

⑧ 冻国栋:《唐代人口问题研究》，武汉大学出版社 1993 年版，第 313 页。

⑨ [清]董诰等:《全唐文》第 2 册，卷 316，李华《衢州刺史厅壁记》，上海古籍出版社 1990 年版，第 1417 页。

域特色明显。如诗坛巨擘陆游的卓越创作，南渡词人李清照的词创作，本土闺阁词人朱淑真的诗词兼善，“浙东学派”吕祖谦、陈亮、叶适的创作，“永嘉四灵”的江湖诗派，云集临安的南宋词人群，等等。[①]

乃至于元明清，虽文学中心北移至北京，浙江仍是全国经济与文学中心之一。

① 参看王嘉良:《浙江文学史》,杭州出版社 2008 年版。

第三章　南宋浙江遗民词人地域分布情况

浙江在南宋时分属两浙东路(绍兴府、庆元府、台州府、婺州府、处州和温州)和两浙西路(平江府、嘉兴府、湖州、临安和严州),今浙江辖地除少了平江府、庆元府中上海等地外基本与南宋时一致,且宋时的临安与严州合为今杭州。南宋浙江遗民词人中,杭州(包括临安和严州)8 人,分别为临安 3 人、钱塘 4 人、淳安 1 人;湖州 7 人,分别为德清 2 人、吴兴 4 人、乌程 1 人;绍兴 4 人,分别为会稽 2 人、山阴 1 人和嵊县 1 人;宁波 2 人,分别为鄞县 1 人、四明 1 人;衢州 2 人,均为江山人;温州永嘉 1 人(详见表 3.1)。

表 3.1　南宋浙江遗民词人地域分布情况

序号	词人	生卒年	占籍	地区	入元情况	词集	词作
1	赵与仁	?—?	临安	杭州	教授	见《绝妙好词》	5
2	董嗣杲	?—?	临安		不仕	见《全宋词》	2
3	张　炎	1248—1319 后	临安		未仕	《山中白云词》	302
4	曹良史	?—?	钱塘		不仕	见《绝妙好词》	1
5	汪元量	1241?—1317 后	钱塘		被迫仕	《水云词》	52
6	范晞文	?—?	钱塘		路学	见《绝妙好词》	1
7	仇　远	1247—1326	钱塘		教授	《无弦琴谱》	120
8	何梦桂	1228—1303?	淳安		不仕	《潜斋词》	47
9	李彭老	?—?	德清	湖州	不仕	《龟溪二隐词》	21
10	李莱老	?—?	德清		不仕	《龟溪二隐词》	17
11	文及翁	?—?	吴兴		不仕	见《全宋词》	1
12	牟　巘	1227—1311	吴兴		不仕	《陵阳词》	9
13	周　密	1232—1298	吴兴		不仕	《草窗词》	153
14	莫起炎	1226—1294	吴兴		不仕	见《全宋词》	1
15	朱嗣发	1234—1304	乌程		不仕	见《阳春白雪》	1

续　表

序号	词人	生卒年	占籍	地区	入元情况	词集	词作
16	王沂孙	？—？	会稽	绍兴	学正	《花外集》	65
17	唐　珏	1247—？	会稽		不仕	见《全宋词》	4
18	王易简	？—？	山阴		不仕	见《绝妙好词》	7
19	吴大有	？—？	嵊县		不仕	见《绝妙好词》	1
20	陈　著	1214—1297	鄞县	宁波	不仕	《本堂集》	122
21	陈允平	1205？—1280？	四明		未仕	《西麓继周集》《日湖渔唱》	208
22	柴　望	1212—1280	江山	衢州	不仕	《凉州鼓吹》	13
23	柴元彪	？—？	江山		不仕	《袜线词》	8
24	薛梦桂	？—？	永嘉	温州	不仕	见《绝妙好词》	4
总　计							1165

第一节　杭州地区遗民词人

南宋杭州8位遗民词人中，从存词数量来看，张炎为最，有300余首；仇远次之，有100余首；汪元量和何梦桂存词分别为50首左右；其他4位词人赵与仁、董嗣杲、曹良史、范晞文则个体存词不超过5首，合计存词不足10首。从影响看，张炎特殊的身份、词创作以及词学理论上的成就与贡献，使其成为宋末浙江遗民词人中清雅词风的代表，而且其影响不仅一直延续到姜张词派最终完成的元代中期，还在清代成为“家白石而户玉田”的浙西词人追捧的对象；汪元量、仇远等也引起较多的关注，而何梦桂创作较丰，影响一般，存词少的其他4位词人则往往生卒年及生平不详，影响自然十分有限。

一、临安词人赵与仁、董嗣杲和张炎

（一）赵与仁

赵与仁，字元父，号学舟，宋室后裔。据《宋史·宗室世系表》：赵与仁

"燕王德昭十世孙，希挺长子"，[①]居临安(今浙江杭州)。宋末为临安府判官。宋亡后，元元贞二年(1296)，起为常德路学教授，改辰州教授，张炎有词《临江仙》"怀辰州教授赵学舟"即为此时的赵与仁而作。其与方回、张炎、仇远、程钜夫等俱有往还。

《绝妙好词》录其词五首，《全宋词》据以收入；又据《历代诗余》录存目词一首。其词多为闺怨、咏物之作，皆缠绵悱恻，哀婉幽深。咏物词《柳梢青·落桂》("露冷仙梯")明写花落，实含对人世的些许感叹与惆怅，情真意切，词力精湛。其词偶有警句，如闺怨词《琴调相思引》("冰箔纱帘小院清")中"昨宵风雨，凉到木樨屏"[②]句，陆辅之《词旨》视之为"警句"。

赵与仁存词虽不多，而其与宋末浙江遗民词人的交往较密，其出处行迹在周密、张炎、王沂孙等词友的词作中亦可略见。他曾于元世祖至元二十七年(1290)与张炎、沈尧道等一同被诏北上大都写金字《藏经》，次年北归，共同的这样一段经历，使得他们之间的关系更增添了别样的情愫，张炎在其多首词作中记录了赵与仁的状况和心迹：有记北上写经及北归后行迹、形貌和心迹的，如《甘州》("记玉关")序云："辛卯(1291)岁，沈尧道同余北归，各处杭越。逾岁，尧道来问寂寞，语笑数日，又复别去。赋此曲，并寄赵学舟。"[③]《忆旧游》("叹江潭树老")序云："余离群索居，与赵元父一别四载。癸巳(1293)春，于古杭见之，形容憔悴，故态顿消。以余之况味，又有甚于元父者，抑重余之惜，因赋此调，且寄元父，当为余愀然而悲也。"[④]数语道出别时样貌别后状况；还有对其出为辰州教授的感慨的，《临江仙》("一点白鸥何处去")一首题为"怀辰州教授赵学舟"而作，即写于赵与仁为学官时，从"十年有此相疏""难写绝交书"[⑤]等词句看，似对其出为辰州教授颇有微词。周密的《庆宫春》("重叠云衣")"送赵元父过吴"[⑥]，记录了赵与仁去吴的行迹。同时友人们的词作中还记录有赵与仁与词友们结社以及次韵唱酬的情况，如张炎的《大圣乐》("隐市山林")记录了"华春堂分韵同赵学舟赋"(张炎《大圣乐》词题)事，张炎"次赵元父韵"的《渡江云》("锦香缭绕地")、周密"戏次赵元父韵"的《南楼令》("好梦不分明")以及王沂孙"为赵元父赋雪梅图"的《西江月》("褪粉轻盈琼靥")等，均写及赵与仁与词

① [宋]王沂孙撰，吴则虞笺注：《花外集》，上海古籍出版社 1988 年版，第 113 页。
② 唐圭璋：《全宋词》，第 5 册，中华书局 1965 年版，第 3259 页。
③ 唐圭璋：《全宋词》，第 5 册，中华书局 1965 年版，第 3465 页。
④ 唐圭璋：《全宋词》，第 5 册，中华书局 1965 年版，第 3469 页。
⑤ 唐圭璋：《全宋词》，第 5 册，中华书局 1965 年版，第 3512 页。
⑥ 唐圭璋：《全宋词》，第 5 册，中华书局 1965 年版，第 3292 页。

友们唱酬的情况，周密一“戏”字更透露出两人间别有一种情分在。

（二）董嗣杲

董嗣杲，字明德，号静传，杭州（今属浙江）人。生卒不可考，只知理宗景定中榷茶九江富池，度宗咸淳末知武康县（今浙江德清）。宋亡，入山为道士，改名思学，字无益。隐西湖上，号老君山人，不知所终。

著作除《西湖百咏》二卷外，已佚。清四库馆臣据《永乐大典》辑为《庐山集》五卷、《英溪集》一卷。事见《西湖百咏》自序及集中有关诗篇，《绝妙好词》卷六有传。今存词二首，《绝妙好词》录词《湘月》（“莲幽竹邃”）一首；另据《大观录》卷十五录词《齐天乐》（“玉山曾醉凉州梦”）一首。今所见董嗣杲创作以诗歌为主，除《西湖百咏》分咏作者从小生活的西湖百地百景外，多为述行抒怀之作。词作主要反映隐居生活，寓含兴亡感慨。如《湘月》：

> 莲幽竹邃，旧池亭几处，多爱君子。醉玉吹香还认取，忙里得闲标致。心逐云帆，情随烟笛，高会知谁继。宵筵会启，蓦然身外浮世。因见杜牧疏狂，前缘梦里，谩蹙双眉翠。香满屏山春满几，炉拥麝焦禽睡。月落梅空，霜浓窗掩，两耳风声起。艳歌终散，输他鹤帐清寐。①

此词当作于宋亡以后，反映隐居生活，寓含兴亡的感慨。“宵筵会启，蓦然身外浮世”“月落梅空，霜浓窗掩，两耳风声起。艳歌终散，输他鹤帐清寐”等句，身世悲凉、世事淡漠，流露出逃避现实、寻求解脱的心理。

（三）张炎

张炎（1248—1319后），字叔夏，号玉田，又号乐笑翁。祖籍成纪（今甘肃天水），寓居临安（今浙江杭州）。其六世祖张俊，为宋朝著名将领；父张枢，精音律，是“西湖吟社”重要成员，与周密为结社词友。张炎出身世家，其前半生在贵公子的生活中悠游。1276年元兵攻破临安，祖父张濡被元人磔杀，家财被抄没。家道从此中落，难以自给。张炎曾北游燕赵，失意南归，后长期寓居临安，落拓而终。他怀抱空狂，又恃才傲物，几乎日日花前为醉，号呼挥写，以至于后人评价其“鼓吹春声于繁华世界……能令后三十年西湖锦绣山水，犹生清响”②。

---

① 唐圭璋：《全宋词》，第5册，中华书局1965年版，第3412页。

② ［宋］郑思肖：《山中白云词序》，［宋］玉田生《山中白云词》卷首，北京琉璃厂龙文阁书社1911年版，第3页。

张炎在词创作和理论上均有卓著成就。词作有《山中白云词》八卷，存词302首。宋亡后，著有词学研究专著《词源》，为中国最早的词论专著，总结整理了宋末雅词一派的主要艺术思想与成就，以"清空""骚雅"为主要主张。文学史上将其与著名词人姜夔并称为"姜张"，并与宋末著名词人蒋捷、王沂孙、周密并称为"宋末四大家"。

张炎勋贵之后以及在词史上的重要地位，使得700年来研究者不断。仇远云："读山中白云词，意度超玄，律吕协洽，不特可写音檀口，亦可被歌管，荐清庙。方之古人，当与白石老仙相鼓吹。"①楼敬思云："南宋词人，姜白石外，唯张玉田能以翻笔侧笔取胜，其章法句法俱超，清虚骚雅，可谓脱尽蹊径，自成一家。迄今读集中诸阕，一气卷舒，不可方物，信乎其为山中白云也。"②周济在其《介存斋论词杂著》及《宋四家词选目录序论》均有所论列："玉田近人所最尊奉，才情诣力亦不后诸人。终觉积谷作米，把缆放船，无开阔手段，然其清绝处，自不易到。"③"笔以行意也，不行须换笔。换笔不行，便须换意。玉田惟换笔不换意。"④不论褒扬还是贬抑，可见从宋末以来文人学者对于张炎的重视。到了现当代，尤其是20世纪80年代以来，研究张炎的专论和专著层出不穷。著名的如杨海明先生的《张炎词研究》等，研究涉及其家世、生平事迹、词学渊源、创作历程、词作的思想内容、艺术特色等各个领域，并对其词创作的许多方面都有了专门深入的探讨。总体而言，张炎是宋元鼎革之际最为杰出的遗民词人，是宋词的总结者，其词标举清空，具有很高的艺术性，为词学提供了一种新的审美范式。考究张炎集大成的原因，可以说正是其优裕儒雅的家庭环境、个人特殊的经历以及传统遗民文学的哺育成就了他，使其成为宋元之交江东独秀的遗民词人。他的词，充满对故国的眷恋，对故乡的思念，身世飘零之恨以及对隐逸生活的向往，带有鲜明的时代印记。在对遗民词的开拓方面，张炎亦有改造之功，在咏物、节序、友情、艳情等传统习见题材中表现其遗民之思，拓宽了传统题材的表现范围，取得了重要成就。张炎作词，字锻句炼，风流疏快；格调高雅，深婉蕴藉；清空峭拔，气象壮阔。主要代表作品有《南浦》《高阳台》《月下笛》《解连环》《甘州》等，均具有较高的艺术价值。

---

① [宋]仇远：《山中白云词序》，[宋]玉田生《山中白云词》卷首，北京琉璃厂龙文阁社1911年版，第4页。

② [清]张思岩辑：《词林纪事》卷16，成都古籍书店1982年版，第434页。

③ [清]周济：《介存斋论词杂著》，唐圭璋《词话丛编》，第2册，中华书局1986年版，第1635页。

④ [清]周济：《宋四家词选》，唐圭璋《词话丛编》，第2册，中华书局1986年版，第1644页。

二、钱塘词人曹良史、汪元量、范晞文和仇远

钱塘县，也作钱唐县。公元前222年，秦始皇始设钱唐县，隶属于会稽郡（郡治在今苏州市）。隋置杭州，钱唐县成为首县。唐朝，为避国号讳，改钱唐为钱塘。吴越国建都杭州，于梁龙德二年（922）析钱塘县、盐官县各半，以及富春县的长寿、安吉2乡，设置钱江县（北宋改称仁和县），与钱塘县同城而治，同为杭州首县。北宋时，钱塘县设南阳、北关、安溪、西溪4镇11乡。南宋行在临安（今杭州），钱塘县与仁和县同为临安府首县。元、明、清，钱塘县仍与仁和县同为杭州路、杭州府治所。1912年，仁和县与钱塘县合并为杭县。南宋时钱塘县其实际区域相当于今杭州市。

（一）曹良史

曹良史（生卒年不详），字之才，号梅南，钱塘人。宋末词人，曾与周密交游。有《咸淳诗摘》《梅南诗摘》和《镂冰词摘》，合称《诗词三摘》，已佚。卒于元武宗至大元年（1308）以前。今存词一首，即《绝妙好词》卷六所存《江城子》（“夜香烧了夜寒生”）词，收入《全宋词》第五册，为闺怨词。

有关曹良史的史料不多。明朝冯梦龙《智囊》一书中记载有曹良史的一则智慧故事：

> 河东裴元质初举进士，明朝唱策，夜梦一狗从窦出，挽弓射之，其箭遂撇，以为不祥。曹良史曰：“吾往唱策之夜，亦为此梦。梦神为吾解之曰：‘狗者，第字头也；弓，第字身也；箭者，第竖也；有撇，为第也。’”寻唱第，果如梦焉。[①]

上述故事不论确否，似能说明曹良史是个十分智慧的人物。关于其事迹，今所见主要是方回的《跋曹之才诗词三摘》。曹良史的《诗词三摘》虽已佚，幸运的是在元代著名诗人、诗论家方回《跋曹之才诗词三摘》中可略知其概貌：

> 曹君良史，字之才，钱塘人。衣冠佳盛，湖傲山酣，则有《咸淳诗摘》。兵火变迁，江淮奔走，之才则有《梅南诗摘》……至如《镂冰词摘》，则以诗之余演为刻雕流丽之作。以至宝丹之事料，生姜白之文

---

① ［明］冯梦龙编著，栾保群、吕宗力校注：《智囊全集》，中华书局2007年版，第469页。

法，寄于少游、美成之声调。予非闲于此者，故不敢辞。[①]

从方回所列曹良史诗句如“云生画佛壁，叶落病僧房”[②]“闲来闭门处，认得读书声”[③]“深树月昏神火出，断烟雪霁猎人回”[④]“墙围败屋知无主，风响荒林似有人”[⑤]看，或“幽迥而新异”[⑥]，或“平易而隽永”[⑦]，方回认为其历经兵火之后的诗作，“感慨有味”，更胜于早年诗作的“萧散古淡”，可谓是乱世余生之一故宋遗老，“辗转征旗战鼓间逾十年，则笔力亦老矣”[⑧]。曹良史诗老成劲健，有江西诗派之风，颇合方回旨趣。

于其词，方回虽曰“不敢辞”，而“以至宝丹之事料，生姜臼之文法”则已揭示其词格调。下以曹良史仅存之《江城子》词略加论述：

夜香烧了夜寒生。掩银屏。理银筝。一曲春风，都是断肠声。杜宇欲啼杨柳外，愁似海，思如云。　　背灯暗卸乳鹅裙。酒初醒。梦初醒。兰炷香篝，谁为暖罗衾。二十四帘人悄悄，花影碎，月痕深。[⑨]

这是一首闺怨词。朱彝尊《词综》辑有此词。上片写思妇夜不能寐。夜寒风冷，悲痛至极，杜宇悲啼，愁思如海。悲苦之情之深可见。下片写思妇愁情难解。暗夜卸妆，酒醒梦断，冷暖谁知？心情不佳，花月也变得暗淡，人静夜深，怎奈愁思难解。全词充满了凄婉之情，加之景物渲染、烘托，写出了女主人公春夜怀人的寂寞愁苦之情。词情婉约，词风高雅，境界高远，颇有少游、美成之情致。清代厉鹗（1692—1752）在为钱塘人吴焯所作的《吴尺凫玲珑帘词序》亦云：“南宗词派，推吾乡周清真，婉约隐秀，律吕谐协，为倚声家所宗。自是里中之贤，若俞青松、翁五峰、张寄闲、胡苇航、范药庄、曹梅南、张玉田、仇山村诸人，皆分镳竞爽，为时所称。”[⑩]

---

① ［清］阮元辑，［元］方回撰：《桐江集》卷四，江苏古籍出版社1988年版，第295—296页。
② ［清］阮元辑，［元］方回撰：《桐江集》卷四，江苏古籍出版社1988年版，第295页。
③ ［清］阮元辑，［元］方回撰：《桐江集》卷四，江苏古籍出版社1988年版，第295页。
④ ［清］阮元辑，［元］方回撰：《桐江集》卷四，江苏古籍出版社1988年版，第295页。
⑤ ［清］阮元辑，［元］方回撰：《桐江集》卷四，江苏古籍出版社1988年版，第295—296页。
⑥ ［清］阮元辑，［元］方回撰：《桐江集》卷四，江苏古籍出版社1988年版，第295页。
⑦ ［清］阮元辑，［元］方回撰：《桐江集》卷四，江苏古籍出版社1988年版，第295页。
⑧ ［清］阮元辑，［元］方回撰：《桐江集》卷四，江苏古籍出版社1988年版，第296页。
⑨ 唐圭璋：《全宋词》，第5册，中华书局1965年版，第3259页。
⑩ ［清］厉鹗著，［清］董兆熊注，陈九思标校：《樊榭山房集》中，上海古籍出版社2012年版，第754页。

（二）汪元量

汪元量（1241？—1317 后），字大有，号水云，钱塘人。他出生在一个琴而儒的大家庭中。度宗时以善琴入宫掖，事谢太后及昭仪王清惠。元兵入临安，汪元量以宫廷琴师身份随太后嫔妃被俘北去，流滞燕京十二年。田汝成《西湖游览志余》云："时有王清惠、张琼英，皆故宫人，善诗，相见辄涕泣……世皇闻其善琴，召入侍，鼓一再行，骎骎有渐离之志，而无便可乘也，遂哀恳乞为黄冠。世皇许之。濒行，与故宫人十八人酾酒城隅，鼓琴叙别，不数声，哀音哽乱，泪下如雨……元量既还钱塘，往来彭蠡间，风踪云影，倏无宁居，人莫测其去留之迹，遂传以为仙也。人多画像祀之……"①可见伴随三宫在北方生活的十余年间，汪元量常出席元主举行的各种筵席；并以琴名于大都，受到元主的特别恩遇；他还授瀛国公诗书，曾出仕翰林院，奉命降香。虽身在元都，但汪元量不忘故国家乡，不变忠君爱国之心。至元二十五年（1288），在太皇太后、王昭仪仙逝，瀛国公入吐蕃学佛法，全太后入正智寺为尼，在燕京的宋室王族分崩离析后，汪元量终得黄冠以归。南归后，他组诗社，过潇湘，入蜀川，访旧友，后于钱塘筑"湖山隐处"，此后行踪飘忽，时人以"神仙"目之，终老于山水。

值得一提的是汪元量留燕京时，曾谒见被执在狱的文天祥，为之作拘囚以下十操（琴曲），天祥亦倚歌而和之，元量勉励天祥死节，天祥十分看重元量的人品和诗文。

汪元量撰有《湖山类稿》，原有三十卷，今存五卷，其中《水云诗》四卷，《水云词》一卷。其诗如《醉歌》《越州歌》《湖州歌》等具有强烈纪实性，以独特的视角记录宋元更替时期的历史事件，可补史之不足，故《四库全书总目提要》说："其诗多慷慨悲歌，有故宫离黍之感。于宋末诸事，皆可据以征信。故李鹤田《湖山类稿跋》，称其'记亡国之戚，去国之苦，间关愁叹之状，备见于诗。微而显，隐而彰，哀而不怨。开元、天宝之事记于草堂，后人以诗史目之。水云之诗亦宋亡之诗史'云云。其品题颇当。"②又说："元量以一供奉琴士，不预士大夫之列，而眷怀故主，终始不渝。宋季公卿，实视之有愧。其节概亦不可及。"③

其词章同其诗，充满了亡国哀思，虽不如诗之慷慨激烈，却更凄婉动

---

① ［明］田汝成辑撰：《西湖游览志余》卷 6，中华书局 1958 年版，第 106 页。今人孔凡礼认为元量为世皇鼓琴事不足据，见《湖山类稿·附录二》，存以备考。

② ［清］永瑢等：《四库全书总目》卷 165，中华书局 1965 年版，第 1413 页。

③ ［清］永瑢等：《四库全书总目》卷 165，中华书局 1965 年版，第 1413 页。

人。对亡国宋廷的极为不满,对故国的无限眷念,都在他笔下得到细致的反映。

(三)范晞文

范晞文(生卒年不详),字景文,号药庄,钱塘人。尝从高翥、姜夔等游。理宗景定五年(1264),入太学,添差淮南东路"提点医药饮食"[①]。与叶李、萧规等上封章劾贾似道,似道文致其泥金饰斋匾事,范晞文遂被流窜琼州。元至元间,以程钜夫荐除江浙儒学提举,不赴,后以子范拱为无锡教授,遂寓居无锡茅场里,流寓无锡以终。事迹见张伯淳《养蒙集》卷二《送范药庄序》、鲍廷博《对床夜语跋》、清嘉庆《无锡金匮县志》卷三十。

关于范晞文入元后是否出仕,有不同说法。《绝妙好词》录范晞文词一首,词前小传云:"入元以程钜夫荐,擢江浙儒学提举,转长兴丞。"今《全宋词》从此说。而其他一些著作则认为其"入元不仕,流寓无锡以终"[②]。如《全宋诗》范晞文小传云:"至元间以荐授江浙儒学提举,未赴,后流寓无锡以终。"1994 年 10 月出版的《全宋词选释》:"入元,程矩夫荐晞文、赵孟頫于朝,赵应诏,晞文却不受职(此从《四库提要》),流寓无锡以终。"[③]

张伯淳《送范药庄序》云:"长兴为湖大邑,素号难治,然令丞得人,治固不难也。钱塘范君提乡郡学事且三年,行台遵近制上其姓名于朝,将拔擢焉。……伯淳与祖饯北关外……"[④]在序里,张伯淳记录了范晞文为儒学提举,将拔擢为长兴丞,他为之饯行之事。张伯淳(1242—1302),字师道,号养蒙,崇德(今浙江桐乡)人。张伯淳 9 岁举童子科,以父荫铨迪功郎、淮阴尉,后改扬州司户参军。咸淳七年(1271)进士。曾监临安府都税院,升观察推官,授太学录。入元,至元二十三年(1286),张伯淳荐授杭州路儒学教授,历浙东道按察司知事、福建廉访司知事。其时元世祖诏求江南人才,张伯淳与其内弟赵孟頫同被举荐。至元二十九年(1292),应召入见,元世祖赏其对答如流、独具见地,授其翰林院直学士,同修国史。进阶奉训大夫,改任庆元路总管府治中,受命清理衢(今衢州)、秀(今嘉兴)两地刑狱,处置得宜,颇有政绩。大德四年(1300),拜翰林侍讲学士。次年,护驾进都入朝。卒后谥文穆。事迹收录于《元史本传》中《养蒙先生集》。张伯淳好

---

① [元]俞希鲁编纂:《至顺镇江志》卷 17,台湾华文书局 1968 年版,第 922 页。

② 邓子勉编著:《宋金元词话全编》(中),凤凰出版社 2008 年版,第 1474 页。

③ 李长路、贺乃贤、张巨才:《全宋词选释》,北京出版社 1994 年版,第 696 页。

④ [元]张伯淳:《养蒙文集》卷 2,《文渊阁四库全书》第 1194 册,上海古籍出版社 1987 年版,第 442 页。

诗文，生前未能结集，死后其子和长孙访求遗逸，厘为《养蒙集》十卷。张伯淳为宋元之际浙江桐乡人，且入元后在杭州、浙东等地为官，与范晞文差不多同时且有交往，当是比较了解范晞文，所记当比较可信。但其所记只谓在范晞文"将拔擢焉"为之送行时的临别赠语，并未明确写范晞文最后是否上任，因此张伯淳此文尚不足以证明范晞文出任长兴丞。

周密《绝妙好词》本无人物小传，据鲍廷博《对床夜语》跋文称："近钱唐厉孝廉鹗笺《绝妙好词》，则云以程钜夫荐，擢江浙儒学提举，转长兴丞，有《药庄废稿》。当别有所据。"①则出仕说出于厉鹗，但鲍廷博亦不知其所据为何。笔者以为厉鹗所据当是张伯淳的《养蒙集》。因《养蒙集》"刊版久佚。辗转传抄，残缺颇甚。此本……乃钱塘厉鹗抄自绣谷吴氏者。鹗颇为校正……"②。厉鹗当是在校正的过程中认为《送范药庄序》中"将拔擢"即为出仕长兴臣。此不足为出仕据，故本书从其不仕说。

范晞文著有《药庄废稿》，已佚。今存《对床夜话》五卷，是书成于景定三年（1262），掇拾品评古人歌诗句语，冯深居序谓其"语甚绮而文甚高"，"大类葛常之《韵语阳秋》"。《四库全书总目》谓其所论于南宋独能排习尚之乖，指斥四灵晚唐，见解在江湖诗派诸人上，"沿波讨源，颇能探索汉、魏、六朝、唐人旧法，于诗学多所发明"③。今存清抄本、《四库全书》本。《全宋词》第五册收其词一首。《全宋诗》卷三六一三录其诗三首。

范晞文仅存一首《意难忘》（"清泪如铅"）词：

清泪如铅。叹咸阳送远，露冷铜仙。岩花纷堕雪，津柳暗生烟。寒食后，暮江边。草色更芊芊。四十年，留春意绪，不似今年。　山阴欲棹归船。暂停杯雨外，舞剑灯前。重逢应未卜，此别转堪怜。凭急管，倩繁弦。思苦调难传。望故乡，都将往事，付与啼鹃。④

从词意看，是词人于故都临安送别友人归越之作，当是写于宋亡后的寒食时节，借金铜仙人事以及江边送别情景，抒写离愁别绪，流露出亡国的悲慨。

---

① 丁福保：《历代诗话续编》上册，中华书局1983年版，第447页。

② ［清］永瑢等：《四库全书总目》卷166，中华书局1965年版，第1425页。

③ ［清］永瑢等：《四库全书总目》卷195，中华书局1965年版，第1790页。

④ 唐圭璋：《全宋词》，第5册，中华书局1965年版，第3374页。

（四）仇远

仇远（1247—1326）[①]，字仁近，一字仁父，钱塘人。因居余杭溪上之仇山，自号曰山村民。元成宗大德九年（1305），仇远曾任溧阳教授。晚年退休后优游湖山而终。有《金渊集》《兴观集》《无弦琴谱》。《新元史》卷二百三十七列传第一百三十四有传。

仇远好古博雅，工诗、书、画。楷书学欧阳询，率更行书，亦善。仇远工画，曾作有《仇山图》，戴表元有七古《仇山图为仇仁近作》戏之。仇远善诗，"远在宋咸淳间即以诗名"[②]，与同里白珽并称于吴下，谓之"仇白"。近体主唐，古体主《选》，戴表元谓，"仁近诗，余不敢托于知言，就杭人求之，比其盛时，又过之，无不及也"，又云"行坐讽之以为快"。[③] 方凤《仇仁父诗序》说仇远诗："往往于融畅圆美中，忽而凄楚蕴结，有《离骚》三致意之余韵。"[④]前人亦有称其诗"顿挫沉郁仿佛少陵之风"，又谓"观其所作当宋元之际，不能无哀怨之音，故体物缘情，多感慨兴亡之意"[⑤]。元代著名诗人张雨、张翥皆出其门下。仇诗大都散佚，今存《仇山村遗集》录诗38首，有的篇章颇为慷慨激烈。

词有《无弦琴谱》，存120首词。"观其所作当宋元之际，不能无哀怨之音，故体物缘情，多感慨兴亡之意"，这话虽评价的是仇远的诗歌，亦可作其部分词章的评语。宋亡后仇远曾与周密、张炎、唐珏等结社赋词。

（五）何梦桂

何梦桂是杭州遗民词人中较为特殊的一位，因为其实际生活之地在南宋时并不属于杭州，所以有其自己的交游圈，相对比较独立。何梦桂，正史无传，生平参见《潜斋集》卷六《何氏祖谱序》、《潜斋集·附录·何先生家传》、《南宋书》卷六十三、《宋季忠义录》卷十三、《宋诗钞下·潜斋集钞》、《南宋文范作者考·下》、《宋元学案补遗》卷八十二、《全宋词》卷五和《宋诗

---

① 仇远生年有三说：一为1247年，如邓绍基《元代文学史》从是说；一作1261年，《三续疑年录》据方回文作生于宋景定二年，见谭正璧编《中国文学家大辞典》页3174仇远条，夏承焘先生《乐府补题考》一文从是说；一作1262，孙茆侯《宋元戴剡源先生表元年谱》从之，不知何据。笔者认为当以1247年为是。理由如仇远《纪事》诗序曰："淳祐丁未亦旱，余始生。"《丁未元日》诗亦云："花甲喜循环，风霜变老颜，闲身留泮水，归梦满湖山。"丁未即1307年，"花甲喜循环"当指仇远此年六十岁，据此，仇远当生于1247年。刘飞著《戴表元及其文学研究》（安徽大学出版社2008年版，第72页）有考辨。

② ［清］永瑢等：《四库全书总目》卷166，中华书局1965年版，第1428页。

③ ［元］戴表元：《仇仁近诗序》，《剡源集》卷8，中华书局1985年版，第118页。

④ ［宋］方凤著，方勇辑校：《方凤集》，浙江古籍出版社1993年版，第64页。

⑤ ［宋］仇远：《山村遗稿》卷1，清钞本。

纪事》卷七十五等。

何梦桂(1229—1303后)[①]，字岩叟，幼名应祈，字申甫，别号潜斋，世居严州淳安县安乐乡安定里之富昌村。幼颖悟，从学于乡先生夏纳斋。咸淳元年(1265)省试第一，廷试一甲三名。授台州军事判官。改太学录，迁博士，通判吉州。召为太常博士。咸淳十年(1274)，任监察御史。抗疏言守避之计，迁军器监。端宗登极，迁太府卿，又迁大理寺卿，知时事不可为，引疾去。至元中，陈文海荐授江西儒学提举，不赴，屡征不起，筑室小酉源，自号潜斋。著书自娱，不与世接。

据《潜斋文集》附录家传，何梦桂"曾祖述，祖振，父瓘。年十八娶太平方氏。二子：长熹之，字叔晦，号石泉，仕至学正；次焘之，字叔章，号云泉，仕山长，皆克世其家"[②]，可见其家皆向学。据传宋度宗御书的"一门登两第，百里足三元"联句，其"一门两第"即指何梦桂与其侄何景文登同榜进士事；而其与黄蜕、方逢辰曾同堂就读于石峡书院，"百里三元"即指他们三人。可见严州淳安也是人杰地灵。

何梦桂"于书无所不读，而阴阳医卜释老之说亦尝及之"[③]，因而著述多，著有《易衍》《中庸》《大学说》《致用书》诸书，均已佚。文学创作亦丰，其八世孙何淳经断断续续三十年访求所得而成《潜斋集》11卷，凡诗3卷、词及试策1卷、杂文7卷，今存明刻本、顺治十六年重修本、《四库全书》本。《全宋词》第五册收其词47首，《全宋诗》卷三五二六至三五二八录其诗3卷，《全宋文》卷八二九一至八二九七收其文7卷。何梦桂诗词文兼善：所作文章简古典雅，"援引证佐，有博辨自喜之意"[④]，援证百家，洒然快意。诗学白居易体，但殊不擅长，故清王士禛《池北偶谈》至讥为"酸腐庸下"[⑤]。其词寿词居多，有三分之一强；入元后则多为伤时感慨的内容，如《摸鱼儿·邵清溪赋效颦谩作》《贺新郎·再用韵伤春》等，幽咽之情颇见乎辞。

---

① 何梦桂生年，《全宋词》断为1228年，此据何梦桂文《王石涧清溪稿诗序》推算为1229年；其卒年不详，此据《潜斋文集》署时间的文章推断，最早当在1303年。

② [宋]何梦桂：《潜斋文集·附录家传》，《文渊阁四库全书》第1188册，上海古籍出版社1987年，第519页。

③ [宋]何梦桂：《潜斋文集·附录家传》，《文渊阁四库全书》第1188册，上海古籍出版社1987年，第519页。

④ [清]永瑢等：《四库全书总目》卷165，中华书局1965年版，第1414页。

⑤ [清]永瑢等：《四库全书总目》卷165，中华书局1965年版，第1414页。

值得一提的是何梦桂所撰诗集序59篇，为宋末遗民之最，其序文颇多宏观议论，不惜笔墨介绍诗人背景、处境以及环境与创作的关系，体现出强烈的“地杰人灵”观。①

第二节　湖州地区遗民词人

（一）李彭老

李彭老（生卒年不详），字商隐，号篔房，德清（今属浙江湖州）人。淳祐中，为沿江制置司属官②，景定间知盐官县③。与周密、吴文英以词酬唱。周密《浩然斋雅谈》卷下云：“篔房李彭老，词笔妙一世，予已择十二阕入《绝妙词》矣。”④又云：“张直夫尝为词叙云：‘靡丽不失为国风之正，闲雅不失为骚雅之赋，摹拟玉台不失为齐梁之工，则情为性用，未闻为道之累。’楼茂叔亦云：‘裙裾之乐，何待晚悟，笔墨劝淫，咎将谁执。或者假正大之说，而掩其不能，其罪我必焉。’”⑤周密不仅以“词笔妙一世”对李彭老大加赞赏，还分别借张直夫和楼茂叔之语，高度评价李彭老词靡丽、闲雅而不失风雅的特点，同时更从超出平均收词不到3首（共收词人132位，计词382首）的12首的绝对优势，显示对李彭老的厚爱。《彊村丛书》据汪射城辑本刊《龟溪二隐词》一卷，内有彭老词21首。《全宋词》第五册收其词21首。

（二）李莱老

李莱老（生卒年不详），字周隐，号秋崖，李彭老弟。约宋理宗景定初前后在世。宋度宗咸淳六年（1270）任严州知州。宋亡隐居。工词，有《秋崖词》，集中多寄和周密的篇章。周密《浩然斋雅谈》卷下：“秋崖李莱老，与其兄篔房竞爽，号龟溪二隐。”⑥《彊村丛书》本《龟溪二隐词》辑莱老词17首。《全宋词》第五册收其词17首。

---

① 王次澄：《元初诗集序文价值探讨——以卫宗武、牟巘、何梦桂作品为例》，程章灿编《中国古代文学文献学国际学术研讨会论文集》，凤凰出版社2006年版，第395—414页。

② 参见［宋］周应合撰：《景定建康志》卷25，《文渊阁四库全书》第488—489册，上海古籍出版社1987年版。

③ 参见［清］许三礼修：《（康熙）海宁县志》卷10，《中国方志丛书》，成文出版社1983年版。

④ ［宋］周密：《浩然斋雅谈》卷下，《丛书集成初编》，中华书局1985年版，第41页。

⑤ ［宋］周密：《浩然斋雅谈》卷下，《丛书集成初编》，中华书局1985年版，第41—42页。

⑥ ［宋］周密：《浩然斋雅谈》卷下，《丛书集成初编》，中华书局1985年版，第40页。

（三）文及翁

文及翁（生卒年不详）①，字时学，号本心，绵州（今四川绵阳）人，徙居吴兴（今浙江湖州）。理宗宝祐元年（1253）进士，为昭庆军节度使掌书记。景定三年（1262），以太学录召试馆职，除秘书省正字，历校书郎、秘书郎、著作佐郎、著作郎。景定间曾言公田事，闻名朝野。度宗咸淳元年（1265）六月，出知漳州（在今福建）。四年（1268），以国子司业，为礼部郎官兼学士院权直兼国史院编修官、实录院检讨官。同年十一月，以华文阁直学士知袁州（今江西宜春）。五年（1269），朝请郎、直华文阁、权知嘉兴军府兼管内劝农事、节制澉浦（今属浙江嘉兴海盐）金山水军（此据文及翁《传贻书院记》）。恭帝德祐元年（1275），官至资政殿学士、签书枢密院事。元兵将至，弃官遁去。宋亡，隐居著书。入元，累征不起，闭户校书。通五经，尤精于易数之学。事见《后村先生大全集》卷五三、七〇、七一，《南宋馆阁续录》卷七、八、九，《续宋宰辅编年录》卷二二。《宋史翼》卷三五本传及所撰文。有文集二十卷，不传。《全宋文》据《宋代蜀文辑存》《至元嘉禾志》《延祐四明志》《蛟峰外集》等录其文十三篇；《全宋词》据《钱塘遗事》卷一辑其词一首。

文及翁存词一首，非常有名：

> 一勺西湖水。渡江来、百年歌舞，百年酣醉。回首洛阳花世界，烟渺黍离之地。更不复、新亭堕泪。簇乐红妆摇画艇，问中流、击楫谁人是。千古恨，几时洗。　　余生自负澄清志。更有谁、磻溪未遇，傅岩未起。国事如今谁倚仗，衣带一江而已。便都道、江神堪恃。借问孤山林处士，但掉头、笑指梅花蕊。天下事，可知矣。②（《贺新郎·西湖》）

此词据李有《古杭杂记》，当是写于文及翁登第后“集游西湖”时，词人借西湖抒发“杭州汴州”的感慨，至为沉痛，可约略窥知其词格调。文及翁当有其他词作，据陈廷焯《云韶集》卷七有“评文及翁《木兰花慢》（占为西风早处）”一则，可见文及翁至少还作有一阕《木兰花慢》，虽已亡佚，不能见其全

① 文及翁生卒年不详。笔者考其生卒年大致在1233前—1293后。生年据其中进士时间推算，中进士时至少应该有20岁，卒年据其文《故侍读尚书方公墓志铭》记及“至元癸巳（1293）三月二十九日”方逢辰安葬事，据此推算，文及翁1293年3月应在世，所以其卒年当在此之后。

② 唐圭璋：《全宋词》，第5册，中华书局1965年版，第3138页。

貌，但从陈廷焯"字字悲楚，抚时伤事，亦杜陵之心也"[①]的评价，亦可知其词抚时伤事的主题和沉郁苍凉的风格，为宋末遗民词人中之别调。

（四）牟巘

牟巘(1227—1311)，字献之，其先蜀(今四川)人，父牟子才徙居湖州(今浙江湖州)。理宗朝登进士第，历官大理少卿、浙东提刑，以忤贾似道去官。入元不仕，闭户治学三十六年，尝以渊明自寓。巘学问渊博，为时所重。正史无传，生平参见程端学《陵阳集序》，《后村大全集》卷七十《除大理司直制》，《吴兴掌故集》卷三，《南宋文范作者考・下》，《全宋词》卷五，《宋诗纪事》卷七十六，《宋元学案》卷八十，《宋元学案补遗》卷八十和《宋蜀文辑存作者考》等。

牟巘撰有诗集序文 14 篇，其序文好"臧否人物""引诗例证""对比或衬托"，呈现"言之有据"、学人之文的特色[②]，如在《仇山村诗集序》中，以陶渊明比喻仇山村。

《全宋词》第五册录其词 9 首，其中 7 首为寿词。

（五）周密

周密(1232—1298)，字公谨，号草窗，又号蘋州、四水潜夫、弁阳老人等。原籍济南，南渡后居吴兴(今属浙江湖州)。早年随父往来于闽、浙间。理宗朝，曾任义乌令。宋亡隐居，抱节不仕，以保存故国文献自任。兵火破家后，便长期寓居于杭州癸辛街。能诗工词，并好书画，是宋末词坛之中心人物。作词讲究格律，风格精美工巧，与张炎、王沂孙齐名，又与吴文英(梦窗)并称"二窗"。戈载《宋七家词选》赞誉其词"尽洗靡曼，独标清丽，有韶倩之色，有绵渺之思"[③]。著述极富：除诗集《草窗韵语》6 卷，词集《蘋州渔笛谱》《草窗词》外，还有笔记文字多种，以辑宋代文献、家乘旧闻为主，其中较重要的有《武林旧事》《癸辛杂识》《齐东野语》《云烟过眼录》等，并取南宋以来词人作品编成《绝妙好词》7 卷，追思故旧，寄寓情怀。

（六）莫起炎

莫起炎(1226—1294)，归安(今浙江吴兴)人。字南仲，宋末为道士，遂更名洞乙，自号为月鼎。至元二十六年(1289)，见元世祖于大都，俾掌道教事，不受。至元三十一年卒，年六十九。事见宋濂《元莫月鼎传碑》，《全宋

---

① [清]陈廷焯著，彭玉平纂辑：《白雨斋诗话》，凤凰出版社 2014 年版，第 192 页。

② 王次澄：《元初诗集序文价值探讨——以卫宗武、牟巘、何梦桂作品为例》，程章灿编《中国古代文学文献学国际学术研讨会论文集》，凤凰出版社 2006 年版，第 395—414 页。

③ [清]戈载辑，杜文澜校注：《宋七家词选》卷 5，文昌书局。

词》载其《满江红》词1首。

关于莫起炎，史料所载多为其佯狂的道人形象和神奇的道术。宋濂所撰《元史》将其列入"释老传"，并另撰《元莫月鼎传碑》，较为详细地记录了莫起炎呼风唤雨的神奇道行以及佯狂避世、不妄与人交的清高。据宋濂《元莫月鼎传碑》，莫起炎"生而秀朗，肌肤如玉雪，双目有光射人"，先习举业，三试不利。乃著道士服，更名洞乙，自号月鼎。曾到青城山拜徐无极为师，又到南丰邹铁壁处得《雷书》秘传。于是能"召雷雨，破鬼魅，动与天合，虽嬉笑怒骂，皆若有神物从之"①。宋理宗宝祐六年(1258)，浙东大旱，绍兴郡守马廷鸾请月鼎祈雨，月鼎建坛，按剑作法。顷刻间天昏地暗，雷声大作，大雨倾盆。理宗听说后，赐诗一章，称他为神仙。元世祖至元二十六年(1289)，派御史中丞崔彧求异人于江南，月鼎被召到开平。月鼎进宫内，当时晴空万里，世祖让月鼎呼雷，他随手取核桃掷地，雷声震撼宫廷，世祖大惊失声。又让他唤雨，大雨立降。世祖非常高兴，给以赏赐。不久敕掌道教事，洞乙以年耄辞。南归后，月鼎佯狂避世，不妄与人交，纵酒好饮，无日不醉。凡有病来告急，则给以治疗，没有不马上痊愈的。年六十有九，洞乙书偈而卒。一生颇具传奇色彩。

因莫起炎名声大噪，作为道界奇人，其事迹流传非常广泛，元代著名少数民族诗人萨都剌早期还有纪闻之作《浙河莫术者祷雨验甚二首》，记录了莫起炎的风神。一云："田叟病怜槁稼，仙卿力干丰年。怒召魁罡霎至，万里云霄肃然。"一云："灵雨溥沾原野，神龙倏返天阍。瞠启道人双目，吸干浊醪数尊。"②用白描手法，活画出一个佯狂道人的形象和神奇的法术，同时也对莫起炎祈雨除生民病之举表示敬意。

莫起炎存《满江红》词一首：

> 法在先天，玄妙处、无言可说。其要在、守乎中正，灵台莹彻。太极神居黄谷内，先天炁在玄关穴。寂然不动感而通，凭刚烈。　运风雷，祈雨雪。役鬼神，驱妖孽。只此是、非咒非符非罡诀。寂定神归元谷府，功成行满仙班列。玩太虚、稳稳驾祥云，朝金阙。③

该词所展现的也是其佯狂道人形象及理想。

---

① ［明］宋濂：《宋学士文集》卷11，商务印书馆1937年版，第209—210页。

② ［元］萨都剌：《雁门集》，上海古籍出版社1982年版，第2页。

③ 唐圭璋：《全宋词》，第5册，中华书局1965年版，第3142页。

（七）朱嗣发

朱嗣发（1234—1304），字士荣，号雪崖，乌程（今属浙江湖州）人。性通敏，尝以登仕郎就漕试，不利，即弃去，专志奉亲。咸淳末，超补官资，后以朝奉郎致仕。宋亡，隐居不出，延师教子，卓有时誉。郡守举充提学学官，不受。徜徉山水间，吟咏自适。元大德八年卒，年七十一。词存一首《摸鱼儿》（"对西风"），见《阳春白雪》卷八。《全宋词》第五册录此词。事迹见牟巘《朱雪崖朝奉墓志铭》（《陵阳集》卷二四）。

其《摸鱼儿》词：

> 对西风、鬓摇烟碧，参差前事流水。紫丝罗带鸳鸯结，的的镜盟钗誓。浑不记、漫手织回文，几度欲心碎。安花着蒂。奈雨覆云翻，情宽分窄，石上玉簪脆。　　朱楼外。愁压空云欲坠。月痕犹照无寐。阴晴也只随天意。枉了玉消香碎。君且醉。君不见、长门青草春风泪。一时左计。悔不早荆钗，暮天修竹，头白倚寒翠。[1]

该词是一首弃妇词，上片追怀往事，下片写被弃后生活的凄苦和自怨自艾。

第三节　绍兴地区遗民词人

（一）王沂孙

王沂孙，字圣与，号碧山，又号中仙、玉笥山人，会稽（今浙江绍兴）人。生卒年不详，学者据其词《淡黄柳》小序（序中称周密为"丈"）和《三姝媚·次周公谨故京送别韵》词（词中有"谩相看华发，共成销黯"），认为王沂孙年龄略小于周密，与周密差不太多。夏承焘《唐宋词人年谱》说"沂孙殆少于草窗，长于仇远，若生淳祐、宝祐间，卒时才四十左右耳"[2]。其生平较为模糊，据袁桷《延祐四明志》载王沂孙入元后曾为庆元路（今浙江宁波一带）学正，张炎悼念王沂孙的《洞仙歌》词中"野鹃啼月，便角巾还第"句，即指碧山一度出仕重又归隐而言。王沂孙《齐天乐·四明别友》词即是其辞仕归隐时在宁波留别友人而作，词末云"正恐黄花，笑人归较晚"，即是对自

---

① 唐圭璋：《全宋词》，第5册，中华书局1965年版，第3303页。

② 夏承焘：《唐宋词人年谱》，上海古籍出版社1979年版，第359页。

己曾经出仕表示了歉疚。虽此，后人还是因此对其有了许多负面的评说。宋亡后，经历了南宋灭亡巨变的王沂孙曾与周密、张炎等十四人结社作词，借咏物抒写亡国之痛。

王沂孙有词集名《碧山乐府》，又名《花外集》，存词六十余首。数量虽不是很多，但他的词，特别是咏物词，以隐晦曲折的“咏物”来抒写亡国之痛，“言近旨远”，在后代产生了很大的影响，受到清代词评家的推尊。张惠言说：“碧山咏物诸篇，并有君国之忧。”①周济说他“胸次恬淡，故黍离、麦秀之感，只以唱叹出之，无剑拔弩张习气”②；又谓“咏物最争托意隶事处，以意贯串，浑化无痕，碧山胜场也”③。陈廷焯将其比作诗歌中的曹植、杜甫，认为：“王碧山词，品最高，味最厚，意境最深，力量最重；感时伤世之言，而出以缠绵忠爱，诗中之曹子建、杜子美也。”④评价颇高。

（二）唐珏

唐珏（1247—?），字玉潜，号菊山，会稽（今浙江绍兴）人。少孤贫力学，聚徒以明经教授乡里子弟，以养老母。景炎三年（1278），元总江南浮屠杨琏真伽尽发在绍兴之宋帝陵寝，窃取珠宝，弃尸荒野。珏时年三十二岁，激于义奋，倾家资，招里中少年潜收遗骸，葬兰亭山，移宋故宫冬青树植其上。谢翱为作《冬青树引》颂其事。后汴人袁俊官越，延为子师。《宋史翼》《新元史》有传。事迹另见《南村辍耕录》卷四、张丁《唐珏传》（《宋遗民录》卷六）。

唐珏以忠义称，诗词“沉痛伤怀”，“俱参上流，不独高节”⑤。《全宋诗》卷三六八五录其《冬青行》二首，记发陵瘗骨事，吞声呜咽。其词今存四首，《全宋词》第五册据《乐府补题》辑录。四词均为元僧发陵事而咏物寄托之作，“咏莼、咏莲、咏蝉诸作，巧夺天工，亦宋人所未有”⑥；《水龙吟·浮翠山房拟赋白莲》，借物托意，暗寓亡国之痛，周济认为“中仙无以远过”⑦。

---

① ［清］张惠言辑：《词选　附续词选》卷 2，中华书局 1957 年版，第 66 页。

② ［清］周济：《宋四家词选目录序论》，唐圭璋《词话丛编》，第 2 册，中华书局 1986 年版，第 1644 页。

③ ［清］周济：《宋四家词选目录序论》，唐圭璋《词话丛编》，第 2 册，中华书局 1986 年版，第 1644 页。

④ ［清］陈廷焯：《白雨斋词话》卷 2，人民文学出版社 1959 年版，第 40 页。

⑤ ［清］先著、程洪撰，胡念贻辑：《词洁辑评》卷 5，唐圭璋《词话丛编》，第 2 册，中华书局 1986 年版，第 1365 页。

⑥ ［清］冯金伯辑：《词苑萃编》卷 5，唐圭璋《词话丛编》，第 2 册，中华书局 1986 年版，第 1890 页。

⑦ ［清］周济：《介存斋论词杂著》，唐圭璋《词话丛编》，第 2 册，中华书局 1986 年版，第 1636 页。

(三)王易简

王易简(生卒年不详),字理得,号可竹,山阴(今属浙江绍兴)人。生而颖悟,幼孤。宋末登进士第,除瑞安主簿,不赴。景炎三年(1278),与李彭老、仇远、张炎、陈恕可、唐珏等人因元僧发陵事结社赋词。入元,隐居不仕,与唐震、戴表元、黄虞有交。易简工词典,与周密相酬答笃;笃于议论,多所著述,有《山中观史吟》,已佚。《乐府补题》有其咏物词四首,《绝妙好词》卷六又载其词三首。《全宋词》第五册据以录入,共七首,又收存目词一首。事见《绝妙好词》卷六、《剡源文集》卷一九《题王理得山中观史吟后》,清康熙《山阴县志》卷三三有传。其词多凄凉幽怨、感慨苍茫之风。而其《齐天乐·客长安赋》(“宫烟晓散春如雾”)、《酹江月》(“暗帘吹雨”)、《庆宫春·谢草窗惠词卷》(“庭草春迟”)三首则委婉含蓄,于其词中别具一格。

(四)吴大有

吴大有(生卒年不详),字有大,一字勉道,号松壑,嵊县(今浙江嵊州)人。理宗宝祐间游太学,率诸生上书言贾似道奸状,不报,遂不复有仕进意,转而退处林泉,与林昉、仇远、白珽等七人诗酒相娱①,时人以此比为“竹林七贤”。元初辟为国子检阅,不赴。享高年,卒年八十四。② 有《千古功名镜》十二卷、《拾遗》一卷,分十五类,皆阐扬因果之说以警世劝善。另有《松下偶抄》及《雪后清者》《归来幽庄》等集传世。《全宋诗》卷三四七六录其诗 7 首。词存 1 首,载《绝妙好词》卷六,《全宋词》第五册据以收入。事迹见《宋季忠义录》卷一四。

其诗多抒写江湖行吟之感,不乏生活情趣,有“唐季风韵”③,其词《点绛唇·送李琴泉》融情于景,含蓄蕴藉:

> 江上旗亭,送君还是逢君处。酒阑呼渡。云压沙鸥暮。　漠漠萧萧,香冻梨花雨。添愁绪。断肠柔橹。相逐寒潮去。④

① [清]冯登府:《无弦琴谱跋》,《丛书集成续编》第 208 册,新文丰出版公司 1988 年版,第 391 页。

② 曾枣庄主编:《中国文学家大辞典·宋代卷》,中华书局 2004 年版,第 357 页。

③ 王云五主编,汪珂玉撰:《万有文库第二集七百种　珊瑚网录书 2》,商务印书馆 1936 年版,第 168 页。

④ 唐圭璋:《全宋词》,第 5 册,中华书局 1965 年版,第 3076—3077 页。

第四节　其他地区遗民词人

(一)陈著

陈著(1214—1297),字子微,一字谦之,号本堂,鄞(今属浙江宁波)人,寄籍奉化。陈著幼受家学,早有文名。理宗宝祐四年(1256)进士,初监饶州(今江西鄱阳)商税,调光州教授。景定元年(1260),为白鹭洲书院(今南京市西南)山长。历监三石桥酒库、芜湖茶官。咸淳三年(1267),知嵊县。七年(1271),通判扬州,寻改临安府签判,转运判官,擢太学博士。十年(1274),以监察御史知台州。除秘书监,不就。宋亡,隐居四明山中,自号嵩溪遗耄。元大德元年(1297)卒,年八十四。

陈著能诗词文,著有《历代纪统》,已佚;《本堂文集》九十四卷,今存旧抄本、《四库全书》本、清光绪刻本。《全宋诗》卷三三五五至三三八八录其诗 34 卷。《全宋文》卷八〇九四至八一一九收其文 16 卷。《全宋词》第四册收其词 122 首。时人对其诗词文评价甚高,京尹户判吴益称其"笔可扛鼎,气欲凌云"[①],蒋岩亦称其"挟其耿介之气,发于雄深之文。岿然独立,皓首不变"[②]。《四库全书总目》所评"其诗多沿《击壤集》派,文亦颇杂语录之体,不及周、楼、陆、杨之淹雅。又奖借二氏,往往过当,尤不及朱子之纯粹"[③]则较允当。其词多祝寿应酬之作。其论诗则鄙薄四灵,有"今之天下皆淫于四灵"[④]之语。

事迹见《宋史翼》卷二五、清樊景瑞《宋太傅陈本堂先生传》。清孙锵鸣编有《本堂先生年谱》二卷。

(二)陈允平

陈允平(生卒年不详),宋元间词人。字君衡,一字衡仲,号西麓,别署莆□澹室后人。四明(今浙江宁波)人。德祐元年(1275)时任沿海制置司参议。元至元十五年(1278),以图谋恢复旧朝之嫌入狱。经同官袁洪营救

---

① [宋]陈著:《谢京尹户判吴府卿(益)举升陟启》,《本堂集》卷 63,《文渊阁四库全书》第 1185 册,上海古籍出版社 1987 年版,第 317 页。

② [宋]陈著:《本堂集原跋》,《本堂集》,《文渊阁四库全书》第 1185 册,上海古籍出版社 1987 年版,第 522 页。

③ [清]永瑢等:《四库全书总目》卷 164,中华书局 1965 年,第 1408 页。

④ [宋]陈著:《史景正诗集序》,《本堂集》卷 38,《文渊阁四库全书》第 1185 册,上海古籍出版社 1987 年版,第 180 页。

得免。后被征，北赴大都。晚年居家。

陈允平是格律派词家。青年时代即与张枢、李彭老及周密等酬唱。词学周邦彦，刻意摹仿。其词集《西麓继周集》120余首，皆和清真词韵。《日湖渔唱》又喜改换韵脚的平仄，可见其精于审音。填词以平正和雅、清婉绵丽为特色。所作《西湖十咏》颇见寄托，如“御苑烟花，宫斜露草，几度西风弹指”（《齐天乐·南屏晚钟》）等，伤时念乱，凄恻感人。其他如“琴心不度春云远，断肠难托啼鹃”（《绛都春》）、“玉宇无尘凉似水，销不尽，许多情”（《糖多令》），或疏或密，并饶风致。陈词偏重艺术形式，颇为清代浙西词人所推崇。朱彝尊编《词综》，选录其词23首之多。陈廷焯在《白雨斋词话》中认为陈西麓词“望远秋平”[①]“和平婉雅，词中正轨”[②]，并将其列入“表里俱佳，文质适中……词中上乘”[③]者，颇为推许。但常州词派的周济却斥之为“疲软凡庸，无有是处。书中有馆阁书，西麓殆馆阁词也”[④]。在陈允平现存200余首词作中，祝寿、咏物与和韵之作占了绝大部分。王国维在《人间词话》说：“梅溪、梦窗、玉田、草窗、西麓诸家，词虽不同，然同失之肤浅。”[⑤]所论代表了一部分学者的看法。

陈允平著有《西麓诗稿》一种及《西麓继周集》《日湖渔唱》词二种。《日湖渔唱》有《词学丛书》本，《粤雅堂丛书》本，《彊村丛书》本。《西麓继周集》有《彊村丛书》本。《西麓诗稿》有汲古阁景抄《南宋六十家小集》本。

（三）柴望

柴望（1212—1280），字仲山，号秋堂，又号归田，江山（今属浙江衢州）人。理宗嘉熙年间（1237—1240）为太学上舍。淳祐六年（1246）元旦发生日食，皇帝下诏征求直言，柴望撰《丙丁龟鉴》十一卷进上，得罪贾似道，诏下府狱，大尹赵与藨疏救放归。端宗景炎二年（1277）以布衣特旨授迪功郎、史馆编校。宋亡隐居，自名宋逋臣。与其从弟随亨、元亨、元彪，合称“柴氏四隐”。有《道州台衣集》一卷，《凉州鼓吹》一卷、《咏史诗》等，已佚。后人辑为《秋堂集》二卷，收入《柴氏四隐集》。柴望存词甚少，《全宋词》录13首。词崇尚姜夔，“大抵词以隽永委婉为尚，组织涂泽次之，呼嗥叫啸抑末也。惟白石词登高眺远，慨然感今悼往之趣，悠然托物寄兴之思……故

---

① ［清］陈廷焯：《白雨斋词话》卷2，人民文学出版社1959年版，第36页。
② ［清］陈廷焯：《白雨斋词话》卷2，人民文学出版社1959年版，第36页。
③ ［清］陈廷焯：《白雨斋词话》卷8，人民文学出版社1959年版，第212页。
④ ［清］周济：《介存斋论词杂著》，唐圭璋《词话丛编》，第2册，中华书局1986年版，第1635页。
⑤ 王国维：《人间词话》，上海古籍出版社1998年版，第17页。

余不敢望靖康家数，白石衣钵，或仿佛焉……”①故其词不作艳语，多“感今悼往”之慨。

(四)柴元彪

柴元彪(生卒年不详)，字炳中，号泽臞，江山(今属浙江衢州)人。咸淳四年(1268)进士，尝官察推。与兄望、随亨、元亨号“柴氏四隐”。著有《袜线稿》，已佚，明万历中裔孙复贞等辑入《柴氏四隐集》第二卷，有《四库全书》本。近人周泳先辑有《袜线词》。《全宋词》第五册录其词8首。《全宋诗》卷三六〇七录其诗1卷。文收入《全宋文》卷八三二五。事迹见《四库全书总目》卷一八七、《同治江山县志》。其词大都抒写亡国之恨与羁旅之思，如作于宋亡时的《水龙吟》云：“江左百年，风流云散，不堪重举。”②作于宋亡后的《高阳台·怀钱塘旧游》云：“凄凉往事休重省，且凭栏感慨，抚景衔杯……知心只有西湖月，尚依依、照我徘徊。更多情，不间朝昏，潮去潮来。”③语虽浅露，但因身历其境，故颇能感人。

(五)薛梦桂

薛梦桂(生卒年不详)，字叔载，号梯飙，永嘉(今浙江温州)人，公圭子。理宗宝祐元年(1253)癸丑姚勉榜进士，尝知福清县，仕至平江通判。《四朝闻见录》云：梦桂父大圭，绍熙五年(1194)上书光宗乞立储，在赵忠定诸人之先。《嘉姓谱》云：薛梦桂仕至平江倅。先叔载擢高科通京籍。风度清远，所居西湖五云山，曰隔凡关，曰林壑瓮，通命之曰方厓小隐。与施岳、杨缵、李彭老、周密等交往唱酬。《词苑萃编》卷一四尝引薛梦桂《苏壁琐言》，今未见传本。周密《绝妙好词》选其词4首，今收入《全宋词》第五册。事迹见周密《浩然斋雅谈》卷上。

薛梦桂所作俪语古文词笔，皆洒落，不特诗也。况周颐认为其词“得不沾不脱之妙……亦工稳亦灵活，非词中能品不辨”④，以“能品”誉之；在《蕙风词话》中，况周颐还认为：“词笔‘丽’与‘艳’不同……薛梯飙词工于刷色，当得一‘丽’字。”⑤其词《眼儿媚·绿笺》“蘸烟染就，和云卷起，秋水人家”⑥

---

① [宋]柴望：《凉州鼓吹诗余自序》，曾枣庄、刘琳主编《全宋文》第347册，卷8028，上海辞书出版社、安徽教育出版社2006年版，第309页。

② 唐圭璋：《全宋词》，第5册，中华书局1965年版，第3373页。

③ 唐圭璋：《全宋词》，第5册，中华书局1965年版，第3373—3374页。

④ 孙克强编著：《唐宋人词话(增订本)》下，南开大学出版社2012年版，第1116页。

⑤ [清]况周颐著，孙克强辑考：《蕙风词话　广蕙风词话》，中州古籍出版社2003年版，第36页。

⑥ 唐圭璋：《全宋词》，第5册，中华书局1965年版，第3137页。

句，实得不黏不脱之妙；《浣溪沙》（“柳映疏帘花映林”）中“燕子说将千万恨，海棠开到二三分”①，既工稳又灵活，确为词中能品。

上述宋末浙江遗民词人的分布，主要集中杭州、湖州、绍兴三个地区，占了约80%。宁波、衢州和温州地区只占约20%，而金华、丽水、嘉兴等地则据现有文献未有记载。其分布呈现以杭州为中心的由密而疏的辐射状的特点。

这样的一种分布特征，当与政治、文化及交通情况有密切的关系。

第一，杭州是南宋都城所在地，其政治、经济、文化的中心地位不言而喻；乃至于宋亡后，其文化的核心地位仍无以动摇，山阴王沂孙、湖州周密等的加入，使其在宋末浙江遗民词人中的地位不断加强。湖州和绍兴等地则紧邻南宋都城，经济发达，交通便利，不仅适宜本地词人居住，且特别适宜外地迁居者，因而像周密等词人其先祖在北宋灭亡后从北方南迁，两浙路中靠近北方的这几个城市自然也成了他们的首选。

第二，杭州、湖州、绍兴等几个地区相对文化亦较发达，结社交游唱和特别兴盛，是词人们流连之地；而丽水、台州、金华等地则因其地理位置的偏远，不仅北人南迁足迹罕至；因其交通等的不便，相对在文学上难有交流，因而也难以形成浓厚的唱酬风气，一定程度上阻碍了其文学的交流与发展。

---

① 唐圭璋：《全宋词》，第5册，中华书局1965年版，第3137页。

第四章　南宋浙江遗民词人交游考略

如上章所述，南宋浙江遗民词人其分布主要集中于杭州、湖州、绍兴三个地区，宁波、衢州和温州地区较少，而金华、丽水、嘉兴等地则少有记载。这样的一种分布呈现出以都城临安（杭州）为中心的由多到少的辐射状特点，体现出地域选择性，与当时的政治文化以及地理位置等有着极大的关系。而词人间交往唱酬的疏密情况与这一分布特点基本相一致，当然也有一些特殊的情况。以下据文献记载及其词人间唱酬的情况作一梳理。

第一节　结社交游互动

宋亡后宋朝故老本着严辨夷夏与崇尚名节的意识，多不仕二朝（学官情况特殊，前已有所论），致使遗民甚多，隐逸之风盛行。隐逸士人为了宣泄精神的苦闷与忧思，也为了寻求同声相应、同气相求的归属感，或自然而然互动交往，进而有意识地结集诗社，或无意识地形成区域的闭合性群体。从全国情况看，当时临安、浦阳、桐庐、庐陵、建阳、崇安、东莞等地，是较明显的遗民集结中心。“南宋有无谓之词以应社”，[①]两浙向为人文渊薮，文人结社之风本就盛行，南宋时这样的结社唱酬更为频繁，有的吟社从宋亡前已经形成，宋亡后延续并有不同的唱酬内容和表现；有的则是在亡国后特殊的时代背景中产生，有着特定的唱酬对象和明显的政治基调。不论遗民之间的互动是采取直接或间接模式，多以诗词文为互动的主要载体。

一、西湖吟社：词艺切磋与闲情之咏

据《宋元诗社研究丛稿》[②]并肖鹏《西湖吟社考》[③]，关于该吟社活动的

---

① ［清］周济：《介存斋论词杂著》，唐圭璋《词话丛编》，第2册，中华书局1986年，第1629页。

② 欧阳光：《宋元诗社研究丛稿》，广东高等教育出版社1996年版。

③ 唐圭璋等主编：《词学》（第7辑），华东师范大学出版社1989年版，第88页。

最早记载，见之于周密《采绿吟》小序。周密《采绿吟》（“采绿鸳鸯浦”）词序云：

> 甲子夏，霞翁会吟社诸友逃暑于西湖之环碧。琴尊笔研，短葛练巾，放舟于荷深柳密间。舞影歌尘，远谢耳目。酒酣，采莲叶，探题赋词。余得塞垣春，翁为翻谱数字，短箫按之，音极谐婉，因易今名云。①

从这篇小序中可知：吟社至迟成立于“甲子夏”，即宋理宗景定五年（1264）；该吟社的组织者为“霞翁”，即杨缵。杨缵（？—1267），字继翁，号守斋，又号紫霞翁，严陵人，居钱塘。缵本洪氏，原籍饶州鄱阳县（今属江西）。宁宗杨后侄杨石之子早夭，遂祝为嗣。曾通判安吉州（今属浙江湖州），又知安吉州，宋理宗绍定六年（1233）四月后，阶官已至朝请郎，仕至司农寺卿、知绍兴府（今浙江绍兴）、兼两浙东路安抚使。度宗咸淳三年（1267）卒，赠少师。度宗时，女为淑妃，官列卿。缵好古博雅，善作墨竹，好弹琴，又能自度曲，著有《紫霞洞谱》传于世。周密与杨缵亦师亦友，交往甚密，因而仅从其诗词文中即可窥知杨缵在吟社中的地位。周密在《瑞鹤仙》（“翠屏围昼锦”）小序云：“寄闲结吟台出花柳半空间，远迎双塔，下瞰六桥，标之曰‘湖山绘幅’，霞翁领客落成之。初筵，翁俾余赋词，主宾皆赏音……”②《草窗韵语》卷二有诗，题云：“紫霞翁觞客东园，列烛花外，秋林散影，高堂素壁，皆粲然李成、韦偃寒林画图，发新奇于摇落，前所未有，因作歌以纪之。”③《齐天乐》（“宫檐融暖晨妆懒”）序云：“紫霞翁开宴梅边……施中岳赋之，余和之。”④晚年回忆往事，周密云：“翁往矣！回思着唐衣，坐紫霞楼，调手制闲素琴（第一），作新制《琼林》《玉树》二曲，供客以玻璃瓶洛（一作插）花，饮客以玉缸春酒（翁家酿名），笑语竟夕不休，犹昨日事，而人琴俱亡，冢上之木已拱矣，悲哉！”⑤无论是“领客”“觞客”“开宴”还是“供客”“饮客”，均不难见出杨缵吟社盟主的地位。该吟社的活动有两个显著特点。

1. 审音辨律，切磋词艺是吟社的重要内容

其盟主杨缵即以精通音律著称，周密《浩然斋雅谈》卷下说他“洞晓律

① 唐圭璋：《全宋词》，第5册，中华书局1965年版，第3270页。

② 唐圭璋：《全宋词》，第5册，中华书局1965年版，第3276页。

③ 傅璇琮等：《全宋诗》，第67册，北京大学出版社1998年版，第42518页。

④ 唐圭璋：《全宋词》，第5册，中华书局1965年版，第3272页。

⑤ ［宋］周密撰，张茂鹏点校：《齐东野语》卷18，中华书局1983年版，第339页。

吕,尝自制琴曲二百操,……近世知音,无出其右者”[①]。在他的带动下,该吟社的成员对精研琴理、商榷音律都十分热衷。这一点史料有较多记载。如张炎《词源》卷下谓:“近代杨守斋精于琴,故深知音律。……与之游者周草窗、施梅川、徐雪江、奚秋崖、李商隐,每一聚首,必分题赋曲。但守斋持律甚严,一字不苟作,遂有《作词五要》。”[②]周密《木兰花慢》“西湖十景”词序云:“西湖十景尚矣。张成子尝赋《应天长》十阕夸余曰:‘是古今词家未能道者。’余时年少气锐,谓此人间景,余与子皆人间人,子能道,余顾不能道耶,冥搜六日而词成。成子惊赏敏妙,许放出一头地。异日霞翁见之曰:‘语丽矣,如律未协何。’遂相与订正,阅数月而后定。是知词不难作,而难于改;语不难工,而难于协。”[③]这些材料显示了吟社同人审音辨律,切磋词艺的热衷程度和生动情景。事实上,该吟社的主要成员如徐理,为当时著名琴律家;施岳、张枢、王沂孙、张炎、徐宇等,均是当时的词乐专家。他们以吟社为核心,频繁往来,师友授受,标榜品题,因而形成了一个以精研词律为共同爱好追求的创作群体,在南宋末年的词坛上产生了显著的影响。吟社中一些重要的成员如周密、张炎、王沂孙、李彭老等均是宋末浙江遗民词人群体中的主要人物,且周密、张炎、王沂孙等人均成为宋词创作重要流派——格律派的后劲,并直接影响了宋末浙江遗民词人的词风,这一情况应该说和吟社的这种熏陶濡染是分不开的。

2. 吟社严重脱离现实的倾向

检视这一时期有关吟社之作,不难发现,除了斟研词律之外,大多为放浪山水,寄兴适情之作。今天可考知的该吟社几次大的活动,如景定五年(1264)的西湖之盟(具体情形已见之周密的《采绿吟》序),咸淳元年(1265)秋晚的载酒水月游(见周密的《秋霁》词序),还有就是咸淳三年(1267)七月及次年秋,周密两次大会社友往故乡湖州,其所作《齐天乐》(“清溪数点芙蓉雨”)词序记其事云:“丁卯七月既望,余偕同志放舟邀凉于三汇之交,远修太白采石、坡仙赤壁数百年故事,游兴甚逸。余尝赋诗三百言以纪清适,坐客和篇交属,意殊快也。越明年秋,复寻前盟于白荷凉月间。风露浩然,毛发森爽,遂命苍头奴横小笛于舵尾,作悠扬杳渺之声,使人真有乘查飞举想也。举白尽醉,继以浩歌。”[④]以及咸淳七年(1271)夏,诗社以书舫载客

---

① [宋]周密:《浩然斋雅谈》卷下,中华书局1985年版,第42页。

② [宋]张炎著,夏承焘校注:《词源注》,人民文学出版社1963年版,第31页。

③ 唐圭璋:《全宋词》,第5册,中华书局1965年版,第3264页。

④ 唐圭璋:《全宋词》,第5册,中华书局1965年版,第3277页。

再游湖州，周密《乳燕飞》（“波影摇涟甃”）词序记其事云：“辛未首夏，以书舫载客游苏湾。徙倚危亭，极登览之趣。所谓浮玉山、碧浪湖者，皆横陈于前，特吾几席中一物耳。遥望具区，渺如烟云；洞庭、缥缈诸峰，矗矗献状，盖王右丞、李将军着色画也。松风怒号，暝色四起，使人浩然忘归。慨然怀古，高歌举白，不知身世为何如也。溪山不老，临赏无穷，后之视今，当有契余言者。因大书山楹，以纪来游。”[①]虽偶有“同盟载酒为水月游……抚人事之飘零，感岁华之摇落，不能不以之兴怀”[②]的岁华摇落之感，但悠游山水，举白浩歌，不知今夕何夕，则基本上反映出该吟社此期活动的大致面貌。不唯如此，他们日常所咏也多为月夕登台之类的悠游之作，如张枢《壶中天慢·月夕登绘幅堂，与篔房各赋一解》和李彭老的《壶中天·登寄闲吟台》等。从这些吟社活动的记录里，读者也许会误以为他们生活在一个太平盛世里，因为从这些词社活动记录中实在难以找到对国事衰颓的忧虑和对现实的关注，这从一个侧面反映了南宋灭亡前夕文人士大夫脱离现实、醉生梦死的精神状态。

此期的西湖吟社，虽其活动在宋亡前，但与宋亡后的浙江遗民词人群体之间有着极为密切的关系，且在词艺以及词风上有着极深的渊源。首先，吟社中周密、张炎、李彭老兄弟等均是后来遗民词人群体的主要成员，他们词作的审美追求与特征正是在此期西湖吟社的词艺切磋中积累并形成，乃至影响群体的其他遗民词人；其次，结社之风南宋为盛，南宋又以两浙为重。此期西湖吟社的情况，恰可看出浙江结社之风的盛行以及遗民词人群体结社活动的历史延续性，他们的结社唱酬，并不起于国家的灭亡，或是某一个偶然的机缘，这一点与宋末以庐陵为中心的江西遗民词人群体的情况[③]，有着很大的区别。浙江遗民词人们在宋亡前即已浸淫在吟风弄月和词艺的切磋中，相对于江西遗民词人群体的“松散性、志士性”[④]，浙江的遗民词人群体则更具有“宗派性、闲适性和雅士性”[⑤]特征，这对全面考察和理解两地遗民词人的创作和影响有很重要的意义。

---

① 唐圭璋：《全宋词》，第5册，中华书局1965年版，第3280页。

② 唐圭璋：《全宋词》，第5册，《秋霁》词序，中华书局1965年版，第3272页。

③ 笔者认为：江西遗民词人群体的存在更多是因为《名儒草堂诗余》词集以及文天祥、刘辰翁等主要词人同学于江万里凤林书院的机缘而来。

④ 刘荣平：《宋遗民词人群体研究》，华东师范大学2000年博士学位论文。

⑤ 刘荣平：《宋遗民词人群体研究》，华东师范大学2000年博士学位论文。

二、山阴结社:咏物寄托与亡国之痛

"头白遗民涕不禁,补题风物在山阴"①,宋亡后,由于元僧杨琏真伽发会稽宋帝后陵的暴行使得遗民词人在山阴结社,作《乐府补题》咏物寄托深沉的亡国之痛。

宋端宗景炎三年(1278)十二月,元僧杨琏真伽发会稽(今浙江绍兴)宋帝后陵,"至断残肢体,攫珠襦玉匣,焚其胔,弃骨草莽间"②。唐珏与林景熙拾遗骨安葬,植冬青于其上。第二年,祥兴二年(1279),周密与王沂孙、李彭老、张炎、仇远、唐珏、王易简等十四人,分咏龙涎香、白莲、莼、蝉、蟹等题目,编为《乐府补题》,借咏物寄寓亡国之痛。厉鹗论词绝句说:"头白遗民涕不禁,补题风物在山阴。残蝉身世香莼兴,一片冬青冢畔心。"他以发陵事解释唐珏咏蝉、莼诸词的缘由。夏承焘先生《乐府补题考》认为补题全编均为发陵事而作,且"大抵龙涎香、莼、蟹以指宋帝,蝉与白莲则托喻后妃"③。

至于该社是宋亡后应发陵事临时的抑或是宋亡前西湖吟社的延续,欧阳光《宋元诗社研究丛稿》所论有一定道理,可备一说。《宋元诗社研究丛稿》认为,结社吟咏山阴发帝陵而成《乐府补题》的仍是之前的西湖吟社,只是以宋亡为转折,该吟社此期的中心人物、成员、活动地点和主要关注点发生了变化。此期的中心人物已是浙江遗民词人周密,成员以浙江的遗民词人为主,前后参加者有周密、李彭老、张炎、王沂孙、王易简、仇远、冯应瑞、唐艺孙、吕同老、陈恕可、唐珏、赵汝钠、李居仁及无名氏等十四人,十四人中有一半是浙江的遗民词人,且所咏共为三十七首词(后人编为《乐府补题》一卷),其中有二十一首为浙江遗民词人所作,可见浙江的遗民词人及词作占了较大的比重。他们聚会性质也从宋亡前的西湖避暑、放舟邀凉等水月之游转而为共同的遗民情感的抒发,因而聚社场所也就多为社友的住所或书院,如陈恕可的"宛委山房",吕同老的"紫云山房"以及"余闲书院"等。更重要的是该吟社此期活动发生了明显的变化,体现出两大特点。

1. 黍离麦秀,主题鲜明

亡国的惨痛,将词人们从"百年歌舞,百年酣醉"④中惊醒,然而大势已

---

① [清]厉鹗著,[清]董兆熊,陈九思标校:《樊榭山房集》中,上海古籍出版社 2012 年版,第 512 页。

② [元]陶宗仪撰,李梦生校点:《南村辍耕录》卷 4,上海古籍出版社 2012 年版,第 40 页。

③ 夏承焘:《唐宋词人年谱》,上海古籍出版社 1979 年版,第 377 页。

④ [宋]文及翁:《贺新郎·西湖》,唐圭璋《全宋词》,第 5 册,中华书局 1965 年版,第 3138 页。

去，无力回天，于是抒发亡国的悲哀，寄托遗民故老眷怀宗邦的民族情绪，就成为这一时期吟社活动的主旋律，也是吟社此期成果《乐府补题》所载的五次吟咏词作的主题所在。

五次吟咏，分咏龙涎香、白莲、莼、蝉、蟹等物。《天香》咏龙涎香，同赋者有周密、王易简、冯应瑞、唐艺孙、吕同老、李彭老、王沂孙、无名氏等八人；《水龙吟》咏白莲，同赋者有周密、王易简、陈恕可、唐珏、吕同老、赵汝钠、王沂孙、李居仁、张炎等九人；《齐天乐》咏蝉，同赋者有周密、王沂孙、吕同老、王易简、陈恕可、唐珏、唐艺孙、仇远等八人；《摸鱼儿》咏莼，同赋者五人，王易简、唐珏、王沂孙、李彭老、无名氏；《桂枝香》咏蟹，同赋者吕同老、唐艺孙、唐珏、陈恕可四人。三十七首咏物词均围绕发陵事，寄寓黍离麦秀之悲、身世今昔之感，主题鲜明，感怀深挚，极为沉痛。（表 4.1）

表 4.1 《乐府补题》题咏情况统计

序号	词人	天香·宛委山房拟赋龙涎香	水龙吟·浮翠山房拟赋白莲	摸鱼儿·紫云山房拟赋莼	齐天乐·余闲书院拟赋蝉	桂枝香·天柱山房拟赋蟹	总计
1	周　密	1	1		1		3
2	王沂孙	1	2	1	2		6
3	王易简	1	1	1	1		4
4	冯应瑞	1					1
5	唐艺孙	1			1	1	3
6	吕同老	1	1		1	1	4
7	李彭老	1		1			2
8	李居仁	1	1				2
9	陈恕可		1		2	1	4
10	唐　珏		1	1	1	1	4
11	赵汝钠		1				1
12	张　炎		1				1
13	仇　远				1		1
14	佚　名			1			1
总　计		8	10	5	10	4	37

2. 咏物寄托，深婉曲折

宋亡后不久，因元僧杨琏真伽发帝陵事，该吟社曾在绍兴举行过五次活动，填词分咏龙涎香、白莲、莼、蝉、蟹五物以寄托哀思。其中《天香》咏龙涎香八首，《水龙吟》咏白莲十首，《摸鱼儿》咏莼五首，《齐天乐》咏蝉十首，《桂枝香》咏蟹四首。这些词托物言情，寄慨深远，虽饱含黍离麦秀之感，然“只以唱叹出之，无剑拔弩张习气”，[①]因而如陈廷焯评价王沂孙《齐天乐·蝉》之谓，“字字凄断，却浑雅不激烈”[②]，风格显得隐晦纡曲，深婉有致，是南宋灭亡的一曲哀婉凄怨的挽歌。

山阴结社的五次咏物将吟社的活动推向了高潮。继《乐府补题》五咏之后便找不到有关该吟社活动的记载，大约在此后不久，吟社就散了。

西湖吟社自景定五年开始活动，至元初解散，存世时间长达十余年，这期间参加过诗社活动的词人应该不少，可惜没有任何资料明确记载，今已难以确知。大致上说，前期与杨缵、周密交往密切的文人，后期参加了《乐府补题》五咏的词人，均可视为此吟社之成员。而其中浙江遗民词人不少，大致可知有李彭老兄弟、周密、薛梦桂、张炎、王沂孙、王易简、仇远、唐珏、陈允平等，他们可以说是吟社的一大主体，而吟社也成了他们交游互动的重要平台。

三、汪元量、李珏的西湖词社

元初杭州一地诗社活动颇为活跃，宋卫宗武《为吟友序饯行诗》云：“钱塘吟社光价远扬，几使江浙倾动。”[③]描述可谓是形象却毫不夸张，具体如杭清吟社、古杭白云社、武林九友会、孤山社、武林社等[④]，均为元初在杭州活动的诗社。但由于材料的缺乏，这些诗社活动的具体情形不甚清楚。事迹稍显而又有浙江遗民词人参与的，是汪元量、李珏等所结之诗社。

汪元量有《暗香》《疏影》两词，从其词序看均为结社之作。《暗香》序云：“西湖社友有千叶红梅，照水可爱。问之自来，乃旧内有此种。枝如柳梢，开花繁艳，兵后流落人间。对花泫然承脸而赋。”词云：

> 馆娃艳骨。见数枝雪里，争开时节。底事化工，著意阳和暗偷泄。偏把红膏染质，都点缀、枝头如血。最好是、院落黄昏，压栏照水清绝。

---

① [清]周济：《宋四家词选目录序论》，唐圭璋《词话丛编》，第2册，中华书局1986年版，第1644页。

② [清]陈廷焯：《白雨斋词话》卷2，人民文学出版社1959年版，第44页。

③ [宋]卫宗武：《秋声集》卷5，《文渊阁四库全书》第1187册，上海古籍出版社1987年版，第706页。

④ [宋]吴渭编：《月泉吟社诗》，《丛书集成初编》，中华书局1985年版。

风韵自迥别。谩记省故家，玉手曾折。翠条袅娜，犹学宫妆舞残月。肠断江南倦客，歌未了、琼壶敲缺。更忍见，吹万点、满庭绛雪。①

又《疏影》序云："西湖社友赋红梅，分韵得落字。"可见也是应社而作。其词云：

虬枝茜萼。使轻盈态度，香透帘幕。净洗铅华，弄抹胭脂，风前伴我孤酌。诗翁瘦硬□□□，断不被、春风镕铄。有陇头、折赠殷勤，又恐暮笳吹落。　　寂寞。孤山月夜，玉人万里外，空想前约。雁足书沉，马上弦哀，不尽寒阴砂漠。昭君滴滴红冰泪，但顾影、未忺梳掠。等恁时、环佩归来，却慰此况萧索。②

另汪元量诗《唐律寄呈父凤山提举》其九有"遥忆武林社中友，下湖箫鼓醉红装"③，可见其所结之西湖词社不仅确实存在，且常有诗词唱酬，社友间感情深挚。而从词序"旧内""兵后"等语可知，两词当作于宋亡后汪元量自大都南归杭州之后，即至元二十六年(1289)。诗社之结，当亦在此年。

《绝妙好词》卷五载李珏《击梧桐》词，题作"别西湖社友"。词云：

枫叶浓于染。秋正老、江上征衫寒浅。又是秦鸿过，霁烟外，写出离愁几点。年来岁去，朝生暮落，人似吴潮展转。怕听阳关曲，奈短笛唤起，天涯情远。　　双屐行春，扁舟啸晚。忆昔鸥湖莺苑。鹤帐梅花屋，霜月后、记把山扉牢掩。惆怅明朝何处，故人相望，但碧云半敛。定苏堤、重来时候，芳草如剪。④

李珏(1219—1307)，字元晖，号鹤田，又号庐陵民，吉水(今属江西)人。曾任秘书省正字、阁门宣赞舍人等职。与刘辰翁之子刘将孙交好，是以庐陵为中心的江西遗民词人群体之一员。考汪元量《湖山类稿》卷四有《孤山和李鹤田》《读李鹤田钱塘百咏》两诗，均作于至元二十六年⑤，《读李鹤田

① 唐圭璋：《全宋词》，第5册，中华书局1965年版，第3343页。

② 唐圭璋：《全宋词》，第5册，中华书局1965年版，第3343页。

③ [宋]汪元量撰，孔凡礼辑校：《增订湖山类稿》卷4，中华书局1984年版，第131页。

④ 唐圭璋：《全宋词》，第5册，中华书局1965年版，第3138页。

⑤ 参[宋]汪元量撰，孔凡礼辑校：《增订湖山类稿》卷4，中华书局1984年版，第122页。

钱塘百咏》有云“南浦亭边话别时，扁舟东下浙江湄”①，正为送别之意；李珏曾为汪元量诗稿作序，称元量为“吴友”，均可见两人之交谊。由是可知李珏词题中的西湖社友，即指元量无疑。至于该词社还有其他哪些社友、有过什么活动和词作，则已无从查考了。

四、霅川吟社

“霅川吟社”出现在张炎《木兰花慢》（“锦街穿戏鼓”）词中，其序云：“元夕，后春意盎然，颇动游兴，呈霅川吟社诸公。”②

由于文献的缺乏，霅川吟社的成员及活动等具体情况不得而知。但霅川在湖州，据江昱《山中白云词疏证》：“《弘治湖州府志》：即安定门内江子汇是也。然有声故谓之霅溪。又谓之霅川。”③则霅川吟社当是一个在湖州或以湖州词人为主形成的词社，张炎当是其中一员或是参与过他们的活动。且据张炎该词中“落魄花间酒侣，温存竹里吟朋”④等句，这应该也是走清雅风格的词社。

紧随该词后，张炎还有一首同韵《木兰花慢·用前韵呈王信父》词，从词中“想柳思周情，长歌短咏……一语不谈俗事，几人来结吟朋”⑤等句看，王信父是张炎的词友，且张炎另有《水调歌头·寄王信父》《摸鱼子·春雪。客中寄白香岩、王信父》词，可见他们交往较多，他们结为“吟朋”而“长歌短咏”，似乎也是某词社的成员，只不知王信父、白香岩等词友是否为霅川吟社成员。

五、杨氏池堂讌集

据夏承焘先生关于《乐府补题》的考证，在戊寅（1278）前后，周密、王沂孙、王易简、张炎、曹良史等浙江遗民词人有较为频繁的往来唱酬。除前所述山阴结社之外，在宋亡十年的丙戌（1286）春天，他们又有盛大的讌集活动。对此次讌集，戴表元《剡源集·杨氏池堂讌集诗序》有详细记录：

---

① [宋]汪元量撰，孔凡礼辑校：《增订湖山类稿》卷4，中华书局1984年版，第122页。

② 唐圭璋：《全宋词》，第5册，中华书局1965年版，第3511页。

③ 江昱：《山中白云词疏证》，转引自吴熊和主编《唐宋词汇评》（两宋卷），第5册，浙江教育出版社2004年版，第4253页。

④ 唐圭璋：《全宋词》，第5册，中华书局1965年版，第3511页。

⑤ 唐圭璋：《全宋词》，第5册，中华书局1965年版，第3511页。

丙戌之春，山阴徐天祐斯万、王沂孙圣与、鄞戴表元帅初、台陈方申夫番、洪师中中行，皆客于杭。先是霅周密公谨与杭杨承之大受有连，依之居杭，大受和武恭王诸孙，其居之苑御多引外湖之泉以为池，泉流环回斗折，涓涓然萦穿径间，松篁覆之，禽鱼飞游，虽在城市，而具山溪之观，而流觞曲水者，诸泉之最著也，公谨乐而安之。久之大受昆弟捐其余地之西偏，使自营别第以居。公谨遂亦为杭人。杭人之有文者，仇远仁近、白珽廷玉、屠约存博、张楧仲实、孙晋康侯、曹良史之才、朱棻文芳，日从之游。及是，公谨以三月五日将修兰亭故事。合居游之士凡十有四人，共谳于曲水，客皆诺如约。而大雷雨作，自朝达昼不止。官途水尺，行者病涉，十四人之中其六不至，公谨望望然冀之。起视曲水，则既漫为壑。恚而曰：余惟客缺是愧，若饮，岂必曲水哉？乃揖其在者，迁酒与殽，近集于临池之堂。背堂有危楼翼然，俯纳众碧，大受又特具礼领客陟之，既又复于初。公谨大出所蓄古器物享客为好。或膝琴而弦，或手矢而壶，或目图与书而口歌以呼，醉醒庄谐，骈哗竞狎，各不知人世之有盛衰今古，而穷达壮老之历乎其身也。酒半，有作而叹曰：兹游乐哉，其有思乎？抑亦知夫兹游之所由起乎？益夫兹游者，兰亭之变；兰亭者，郑国风溱洧之变也。郑之溱洧，在当时，小人知惭之；而晋之兰亭，在后世，君子以为善也。虽然，人生而感乐哀之情，犹天时之不能废于寒暑，其废之有节，而导之有故。苟使变而不失正，则岁时乐游，以尽人事之适，岂惟君子，虽先王张弛之道，其孰能废之。方晋之未迁，故都之氓处五方之中，而习累世之盛。男袿女袂，春游而祓焉。故其阎间委巷之所通行也。晋之既迁，名士大夫侨居而露宿，愁苦而嗟咨，有愿为盛时故都之氓，不可得矣。故且驾言出游，以写我忧，而何择于禊之有。吾观兰亭一时临流援笔之作，率嗫嚅喑黯，如长沮荷蒉，冥然而远怀，其能言者，不过达生捐累，如庄、周脩脩然羡死灰枯骼之适，若是者谓之乐乎非耶？今吾人之集于斯也，宜又不得视晋人，而乐于晋人何耶？于是，坐中之壮者茫然以思，长者愀然以悲，向之叹者欲幡然以辞。既而欢曰：事适有所寄也，今日之事知饮酒而已，非叹所也。且我何用远知古人，盍各为辞以达其志。辞之达志莫如诗，公谨遂取十四韵，析为之筹，使在者，人探而赋之；不至者，授之所探而征之。得其韵，为古体诗若干言；得其韵，为近体诗若干言。群篇鼎成，咸有伦理，是庶几托晋贤之达，而返郑风之变也已矣。

因次第联为巨编，而命表元为之序。[①]

戴表元诗序所记甚详，事情大概是：丙戌(1286)之春，山阴王沂孙等人皆客于杭，而周密此时因湖州屋破受杭州杨大受昆弟捐地自营别地以居，遂为杭人。杭州文人如仇远、曹良史等日从之游，恰逢临安倾覆十周年之际，遂于三月三日邀居游之士徐天祐、王沂孙、戴表元、仇远、白珽、屠约、张楧、曹良史等十四人共聚一堂，将修"兰亭故事"，后因大雨，八人集于临池之堂，感慨而为诗。杨氏池堂的谯集，是一次盛大的文人聚会，虽然文中没有说明八人为谁，仇远、曹良史、王沂孙等是否因为大雨而没有如约，但宋亡十年后遗民词人的分布变化和集会交游唱酬情况可见一斑。此期遗民词人间的交往活动虽没有具体的吟社名称可考知，但"日从之游"的频繁、十四人修"兰亭故事"的规模与雅兴，坐中壮者的"茫然以思"和长者的"愀然以悲"[②]，均可见出在国亡后的十年间，遗民词人们就是通过这种与同道者的交流中，释放故国情怀，在流连风雅之外更多了层厚重的故国之思，这种谯集成为联络故老、抒发亡国之恨的最佳方式，从中也可见出遗民词人间结社活动的经常性以及活动内容、主题的时代性变化。

六、陈著鄞县诗社

关于陈著的鄞县诗社，目前所据材料主要是陈著《本堂集》中《菊集所檄》等两篇聚会檄文和《次韵前人醵更生会》等六首诗歌。《宋元诗社研究丛稿》[③]和《宋代士绅结社研究》[④]两书对此有论述。先看陈著《本堂集》卷五十三的两篇《菊集所檄》：

伏以天荒地老，共偷萍世之余生；露白风清，当为菊秋而一醉。脉累年之成例，踵九日以为期。亦知此时，非复畴昔。战戈凛毒，膏草木以皆腥；劫火飞熛，烈山泽而如赭。虽欲少延于佳话，何从更觅于孤芳。谁谓灵石梵家，独似武陵仙洞。青壁丹崖之下，风物依然；苍松翠竹之间，霜根好在。且吾里虽经多事，而我辈尚能自持。儒衣儒冠，俨典刑其犹有；乡规乡约，矫礼义其无愆。不妨投暇以夷犹，且将与世而

① [元]戴表元：《剡源集》卷10，中华书局1985年版，第151—153页。

② [元]戴表元：《剡源集》卷10，中华书局1985年版，第152页。

③ 欧阳光：《宋元诗社研究丛稿》，广东高等教育出版社1996年版。

④ 周扬波：《宋代士绅结社研究》，中华书局2008年版。

酩酊。而况黄有正色，金铃金钱之在前；白无纤瑕，玉盆玉毬之布列。杨妃粉红者千叶，顺圣浅紫者大葩。岂在多乎，聊复尔耳。人生能几百岁，调强作于千年。花开便是重阳，香岂衰于一夜。拖笻泄舄，挈榼提壶，奚择乎清圣浊贤，奚分乎彼宾此主。餐夕英如灵均叟，心潄楚骚；受寒华如渊明翁，眼空晋俗。或围棋而开局面，或弹琴而写古音。气唱则吟洗，每恨无钱之句；调高则唱和，多情破帽之调。有蒲团可以供醉眠，有桐鱼可以即欢舞。相与乐此，能无从乎？牧之插满头归，谁肯洒落晖之泪；魏公下羞容淡，要同收晚节之香。故兹檄闻，幸以簪盍。丁丑九月日檄。(其一)①

伏以须菊花满插，要酬佳节之难逢；把茱萸细看，曾问明年之谁健。忽焉今日，又是重阳。有前屡岁之成规，用后一日而为醵。其羞俎豆，以从樽罍。时复一中之，庶免明月清风之笑；人生行乐耳，长记丹崖青壁之游。兹檄星驰，如约云集。戊寅九月日檄。(其二)②

从上述两篇檄文中可探知陈著鄞县诗社的一些情况。诗社当是宋末由明州鄞人陈著组织发起，且前后延续时间较长，因而有“脉累年之成例”“有前屡岁之成规”。从活动时间看，多定期在重阳节，两篇檄文，分别写于端宗景炎二年(1277)和卫王祥兴元年(1278)的重阳节。从活动内容看，主要是赏菊赋诗，在宋亡之初的 1277 年和 1278 年，赏菊赋诗既是重九应景的活动，也包含以菊花之抱节隐逸品格自励的深意。文中“青壁丹崖之下，风物依然；苍松翠竹之间，霜根好在。且吾里虽经多事，而我辈尚能自持。儒衣儒冠，俨典刑其犹有；乡规乡约，矫礼义其无愆”“餐夕英如灵均叟，心潄楚骚；受寒华如渊明翁，眼空晋俗”“魏公下羞容淡，要同收晚节之香”等句，生动体现了该诗社以固守文化传统，相互砥砺，甘于恬淡，坚持晚节为宗旨，以菊喻节，以屈原、陶渊明为榜样。所以，该诗社名为菊集，因菊有“更生”之别名，又名“更生会”，实际是遗民词人聚集进行诗词创作的吟社。陈著《本堂集》中有《次韵前人醵更生会》三首和《次前韵次前人》三首，从其内容和意境看，可视为同一次“更生会”所赋之诗。惜此诗社的参加者及活动之具体情形已不可考。

综观浙江遗民词人群体的结社活动，从规模上看，西湖吟社、山阴结社

① 曾枣庄、刘琳主编：《全宋文》第 350 册，上海辞书出版社、安徽教育出版社 2006 版，第 127 页。
② 曾枣庄、刘琳主编：《全宋文》第 350 册，上海辞书出版社、安徽教育出版社 2006 版，第 128 页。

和杨氏池堂讌集是相对参与人数较多，时间持续较长且影响较大的结社活动；从时间上看，从 1264 年的西湖吟社到宋亡十年 1286 年的杨氏池堂讌集，前后延续时间长，不同时期虽有不同的活动主体和活动空间，但整体上有贯穿始终的人物，有大致相似的创作追求和共同的时代主题。从横向联系看，周密早年出于著名音乐家杨缵之门，曾结吟社于西湖杨氏环碧园，是西湖吟社的重要成员；其后以各种不同的形式与李彭老、李莱老、王沂孙、陈允平、文及翁等一批遗民词人多有交往，尤与二李及王沂孙互相酬唱为多；宋亡后，与王沂孙、张炎等十四人结山阴遗民词社作《乐府补题》词集，影响巨大。周密以其西湖吟社、山阴遗民词社和杨氏池堂讌集的主要成员或中心人物的身份成为宋亡前后浙江词人群体的一个纽带式人物，他以其博学多识和广泛交游的实际影响力联结杭越湖等地词人，成为浙江词坛实际的领袖人物，与之唱和的词人甚多。从纵向传承看，在词创作成就及其影响方面，浙江遗民词人群体则“以张炎和仇远两人最为重要”。[①] 他们年纪相若，经历也相似，“他们的中心位置，不仅体现于其创作成就代表了这个群体的最高水平，更体现在他们承上启下的特殊地位。他们……在这个群体中算是晚辈，且又都得享高年，正因为如此，他们既能承续上一辈遗民的固有风范并有所发展，同时也有足够的时间和条件，来影响随后的元代中期词坛”[②]。宋亡后，浙江的遗民词人们就是以这样的方式，抒写沉痛的亡国之恨；也以这样的方式，坚持着他们的艺术品格和雅词追求，并通过作品和著述等方式流传并影响后世。

第二节 寄赠次韵唱酬

宋遗民词人间在上述结社活动以及个体相互较为频繁的交往中，留下相当数量的寄赠次韵唱酬之作，从他们次韵唱酬词作中，一样体现出周密、张炎等人在群体中的中心地位。

中国古代文人诗词寄赠唱和之风由来已久，至宋为盛。中唐以前，和诗以和意为主；中唐之后，则以和韵为主。和韵有用韵、依韵、次韵之别，而次韵为最难。两宋词坛，文人唱酬应和蔚然成风，且词人又往往因难见巧，偏爱最难之次韵，次韵之词遂独占鳌头，宋词次韵现象蔚为大观。宋词和

---

① 陶然：《金元词通论》，上海古籍出版社 2010 年版，第 345 页。

② 陶然：《金元词通论》，上海古籍出版社 2010 年版，第 345 页。

作，多为次韵。题序所谓“和韵”“用韵”“借韵”“叠韵”“继韵”者，其实多指次韵。其类型大致有对歌型、合唱型、自和型和模仿型四种；从唱和时空和内容看又有即时与隔时、同地与异地、共题与另题等区别。考唐宋唱和诗词发展繁荣的原因，一与整个诗词的发展繁荣同步，二为历代君王的提倡，三乃文人才士在社会生活中彼此交往的日益广泛频繁①。宋词中的次韵词，还因词体特殊的“娱宾遣兴”的娱乐功能而愈发繁荣。在这样的寄赠次韵唱酬中，词人们不仅因次韵填词以其因难见巧，唱和之际可分其高下而获得技巧的锻炼、精神的愉悦，还因其独处之时亦可翰墨自娱，因而次韵词备受词人们的青睐。从向子諲《点绛唇·重九戏用东坡先生韵》、侯置《青玉案·戏用贺方回韵饯别朱少章》、杨冠卿《贺新郎·戏用张元干韵》、辛弃疾《念奴娇·三友同饮，借赤壁韵》、韩元吉《水龙吟·夜宿化城，得张安国长短句，戏用其韵》等词题词序，均能见出次韵词作者的娱乐心态。南宋词人沈瀛，写《减字木兰花》48 首，全部次韵，若非乐此不疲，怎能写得下去？朱熹的《菩萨蛮·次圭父回文韵》、黄庭坚的《西江月·用惠洪韵》都是回文次韵词，和韵之词本就难写，张炎就曾经说过：“词不宜强和人韵；若倡者之曲韵宽平，庶可赓歌；倘韵险又为人所先，则必牵强赓和，句意安能融贯？”②回文次韵词写作难度就更大了，可见两人因难见巧、逞才竞技的意图是显然的。宋末浙江遗民词人次韵唱和之作日趋增多，宋亡前当是以锻炼技巧、切磋技艺和逞才竞技为尚；宋亡后则更多是特殊时代背景下互相砥砺、同气相求的需要。

一、同题唱酬

宋末浙江遗民词人次韵唱酬之作，其中有相当一部分以同一题材为唱酬对象，其目的或为逞才竞技，或为同气相求。较为著名的有以下几方面。

（一）同赋西湖十景

周密于景定癸亥即景定四年（1263）因不服张成子所作西湖十景的《应天长》十阕，“冥搜六日”③而成《木兰花慢》西湖十景词。词成后，周密又约陈允平同赋，“雪川周公谨以所作《木兰花》示予，约同赋，因成，时景定癸亥

---

① 参见巩本栋：《论唱和诗词的渊源、发展及特点》，见施议对、蒋寅主编《中国诗学》第 1 辑，南京大学出版社 1991 年版，第 73—82 页。

② ［宋］张炎著，夏承焘校注：《词源注》，人民文学出版社 1963 年版，第 27 页。

③ ［宋］周密：《木兰花慢》词序，唐圭璋《全宋词》，第 5 册，中华书局 1965 年版，第 3264 页。

岁也"[①]，因而，才有了陈允平的《西湖十咏》。同赋之西湖十咏，据陈允平词末所叙，作于1263年，十余年后宋亡。从周密词序看，周密作十咏出于"年少气锐"(见周密《木兰花慢》词序)的不服气，当为逞才竞技而作，且词成后数月着意于协律的订正，故而有后人"泛写景物，了无深意"[②]之评；而陈允平的十咏，从寓意上似更胜周密一筹，如《探春·苏堤春晓》云："搔首卷帘看，认何处、六桥烟柳。"[③]《秋霁·平湖秋月》云："对西风、凭谁问取，人间那得有今夕。应笑广寒宫殿窄。露冷烟淡，还看数点残星，两行新雁，倚楼横笛。"[④]《扫花游·雷峰落照》云："可惜流年，付与朝钟暮鼓。"[⑤]《蓦山溪·花港观鱼》云："宫沟泉滑，怕有题红句。钩饵已忘机，都付与、人间儿女。濠梁兴在，鸥鹭笑人痴。三湘梦，五湖心，云水苍茫处。"[⑥]《齐天乐·南屏晚钟》云："御苑烟花，宫斜露草，几度西风弹指。"[⑦]似此之类，皆令人思，令人回味，遂有"感时伤事，得风人之正"[⑧]"风流骚雅，具见名士胸襟。别于同时诸家，独有千古。宛转流美，极力点缀；有清虚之致，无斧凿之痕，词中正声也"[⑨]的高评。

(二)吊梅抒怀

梅为宋人所喜爱的意象，在宋遗民词人心中，梅花不仅代表了其遗民的品格与气节，更是宋朝兴亡的见证，因而咏梅之作，别具兴亡之慨。

周密作词《献仙音·吊雪香亭梅》，遂有李彭老《法曲献仙音·官圃赋梅，继草窗韵》和王沂孙《法曲献仙音·聚景亭梅次草窗韵》的次韵之作。三人所咏之物均为凌寒而开、香气自若的梅花，只是地点不同：一为雪香亭，一为聚景亭(也即官圃)。雪香亭，据周密《武林旧事》和《齐东野语》的记载，杭州葛岭有集芳园，原是皇家御园，曾为宋高宗后妃所居，理宗时赐给贾似道，贾似道再修筑，胜景很多；中有雪香亭，其旁广植梅花，且多古梅。聚景园，也即官圃，据《咸淳临安志》卷十三："此园在清波门外，孝宗皇帝致养北宫，拓圃西湖之东，又斥浮屠之庐九以附益之。亭宇皆孝宗皇帝御扁，尝恭请两宫临幸。光宗皇帝奉三宫，宁宗皇帝奉成肃太后，亦皆同

---

① [宋]陈允平：《西湖十咏》词末，唐圭璋《全宋词》，第5册，中华书局1965年版，第3104页。
② [清]陈廷焯：《白雨斋词话》卷7，人民文学出版社1959年版，第191页。
③ 唐圭璋：《全宋词》，第5册，中华书局1965年版，第3102页。
④ 唐圭璋：《全宋词》，第5册，中华书局1965年版，第3102页。
⑤ 唐圭璋：《全宋词》，第5册，中华书局1965年版，第3102页。
⑥ 唐圭璋：《全宋词》，第5册，中华书局1965年版，第3103页。
⑦ 唐圭璋：《全宋词》，第5册，中华书局1965年版，第3103页。
⑧ [清]陈廷焯：《白雨斋词话》卷7，人民文学出版社1959年版，第191页。
⑨ [清]陈廷焯著，屈兴国校注：《白雨斋词话足本校注》上，齐鲁书社1983年版，第165页。

幸。岁久荒圮，今老屋仅存者，堂曰槛远，亭曰花光。又有亭植红梅……”宋亡后，这些代表南宋王朝曾经的权势和荣耀的园亭均荒芜，词人们游园有感，借写故园的梅花凭吊故国之亡：

> 松雪飘寒，岭云吹冻，红破数椒春浅。衬舞台荒，浣妆池冷，凄凉市朝轻换。叹花与人凋谢，依依岁华晚。　　共凄黯。问东风、几番吹梦，应惯识当年，翠屏金辇。一片古今愁，但废绿、平烟空远。无语消魂，对斜阳、衰草泪满。又西泠残笛，低送数声春怨。（周密《献仙音·吊雪香亭梅》）①

雪香亭，曾见多少玉辇临游，朱门歌舞，而今亭已圮坏，而老梅犹在。周密重游，不由百感交集：由荒亭到朝市，由朝市到看花之人，由曾经的翠屏金辇，再到如今的斜阳衰草，历经劫难的寒梅，阅尽古今兴亡。多少事，只以“西泠残笛”，寄寓无穷感慨。而李彭老“总依黯。念当时、看花游冶，曾锦缆移舟，宝筝随辇。池苑锁荒凉，嗟事逐、鸿飞天远”②（《法曲献仙音·官圃赋梅，继草窗韵》）和王沂孙的“已销黯。况凄凉、近来离思，应忘却、明月夜深归辇。荏苒一枝春，恨东风、人似天远”③（《法曲献仙音·聚景亭梅次草窗韵》），皆于兴亡之际寄予无限感慨。

从三词词意看，都是宋亡后之作，且并非一次集中赏梅的即时之作，而是借和韵，同气相求，表达宋遗民共同的亡国之痛楚，深沉而诚挚。

（三）西湖伤春

西湖，在宋末浙江的遗民词人心目中，远不只是一个美丽的自然胜景而已，它是代表故国故园、昔日美好的一个意象。春天，在这些词人们心中，除了传统的伤春情怀外，又更多了别样的意绪。春日游湖，唤起的只能是更浓重更深沉的故国遗民的悲慨。周密作《探芳讯·西泠春感》（“步晴昼”）感春之词，遂有李彭老《探芳讯·湖上春游，继草窗韵》（“对芳昼”）、张炎《探芳信·西湖春感寄草窗》（“坐清昼”）和仇远《探芳信·和草窗西湖春感词》（“坐清昼”）唱和之作。黄畬《山中白云词笺》卷三系张炎《探芳信·西湖春感寄草窗》词于元成宗大德三年（1299），而周密卒于1298年，则这四首唱和词当非即时唱和，而是隔时之作，说明词人间平素多有往来

① 唐圭璋：《全宋词》，第5册，中华书局1965年版，第3291页。
② 唐圭璋：《全宋词》，第4册，中华书局1965年版，第2969页。
③ 唐圭璋：《全宋词》，第5册，中华书局1965年版，第3365页。

和关注，在湖上游春之时，自然会想起友人曾经的吟唱，于是唱和之作不经意间便涌出。此四词当是宋亡二十年前后，词人在春天重游昔日曾经繁华的西湖，有感而作。草窗分别以“花与人俱瘦”“暗草沿池，冷苔侵甃”“废苑尘梁……翠云零落空堤冷”①，写西湖花事之阑珊、池馆之凋残、离宫之冷落。以凄清词笔概写曾经盛极一时的西湖今日之情状，“触处生悲，不尽周原之感”②。张、李、仇相和，或谓“繁华短梦随流水，空有诗千首”③（李彭老），或谓“消魂忍说铜驼事，不是因春瘦”④（张炎），或谓“怅湔裙香远，波痕尚依旧。赤阑桥下桃花观，寒勒花枝瘦”⑤（仇远），皆以如旧之丹心，“行歌禾黍”，“以抒忠爱”⑥，遗民情结终生难以释怀。

（四）四季感怀

四时更替的自然现象总能勾起文人伤春悲秋的意绪，更何况经历亡国之痛的遗民词人们。因此，在宋元之际的浙江遗民词中，伤春悲秋的四时感怀也是词人间相互唱酬的一个重要题材。

李彭老作有《祝英台近》（“杏花初”）词，周密则有《祝英台近·后溪次韵日熙堂主人》和之，两词皆写难以排遣的春愁。日熙堂主人，据朱孝臧《蘋洲渔笛谱考证补》，谓周密《草窗韵语》有《挽李太监二首（仁永）》诗，次首“抠衣犹欠日熙堂，仅拜仪刑振鹭行”⑦，句中提到日熙堂；而周密这首“次韵日熙堂主人”的《祝英台近》词与李彭老词韵和，则可推知日熙堂主人当指李彭老，且疑彭老为李仁永之子。后溪在湖州武康，据《弘治湖州府志》，武康有前后二溪，“前溪在武康县南，出铜岘山，东流四十九里至武康县前千秋桥，名前溪。……武康县后又有一溪，亦出自铜岘山，谓之后溪”。⑧ 又据《嘉泰吴兴志》卷五《河渎·溪》记载，武康县“后溪在县东北一里，即县后之溪也”。⑨ 李词回首一段“杏花初，梅花过”⑩春半时节的恋情，借以抒写春之意绪，深婉曲折，词意往复，声容兼美，极为工秀婉丽；周词

① ［宋］周密：《探芳讯·西泠春感》，唐圭璋《全宋词》，第5册，中华书局1965年版，第3292页。

② 俞陛云：《唐五代两宋词选释》，上海古籍出版社2011年版，第412页。

③ 唐圭璋：《全宋词》，第4册，中华书局1965年版，第2970页。

④ 唐圭璋：《全宋词》，第5册，中华书局1965年版，第3481页。

⑤ 唐圭璋：《全宋词》，第5册，中华书局1965年版，第3405页。

⑥ 俞陛云：《唐五代两宋词选释》，上海古籍出版社2011年版，第460页。

⑦ 傅璇琮等：《全宋诗》，第67册，北京大学出版社1998年版，第42539页。

⑧ ［明］汪翁仪撰修：《弘治湖州府志》卷6，凤凰出版社编《中国地方志集成 善本方志 第1编》，凤凰出版社2014年版，第618页。

⑨ ［宋］谈钥：《嘉泰吴兴志》卷5，浙江古籍出版社2018年版，第69页。

⑩ 唐圭璋：《全宋词》，第4册，中华书局1965年版，第2970页。

“泪随花落”“好梦残时，新愁生处”[①]，抒写的是一片难以排遣的春愁。

此外陈允平有《谒金门》（“春又晚”）词惜春，周密即有和词《谒金门·次西麓韵》（“芳事晚”）感怀春归。陈允平暮秋作《糖多令·秋暮有感》（“休去采芙蓉”）悲秋，周密则为和词《南楼令·又次君衡韵》（“欹枕听西风”），通过写女子怀远之思，抒发淡淡的悲秋意绪。

（五）词艺品题

经常的结社唱酬，词艺切磋，不仅使得浙江的遗民词人词艺精进，且品评鉴赏能力大增，所以词人间常有诗词品评之文字，如周密有《踏莎行·题中仙词卷》品评王沂孙词，张炎有《思佳客·题周草窗〈武林旧事〉》”（“梦里瞢腾说梦华”）评周密著述等。其中最为突出集中的是对周密赠送词集《蘋洲渔笛谱》的答谢品题，颇具浙江词人之特色。

据夏承焘先生《唐宋词人年谱·周草窗年谱》：“今案《笛谱》无入元以后各词，似与《草窗韵语》同结集于宋季，出于草窗手定。”[②]可见，周密词集《蘋洲渔笛谱》于宋亡前即已手定刻成。词集刊印后，周密曾分赠词友王沂孙、李彭老、李莱老、王易简、毛珝等人。为了答谢，也为了表达赞赏之情，王沂孙作《踏莎行·题草窗词卷》（“白石飞仙”）、李彭老作《浣溪沙·题草窗词》（“玉雪亭心夜色空”）、李莱老作《青玉案·题草窗词卷》（“吟情老尽江南句”）及《清平乐·题草窗词》（“日寒风细”）、王易简作《庆宫春·谢草窗惠词卷》（“庭草春迟”）、毛珝作《踏莎行·题草窗词卷》（“顾曲多情”）等词，分别对草窗词品及人格予以品评。且看周密词集引发的以词品词的大合奏：

玉雪庭心夜色空。移花小槛斗春红。轻衫短帽醉歌重。　彩扇旧题烟雨外，玉箫新谱燕莺中。阑干到处是春风。[③]（李彭老《浣溪沙·题草窗词》）

白石飞仙，紫霞悽调，断歌人听知音少。几番幽梦欲回时，旧家池馆生青草。　风月交游，山川怀抱。凭谁说与春知道。空留离恨满江南，相思一夜蘋花老。[④]（王沂孙《踏莎行·题草窗词卷》）

---

① 唐圭璋：《全宋词》，第5册，中华书局1965年版，第3289页。

② ［宋］周密：《祝英台近·后溪次韵日熙堂主人》，夏承焘《唐宋词人年谱》，上海古籍出版社1979年版，第370—371页。

③ 唐圭璋：《全宋词》，第4册，中华书局1965年版，第2972页。

④ 唐圭璋：《全宋词》，第5册，中华书局1965年版，第3365—3366页。

吟情老尽江南句。几千万、垂丝缕。花冷絮飞寒食路。渔烟鸥雨，燕昏莺晓，总入昭华谱。　红衣妆靓凉生渚。环碧斜阳旧时树。拈叶分题觞咏处。荀香犹在，庾愁何许，云冷西湖赋。①（李莱老《青玉案·题草窗词卷》）

日寒风细。庭馆浮花气。白发潘郎吟欲醉。绿暗蘼芜千里。西园南浦东城。一春多少闲情。日暮采蘋歌远，梦回唤得愁生。②（李莱老《清平乐·题草窗词》）

庭草春迟，汀蘋香老，数声珮悄苍玉。年晚江空，天寒日暮，壮怀聊寄幽独。倦游多感，更西北、高楼送目。佳人不见，慷慨悲歌，夕阳乔木。　紫霞洞窅云深，嫋嫋余香，凤箫谁续。桃花赋在，竹枝词远，此恨年年相触。翠笺芳字，谩重省、当时顾曲。因君凝伫，依约吴山，半痕蛾绿。③（王易简《庆宫春·谢草窗惠词卷》）

顾曲多情，寻芳未老。一庭风月知音少。梦随蝶去恨墙高，醉听莺语嫌笼小。　红烛呼卢，黄金买笑。弹丝跕屣长安道。彩笺拈起锦囊花，绿窗留得罗裙草。④（毛珝《踏莎行·题草窗词卷》）

李彭老沿袭着以意象批评为主的中国诗学、词学批评的总体特征，通篇比喻，运用多种自然意象描写周密《草窗词》的审美特色，曲尽形容，别具一格。结句“阑干到处是春风”，不仅道出草窗词“尽洗靡曼，独标清丽；有韶倩之色，有绵渺之思”⑤的特点，也是对周密人品的高度概括。

草窗词清峭，得白石之妙，王沂孙从其师从入手，以浑朴之笔，发凄恋之音。“风月”“山川”二句凝重而倜傥，既总括草窗之词境，亦借以自道。俞陛云谓：“此调与稼轩《贺新郎》词之怀同甫，玉田《琐窗寒》词之怀碧山，皆令人增朋友之重。”⑥道出王沂孙与周密的深挚情谊。

李莱老则以自然万物为周密写照。花朵、飞絮、烟雨与莺燕，这些江南风景既是周密词作中一再出现过的风景，也是比拟周密词作清新雅致的绝好物象。

---

① 唐圭璋：《全宋词》，第4册，中华书局1965年版，第2973页。

② 唐圭璋：《全宋词》，第4册，中华书局1965年版，第2975页。

③ 唐圭璋：《全宋词》，第5册，中华书局1965年版，第3422页。

④ 唐圭璋：《全宋词》，第5册，中华书局1965年版，第3085—3086页。

⑤ [清]戈载：《宋七家词选·草窗词后记》，金启华等编《唐宋词集序跋汇编》，江苏教育出版社1990年版，第293页。

⑥ 俞陛云：《唐五代两宋词选释》，上海古籍出版社2011年版，第415页。

以上词艺品题之作，角度各不相同，但评价客观中肯，充分肯定了周密的创作，并给予了很高的赞誉。以词品词，能融情入景，情真意切，不落俗套，可谓当时难得一见的词评大合奏。这不仅说明周密其词曾经赢得过当时广泛的推许，周密其人也是当时浙江遗民词人群体中的核心和领袖，并且这些作品还为后人对周密词及人品的鉴赏研究提供了不可多得的史料。

二、词人的交集互动

通过宋浙江遗民词人一千余首词作，我们大致可以了解宋末元初这些词人间个体交往唱酬的情况，从中不难看出周密、张炎等词人与群体其他词人的交集最多，成为群体的中心人物。以下以周密、张炎等人为中心，结合作品描述遗民词人个体间的具体交往情况、唱酬内容及情感状态。

（一）周密与遗民词人间的交往唱酬

清沈雄《古今词话·词评上卷》引《柳塘词话》："其（周密）送王圣与还越，赋《三姝媚》。送陈君衡被召，赋《高阳台》。送赵元父过吴，赋《庆春宫》。与莫两山话旧，赋《踏莎行》。又有十拟词，此一时只有弁阳老人耳。故寄调以题词者亦多。"①沈雄所引的这段话道出了周密在宋末尤其是宋亡后与其他词人的唱酬情况以及寄调题词多的原因。其实，在当时非只有一弁阳老人，而是像周密这样起到核心作用的词人只有他一个了。

考周密生平行迹，其早年即以博雅名满江南，被艺林推为领袖，"与一时名辈颉颃盛际者，余二十年"②，交游即已十分广泛。及至元初，周密更成为浙江遗民故老的精神支撑与象征，成为当之无愧的领袖人物。在以临安为中心，包括湖州、会稽、明州在内的士人圈中，通过他的巧妙连接，一个声气相通的文人群体在其周围悄然形成。细读周密词作，与其交往唱和的浙江的遗民词人主要有以下这些。

1. 周密与李彭老、李莱老兄弟的交游

李彭老、李莱老兄弟二人宋亡不仕，偕同隐居，人称"龟溪二隐"。周密与李氏昆仲既有同乡之谊，更有志趣之合，故感情极为深挚。其交谊可考知的，据夏承焘先生考证，周李交往有记载的始于咸淳三年（1267）的冬天，当时周密 36 岁。周密《三犯渡江云》序云："丁卯岁未除三日，乘兴棹雪访

---

① [清]沈雄：《古今词话》，唐圭璋《词话丛编》，第 1 册，中华书局 1986 年版，第 1011 页。

② [宋]周密：《弁阳老人自铭》，[明]朱存理《珊瑚木难》卷 5，《文渊阁四库全书》第 815 册，上海古籍出版社 1987 年版，第 143 页。

李商隐、周隐于馀不之滨。”[①]丁卯岁即1267年。

此后周密与二隐诗词往来极为频繁，为友朋中之最。他在《二隐皆有和篇因再用韵》一诗中甚至说：“平昔结交惟二仲，折梅时寄短长吟。”[②]而李氏兄弟对于周密亦是一往情深，以至于沈雄《古今词话·词评》说二隐词均“为一时翘楚，但俱是寄和草窗者。篇章亦甚富而少余蕴耳”。[③]

李彭老兄弟与周密之间的唱和，除上述李彭老《法曲献仙音·官圃赋梅，继草窗韵》《探芳讯·湖上春游继草窗韵》分别次韵周密《献仙音·吊雪香亭梅》和《探芳讯·西泠春感》，周密《祝英台近·后溪次韵日熙堂主人》次韵李彭老的《祝英台近》等次韵词章外，相互间还有多首寄赠词作。

李彭老对周密情谊深挚，对周密的了解也是极为全面而深入的，从其题写寄赠草窗的《一萼红·寄弁阳翁》《踏莎行·题草窗十拟后》和《浣溪沙·题草窗词》三首词作中可以体现。

《一萼红·寄弁阳翁》状写的是李彭老与周密私交之深和思念之永，主要抒写词人与周密别后的思念之情。上片通过“灯晕里、相对夜何其”回忆与周密曾经秉烛夜话的情谊，语言含蓄有致。下片末二句“几夕相思梦蝶，飞绕蘋溪”[④]，写出思念友人梦绕魂萦的深情。

《踏莎行·题草窗十拟后》表现的是李彭老对周密词作的高度评价。据《唐宋词汇评》考证，“周密《仿颦十解》为《四字令》拟花间，《西江月》还祥观拒霜拟稼轩，《江城子》拟蒲江，《少年游》宫词拟梅溪，《好事近》拟东泽，《西江月》拟花翁，《醉落魄》拟参晦，《朝中措》茉莉拟梦窗，《醉落魄》拟二隐，《浣溪沙》拟梅川”。[⑤]周密十解之九为《醉落魄》“拟二隐”，其词云：

> 余寒正怯。金钗影卸东风揭。舞衣丝损愁千褶。一缕杨丝，犹是去年折。　临窗拥髻愁难说。花庭一寸燕支雪。春花似旧心情别。待摘玫瑰，飞下粉黄蝶。[⑥]

作为对周密“拟二隐”词的回应，李彭老写了这首《踏莎行》。“周郎先自足

① 唐圭璋：《全宋词》，第5册，中华书局1965年版，第3268页。
② 傅璇琮等：《全宋诗》，第67册，北京大学出版社1998年版，第42507页。
③ [清]沈雄：《古今词话》，唐圭璋《词话丛编》，第1册，中华书局1986年版，第1010页。
④ 唐圭璋：《全宋词》，第4册，中华书局1965年版，第2969页。
⑤ 吴熊和：《唐宋词汇评》(两宋卷)，第4册，浙江教育出版社2004年版，第3524页。
⑥ 唐圭璋：《全宋词》，第5册，中华书局1965年版，第3293页。

风流，何须更拟秦箫咽”[①]，对周密的词作，李彭老一句“自足风流”，足以见出其对周词的喜爱和高度评价。

深挚的友谊必定是出于志趣的相投和人格的吸引。李彭老答谢草窗赠书而作的《浣溪沙·题草窗词》词，云：

> 玉雪庭心夜色空。移花小槛斗春红。轻衫短帽醉歌重。　　彩扇旧题烟雨外，玉箫新谱燕莺中。阑干到处是春风。[②]

上片依四季时序为草窗写照，写出周密为人的表里澄澈、生活的雅致、风度的潇洒倜傥；下片则从书画音乐再作映衬，最后用“春风”状写草窗之精神，给人以如沐春风、触处生春的感觉，给周密人格以高度评价和赞赏。此词名为品题草窗之词，实是借重于描写草窗为人的风格，短短篇幅中，周密为词为人的清风雅韵，宛在目前，李彭老不愧为周密的知音。

李莱老如其兄长李彭老，对周密有着一样深挚的情谊。其《秋崖词》有17首词作，其中多为寄和周密的篇章。《惜红衣·寄弁阳翁》是李莱老向周密诉说别离、思念之情的寄赠之作。上片记作者与周密的交往，“笑瘦影、相看如竹”[③]写出二人如竹的品格和亲密无间的情谊。下片写友人别去，设想他回家后舒闲的隐士生涯。“甚日”两句盼望对方邀自己往访，想象夜雨中联床共话之乐。末二句仍借设想抒发望友重来的心情。元至元十八年(1281)，周密50岁时，其弁阳故家遭兵火破灭，从此遂终身寓杭，住在癸辛街杨沂中的“瞰碧园”。李莱老《台城路·寄弁阳翁》词，从词意看，即为写于宋亡周密家破寓杭之后的一首秋思词，借悲秋为自己和友人发迟暮之叹。词云：

> 半空河影流云碎，亭皋嫩凉收雨。井叶还惊，江莲乱落，弦月初生商素。堂深几许。渐爽入云帱，翠绡千缕。纨扇恩疏，晚萤光冷照窗户。　　文园憔悴顿老，又西风暗换，丝鬓无数。灯外残砧，琴边瘦枕，一一情伤迟暮。故人倦旅。料渭水长安，感时吟苦。正自多愁，砌蛩终夜语。[④]

---

① 唐圭璋：《全宋词》，第4册，中华书局1965年版，第2970页。
② 唐圭璋：《全宋词》，第4册，中华书局1965年版，第2972页。
③ 唐圭璋：《全宋词》，第4册，中华书局1965年版，第2973页。
④ 唐圭璋：《全宋词》，第4册，中华书局1965年版，第2974页。

上片状写秋的清冷，下片抒写本已憔悴的词人和朋友在“西风暗换”的朝代更迭中，更是添“丝鬓无数”。“残砧”声里、“瘦枕”边上，人“伤迟暮”，更何况“倦旅”在外的“故人”，面对此情此景，该是怎样的彻夜怀乡悲秋啊。词境凄清，情感深沉。周密有《扫花游·九日怀归》(“江蓠怨碧”)词，从内容看，与李莱老的《台城路·寄弁阳翁》词颇有关联，应是同时赠答之作。词云：

> 江蓠怨碧，早过了霜花，锦空洲渚。孤蛩自语。正长安乱叶，万家砧杵。尘染秋衣，谁念西风倦旅。恨无据。怅望极归舟，天际烟树。
>
> 心事曾细数。怕水叶沉红，梦云离去。情丝恨缕。倩回纹为织，那时愁句。雁字无多，写得相思几许。暗凝伫。近重阳、满城风雨。①

上片接李莱老词意，写深秋物态，暗含思归之意；下片抒怀，寂寥客心，更兼风雨满城，无限心事何寄？李莱老另有《青玉案·题草窗词卷》、《清平乐·题草窗词》(“日韩风细”)、《惜红衣·寄弁阳翁》(“笛送西泠”)等品题寄赠草窗之作，体现出他们之间频繁而深挚的交往。

周密之与李氏兄弟，其深交厚谊，主要表现在两个方面。一是反映在较为频繁地寄赠次韵唱酬上。周密有《甘州·灯夕书寄二隐》《霓裳中序第一·次篔房韵》《祝英台近·后溪次韵日熙堂主人》《醉落魄·拟二隐》等八首寄赠唱和李氏兄弟之作，内容涉及多方面。《三犯渡江云》(“冰溪空岁晚”)其长序云：“丁卯岁未除三日，乘兴棹雪访李商隐、周隐于馀不之滨。主人喜余至……”这是周李交谊可考者之始，反映他们甚是欢洽甚是雅致的交游生活。《忆旧游·次韵篔房有怀东园》(“记花阴映烛”)是怀旧感今之作。东园为杨缵所居之处，西湖吟社时期，词人们曾在杨缵组织下在东园举行过一次较大规模的饯春活动，周密曾有《大圣乐·东园饯春，即席分题》“娇绿迷云”描述其事，另有《紫霞翁觞客东园》(《草窗韵语》卷二)和《重过东园兴怀知己》(《草窗韵语》卷三)等诗可证其事。从词内容看，上片一“记”字领起，回忆昔日“彩笔争春艳，任香迷舞袖，醉拥歌丛”的歌舞欢娱生活，“奈恨绝冰弦”三句转入下片，“事逐年华换，叹水流花谢，燕去楼空”，抒写今日东园之荒寂和词人心情之孤愁。而《齐天乐·次二隐寄梅》《梅花引·次韵篔房赋落梅》二词，皆为周密次韵之作，虽李氏原词已佚，但他们均留下有《高阳台·落梅》词，在这些词作中，不论寄梅还是落梅，“梅花”作

---

① 唐圭璋：《全宋词》，第5册，中华书局1965年版，第3291页。

为他们词作吟咏的主要对象和意象，词人间自表高洁、互为勉励的意味即已了然，正如周密《二隐皆有和篇因再用韵》诗中所概括的：“平昔结交惟二仲，折梅时寄短长吟。”上述周密次韵词作，虽李氏昆仲原词已佚，但从中可窥知李氏兄弟词创作之一端。二是表现在对李氏兄弟的欣赏上。周密在《浩然斋雅谈》卷下云：“篔房李彭老，词笔妙一世……”[①]即不吝赞美之词，高度评价李氏词作。更在其编选的《绝妙好词》中分别选入李彭老 12 首、李莱老 13 首词。观周密《绝妙好词》，全编凡选词 390 首(其中 6 首残缺)，词人 132 家(据今传七卷本统计)，人均选词不足 3 首，与《阳春白雪》接近，显然也有开列词史名单的意味。“零玑碎玉，皆赖此以存”[②]，就是在这样一部有着选派型意义的重要词选里，李氏兄弟入选词作数量仅次于周密(22 首)、吴文英(16 首)、姜夔(13 首)，位居第四第五位。除了对李氏兄弟词艺的赏识及人格的敬佩外，足见周密与李氏兄弟关系的非比寻常，周密同时还确立了李氏兄弟在临安词人群体中的地位。

2. 周密与陈允平的交游

作为西湖吟社的成员，周密与陈允平感情深挚且唱和颇多。如前所述，宋亡前周密曾在西湖流连游乐，寄调《木兰花慢》，与陈允平同赋西湖十景，又曾与杨缵等人结社赋词。从周密与陈允平留存的词作看，他们的唱酬互动颇为频繁。

陈允平作《谒金门》(“春又晚”)，周密则有和作《谒金门·次西麓韵》(“芳事晚”)，抒写淡淡的伤春情怀。

陈允平作《糖多令·桂边偶成》(“明月可中庭”)，周密则有《南楼令·次陈君衡韵》(“桂影满空庭”)和之，共赏明月空庭桂影。

陈允平作《糖多令·秋暮有感》(“休去采芙蓉”)，周密则有《南楼令·次陈君衡韵》(“开了木芙蓉”)，写秋暮思妇怀远，一样的疏朗流荡，情致绵邈。南楼令，“又名《箜篌曲》。本名《唐多令》，宋周密因刘过词中有‘二十年、重过南楼’句，取作词调名”。[③]

陈允平作《糖多令·吴江道上赠郑可大》(“何处是秋风”)，周密则有《南楼令·又次君衡韵》(“欹枕听西风”)，抒写别友离愁。

赵白云作有《明月引》词，陈允平以之为赵白云自度曲，填《明月引·和白云赵宗簿自度曲》(“雨余芳草碧萧萧”)唱和，周密则有《明月引·赵白云

---

① [宋]周密：《浩然斋雅谈》卷下，中华书局 1985 年版，第 41 页。

② [清]永瑢等：《四库全书总目》卷 199，中华书局 1965 年版，第 1824 页。

③ 严建文编著：《词牌释例》，浙江古籍出版社 2012 年版，第 174 页。

初赋此词,以为自度腔,其实即梅花引也。陈君衡、刘养源皆再和之。会余有西州之恨,因用韵以写幽怀》(“舞红愁碧晚萧萧”)与赵白云、陈允平等唱和,并考赵氏《明月引》即《梅花引》,并非其自度曲。赵白云(1198—1256),即赵崇嶓,字汉宗,号白云,南丰(今属江西)人。商王元份八世孙。宁宗嘉定十六年(1223)进士,授石城令,改淳安。尝上疏极论储嗣未定及中人专横。官至大宗正丞。工词能诗,其词今存二十首,内容多为风花雪月、儿女闺情。

周密还作有《水龙吟·次陈君衡见寄韵》(“燕翎谁寄愁笺”)词,陈允平当有寄赠周密的《水龙吟》,可惜未见及陈允平原作。

以上从整体看,在宋亡前,周密与陈允平交往颇为频繁,唱酬颇富,其唱和主要还在闲愁抒写和词艺的切磋上。

宋亡后周密有《高阳台·送陈君衡被召》(“照野旌旗”)词,送陈允平被召入京:

> 照野旌旗,朝天车马,平沙万里天低。宝带金章,尊前茸帽风敧。秦关汴水经行地,想登临、都付新诗。纵英游,叠鼓清笳,骏马名姬。
>
> 酒酣应对燕山雪,正冰河月冻,晓陇云飞。投老残年,江南谁念方回。东风渐绿西湖柳,雁已还、人未南归。最关情,折尽梅花,难寄相思。①

对于友人陈君衡的被召,周密内心颇为复杂。上阕极言行色之壮:旌旗笳鼓,骏马名妓;下阕只赋离情:江湖投老,折梅难寄。全词不加一字褒贬,却婉转表达出对友人北上之行的讽谏,希望友人不要入仕,颇为珍惜友人身为遗民的志节,这愈见出他们感情的深挚。陈允平后来未仕而归,或许有其他多方面的原因,但也可见出其对友情的珍视。

3. 周密与王沂孙的交游

“草窗与碧山,相交最久”②,确如陈廷焯所言,周密与王沂孙虽年龄相差较大,但二人交谊甚笃,可谓忘年至交,集中屡有互相唱和之作。观其内容,主要包含三方面:一为赠别,抒写离愁;二为劝归,保持名节;三为词评,赏爱有加。

由于年龄的关系(王沂孙小周密十余岁),王沂孙作为周密词社的社

---

① 唐圭璋:《全宋词》,第5册,中华书局1965年版,第3291页。

② [清]陈廷焯:《白雨斋词话》卷2,人民文学出版社1959年版,第47页。

友，其参与词社的活动主要在宋亡前后，如前所述的山阴结社和杨氏池堂谯集中都有其身影，两人私交甚好。如王沂孙《淡黄柳》（“花边短笛”）序所云：“甲戌（宋度宗咸淳十年，1274 年）冬，别周公谨丈于孤山中。次冬，公谨游会稽，相会一月。又次冬，公谨自剡还，执手聚别，且复别去。怅然于怀，敬赋此解。”[①]从 1274 年到 1276 年，三年间两人互相探访，或于孤山，或于会稽，友情深挚，惜聚少离多，无限怅然只能诉诸词笔中，遂有多首留别、送别唱和之作。王沂孙这首《淡黄柳》即是与草窗叙别之作，“伤会少而离多，虽别友之常情，未见警拔处，但碧山与草窗，在宋季并辔词场，两情至厚……通首历叙萍踪，含情宛转，牙期、管鲍，平生能有几人”？[②] 俞陛云先生以俞伯牙、钟子期的知音之交和管仲、鲍叔牙的生死之交来论王、周之情谊，足见其友情之至厚。

王沂孙有《声声慢》（“迎门高髻”），周密则作《声声慢・送王圣与次韵》（“琼壶歌月”）相和。王沂孙《声声慢》云：

> 迎门高髻，倚扇清吭，娉婷未数西州。浅拂朱铅，春风二月梢头。相逢靓妆俊语，有旧家、京洛风流。断肠句，试重拈彩笔，与赋闲愁。
>
> 犹记凌波欲去，问明珰罗袜，却为谁留。枉梦相思，几回南浦行舟。莫辞玉樽起舞，怕重来、燕子空楼。谩惆怅，抱琵琶、闲过此秋。[③]

从周密词题“送王圣与次韵”，则王沂孙此词为首唱，周密乃倚和之作。关于这两首词的写作背景，据吴则虞《花外集》笺注：“碧山此赋，盖亦即席赋赠之什，一为留别，且为尊前侑酒人而设。”[④]“叙情明顺，无事寻绎”[⑤]，似无特别之处；吴则虞继而又据周密《一枝春》词序“寄闲饮客春窗，酒酣意洽，命清吭歌新制，余因为之沾醉”，认为王沂孙词中“高髻”“清吭”，即指寄闲宴饮中“歌新制”之人；并进而推测，周密《明月引》序谓“余有西州之恨”与王沂孙此词“娉婷西州”，或同指寄闲宴饮中事。关于写作时间，吴则虞据周密《声声慢》词句“白发簪花”，推测周密赋此词时，当在至元二十四五年之间，即 1287—1288 年间；且据周词“落叶长安”句，推知是暮秋周密与王沂孙同在杭州之时，与作《三姝媚・送圣与还越》（“浅寒梅未绽”）相近，因

---

① 唐圭璋：《全宋词》，第 5 册，中华书局 1965 年版，第 3365 页。

② 俞陛云：《唐五代两宋词选释》，上海古籍出版社 2011 年版，第 418 页。

③ 唐圭璋：《全宋词》，第 5 册，中华书局 1965 年版，第 3363 页。

④ [宋]王沂孙撰，吴则虞笺注：《花外集》，上海古籍出版社 1988 年版，第 104—105 页。

⑤ 俞陛云：《唐五代两宋词选释》，上海古籍出版社 2011 年版，第 421 页。

而周密"送王圣与"，则应该是送王沂孙还越。从两词词意看，王沂孙"莫辞玉樽起舞，怕重来，燕子空楼"，表面看是对侑酒者的缱绻留恋，实际抒发的是友朋别易会难的凄婉之情。周密"脆柳无情，不堪重系行舟"。"百年正消几别，对西风，休赋登楼""凄凉时节，团扇悲秋"①，反复咏叹的正是与王沂孙聚少别多的离情别苦，与王沂孙的《淡黄柳》有着一样的深情；同时在凄婉氛围的描写中，以王粲的《登楼赋》抒发国破家亡的感伤，渗透了国事莫问、人世沧桑之感。

正是因为百年数别，周密作有多首送别王沂孙之词。《三姝媚·送圣与还越》("浅寒梅未绽")，即是在周密弁阳故家被兵火所破后寓杭、在杭州送王沂孙还会稽时作，亡国遗民又是年迈之别，因而送别友人的愁怀自然和无限的故园、故家之思及身世之慨结合起来，俞陛云先生读此不由感慨："此家、国及离索之三种牢愁，皆在老年并集，人何以堪！临江无语，惟有'立尽斜阳'。释迦佛所云'无可说''无可说'也。"②词情哀婉凄楚，令人不忍卒读。对于周密的深情赋别，王沂孙作《三姝媚·次周公谨故京送别韵》("兰缸花半绽")予以回应，只"西窗凄凄，断萤新雁""别久逢稀""总是飘零""酒醒人远"③数语，便抒写出"同是天涯沦落人"的共同命运和感慨，赢得清陈廷焯"情词都胜……情景兼工"④"中有幽怨，涉笔便深"⑤的评价。

除了一般的赠别唱和，周密还非常关心王沂孙在人生十字路口的出处选择。与陈允平一样，王沂孙在宋亡后曾被召入京，《延祐四明志》载："至元中，王沂孙庆元路学正"⑥，为此，周密作《忆旧游·寄王圣与》词寄赠入京后的王沂孙：

记移灯剪雨，换火篝香，去岁今朝。乍见翻疑梦，向梅边携手，笑挽吟桡。依依故人情味，歌舞试春娇。对婉娩年芳，漂零身世，酒趁愁消。　　天涯未归客，望锦羽沉沉，翠水迢迢。叹菊荒薇老，负故人猿鹤，旧隐谁招。疏花漫撩愁思，无句到寒梢。但梦绕西泠，空江冷月，

① 唐圭璋：《全宋词》，第5册，中华书局1965年版，第3290页。
② 俞陛云：《唐五代两宋词选释》，上海古籍出版社2011年版，第411页。
③ 唐圭璋：《全宋词》，第5册，中华书局1965年版，第3359页。
④ [清]陈廷焯：《云韶集》卷9，同治十三年稿本。
⑤ [清]陈廷焯：《词则·大雅集》卷4，上海古籍出版社1984年版，第149页。
⑥ [元]元桷：《延祐四明志》，《文渊阁四库全书》第491册，上海古籍出版社1987年版，第360页。

魂断随潮。①

词中回忆从前他们剪灯夜话、携手同游的情事，同时对王沂孙出仕元朝表示责备，盼其归来，并抒发自己思友不见的落寞和凄清。不久后王沂孙即弃官回乡，这应与周密的殷殷劝谏有关。连同周密写给陈允平被召的《高阳台·送陈君衡被召》看，把词友的出处名节看得如此之重，出言劝谏，能当此任能担此责的，真如沈雄所言，“此一时只有弁阳老人耳”。这一份责任与担当，不仅见出周密与王沂孙、陈允平至真的友谊，也恰可说明周密于浙江遗民词人群体中实际的威望和领袖地位。

周密与王沂孙的至厚情谊，还应该是基于互相的词艺欣赏和吸引。如前所述，王沂孙曾与李彭老、李莱老等弹奏过赏评周密词艺的合奏曲，分别从不同角度高度评价草窗其词与人格。王沂孙的《踏莎行·题草窗词卷》（“白石飞仙”），从词中“白石”“紫霞”“知音”等用语看，更多的是从草窗词之承继关系以及词品与守律方面来论。他先假用白石先生事（实指姜夔），以周密拟白石，言其师事白石并得白石之妙；然后以杨缵凄调，言指周词音律和谐，情调凄婉。二句言周密兼有姜词之高品与杨缵之严律，给周词以很高的评价。然曲高和寡，赏音寂然。又归家不得，隐寓国破家亡之恨。“相思一夜蘋花老”，伤其襟抱与处境。可见王沂孙深味周密其人其词之个中三昧，充满赏爱之情。周密作有同词牌的《踏莎行·题中仙词卷》（“结客千金”），评价王沂孙词，词云：

结客千金，醉春双玉。旧游宫柳藏仙屋。白头吟老茂陵西，清平梦远沉香北。　　玉笛天津，锦囊昌谷。春红转眼成秋绿。重翻花外侍儿歌，休听酒边供奉曲。②

周密从王沂孙年轻的豪侠而倜傥到老来的郁结而闲居，一路写来。词中尤以“玉笛天津，锦囊昌谷”两句，一用唐明皇与叶法善游月宫奏玉笛事，赞中仙词与音律之和谐美妙；一用李贺外出觅诗背锦囊收诗稿事，言其填词似李贺写诗一样痴迷，并说明王词与李诗的某些相似之处。连用两个典故，表达周密对王沂孙词的赏识与评价，不愧为碧山知音。

另外，周密与王沂孙还有咏物和赠友唱和之作，如周密有《献仙音·吊

① 唐圭璋：《全宋词》，第5册，中华书局1965年版，第3290页。

② 唐圭璋：《全宋词》，第5册，中华书局1965年版，第3290页。

雪香亭梅》，王沂孙则有《法曲献仙音·聚景亭梅次草窗韵》（“层绿峨峨”），借咏梅抒发词人一时难以拟议的幽怨情怀。周密有《高阳台·寄越中诸友》，王沂孙则有《高阳台·和周草窗寄越中诸友韵》（“残雪庭阴”），在时光飞逝、流年暗换的哀叹中，流露出对朋友的感念和关注，充满了对越中诸友的关切思念之情。周密有《高阳台·送陈君衡被召》，王沂孙则有《高阳台·陈君衡远游未还，周公谨有怀人之赋，倚歌和之》（“驼褐轻装”），隐藏着对朋友政治节操的特别关注甚至责备。从对朋友政治节操的特别关注与望之殷而责之切的情绪中，表现了他们高洁的政治情操与决不苟且偷生的坚定立场。无论吊梅或思友之作，其感情之深厚、真挚，词调之风雅、醇美，都是难以企及的。

从整体看，周密与王沂孙唱酬之作多作于宋亡后，是特定时间、特定环境中真实感情的自然流露，感情真挚，发自肺腑。频繁的赠答唱和，既有词艺切磋，但更多的是作为遗民的同气相求，互相砥砺。因此，有着深切感人的艺术力量。

4. 周密与张炎的交游

周密长张炎十六岁，与张炎父辈张枢、张楧交游，可谓张炎父执。与张楧的交往见于戴表元《剡源集·杨氏池堂讌集诗序》。周密与张炎父亲张枢频繁的交往和唱酬则始于张炎年少时，他们同为西湖吟社成员，同在紫霞翁杨缵周围，经常聚会唱酬，因而在周密的诗词文中多次提到张枢。如在《浩然斋雅谈》卷下，周密谓“云窗张枢，字斗南，又号寄闲，忠烈循王五世孙也。笔墨萧爽，人物蕴藉，善音律，尝度《依声集》百阕，音韵谐美，真承平佳公子也”，[①]赏爱之情溢于言表。词如《一枝春》（“碧淡春姿”“帘影移阴”）二首，其一序云“寄闲饮客春窗，促坐款密，酒酣意洽，命清吭歌新制。余因为之沾醉，且调新弄以谢之”[②]，即为张枢家的一次宴饮而作；过了一日，周密又因为“寄闲次余前韵……余遂戏用张氏故实次韵代答……”[③]写下第二首《一枝春》；在张枢“远迎双塔，下瞰六桥”[④]的吟台“湖山绘幅”落成之时，周密又随紫霞翁赴宴，在席间填成《瑞鹤仙》（“翠屏围昼锦”）词，张枢不仅当席遣家姬歌之，且数日后还将其词刻于“危栋”上；在立春日的一次聚会上，周密即席填词《风入松》次韵张枢……承平时候这样的交往足见

① [宋]周密：《浩然斋雅谈》卷下，中华书局1985年版，第39页。
② 唐圭璋：《全宋词》，第5册，中华书局1965年版，第3273页。
③ 唐圭璋：《全宋词》，第5册，中华书局1965年版，第3273页。
④ [宋]张枢：《瑞鹤仙》序，唐圭璋《全宋词》，第5册，中华书局1965年版，第3276页。

周密、张枢之间关系之密切,且相互欣赏。

张炎是张枢的儿子,虽识周密较早,与周密也同为西湖吟社的词友,但却是两辈人;且张炎踏上词坛并成名,主要是在入元以后。因而两人虽有交往,但其词作中只见张炎对于周密的寄赠之作,而无周密的互动之作。虽在西湖伤春中,周密首唱《探芳讯·西泠春感》("步晴昼")感春之词,张炎与李彭老、仇远均有唱和之作。但据黄畲《山中白云词笺》卷三,张炎《探芳信·西湖春感寄草窗》词作于元成宗大德三年(1299),而周密卒于1298年,则他俩的唱和乃非即时唱和,而是隔时之作。

虽此,张炎的词集和词论《词源》中,多处提到周密,反映出他对这位前辈是颇为推崇的。观张炎词集,除《探芳信·西湖春感寄草窗》外,另有《疏影》("柳黄未结")等六首词涉及周密:

"余于辛卯岁北归,与西湖诸友夜酌,因有感于旧游,寄周草窗"①(《疏影》"柳黄未结"词序)

"与周草窗话旧"②(《祝英台近》"水痕深")

"饯草窗归霅"③(《甘州》"记天风")

"弁阳翁新居,堂名志雅,词名蘋洲渔笛谱"④(《一萼红》"制荷衣"词序)

"题周草窗武林旧事"⑤(《思佳客》"梦里瞢腾说梦华")

"绝妙好词乃周草窗所集也"⑥(《西江月》"花气烘人尚暖")

从这些词作的词题词序以及内容看,两人交往涉及多个方面,有抒写友情、赠别话旧、新居落成以及著作题词等,可见他们交往具有相当的频度和广度,关系也颇为密切。且看张炎的《甘州·饯草窗归霅》词:

记天风、飞佩紫霞边,顾曲万花深。甚相如情倦,少陵愁老,还叹飘零。短梦恍然今昔,故国十年心。回首三三径,松竹成阴。　不恨片篷南浦,恨剪灯听雨,谁伴孤吟。料瘦筇归后,闲锁北山云。是几

① 唐圭璋:《全宋词》,第5册,中华书局1965年版,第3467页。
② 唐圭璋:《全宋词》,第5册,中华书局1965年版,第3472页。
③ 唐圭璋:《全宋词》,第5册,中华书局1965年版,第3482页。
④ 唐圭璋:《全宋词》,第5册,中华书局1965年版,第3482页。
⑤ 唐圭璋:《全宋词》,第5册,中华书局1965年版,第3519页。
⑥ 唐圭璋:《全宋词》,第5册,中华书局1965年版,第3499页。

番、柳边行色，是几番、同醉古园林。烟波远，笔床茶灶，何处逢君。①

周密在元成宗元贞元年(1295)归霅，张炎这首《甘州》词即作于此年饯别周密时。上片首先回顾宋亡前与周密同在杨缵门下顾曲审音的情景，然后用典抒写二人飘零的身世、春怀故国的深情和甘心隐居的志节；下片写别情，中间“是几番、柳边行色，是几番、同醉古园林”，插入对往昔共同游乐的追忆，更能衬托眼前饯别之时对友人远去的依恋不舍，两用“几番”可见出交谊的深久和情感的真挚，结句表达对故人的思念以及不知再相逢是何时的惆怅。作为亡国遗民词人，词中表达的除了对友人真挚的情谊外，也寓含了故国之思和今昔盛衰之感。

《武林旧事》成书于宋亡后，是周密回忆南宋旧事、感怀故都临安的著作。《四库全书总目提要》云：“其间逸闻轶事，皆可以备考稽。而湖山歌舞，靡丽纷华，著其盛，正著其所以衰。遗老故臣，恻恻兴亡之隐，实曲寄于言外。不仅作风俗记、都邑簿也。”②周密在书中，不仅记载了南宋百余年间都城临安的风光掌故，聊以寄托其“盛衰无常，年运既往”③的感慨，在“卷九”还用整整一卷记载了绍兴二十一年(1151)十月高宗驾幸张炎六世祖张俊府第的盛况。对于周密而言，这部书的写作表现了一个宋遗民对于故国深切的爱和怀念；而对于读此著述的张炎，我们可以想见，在国家兴亡之感中更嵌入了家族盛衰的切肤之痛。其《思佳客・题周草窗〈武林旧事〉》(“梦里瞢腾说梦华”)，即是为周密的《武林旧事》而作，用“梦华”“莺燕”“蕉中鹿”“汉上花”“铜驼事”等多个典故，一气贯注，用看似明快的笔调抒写了对于家国盛衰兴亡的哀婉沉痛之情，表现的是一样的遗民情怀。

张炎又有《西江月》(“花气烘人尚暖”)词，实为题周密《绝妙好词》作，大概作于周书成书之日。小序曰：“《绝妙好词》，乃周草窗所集也。”词曰：

花气烘人尚暖，珠光出海犹寒。如今贺老见应难。解道江南肠断。　谩击铜壶浩叹，空存锦瑟谁弹。庄生蝴蝶梦春还。帘外一声莺唤。④

---

① 唐圭璋：《全宋词》，第5册，中华书局1965年版，第3482页。
② [清]永瑢等：《四库全书总目》卷70，中华书局1965年版，第626页。
③ [宋]周密：《武林旧事》，浙江人民出版社1984年版，序言页。
④ 唐圭璋：《全宋词》，第5册，中华书局1965年版，第3499页。

开头以春花、明珠喻词之精美，以“尚暖”“犹寒”喻词之富有感染力。首两句是对《绝妙好词》所选词作的评价，在《词源》卷下，“近代词人用功者多，如《阳春白雪集》，如《绝妙词选》，亦自可观，但所取不精一；岂若周草窗所选《绝妙好词》之为精粹”[①]，张炎即以“精粹”总评《绝妙好词》。后以贺铸词、王敦事和李商隐诗等典故，抒写宋亡之悲愤。此词既是评词之作也是抒愤之作，唐圭璋先生评此词曰：“随着南宋的覆灭，词坛寥落，‘谩击’两句，凄凉无比。末韵梦见故国繁华，却被早莺唤醒。可见复宋之事，魂牵梦萦。”[②]遂将此词编入《历代爱国词选》。

那么周密的生活以及创作情境如何呢？张炎在《一萼红》（“制荷衣”）这首词中，以逞才之笔，嵌入周密志雅堂新居名和蘋洲渔笛谱词集名，状写周密“雅志可闲时”“渔笛静中吹”[③]的渔翁式的高雅生活情状，又通过“放鹤”“吟莺”以及“一帘芳草”写出周密以琴书自乐的幽居乐事和创作情境，笔调较为轻松。

5. 周密与赵与仁的交游

赵与仁是宋室后裔，惜其存词不多，未见其与周密相关的词作。所幸周密有《庆宫春・送赵元父过吴》《南楼令・戏次赵元父韵》等词写及赵与仁，可见他们交往唱和之一斑。

《庆宫春》“送赵元父过吴”词云：

> 重叠云衣，微茫雁影，短篷稳载吴雪。霜叶敲寒，风灯摇晕，棹歌人语呜咽。拥衾呼酒，正百里、冰河乍合。千山换色，一镜无尘，玉龙吹裂。　　夜深醉踏长虹，表里空明，古今清绝。高台在否，登临休赋，忍见旧时明月。翠消香冷，怕空负、年芳轻别。孤山春早，一树梅花，待君同折。[④]

俞陛云《唐五代两宋词选释》：“此为严冬送友，由越水赴吴而作。拥衾孤艇，犯风雪而宵行，一片清寒之境，如营邱之画寒林，右丞之图雪景。转头处‘夜深’‘清绝’三句，俯仰古今，词境亦清绝。‘旧时明月’五句为行人着想，盼其早归。上阕尤佳，觉拂纸有寒气也。”[⑤]“一树梅花，待君同折”，严

① [宋]张炎著，夏承焘校注：《词源注》，人民文学出版社1963年版，第28页。

② 唐圭璋：《历代爱国词选》，广东人民出版社1989年版，第356页。

③ 唐圭璋：《全宋词》，第5册，中华书局1965年版，第3482页。

④ 唐圭璋：《全宋词》，第5册，中华书局1965年版，第3292页。

⑤ 俞陛云：《唐五代两宋词选释》下，上海古籍出版社2011年版，第404页。

冬送友,盼其早归,同折梅花,当有保节之殷殷寄意,其心情与寄赠陈允平被召、王沂孙入京同,可见"岁寒"遗民保节之难,而其时愈见友人互为砥砺之可贵。而《南楼令·戏次赵元父韵》词题一"戏"字足见周密与赵与仁关系之谐和。惜赵与仁原作已佚。

6. 周密与牟巘的交往

周密与牟巘,虽未见相互间词作的往来唱酬,但他们的交往却始于年少时期。牟巘《跋周公谨自铭后》忆及与周家的两世交好及周密少年风采,道:"周君公谨以世旧夙厚余,间不见且久。梅潦被道,吾庐无来迹,君忽披蓬藋相就谈。始予见太末时,如川方至之意气,视一世何如也?"[①]淳祐年间,周密父亲周晋监衢州,牟巘父亲牟子才任别驾,周密与牟巘皆随父宦游于衢州,其时两人即已相识。后来,牟巘曾为《齐东野语》作序,为《弁阳老人自铭》作跋;周密晚年回到湖州在祖茔边建"复庵",牟巘又为之作《周公谨复庵记》记其事,并"自附善颂,以落复庵之盛"[②];另作有《周公谨赞》。上述四文,涉及周密生平及著述,既有对周密出色史才及保存文献之行为的大加赞赏,"公谨生长见闻,博识强记",[③]也有对其多种人格特征和生活情况的描画,"儒而侠","廛而隐","或隐几著书,或狂歌醉墨","将求之北山之北,忽在乎西湖之西,然已见囿于笔墨矣"[④]……多方面多角度展现了周密形象。由上可见,同为学者和遗民表率的牟巘、周密两人,既有世交之缘,又有同乡之谊,友谊持续几十年,感情之深挚实非同一般。

7. 周密与仇远的交往

宋亡后,仇远与周密、张炎、方凤、谢翱、戴表元等唱和频繁,同以诗词鸣。他曾与周密等山阴结社,作《齐天乐·蝉》咏物寄托亡国之痛;还参加周密杨氏池堂的聚会,作为宋遗民一同凭吊故国。其与周密唱和的词作今可见《探芳信·和草窗西湖春感词》("坐清昼")一首,词云:

坐清昼。记步幄行春,短亭呼酒。怅湔裙香远,波痕尚依旧。赤阑桥下桃花观,寒勒花枝瘦。转回廊、古瓦生松,暗泉鸣甃。 山雨

---

① [宋]牟巘:《跋周公谨自铭后》,曾枣庄、刘琳主编《全宋文》第355册,上海辞书出版社、安徽教育出版社2006年版,第315页。

② [宋]牟巘:《周公谨复庵记》,曾枣庄、刘琳主编《全宋文》第355册,上海辞书出版社、安徽教育出版社2006年版,第366页。

③ [宋]牟巘:《周公谨齐东野语序》,曾枣庄、刘琳主编《全宋文》第355册,上海辞书出版社、安徽教育出版社2006年版,第267页。

④ [宋]牟巘:《周公谨赞》,曾枣庄、刘琳主编《全宋文》第355册,上海辞书出版社、安徽教育出版社2006年版,第399页。

夜来骤。便绿涨平堤，云横远岫。细认沙头，还见有落红否。杨花自趁东风去，空白鸳鸯首。劝游人、莫把骄骢系柳。[①]

此词是与张炎、李彭老一起对周密《探芳讯·西泠春感》的和词。黄畬《山中白云词笺》系张炎和词于元成宗大德三年（1299），则仇远该词应也作于1299年前后。此词连同山阴结社以及杨氏池堂的谦集，可知他们之间尤其在宋亡后多有交往互动。

8.周密与其他浙江遗民词人的交往

作为宋末词坛实际的核心人物，周密除了与上述词人的交往唱酬之外，尚有与其他浙江遗民词人的交往，虽未见或少见于词作，史料相对也较少，但仍可看出他们之间的交集。

文及翁，曾为周密诗集《草窗韵语》作序，称其诗歌“长篇短章，清丽条鬯，是足以名世矣。……夫惟胸中洒落，然后见窗有草不肯除去”[②]。（见影刊《草窗韵语》卷首）

王易简，周密《绝妙好词》收录其词作二首。二人曾共同参加了《乐府补题》的结社创作活动。更见他们友情的，是周密赠词集与王易简事。周密词集《蘋洲渔笛谱》于宋亡前即已手定刻成，曾分赠词友王沂孙、李彭老、李莱老、毛珝等人，王沂孙、李彭老、李莱老、毛珝分别答谢题词，对草窗词品及人格予以品评。王易简也获其赠，因作《庆宫春·谢草窗惠词卷》（“庭草春迟”）词答谢。全词既概括周密词作壮怀聊寄幽独、感怀身世国事的丰富内容，肯定了草窗“慷慨悲歌”的风格，又追溯草窗词的师法渊源，深情回忆其创作往事。况周颐《蕙风词话》卷二评论说：“王易简《谢草窗惠词卷》[庆宫春]歇拍云：‘因君凝伫，依约吴山，半痕蛾绿。’……余谓此十二字绝佳。能融景入情，秀极成韵，凝而不佻。”[③]王易简从草窗词的内容、风格及师法渊源等方面进行中肯评价，融景入情，情真意切，不唯得体，而且生动感人，可谓是一首不落俗套的书评词。

---

① 唐圭璋：《全宋词》，第5册，中华书局1965年版，第3405页。

② 转引自傅璇琮主编，祝尚书分册主编：《中国古代诗文名著提要 宋代卷》，河北教育出版社2009年版，第563页。

③ [清]况周颐著，孙克强辑考：《蕙风词话 广蕙风词话》，中州古籍出版社2003年版，第38—39页。

（二）张炎与遗民词人之间的交往唱酬

1. 张炎与李彭老的交游

张炎与李彭老虽同是西湖吟社成员，他们的交往在词中体现的并不多。这可能因为辈分，李彭老与周密一样是张炎的父执辈。据史料记载，张炎父亲张枢与李彭老交往甚密。如清丁丙《山中白云词跋》转引宋奚淢《秋崖津言》云："……枢字斗南，工长短句，李筼房每称之。"①

张炎有《甘州·寄李筠房》（"望涓涓"）词，"筠房"当为"筼房"之误，此词寄赠李彭老：

望涓涓、一水隐芙蓉，几被暮云遮。正凭高送目，西风断雁，残月平沙。未觉丹枫尽老，摇落已堪嗟。无避秋声处，愁满天涯。 一自盟鸥别后，甚酒瓢诗锦，轻误年华。料荷衣初暖，不忍负烟霞。记前度剪灯一笑，再相逢、知在那人家。空山远，白云休赠，只赠梅花。②

词写同是遗民又逢悲秋时节"愁满天涯"的无际愁怀以及"只赠梅花"的遗民心志。"荷衣""烟霞"分别化用《离骚》"集芙蓉以为裳"和孔稚珪《北山移文》"使我高霞孤映，明月独举"，称赞李筼房在国破家亡之后，即披上"荷衣"、陪伴"烟霞"，不仕元朝，宁做大宋遗民；曾经的"剪灯一笑"，不知"再相逢、知在那人家"，写出宋亡后的云萍踪迹；"白云休赠，只赠梅花"则分别化用陶弘景《诏问山中何处所有赋诗以答》中"山中何所有？岭上多白云。只可自怡悦，不堪持寄君"和陆凯《寄范晔》的"折梅逢驿使，寄与陇头人。江南无所有，聊赠一枝春"诗意，以梅花相赠，以梅花互勉，表达不慕荣华、不畏冰霜的高洁品格，表明遗民的心志，成为此词的点睛之笔。作为西湖吟社多年相交的老词友，张炎和李彭老之间虽寄赠唱和的词作不多，但两词友心念相通却由此可见一斑。

张炎还有《暗香·海滨孤寂，有怀秋江、竹闲二友》词，别本题为"海滨孤寂，鱼浪不来，寄李商隐"③，抒写与李彭老一样身为遗民的冷落、飘零之感。

2. 张炎与赵与仁的交游

张炎与赵与仁的交游，当是始于宋亡前，其时，张炎还不到30岁，从张

---

① ［宋］张炎：《山中白云词》附录1，辽宁教育出版社2001年版，第223页。
② 唐圭璋：《全宋词》，第5册，中华书局1965年版，第3483页。
③ 唐圭璋：《全宋词》，第5册，中华书局1965年版，第3477页。

炎词作看，他们的友情延续了三十年。张炎有《大圣乐·华春堂分韵同赵学舟赋》（“隐市山林”）词，从词意看，此词应是写于宋亡前词人们在华春堂的一次欢聚：池馆佳趣，几番“诗满阑干”，“翠径小车行花影，听一片春声人笑语”[①]，用北宋司马光、邵雍“小车花影”典表现悠游园林之情趣。赵与仁应有同题之作，可惜今已不能见。

宋亡后，约在张炎北上写经前夕的1289—1290年间，张炎与赵与仁有唱酬，今见张炎词集中有《渡江云·次赵元父韵》（“锦香缭绕地”），其词云：

> 锦香缭绕地，深灯挂壁，帘影浪花斜。酒船归去后，转首河桥，那处认纹纱。重盟镜约，还记得、前度秦嘉。惟只有、叶题堪寄，流不到天涯。　　惊嗟。十年心事，几曲阑干，想萧娘声价。闲过了、黄昏时候，疏柳啼鸦。浦潮夜涌平沙白，问断鸿、知落谁家。书又远，空江片月芦花。[②]

从词意看，此词大概作于张炎己丑（1289）、庚寅（1290）间北游前夕，惜赵与仁原作今已不可见。关于这首词的情感特色，学者多有论述，或谓凄婉，或谓深情。俞陛云谓“后半首，语语含凄婉之音”[③]；陈廷焯谓“惟只有、叶题堪寄，流不到天涯”句，“其词有尽，其情无尽”，结句“空江片月芦花”，虽只写景，而“情味自深”[④]。而关于这首词的内容，过去学者少有论及，今之论者如杨海明、郭锋等分别予以不同的阐述。杨海明认为这是张炎入元之后怀念旧好的一首艳情词，从当初在“锦香缭绕地”的相会到暂别到顿生之变故，最终只能是面对“空江片月芦花”，惊叹“十年心事”终成泡影水花。[⑤]郭峰从词中破镜重圆、秦嘉寄内、红叶题诗等典故看，认为是一首夫妻离别，怀念妻子的词作，而“十年心事”即指宋亡时张炎的籍家之祸。至于次韵对象是赵与仁，则进一步认为张炎的北游其心事乃在寻找下落不明的妻子，而交游既久的赵与仁则应该是知道其心事甚或可能是亲戚，[⑥]如此则他俩关系之亲密似又更深了一层。此两说仅从词意推测，似也入情理，但

---

① 唐圭璋：《全宋词》，第5册，中华书局1965年版，第3484—3485页。

② 唐圭璋：《全宋词》，第5册，中华书局1965年版，第3481页。

③ 俞陛云：《唐五代两宋词选释》，上海古籍出版社2011年版，第451页。

④ [清]陈廷焯：《云韶集》卷24，转引自张炎撰，吴则虞校辑《山中白云词》，中华书局1983年版，第193页。

⑤ 杨海明：《张炎词研究》，齐鲁书社1989年版，第101页。

⑥ 参见郭锋：《南宋江湖词派研究》，巴蜀书社2004年版，第270—272页。

未有本证，录此聊备一说。

北游南归后的1292年，张炎作《甘州》（"记玉关"）词寄赠赵与仁，其序云："辛卯岁，沈尧道同余北归，各处杭越。逾岁，尧道来问寂寞，语笑数日，又复别去。赋此曲，并寄赵学舟。"[①]词由追念北游及北归之事写起，再叙与沈尧道数日相聚又复别去的不舍以及遥想别后境况，兼及友人赵与仁。词由壮及悲，由友情而及国愁家恨，在玉田词中为难得的直抒胸臆之作，"通篇一气直下，不使一提笔、转笔、衬笔，尤见力量"。[②]"一气旋折，作壮词，须识此法"。[③]1293年，张炎又作《忆旧游》（"叹江潭树老"）寄赠久别重逢的赵与仁，序谓："余离群索居，与赵元父一别四载。癸巳春，于古杭见之，形容憔悴，故态顿消。以余之况味，又有甚于元父者，抑重余之惜，因赋此调，且寄元父，当为余愀然而悲也。"[④]据此，张炎与赵与仁当是别于张炎北上写经前夕的1289—1290年间，至癸巳（1293）春重逢于杭州，一别四载，年老途穷。一样的遗民身份和相似的憔悴晚境，更增词人间一种惺惺相惜之感，友人的憔悴，亦足见自己的凄凉况味，此词可谓是写尽了入元后遗民词人的形容心迹。

宋亡前的诗酒欢会、宋亡后的憔悴索居，面对友人一朝出为辰州教授，张炎心情复杂，写下了《临江仙・怀辰州教授赵学舟》（"一点白鸥何处去"）：

> 一点白鸥何处去，半江潮落沙虚。淡黄柳上月痕初。遐观情悄悄，凝想步徐徐。　　每一相思千里梦，十年有此相疏。休休寄雁问何如。如何休寄雁，难写绝交书。[⑤]

字里行间流露出的是张炎对友人难以掩饰的惋惜之情，足见其与赵与仁友情之深挚。

3. 张炎与仇远的交游

张炎与仇远的友情，俞陛云先生谓"仇山村当是至友"。[⑥]张炎与仇远确实是"至友"。在宋末浙江遗民词人群体中，张、仇二人年龄相仿，经历相

① 唐圭璋：《全宋词》，第5册，中华书局1965年版，第3465页。

② 陈匪石：《宋词举》，金陵书画社1983年版，第9页。

③ ［清］谭献：《复堂词话》，唐圭璋《词话丛编》，第4册，中华书局1986年版，第3992页。

④ 唐圭璋：《全宋词》，第5册，中华书局1965年版，第3469页。

⑤ 唐圭璋：《全宋词》，第5册，中华书局1965年版，第3512页。

⑥ 俞陛云：《唐五代两宋词选释》，上海古籍出版社2011年版，第468页。

似，同为杭州人，宋亡时均不超过三十岁，入元生活亦长达四五十年。漫长的新朝生活，当昔日的遗民词人相继谢世，在心灵上能有默契的似乎也就只有他们俩了，因而他们的交往更成为一种历久而成的自然和人生的必需，交往中相互能得到心灵的满足与慰藉。张炎在五十八岁时，曾会仇远于溧阳（时仇远为溧阳教授），并寓居多日，期间写下寄赠仇远之词。仇远也有诗文寄赠玉田，并对玉田词予以较高评价。他们之间的寄赠唱酬，梳理如下：

宋亡后，山村与玉田等十四人山阴结社，咏物唱和而为《乐府补题》，张炎有《水龙吟》赋白莲，仇远有《齐天乐》咏蝉，分别借咏白莲和蝉寄托亡国哀思。

张炎有《徵招·答仇山村见寄》（“可怜张绪门前柳”）①、《风入松·题澄江仙刻海山图。或云桃源图。夷坚志云：七十二女仙，正合霓裳古曲。仇仁近一诗精妙详尽，余词不能工也》（“危楼古镜影犹寒”）②、《月下笛·寄仇山村溧阳》（“千里行秋”）③、《夜飞鹊》（“林霏散浮暝”）④、《风入松·为山村赋》（“晴岚暖翠护烟霞”）⑤等五首词寄赠或述及仇远。其《夜飞鹊》（“林霏散浮暝”）词序云：“大德乙巳中秋，会仇山村于溧阳。酒酣兴逸，各随所赋。余作此词，为明月明年佳话云。”⑥大德乙巳即元成宗大德九年（1305），这一年中秋，张炎去溧阳与仇远会面，且到了这年的重阳佳节，张炎还寓居在仇远处，其《新雁过妆楼》（“遍插茱萸”）词序“乙巳菊日，寓溧阳，闻雁声，因动脊令之感”⑦，即说明这年的重阳节，张炎寓居溧阳，闻雁声而动“脊令之感”，作此怀念兄弟之作。不仅有此对于仇远溧阳的专访和流连，张炎更在其《月下笛·寄仇山村溧阳》（“千里行秋”）词中，虽也叙别后近况，恨老年长此飘零，羁愁难遣，一述心中之不平，更为难得的是张炎还描述了同为衰世遁迹之人，相见之时仇远不问猿鹤，而笑问当日之韦娘，确实让我们读出了俞陛云先生所谓的至交之情。此外，张炎在词中

① 唐圭璋：《全宋词》，第5册，中华书局1965年版，第3481页。
② 唐圭璋：《全宋词》，第5册，中华书局1965年版，第3492页。
③ 唐圭璋：《全宋词》，第5册，中华书局1965年版，第3501页。
④ 唐圭璋：《全宋词》，第5册，中华书局1965年版，第3505页。
⑤ 唐圭璋：《全宋词》，第5册，中华书局1965年版，第3505页。
⑥ 唐圭璋：《全宋词》，第5册，中华书局1965年版，第3505页。
⑦ 唐圭璋：《全宋词》，第5册，中华书局1965年版，第3506页。

还表现了对仇远创作的欣赏。对于澄江仙刻《海山图》,仇远有《海上图澄江仙刻》诗、张炎有《风入松·题澄江仙刻〈海山图〉……》词分别予以状写形容,但张炎在其词序中却谓"仇仁近一诗精妙详尽,余词不能工也",虽是自谦,但也说明其对于仇远诗歌创作的推崇。

仇远词中未见及与张炎唱和之作,但其与张炎亦多互动。他写有《送张叔夏游金陵》("肯向金渊暂泊舟")、《赠张玉田》("秦川公子谪仙人")诗寄赠张炎。"秦川公子谪仙人"①(《赠张玉田》)、"移宫换羽周郎顾,咏月吟风太白游"②(《送张叔夏游金陵》),分别以"谪仙""周郎""太白"喻张炎,或谓其风神潇洒,或谓其精于音韵,颇为推许。他还作有《玉田词题辞》,曰:"读《山中白云词》意度超玄,律吕协洽,不特可写青檀口,亦可被歌管荐清庙,方之古人,当与白石老仙相鼓吹……古人有言曰:'铅汞交炼而丹成,情景交炼而词成'。《指迷》妙诀,吾将从叔夏北面而求之。"③仇远基于对张炎其人其词的了解和欣赏,用"意度超玄""律吕协洽""情景交炼"几个词语,从境界、音韵和情景三个方面精炼地概括了张炎词的特点和成就,评价精准,并表达了对张炎由衷的钦仰之情。

4. 张炎与王沂孙的交游

张炎与王沂孙的交往,主要是三个阶段。

一是宋亡之初,张炎与王沂孙等十四人山阴结社,咏物唱和而为《乐府补题》,二人于浮翠山房分咏白莲。张炎有《水龙吟》赋白莲,王沂孙有《水龙吟》等六首咏物之作,寄托一样的亡国之思。

二是宋亡后的湖山悠游,寄赠唱和,状写淡泊的隐士生活。张炎词中记录了1288年冬日晚上与徐平野三人泛舟溪上事,《湘月》("行行且止")词序云:"余载书往来山阴道中,每以事夺,不能尽兴。戊子冬晚,与徐平野、王中仙曳舟溪上。大空水寒,古意萧飒。中仙有词雅丽,平野作晋雪图,亦清逸可观……"④戊子即元至元二十五年(1288),当时张炎四十一岁。这一年他与徐平野、王沂孙泛舟溪上,在江南水墨般的水乡秋色图景中达成心灵的默契,表达甚深的君国之念。张炎另有《声声慢》("晴光转树")词,其序云:"与王碧山泛舟鉴曲,王蕺隐吹箫,余倚歌而和。天阔秋高,光景奇绝,与姜白石垂虹夜游,同一清致也。"⑤表达与姜夔一样的

---

① 傅璇琮等:《全宋诗》,第70册,北京大学出版社1998年版,第44237页。
② 傅璇琮等:《全宋诗》,第70册,北京大学出版社1998年版,第44198页。
③ [宋]张炎撰,吴则虞校辑:《山中白云词》,中华书局1983年版,第164—165页。
④ 唐圭璋:《全宋词》,第5册,中华书局1965年版,第3476页。
⑤ 唐圭璋:《全宋词》,第5册,中华书局1965年版,第3487页。

清致。

三是王沂孙离世后张炎的两首悼念之作，最见张炎与王沂孙的情谊。王沂孙是张炎遗民词友中去世最早的，《琐窗寒》（“断碧分山”）和《洞仙歌·观王碧山花外词集有感》（“野鹃啼月”）都是张炎写给王沂孙的悼词，其中《琐窗寒》词序云：“王碧山又号中仙，越人也。能文工词，琢语峭拔，有白石意度，今绝响矣。余悼之玉笥山，所谓长歌之哀，过于痛哭。”[①]

断碧分山，空帘剩月，故人天外。香留酒殢。蝴蝶一生花里。想如今、醉魂未醒，夜台梦语秋声碎。自中仙去后，词笺赋笔，便无清致。

都是。凄凉意。怅玉笥埋云，锦袍归水。形容憔悴。料应也、孤吟山鬼。那知人、弹折素弦，黄金铸出相思泪。但柳枝、门掩枯阴，候蛩愁暗苇。[②]

张炎与王沂孙“在浙中词苑齐名，交谊至笃，故词极沉痛”[③]，词中字字真情流溢。“首句分用‘碧山’二字，兼有悼逝意。秋声碎梦，盼残魄之归来；山鬼披萝，想孤吟之念我，真长歌之悲也。垂老有牙琴之感者，诵此词为之不怡中夜。”[④]俞陛云先生所评极是。另一首《洞仙歌·观王碧山花外词集有感》（“野鹃啼月”），上片悼惜碧山早逝，下片忆昔伤今，由目前读碧山词产生的怅恨可知过去与碧山一觞一咏的欢乐情景。“梦沉沉”四句尤其哀切，明知友人已不可归来，而宁愿是梦。醒后痛切地意识到友人确已不在，还不愿相信，宁愿自己是在酒醉之中，词人用委婉曲折的笔法，表达了对王沂孙十分深挚的情感。

观王沂孙词集，未能找出更多与张炎的寄赠唱和之作，只一首《声声慢》（“迎门高髻”）从词意和词韵来看，与张炎的《声声慢》（“晴光转树”）同韵，应是一时同游之作，并且周密也有《声声慢·送王圣与次韵》（“琼壶歌月”）次韵王沂孙，可见还是有一定的互动的。

5. 张炎与牟巘的交游

张炎与牟巘虽未见及诗词的唱和，但他们是亲戚关系。据牟巘《陵阳

---

① 唐圭璋：《全宋词》，第5册，中华书局1965年版，第3466页。

② 唐圭璋：《全宋词》，第5册，中华书局1965年版，第3466页。

③ 俞陛云：《唐五代两宋词选释》，上海古籍出版社2011年版，第457页。

④ 俞陛云：《唐五代两宋词选释》，上海古籍出版社2011年版，第457页。

集》,大张炎21岁的牟巘是张炎叔辈张楧的岳父,"吾婿张仲实,好学者也"[1]。牟巘《陵阳集》卷一六有《题西秦张氏世谱后》文,他当是亲见过张楧所作《西秦张氏世谱》,对张炎家世有很清楚的了解。同为遗民词人,又为亲戚,虽辈分差了两辈,一在杭州一在湖州,两人当是互相知道的,只是他们交往唱酬的材料,目前未能见及,不知是未有交集还是史料的缺失。

6. 张炎与陈允平的交游

张炎与陈允平的交往,在张炎词集中只见一首《解连环・拜陈西麓墓》("句章城郭")。陈允平从大都归来后,十分痛悔,"抱玉归来泪满襟,世间何许觅知音。此生虽有噬脐悔,到死终无尝胆心"[2](《留鹤江有感》),不久即与世长辞。这种噬脐之悔,和他同时的具有民族良心的且有相似经历的遗民词人们都有切身感受,可以说这种痛苦是陈允平的,也是王沂孙的、张炎的、仇远的,"甚至是整个临安词人群的"[3],据黄畬《山中白云词笺》卷一,张炎《解连环・拜陈西麓墓》词作于元成宗大德二年,即1298年。陈允平卒后,张炎游历甬上,特意到故人墓前凭吊,写下了这首情见乎辞、哀怨勃郁的伤悼之作,表达对友人陈允平深深的哀思。

(三)汪元量与浙江遗民词人间的交游

琴师、遗民、道士三种身份的转移或叠加,宫廷琴师、北上大都、燕京十年和黄冠南归的经历,使汪元量的一生极具传奇色彩。其足迹遍及西子湖畔、运河两岸、大都宫廷、燕地大漠、蜀道泰山、潇湘洞庭,可谓踏遍千山万水。而他一生结交的人物也因此而人数众多,范围甚广,有迹可循的人物就有近百人[4];其社交圈从宫廷到市井,从水乡到大漠,从达官贵人到平民百姓。汪元量虽出生并生长在杭州,据前文所述亦有结社的经历,但特殊的身份及经历使得其所交往的浙江士人(有史料记载的)却并没有想象的多,而所交往的浙江遗民词人更是少之又少,反倒与江西遗民词人如文天祥等有更多的交往,加之词风的相似性,以至也有将汪元量直接归入宋末江西遗民词人加以研究的[5]。据考,与汪元量有诗词唱和的浙江遗民词人只有柴望,另据记载有交往的还有文及翁。

---

① [宋]牟巘:《学古斋箴》,曾枣庄、刘琳主编《全宋文》第355册,上海辞书出版社、安徽教育出版社2006年版,第401页。

② 傅璇琮等:《全宋诗》,第67册,北京大学出版社1998年版,第42000页。

③ 肖鹏:《宋词通史》,凤凰出版社2013年版,第976页。

④ 见陆琼:《汪元量生平及交游研究》,华东师范大学2005年硕士学位论文。

⑤ 见黎青:《宋末元初江西词人群体研究》,江西财经大学2006年硕士学位论文。

1. 汪元量与柴望的交往

汪元量与柴望交往的史料很少，今仅从汪元量诗歌《柴秋堂越上寄诗就韵柬奚秋崖》推知。据诗题，该诗当是柴望游越期间有诗寄汪元量，汪元量乃依柴望所作诗韵作诗寄赠奚秋崖。考柴望因上书下狱，获释后，“乃肆意名胜，登天台、雁荡之巅，由吴江，陟庐阜，泛湘流，探赤壁，居武夷山中，逾岁乃返”①，游越期间柴望有诗寄汪元量。柴望卒于至元十七年(1280)，此时汪元量正身处万里之外的燕云之地；柴望因上书下狱时，汪元量尚年幼，由此可推断汪元量与柴望的交往只在宋亡之前，且两人的结识很可能在咸淳初年，汪元量入侍宫廷，在外又广泛交游，而柴望赋闲，本又是浙江人士，因而可能常常出现在社交圈中，两人的相识具备了各方面的因素，两人的交往可谓忘年之交。咸淳中期，柴、汪两人同游越中，互有赠诗：

> 越王台上我同游，越女楼中君独留。燕子日长宜把酒，鲤鱼风起莫行舟。江山有待伟人出，天地不仁前辈休。何处如今觅巢许，欲将心事与渠谋。(汪元量《柴秋堂越上寄诗就韵柬奚秋崖》)②

此时虽然还未到兵临城下的紧要关头，但是蜀中沦陷、襄樊被围，大宋江山岌岌可危，随时都有崩塌的危险，于是诗人想到了前辈伟人，想到了巢父、许由这样的古代贤人高士。虽然此诗是汪元量寄赠奚秋崖的，却是依柴望诗韵而成，虽无法看到柴望的赠诗，但不妨作这样的推断，也许两诗在基调上颇有些相似。

2. 汪元量与文及翁的交往

从汪元量与文及翁的诗词文中未见相互交往赠答之作，但据刘将孙《湖山隐处记》中提及汪元量“作小楼五间，……下题‘水云隐处’，本心文枢密书也。楼后船亭十一间，本心公书‘西湖一曲’在焉”③。本心文枢密即文及翁，善书，陈著也曾多次请求其为书堂名。可见汪元量与文及翁应该是有交往，惜缺少更多的史料详其具体之情况。

---

① [元]苏幼安：《宋国史秋堂柴公志铭》，《秋堂集》附录，《景印文渊阁四库全书》第1187册，上海古籍出版社1987年版，第491页。

② 傅璇琮等：《全宋诗》，第70册，北京大学出版社1998年版，第44043页。

③ [元]刘将孙：《养吾斋集》卷22，《文渊阁四库全书》第1199册，上海古籍出版社1987年版，第209页。

除上述词人间的交往外，其他浙江遗民词人之间也有一些交游唱酬，如仇远有《摸鱼儿·答二隐》（“爱青山、去红尘远”）词，用唐尧时的高士巢父、许由，赞美隐居不仕的李彭老兄弟的高节，抒写自己对友人的思念，并向往他日能相携游湖。王沂孙有《西江月·为赵元父赋雪梅图》（“褪粉轻盈琼靥”）词，见出与赵与仁的交往。牟巘为仇远诗集作序，在《仇山村诗集序》中，以陶渊明比喻仇山村……此不赘述。

从上述宋末浙江遗民词人间的交往情况看，24 位宋末浙江遗民词人中，尚有约半数的词人未见及。这一现象，一方面是因为这些词人词作流传很少，如董嗣杲、曹良史、朱嗣发、吴大有等；另一方面是地域等其他原因，如陈著、何梦桂等，他们不仅词作多，且诗文作品也颇多，在当时也有一定名气，但未见他们与其他遗民词人的交集，这也可见地域性群体的一些特点。

从上述词人间交游的内容看，概而言之，不外乎三方面：一为娱情悦性，审音谐律的风雅之聚；一为感时伤世，曲折深婉的政治之会；一为同气相求的遗民之交。

第三节　何梦桂词中人物考

何梦桂是宋末浙江遗民词人中作品较多、名气较大而又与其他浙江遗民词人几乎没有交集的词人，今考其词作中所涉及人物，探其交游情况，以窥群体中另一部分词人的生存、词作及交游状况。

何梦桂（1229—1303?），字岩叟，淳安（今属浙江杭州）人。咸淳元年（1265）省试第一，廷试一甲三名。授台州军事判官。咸淳十年（1274），任监察御史。至元中，屡征不起，筑室小酉源，自号潜斋。有《潜斋集》。何梦桂为宋末元初较有成就的作家，诗、词、文兼善。据记载，何梦桂交游甚广，“时所与交游若蛟峰方先生、止斋陈先生、蛟峰之弟可斋诸人，皆一代名儒”①，且与文天祥也有唱和，有诗《和文山先生》《答文山谢诗序》等。

何梦桂《潜斋先生文集》中有词 1 卷，存词 47 首。经统计，其词中所涉人物（其中部分只有姓和官衔）有 20 人次共 12 位，分别为何思院/毅斋/毅斋思院（3 次）、徐信甫、王野塘、夹谷书隐、王伟翁、参知政事高公、

---

① ［宋］何梦桂：《潜斋集》附录，《文渊阁四库全书》第 1188 册，上海古籍出版社 1987 年版，第 519 页。

何逢原(5 次)、邵清溪(3 次)、何君元、刘总管、吕总管、南山弟等,主要涉及亲人和官吏两类,今据其《潜斋先生文集》中诗文并参证方志等史料,考证如下。

一、亲人

1. 何思院(毅斋、毅斋思院)

何梦桂有《声声慢·寿何思院母夫人》《临江仙·和毅斋见寿》和《沁园春·寿毅斋思院五十二岁》词。据考,三词中的何思院、毅斋和毅斋思院为同一人,即何梦桂侄儿、同榜进士何景文。

何景文字俊翁,号毅斋,潜斋之从子。同受学讷斋,又同年登第,又以黄蜕榜眼、方逢辰状元、何梦桂探花郎为三元,因而得御赐一联,"一门登两第,百里足三元"。何景文初授合肥簿,迁监行在文思院。学问卓绝,后进师之,亦夏门高第也。[①]

何景文生卒年不详,从他与何梦桂"同受学讷斋,又同年登第"看,叔侄俩或年龄相仿;又据何梦桂《送思院如杭问仕序》(《潜斋集》卷六),说何景文年轻及第,"时年少气盛",何景文当小于何梦桂。

何景文虽年轻中第,但仕途似乎并不顺畅。何梦桂《送思院如杭问仕序》,"前文思院景文侄,咸淳乙丑科出榜下"(何梦桂也是乙丑科以第一甲三名进士及第,为状元探花郎),年轻及第,以为前程似锦,却不想"命与事违,今犹夫人也",以至于"堂有偏慈八十,贫无以养",不得不出外去杭问仕。何梦桂写此文一乃给何景文鼓气,寄予希望;二则给其原则,"若曰不由其道以苟利禄,有畔于圣人之教……宁死无仕"[②],话说得很重。此文未标明写作时间,据《浙江通志》卷一百八十二《严陵志》,何景文"初授合肥簿,迁监行在文思院",此后再无什么官职,可知此文写时,何景文乃"前文思院",此次问仕应该是无果而终。从其词题《沁园春·寿毅斋思院五十二岁》以及《声声慢·寿何思院母夫人》"七十古来稀有"句看,何景文迁监行在文思院当在其 52 岁前后,其母 70 岁上下。此后无官职,乃至"堂有偏慈八十,贫无以养"。另何梦桂还有《毅斋画像赞》,赞曰:"尔形颀颀,尔貌奇奇。使位称夫人,命偶夫时,则其仕当路,食太仓,畴谓非宜? 而其受食于

---

① 参见《浙江通志》卷 182,《文渊阁四库全书》第 524 册,上海古籍出版社 1987 年版,第 81 页。

② [宋]何梦桂:《潜斋集》卷 6,《文渊阁四库全书》第 1188 册,上海古籍出版社 1987 年版,第 460 页。

天乃如彼，何居？虽然，子之齿其犹未，其方来者固未易知。”[①]何景文与何梦桂为同榜进士，可惜未能有好的仕进。在流传下来的诗词文中可知何梦桂与何景文叔侄间的唱酬与交往，以及长辈对于晚辈的殷殷教诲。另外何梦桂还有诗《和毅斋喜雪》等。

何景文应该也有文才，可惜未能看到其作品，据何梦桂写于49岁的《临江仙·和毅斋见寿》词，知何景文应有《临江仙》寿词在先，只是何景文的寿词已经不可见了。

思院指的是文思院，是宋时的官署名，宋太平兴国三年(978)置，属少府监，南宋并少府监入工部，文思院改归工部管辖。掌制造金银犀玉工巧之物，金采绘素装钿之饰，以供宫廷所需仪物、器仗、权量等物之用。辽南面官有中京文思院，金文思署属少府监，明文思院属工部，清废。可以简称为“文思”，但似没有“思院”之称，不知何故。

何氏本韩氏，文昌即富昌。何氏是淳安东源港四大姓氏之一。传说东源港原有“方、何、童、鲁”四姓，因多隐逸高士，便以“万可里鱼”来隐去本来姓氏。据《何氏宗谱》记载，何与韩本是一家，后来改了姓何。始迁文昌始祖产陈吏部侍郎何文建，当时地名叫富昌。至南宋时，此地何梦桂、何景文叔侄两人同中进士，遂改富昌为文昌，寓意文化昌盛。

2. 何逢原

何梦桂有《水龙吟·和何逢原见寿》《沁园春·和何逢原见寿》《洞仙歌·和何逢原见寿》《沁园春·寿何逢原北堂》《传言玉女·寿何逢原母夫人九十一》等五首有关何逢原的词，为其词作中提及名字最多的一位。

何梦桂有《跋何玉华南山八咏集》，云“宗家逢原儒谕以高使君《南山八咏》寄教”，可知何逢原又叫何玉华，是其同族本家。“盖南山，何氏祖茔在焉”，何梦桂曾于至元戊子(1288)“尝道分阳，适与诸公清明上冢之集”，许多年后见到诗集，想起当年之集会，“陵前八景，犹依依在目”，“山阴遗事俨然也”[②]。

据《浙江通志》卷一七七《两浙名贤录》：何逢原，“字文澜，分水(今并入桐庐县)人，咸淳(1265—1274)中累官中书舍人，陈时政十事，言甚剀切，已而引疾去。至元中，荐授福建儒学提举，辞不赴，卒于家”[③]。据《浙江通

---

① [宋]何梦桂：《潜斋集》卷10，《文渊阁四库全书》第1188册，上海古籍出版社1987年版，第506页。

② [宋]何梦桂：《潜斋集》卷10，《文渊阁四库全书》第1188册，上海古籍出版社1987年版，第505页。

③ 《浙江通志》卷177，《文渊阁四库全书》第523册，上海古籍出版社1987年版，第623页。

志》卷二百四十《严陵志》，葬于县北二十五里圣塘。逢原耑究经史，旁通阴阳星历医药之书，著有《易诗书通旨》，《四书解说》，《玉华集》若干卷，《感遇诗》一卷，藏于家。

何梦桂与何逢原相关的五首词均为寿词。其中三首为何逢原寿何梦桂的和词，可见何逢原至少有三首寿词，可惜今不存；另外两首则是何梦桂为其高寿母亲九十、九十一岁时所写的寿词。

另外，何梦桂 482 首诗中还有多首诗写及何逢原：《和何逢原寿母六诗》（"中国家庭作世程"①）、《和何逢原寄韵》（"世界归大壑"②）、《何逢原寄和章再和前韵》（"日暮归来弹铗歌"③）、《和何逢原南山八咏》（"南山住对北山阳"④），《道汾阳不及访逢原蒙寄诗次韵》（"浮槎曾误客星占"⑤），可见两人交往寄赠唱和频繁，关系甚密。从上述诗题看均为和诗，可见何逢原也写有上述诗歌，可惜今已不存。

3. 邵清溪

何梦桂有《摸鱼儿・邵清溪赋，效颦谩作》《贺新郎・和邵清溪自寿》《水龙吟・和邵清溪咏梅见寿》三首词涉及邵清溪。

邵清溪即邵桂子，关于邵桂子，史料多有记载。

《浙江通志》卷一百八十二载：

> 鲍楹《雪舟诗序》："青溪邵桂子，字德芳。太学上舍。登咸淳进士，任处州府学教授。宋运讫，录解组赋归，避地云间，赘曹氏。居泖湖之□溪，尝濒湖构亭名'雪舟'，著述其间。有《脞稿》十卷，《脞谈》二十卷，皆以'雪舟'名之。豫为生圹，号曰'元宅'。著《元宅七铭》《后七铭》《续七铭》《别七铭》，凡二十八事。摹《周易》作忍、默、恕、退四卦。"⑥

① [宋]何梦桂：《潜斋集》卷 3，《文渊阁四库全书》第 1188 册，上海古籍出版社 1987 年版，第 424—425 页。

② [宋]何梦桂：《潜斋集》卷 1，《文渊阁四库全书》第 1188 册，上海古籍出版社 1987 年版，第 374 页。

③ [宋]何梦桂：《潜斋集》卷 2，《文渊阁四库全书》第 1188 册，上海古籍出版社 1987 年版，第 402 页。

④ [宋]何梦桂：《潜斋集》卷 3，《文渊阁四库全书》第 1188 册，上海古籍出版社 1987 年版，第 425 页。

⑤ [宋]何梦桂：《潜斋集》卷 2，《文渊阁四库全书》第 1188 册，上海古籍出版社 1987 年版，第 400 页。

⑥ 《浙江通志》卷 182，《文渊阁四库全书》第 524 册，上海古籍出版社 1987 年版，第 81 页。

《两宋名贤小集》卷三百五十四载：

《慵庵小集》：邵桂子，字德芳，淳安人，咸淳间以博学宏词登进士第，教授处州。国亡不仕，娶华亭曹泽之女，因家小蒸，为斯文领袖者四十年。八十二卒。所著有《脞谈稿》，又作忍默恕退四卦以自警。子祖义，孙亨贞，俱有文名。

《江南通志》卷一百七十二载：

邵桂子，字德芳，淳安人，咸淳进士。又举博学宏词，授处州教授。国亡不仕，娶华亭曹氏女，因家于小蒸，文名甚盛。所著有《脞谈》《脞稿》。

《万姓统谱》卷一百三载：

邵桂子，字德芳，淳安人，号玄同。吴攀龙之子也。鞠于所养，因从其姓。博学宏词，文声大著。登咸淳七年(1271)进士第。任处州教授。弃官归隐，凿池构轩其上，名曰'雪舟'。所著有《雪舟脞录》《雪舟脞谈》《雪舟脞藁》，传于世。又尝作忍默恕退四卦以自警。晚年游松江，遂居修竹乡。及终乃归柩淳安之谏坡葬焉。

此外《嘉靖淳安县志》四也有记载：

邵桂子，字德芳，太平乡人，号玄同，吴攀龙之子也。鞠于所养，因从其姓，博学宏词，文声大著。登咸淳七年进士第，任处州教授。弃官归隐，凿池构轩，其上名曰雪舟。所著有《雪舟脞录》《雪舟脞谈》《雪舟脞稿》传于世。又尝作忍、默、恕、退四卦以自警。晚年游松江，遂家于修竹乡，及终，乃归柩淳安之谏坡葬焉。

以上《浙江通志》《两宋名贤小集》《江南通志》《嘉靖淳安县志》记载大致相同。

清溪，古县名，即今浙江省淳安县。北宋方腊起义于此，起义失败后，县名改为淳安。邵桂子，字德芳，自号玄同，淳安人。吴攀龙之子，鞠于所养，因从其姓。咸淳七年以博学宏词登进士，教授处州。国亡不仕，娶华亭曹泽之女，因家小蒸，文名甚盛。凿池构轩(据《江南通志》卷三十一："知乐亭在青浦县大小蒸之间，宋邵桂子凿池养鱼筑亭其上，以知者乐水、知鱼之乐二义名之。")其上，名曰雪舟。所著有《雪舟脞录》《雪舟脞谈》《雪舟脞稿》传于世。又尝作忍、默、恕、退四卦以自警。晚年游松江，遂家于修竹乡，及终，乃归柩淳安之谏坡葬焉。卒年八十二岁。子祖义，孙亨贞，俱有文名。

但上述史料均未提及其生卒年，据《两宋名贤小集》卷三百五十四所载："国亡不仕，娶华亭曹泽之女，因家小蒸，为斯文领袖者四十年。八十二卒。"(《慵庵小集》)当可理解在宋亡后为斯文领袖四十载，八十二岁卒，因此可推知其大致为1234—1315年间人。又何梦桂有诗《挽邵青溪二章》，知邵清溪当卒于何梦桂之前，何梦桂卒年不详，约在1303年或之后，故邵清溪当卒于1303年前后。而何梦桂曾应邵清溪之请为其新筑"行窝"作《邵古香行窝记》，此文写于"大德戊戌仲秋朔记"，大德戊戌为1298年，可知此时邵清溪在世。

何梦桂总共47首词中提及名字的只有12人，除了何逢元提到五次外，邵清溪与何梦桂侄儿何景文同排在第二，提及三次，可见其与何梦桂的关系也非一般，交往唱酬比较密切。看何梦桂文，可知他们不仅是同为进士的同乡，还是了解甚深关系甚密的表兄弟。据《潜斋集》，何梦桂不仅为邵清溪的"玄同斋"写过《玄同斋记》，还为邵清溪所营建的"行窝"写了《邵古香行窝记》，记云："玄同邵某，古睦清溪家也。而赘寓于嘉禾之云间。"此表述正可印证上述各史料所记。在论及邵清溪营建寿乐堂的目的时说，"时玄同有母在，出非其志……营寿乐堂所以娱母也"，"云间近创行窝，亦参其亭，规制悉视寿乐，此岂为蓄姬妓贮歌舞地哉，示不忘故也"，不仅深深理解邵清溪并深感于他的"不忘其故"。末云，邵清溪"行窝"成，为其作记的人亦众矣，但清溪仍"复征余言"，何梦桂知道乃是"知玄同之心宜莫余若"①，没有人能比他更了解清溪的；另据何梦桂《嗣守堂记》，"玄同，吾外兄弟也"②。可知他们是相知很深的表兄弟。另外何梦桂还有诗歌《题邵古香乾坤一亭》《王石涧赋小有洞天之诗邵青溪和之辄次韵奉谢》《挽邵青溪二章》等。

---

① [宋]何梦桂：《潜斋集》卷9，《文渊阁四库全书》第1188册，上海古籍出版社1987年版，第494—495页。

② [宋]何梦桂：《潜斋集》卷9，《文渊阁四库全书》第1188册，上海古籍出版社1987年版，第498页。

邵清溪著述颇丰，史料记载有《雪舟脞录》《雪舟脞谈》《雪舟脞稿》，今已亡佚，唐圭璋《全宋词》第五册分别据《翰墨大全乙集》卷十七和《翰墨大全庚集》卷十五录有邵桂子《沁园春·李娶塘东会》《贺新郎·文总管之清江任》《满江红·税官之扬州任》和《百字令·韩知事美任》词四首，惜名下无传。另据四库本《蛟峰外集》卷二载有署名为邵清溪的《贺新郎·寿蛟峰先生七旬》词：

> 元祐人无几。对西风、从头偻指，寥寥谁是。劫火灰中真铁汉，老□一人而已。那□□、掀天揭地。司马不来诸老去，奈乾坤颠倒成儿戏。天下事，竟如此。　　小春明日浮梅蕊。到如今、平头七十，依然弧矢。且把六经书尽注，更占峡山深处。又管甚、世间风雨。称寿一觞公须饮，道此心、千载斯文寄。康济外，总余事。①

方逢辰（1221—1291），淳安人。淳祐十年（1250）进士第一，理宗赐名；一生宦海浮沉，51岁，丁母忧去国，从此不复出，创石峡书院，以授徒讲学为务，学者称为蛟峰先生。为人刚直，不附时相，明商辂评其文“如秋霜烈日，类其为人”。清方际泰谓其对策“辞严义正，字挟风霜”，诗赋“澹然以远”，序记“邃然以深”，可与文山并传。其主要成就在传播理学，文学成就并不高。有《蛟峰先生文集》十四卷。方逢辰七十寿辰，即在元世祖至元二十七年（1290），此词当作于此年。杨镰《元词辑佚补正示例》在此词下谓：“邵清溪，生平不详，应是方逢辰门下士。元明之际人邵亨贞（1309—1401），号清溪，但年辈远晚于方逢辰。”②此未能考明邵清溪为何人。王鹏运为何梦桂所作的《潜斋词跋》亦谓：

> 今岩叟此集有和邵清溪词二阕，按岩叟咸淳乙丑进士，第三人。邵清溪之生据《蛾术词选》考之，为至大二年己酉（词选卷二和赵文敏词自序云：生十四年而公薨。文敏之殁为至正二年壬戌，逆而溯之，当生于是年）距乙丑已四十五年，岩叟生年无考，其[摸鱼子]题云“和邵清溪自寿”。清溪元作本集不载，不知作于何年，词选纪年之始为后至

① ［宋］方逢辰：《蛟峰文集》《外集》卷2，《文渊阁四库全书》第1187册，上海古籍出版社1987年版，第605－606页。

② 中国社会科学院文学所编：《中国社会科学院文学研究所学刊》（2009），中国社会科学出版社2010年版，第168页。

元二年己卯，是年清溪三十有一，自寿之词即作于二十内外。而岩叟又弱龄登第，是时亦年逾大耋矣。厥后清溪亦年至九十有二，何词人老寿之多耶？书之以备词坛佳话。①

此处半塘老人王鹏运直接就将邵桂子认定为其孙邵亨贞了，虽不知何梦桂生年，亦推知何梦桂年逾大耋，遂感慨词人之长寿了。前人之误会，一是未及对邵桂子进行详考，二是因为邵桂子未曾自号"清溪"，而其孙邵亨贞号"清溪"，且有文名。据前所考，何梦桂所交往之邵清溪即邵桂子，"清溪"应是时人以淳安古名称之，以示喜爱和推崇。

其实邵清溪的词作远不止上述五首。近代词学大家汪东《词学通论》在论及词律时，举周邦彦《扫花游》("晓荫翳日")及方千里和词时转引万氏之说，"如'种'字用仄，历查清真、西麓、梦窗、碧山、玉田、邵清溪、张半湖，如出一辙"②。另，据何梦桂《摸鱼儿·邵清溪赋，效颦谩作》《贺新郎·和邵清溪自寿》《水龙吟·和邵清溪咏梅见寿》等词题，可见邵清溪除了上述五首词外，当还有如《扫花游》《摸鱼儿》《贺新郎》《水龙吟》等其他词作，惜今皆不传。

另傅璇琮等编的《全宋诗》卷三六二九分别据《慵庵小集》、厉鹗《宋诗纪事》卷七五引《严州府志》和《雪舟脞稿》录其诗7首，分别是《疏屋诗为曹云西作》《海蟾》《饯魏州判鹏举》《古柏行》《到夔门呈王待制》《次韵方虚谷迁居》《饯魏州判鹏举》，从中可一窥其诗歌风格和交游情况。《全宋文》《全元文》均未录邵清溪文。

二、新朝官员

1. 夹谷书隐

何梦桂涉及夹谷书隐的词只有《沁园春·寿夹谷书隐》一首，但在《潜斋集》中，夹谷书隐(夹谷佥事)是一个屡屡被提及的名字。文如《夹谷签事生祠赞》③，诗有《寄夹谷书隐》二首("当年曾忆赋高唐"④)、《上夹谷书隐先

① [清]王鹏运四印斋汇刻：《宋元三十一家词》，金启华等编《唐宋词集序跋汇编》，江苏教育出版社1990年版，第288页。

② 汪东：《梦秋词》附录，齐鲁书社1985年版，第445页。

③ [宋]何梦桂：《潜斋集》卷10，《文渊阁四库全书》第1188册，上海古籍出版社1987年版，第505页。

④ [宋]何梦桂：《潜斋集》卷2，《文渊阁四库全书》第1188册，上海古籍出版社1987年版，第391—392页。

生》六首（“堪舆渺无极”）、《和夹谷书隐先生寄题蛟峰石峡书院三十韵》（“堪舆运玄化”）、《寄写夹谷书隐先生四十四韵》（“粤从太极分”）、《和山房夹谷佥事韵二首》和《和夹谷佥事题钓台十首》等。

据《姓氏考略》，“夹谷”复姓源出自女真族加古部，以部落名命姓，后讹为“夹谷”，《金史・金国语解》“姓氏”条云：“完颜，汉姓曰王……夹谷曰仝。”[①]今汉姓为“仝”者即女贞部族之夹谷。考宋末时人物，夹谷书隐即夹谷之奇，《元史》有传[②]。

夹谷之奇（？—1289），字士常，号书隐，女真族人。由马纪岭撒曷水徙家于滕州（今山东滕县）。之奇少孤，舅杜氏携之至东平，和东平世侯严实的幕僚阎复（1236—1312）曾同受词章之学于金进士康晔门下，又与金陵杨刚中同受理学之传于张翇（时人称为导江先生）。授济宁教授，辟中书省掾。大兵南伐宋，授行省左右司都事。会御史台立，擢之奇佥江南浙西道提刑按察司事，既而移佥江北淮东。至元十九年（1282），召为吏部郎中，立陟降澄汰之法，著为令式。二十一年（1284），迁左赞善大夫。曾与李谦奏时政十事呈太子真金，会皇太子薨，除翰林直学士，改吏部侍郎，遂拜侍御史。二十五年（1288），丁母忧，以吏部尚书起复，屡请终制，不许。次年卒。

虽为伐宋的北人，客观而论，夹谷之奇不论品德、吏才还是词章、义理都为当时第一流，因而在当时流传着许多关于他的故事，从中可知夹谷之奇的为人处世。

夹谷之奇“素公清”。在大兵南伐宋时，夹谷之奇授行省左右司都事。时行省官与中书权臣有隙，特遣使核其财用，而之奇职文书，亦被按问。此时是当时声名卓著的张弘范（1238—1280，字仲畴，元代名将张柔第九子）基于对夹谷之奇历来行事的充分了解与信任，率其属诣使者言：“夹谷都事素公清，若少有侵渔，弘范当与连坐。”由于张九帅的亲自过问，此案迅速得到平反。通过认真的调查，水落石出，一切不实之词，均源于一些人的诬陷。这一事件见出夹谷之奇为官为人的“素公清”以及影响，当然也可看出张弘范的为人与仗义。

夹谷之奇不仅“公清”，且为政每能以百姓为上，颇有政绩，是个不可多得的吏才。至元十九年（1282），夹谷之奇被召为吏部郎中，立陟降澄汰之法，著为令式。时逢大旱，有司议平谷价，以遏腾涌之患。之奇却主张：“莫若省经费，辍土木之役，庶足召和气，弭灾变，而有丰稔之期。”至元二十一

① ［元］脱脱等：《金史》第8册，卷135，中华书局1975年版，第2896页。

② ［明］宋濂等：《元史》第13册，卷174，中华书局1976年版，第4061页。

年(1284),夹谷之奇迁左赞善大夫。时裕宗为皇太子,每进见,必赐坐,顾遇甚优。权臣有欲以均输法益国赋者,虑提刑按察司挠其事,请令与转运司并为一职,诏集群臣议之。之奇言:"按察司者,控制诸路,发擿奸伏,责任匪轻。若使理财,则心劳事冗,将弥缝自救之不暇,又安能绳纠他人哉!并之弗便。"事遂寝。又与谕德李谦条具时政十事,上之皇太子:一曰正心,二曰睦亲,三曰崇俭,四曰几谏,五曰戢兵,六曰亲贤,七曰革敝,八曰尚文,九曰定律,十曰正名。为政始终能以百姓为本,劝上讽下,遇事敢于秉公直言,极尽为臣之职责。

何梦桂与夹谷书隐的交往也正是其作为北人而能以民为本的为政,何梦桂的诗词文作品,其内容主要也是盛赞夹谷之奇以民为本的为政之才。在《寄谢夹谷书隐先生四十四韵》("粤从太极分")长诗中,何梦桂在序中详细道出夹谷之奇在其家乡淳安的表现:"淳居浙尾,去天为最远。自亲附以后,绣斧所未尝至,耳目亦所不及。邑官吏毒民惟恐不至,民号吁弗闻。去年十二月,县尹以催征来诸乡,挟猾吏悍卒以行,所至大扰。邑逸民何某具肴酒执贽以见,尹怒,弗出郊执系僇辱之。于是,按使夹谷相公书隐先生,埋轮于锦峰绣岭间,廉访所及,委属官下邑归问,迨春仲阅实赃状以闻,议罪有差。命下,邑士民鼓舞更生。某受恩隆郅,辄赋诗四十四韵以谢。修辞弗工,姑寓衔结不忘之意云耳。"[①]看出何梦桂对于夹谷之奇作为执政者能够实地访查,严惩猾吏悍卒等为所欲为者,还淳安百姓以安定生活的崇敬和感念,证实了夹谷之奇的为政之才。

另外夹谷之奇还善于赏识拔擢人才。史料载有夹谷之奇与赵孟頫(1254—1322)事。赵孟頫23岁时宋亡,从其母之诫,在当时社会动荡之时,隐于故里,苦研学问,并沉浸于诗文书画之中,声誉日远,时为江南浙西道提刑按察司事的夹谷之奇非常欣赏时称"吴兴八俊"之一的赵孟頫,在出任吏部尚书后,便力荐赵孟頫为翰林国史院编修官。然赵氏此时无意出山,遂有《赠别夹谷公》古诗二首,其二云:"青青蕙兰花,含英在中林。春风不披拂,胡能见幽心……"[②]含蓄表达了自己的大志。而何梦桂《寄夹谷书隐并序》("巅崖一落费攀跻")二首诗作,抒写的即是对夹谷书隐给予他非比寻常的恩情的感念,其序云:"严陵书生何某,受恩受察于夹谷相公书隐

---

① [宋]何梦桂:《潜斋集》卷1,《文渊阁四库全书》第1188册,上海古籍出版社1987年版,第372页。

② [元]赵孟頫:《松雪斋集》卷2,《文渊阁四库全书》第1196册,上海古籍出版社1987年版,第609页。

先生，非可与寻常遭际者同日语。自古杭分察移按淮安，遄陟中朝上下四三年间，天地隔阔，莫能写衷情以寄缱绻，此心未尝一日不在钜鹿也。兹因野塘王君朝京便武，赋诗二章，聊寓数千里皈倚之私，惠徼采瞩。"①这种"非可与寻常遭际者同日语"的恩情，当也包含了作为元统治者夹谷之奇对于宋遗民何梦桂的赏识、尊敬和理解。从中可看出何梦桂与夹谷之奇之间基于互为赏识的惺惺相惜的亦官亦友的密切关系，这种关系超越了一般的家国仇恨。

"之奇明于治体，为文章简严有法，多传于世"②，夹谷之奇的学养，不仅从其为政中可见一斑，更可以从其所学的东平府学来明其承继关系。

东平府学，北宋称郓学，有唐代的讲堂，名"成德堂"，王曾罢知郓州，颁学田二百顷。郓学中还有王曾和孙复、石介的祠位。

从张柔、史天泽到严实的部下赵天锡的兴学养士，在这场华北文化的复兴运动中，严实自然是最成功、最令人瞩目的一位，而东平府学就是这一场运动的完美结晶。

以承继金代的学术为特点的东平派，其形成得归功于严实父子的兴学养士，也与东平府学的兴盛有密切的关系。可以说，至严实去世的1240年，它已经形成。严忠济上任后，新府学以王磐、康晔、元好问、李昶等为教师，培养了李谦、阎复、夹谷之奇、周砥等一批优秀的学生，他们都是东平派的成员。

东平派的成员在中统之后，大都出仕为官，成为元朝中央与各级政府的重要官员。元代人袁桷说："朝清望官，曰翰林，曰国子监，职诰令，授经籍，必遴选焉始命，独东平之士十居六七。"③他们在元朝政府里占有举足轻重的地位，这也说明了东平府学取得了很高的教育成就。

夹谷之奇即出于优秀教师康晔的门下。阎复在《乡贤祠记》中列出了康晔的9个著名学生："自复斋徐公接武始，国子祭酒集贤学士周砥、翰林学士承旨李谦、江西行省参政翰林学士承旨徐琰、翰林供奉淮东提刑按察使孟淇、礼部尚书集贤大学士张孔孙、集贤学士刘逊、国子司业杨桓、吏部尚书翰林直学士夹谷之奇，扬历馆陶者十余人，司风宪握郡符暨不求闻达

① ［宋］何梦桂：《潜斋集》卷2，《文渊阁四库全书》第1188册，上海古籍出版社1987年版，第391页。

② ［明］李贤等：《大明一统志》卷23"流寓"，三秦出版社1990年版，第378页。

③ ［元］袁桷：《送程士安官南康序》，《清容居士集》卷24，《文渊阁四库全书》第1203册，上海古籍出版社1987年版，第325页。

者尚众。"[①]这些在当时都是极为优秀的人才。

夹谷之奇至元二十六年(1289)去世后,曾受知于元好问、诗文俱佳的王恽写诗《夹谷尚书哀挽》悼念他:

> 品汇流形万不同,铨量平允尽清通。恩非出己知谁怨,天不遗贤见道穷。三复苦辞归汶上,一官催老掩曹东。茫茫大块归沉里,重为清朝惜至公。[②]

《全宋文》《全宋诗》里未录其作品,据何梦桂、方逢辰《和佥事夹谷之奇韵》等的和韵之作看,夹谷之奇当有一些诗作。

2. 参知政事高兴

何梦桂有词《沁园春》("衮衣绣裳"),其序云:"江淮等处行尚书省参知政事高公,以至元二十七年庚寅春提兵由歙之淳,入长乐境,平诸盗、越两旬肃清,八月朔师还。山人何某谨拜手歌沁园春持献,以尾凯歌之后尘。"[③]其所记与何梦桂《参知政事高公平盗记》一文事同,而据其文所记,"公名兴,字公起,蔡汝南人也"。[④]

据《元史》卷一六二《高兴传》,高兴(1245—1313),字功起,蔡州(今河南汝南县)人。其祖先自蓟州迁到汴京,曾祖高拱之、祖父高子洵都以农业为业。金末,其父高青因战乱由汴京迁往蔡州,生高兴。

高兴少时即慷慨大方,力大能挽强弓,曾在打猎时遇虎而不惊,一箭射死老虎。至元十一年(1274)冬,带八骑到黄州投于宋制置陈奕麾下,陈奕赏其形貌非凡,将甥女嫁给高兴为妻。至元十二年(1275),丞相伯颜伐宋,至黄州,高兴随陈奕出降。伯颜授高兴为千户。此后随大军攻宋,成为急先锋。杀元使于独松关的宋将张濡也是被高兴所生擒。宋投降后,高兴先后率兵攻取尚未占领的郡县,并受命平"盗",多次平定了南方福建、浙江、江西等地不断的抗元斗争,屡立战功,不断升迁,直至武宗时拜为左丞相。后于皇庆二年(1313)九月卒,终年六十九岁。追封梁国公,谥"武宣"。元统三年(1335),加封南阳王。

据何梦桂《参知政事高公平盗记》所叙,高兴平盗有其特点,一不妄杀,

---

① 李修生:《全元文》,第9册,江苏古籍出版社1999年版,第249页。

② [元]王恽著,杨亮、钟彦飞点校:《王恽全集汇校》第8册,中华书局2013年版,第914页。

③ 唐圭璋:《全宋词》,第5册,中华书局1965年版,第3149页。

④ [宋]何梦桂:《潜斋集》卷9,《文渊阁四库全书》第1188册,上海古籍出版社1987年版,第491页。

“师所过，戒秋毫无得犯”；二乃于事定后，又能“代溢赋，触横征，以为民利”，为政颇有仁心。乡人由是非常感念，立碑刻石以记其功绩。何梦桂词和文俱为称颂高公而作。

何梦桂另有《送高参政》和《送马高参政》两首诗，从内容看，一为歌颂高公之英雄豪气与盖世声名及对其前程的展望，一为借马喻人。

3. 吕总管（吕师仲）

何梦桂有《八声甘州·送吕总管》词。

据何梦桂大德三年（1299）所写的《建德路新创三皇庙记》一文，在介绍建德路三皇庙筹建时，提到“总管吕师仲而下咸寅协助”[①]。《建德路新创三皇庙记》文意和何梦桂《八声甘州·送吕总管》词意相符，所以《八声甘州·送吕总管》词当是写给吕师仲的。

吕师仲，寿阳（今属山西）人，元成宗大德时在世。据吕师仲《李刺史诗序》所记，他曾任严州太守，“余守睦几一载”[②]，为郡民出捕衢郡出没于寿昌的顽盗，使“人悉得以无恐”[③]。《李刺史诗序》末云：“时大德元年丁酉长至前二日，寿阳齐山吕师仲书于睦之坐啸堂。”何梦桂的《八声甘州·送吕总管》词当是在吕师仲离任时所写，写其在任时的功绩以及人民对吕总管的感念之情，“留名在，严陵滩下、日夜东流”[④]，当是符合吕师仲《李刺史诗序》中的意思。

从上述何梦桂词中所涉及人物看，主要为两类，一是亲属，一为新朝官员。其与亲属，主要是亲情加友情的关系，平时多有诗文唱和，虽谓至密，也无特殊之处。值得关注的是其与夹谷之奇、高兴等新朝官员的交往乃至对他们的赞赏，这与传统纯粹的所谓遗民在观念上似有相左，因而在论及其交游时往往被略去不论或是进行辩护。而此种交往所透露的宋元之际浙江遗民出处的一个事实是，由于文化心理上排遣不去的遗民情结，词人们选择抱节守志、不仕二姓，且对于覆灭其家国社稷的蒙元政权抱有仇视，但在元替宋的既成事实面前，他们也能从实际情况较为客观地看待元人的统治，且并不完全地与元政府或官员断绝往来。日本学者村上教授曾经指出，文人之间的交往与他们每个人是否侍奉元朝没有联系；日本学者奈良大学教授森田宪司通过对碑记的撰述考察宋元交替时期庆元士大夫的行

---

① ［宋］何梦桂：《潜斋集》卷9，《文渊阁四库全书》第1188册，上海古籍出版社1987年版，第496页。

② 陈焕等修，李钰等撰：《（民国）寿昌县志》3，卷9，成文出版社1970年版，第948页。

③ 陈焕等修，李钰等撰：《（民国）寿昌县志》3，卷9，成文出版社1970年版，第949页。

④ 唐圭璋：《全宋词》，第5册，中华书局1965年版，第3155页。

止，认为“文人们即使不为元朝做事，但他们与元朝地方官吏的联系也是存在的”[①]。何梦桂在词中，即更多从新朝官员政绩表现着眼，字里行间突出的是对于执政者勤政为民的为政表现，只要是以民为本，为民做事的，不论其出身，均予以充分的肯定和赞赏，因而他们不排斥也不隐藏与新朝人物乃至高层官员的交往。从中似可窥探宋遗民对于元统治者态度之一斑，也客观地揭示了异族统治下真实的官与士的别一种关系，这无关乎政治。这样来看周密于宋亡后经常出入于新朝达官贵人间的书画鉴定活动，便无须从伦理上、道学上加以指责和非难，当然也无须辩护了。

① （日）森田宪司：《从碑记的撰述看宋元交替时期庆元的士大夫》，北京师范大学古籍所编《元代文化研究》（第一辑），北京师范大学出版社2001年版，第69页。

第五章　南宋浙江遗民词的题材特点

在南宋浙江遗民词人一千余首词作中，我们可以发现这些词在题材选择或适应性上体现出一定的相似性，那就是咏物词、寿词以及四时节序词等占了较大的比例(具体如表 5.1 所列)。深入分析这一现象，不难发现此间所透露出的时代、审美以及词学观上的重要信息。

表 5.1　南宋浙江遗民词人题材选择情况

序号	词人	生卒年	占籍	词作(首)	咏物词	节序词	寿词
1	李彭老	？—？	德清	21	4	2	/
2	李莱老	？—？	德清	17	4	2	/
3	柴　望	1212—1280	江山	13	/	/	/
4	陈　著	1214—1297	鄞县	122	15	15	43
5	吴大有	？—？	嵊县	1	/	/	/
6	陈允平	1205？—1280？	四明	208	13	/	19
7	薛梦桂	？—？	永嘉	4	/	/	/
8	文及翁	？—？	吴兴	1	/	/	/
9	莫起炎	1226—1294	归安	1	/	/	/
10	牟　巘	1227—1311	吴兴	9	/	/	7
11	何梦桂	1228—？	淳安	47	/	8	17
12	周　密	1232—1298	吴兴	153	32	/	/
13	朱嗣发	1234—1304	乌程	1	/	/	/
14	曹良史	？—？	钱塘	1	/	/	/
15	赵与仁	？—？	临安	5	1	/	/
16	汪元量	1241？—1317 后	钱塘	52	8	4	4
17	王沂孙	？—？	会稽	65	40	/	/
18	柴元彪	？—？	江山	8	/	2	/
19	范晞文	？—？	钱塘	1	/	/	/

续 表

序号	词人	生卒年	占籍	词作(首)	咏物词	节序词	寿词
20	仇　远	1247—1326	钱塘	120	5	/	/
21	董嗣杲	？—？	临安	2	1	/	/
22	唐　钰	1247—？	会稽	4	3	/	/
23	王易简	？—？	山阴	7	4	/	/
24	张　炎	1248—1319后	临安	302	43	17	4
总　计				1165	173	50	94
比　例					14.8%	4.3%	8.1%

第一节　“春水秋声新月落叶”[①]的物情之咏

一、创作概述

在南宋词人词作中，咏物已经成为一项重要的内容。根据苏州大学中文系许伯卿的统计[②]，《全宋词》中共有咏物词 2999 首，占《全宋词》的 14.14%。而据笔者粗略统计，在南宋浙江遗民词人的 1165 首词中，共有 173 首咏物词，占 14.8%。其中，王沂孙堪称是咏物大家，他的词传世不多，今所见的《花外集》《绝妙好词》和《阳春白雪》诸书辑录之所得，共有 65 首，而其中标题分明为咏物的作品，则有将近 40 首之多，可观的数量和上乘的质量，成就了其咏物大家的地位。周密 153 首词中有 32 首、张炎 302 首有 38 首咏物之作，而陈著的 122 首词中有 16 首，陈允平 208 首中有 13 首。不仅绝对数量可观，而且在词作中所占的比例也颇高，在宋代主要咏物词家中他们排名也多在前 15 位内。更重要的是，群体中王沂孙、周密、王易简、唐珏等 7 人和其 21 首咏物词还占据了遗民咏物词集《乐府补题》的重要部分。从横向看，此期江西遗民词人的咏物之作却远不如浙江的可观。从纵向看，此期浙江遗民词人的咏物之作无论内容还是艺术成就，较之前的咏物词，不仅描摹物态更细腻工巧，而且更多了一些家国之思的比兴寄托，体现了深刻的遗民情怀，推动咏物词的发展并走向最终的成熟。

---

① [宋]王沂孙撰，吴则虞笺注：《花外集》《附录》三，上海古籍出版社 1988 年版，第 149 页。

② 许伯卿：《宋代咏物词的题材构成》，《南阳师范学院学报》2003 年第 5 期。

二、原因探析

宋末浙江遗民咏物词的繁盛和取得的成就，主要有以下几方面的原因。

（一）对咏物之作久远传统继承和发展的结果

从诗歌传统看，咏物之作在中国古典文学中渊源甚早，这与中国诗歌重视感物言志的传统有密切的关系。《毛诗·大序》云："情动于中，而形于言。"[①]《礼记·乐记》认为："人心之动，物使之然也。"[②]可见中国诗论从一开始就视"物"为促使"心"动并形于言的一个重要原因。中国历代的诗论延续了这一观点。如陆机在其《文赋》中就曾有"遵四时以叹逝，瞻万物而思纷"[③]这一"物"使"思"纷的论述，钟嵘《诗品·序》中也有"气之动物，物之感人，故摇荡性情，形诸舞咏"[④]之说，刘勰亦言，"人禀七情，应物斯感，感物吟志，莫非自然"[⑤]。从上述文学理论的论述中可知，在我国早有对于外物感发普遍重视的"感物言志"之诗歌传统。这为咏物之作的大量出现提供了理论准备。

从艺术技巧的准备看，从《诗经》的比兴到咏物赋的隐语铺陈直至唐宋诗词，表现技巧逐渐丰富。我国的咏物诗发源较早，滥觞于《诗经》的比兴。在东汉时已有了专题的咏物诗，经过魏晋南北朝时期诗歌的发展演变，到了唐宋时代已日趋成熟，蔚为大观。至于专以写物为主题的咏物之文，则早在荀况、宋玉的一些标题为"赋"的作品中已经出现并已显露出咏物之作的隐语和铺陈特征。后来则经历了建安时代、齐梁时代和唐代的发展，而使咏物之作日渐成熟，并逐渐形成了一系列的写作方法及其重要特征。这为宋代咏物词的大量出现做好了艺术技巧上的准备。

从咏物词自身的发展看，宋末浙江遗民咏物词的大量出现更与咏物词自身的历史与发展直接相关。与词较晚于诗出现相一致，咏物词的出现也远远晚于咏物诗。咏物词最早出现在敦煌词中，如咏剑的《酒泉子》（"三尺青蛇"）等，代表了咏物词的雏形，艺术上较为粗糙。中唐中期，出现了一些文人所作的咏物词，如韦应物的《调笑令》等，这些词在艺术上虽比敦煌民

---

① [汉]毛公传，[汉]郑玄笺，[唐]孔颖达等正义，黄侃经文句读：《毛诗正义》，上海古籍出版社1990年版，第13页。

② 《礼记》，商务印书馆1947年版，第83页。

③ [晋]陆机著，金涛声点校：《陆机集》，中华书局1982年版，第1页。

④ [南朝梁]钟嵘著，周振甫译注：《诗品》，中华书局1998年版，第15页。

⑤ [南朝]刘勰：《文心雕龙》"明诗"，中华书局1985年版，第8页。

间词精美了一些，但也还只是单纯意义上的咏物，并没有太深的感情寄托。五代时期，出现了牛峤的两首《梦江南》词，前一首咏燕，以双飞双宿的双燕比喻人间的美好姻缘；后一首咏鸳鸯，通过鸳鸯的相亲相爱，从反面谴责“薄情郎”的刻薄寡恩。这两首词获得了姜夔较高的评价：“牛峤《望江南》，一咏燕，一咏鸳鸯，是咏物而不滞于物者也，词家当法此。”[①]虽此，由于这两首词还处在咏物词发展的初级阶段，在意境塑造方面还显得有些粗浅单薄。

到了北宋前期，由于受晚唐五代词绮靡华丽余风的影响，词人们创作咏物词的主要目的还是佐雅兴、助娱情，咏物词的题材仍局囿于艳情、闺情的狭隘空间内，其审美趣味尚停留在对事物的色泽、姿态、气息等外在感性因素上，因而技法上偏重用华丽精美的辞藻，精雕细刻地来表现所咏事物的外在特性，风格绮艳，没能传达出事物内在的情韵。创作主体与所咏对象二者之间的关系是游离分散的，还没有出现物我合一、宾主交融的境界。清人李重华《贞一斋诗说》云：“咏物诗有两法：一是将自身放顿在里面，一是将自身站立在旁边。”[②]北宋前期咏物词人就是“站立在旁边”，以局外人、旁观者的冷眼把玩事物，所咏之物基本是“无我之物”。此期虽有一些著名的词人如晏殊、张先、柳永等人分别创作了一些咏物词，但这些词或为小令，或描写不够细腻，或寄托不够深远，或比兴手法运用得不够得法，在词坛上影响不大。

咏物词真正受到词人们的青睐、词作数量激增且名家辈出、一时蔚为大观的应该是北宋中后期的事了。此期的苏轼、贺铸、周邦彦三家对咏物词发展产生了重要的影响。这个时候咏物词突破了花间余风的藩篱，从画阁闺房，走向了更为广阔而真实的社会人生。词人们的审美趣味也发生了飞跃，已不只局限于对所咏事物外在形态进行逼真的描绘，而是在所咏事物中倾注了生命和情感，个体对社会人生及自身命运的体验也融注于其中。词人由“站立在旁边”的局外人开始将自己“放顿在里面”，从而形成物我之间的密切相关，达到了水乳交融的境界。特别是苏轼、贺铸、周邦彦、李清照诸人，将对客观事物的审美观照与自己的社会人生结合起来而创作的咏物杰作，确立了一种新的创作范式。如李清照《多丽》(咏白菊)、苏轼《水龙吟·次韵章质夫杨花词》(咏杨花)、周邦彦的《兰陵王》(咏柳)等词，都能表现出词人的情思来，写得形神兼备。在这个时期，词人的审美趣味，

---

① [清]沈雄：《古今词话》，唐圭璋《词话丛编》，第1册，中华书局1986年版，第971页。

② [清]王夫之等：《清诗话》下册，上海古籍出版社1978年版，第930页。

已突破了对于事物只偏重外在形态的描绘的局限，而是赋予事物内在的生命和情感。

南渡时期，随着民族矛盾的激化，爱国与恢复中原、抗战与反对投降成为时代的主旋律和最强音，咏物词也因此发生了深刻的嬗变。饱尝了战乱流离之苦、山河破碎之痛、民族屈辱之愤的文人们，在这个巨变的时期，他们的诗词风格、审美趣尚也发生了明显的变化。此期一部分咏物词人或反映南渡后漂泊无依的孤寂际遇，或抒写动荡时局中高标远致的人格操守，充满了强烈的政治抒情色彩。

到了南宋中期，由于符离之败和隆兴和议，朝中主和派逐渐占了上风，一时间宴安恬嬉之风席卷朝野，花间绮靡词风又一次回潮。在这样的时代背景下，词人们的咏物词虽或多或少地反映了个人遭遇和时代的苦难，但他们却把精力更多地投入到追求艺术形式的精美中。姜夔可以说是这方面的代表。他的咏物词在南宋特定的文化环境下因其独特的人生经历而更多地采用了把心境物化、物我合一的表现手法，借所咏之物来外化主观情志。他的一些咏物词，继承《诗经》《楚辞》采兰赠芍、香草美人的比兴寄托手法，在保留词体"要眇宜修"①特点的同时，融入了江湖飘零之感、对失落恋情的追忆、对国事衰微的忧虑之情。②

至此，可以说，正是从唐时敦煌词中的咏物之作开始一直到南宋时期咏物词缓慢但不断成熟的发展历程，尤其是白石咏物词"幽韵冷香，令人挹之无尽"③的独特品格和风韵，为南宋浙江遗民词人在咏物词创作的内容以及艺术手法、风格上提供了借鉴，并为他们在特殊的屈辱时代的思想情感抒发提供了合适的艺术途径，使咏物词在宋末获得了新的辉煌。

（二）结社吟词之风的盛行，偏安既久的奢靡享乐风气是其繁荣的土壤

周济云："北宋有无谓之词以应歌，南宋有无谓之词以应社。"④"结合词人为社，以斗靡争奇，较短长于一字一句之间，斯咏物之作尚焉。南宋词人，湖山燕衎；又往往有达官豪户，如范成大、张镃之流，资以声色之娱，务为文酒之会；于是以填词为点缀，而技术益精；其初不过文人阶级，聊以'遣兴娱宾'；相习成风，促进咏物词之发展；其极则家国兴亡之感，亦以咏物出

① 王国维：《人间词话删稿》，唐圭璋《词话丛编》，第5册，中华书局1986年版，第4258页。

② 参见张雷宇：《南宋清雅词派研究》，浙江大学2005年博士学位论文。

③ ［清］刘熙载：《艺概》卷4，上海古籍出版社1978年版，第110页。

④ ［清］周济：《介存斋论词杂著》，唐圭璋《词话丛编》，第2册，中华书局1986年版，第1629页。

之，有合于诗人比兴之义；未可以'玩物丧志'，同类而非笑之也。"[①]龙榆生先生所论极是。南宋中期，偏安的局面基本成为定局，社会风尚趋于"雅"化，文人结社吟词成为一种风尚。除了私人的结社吟词之外，还有一些盛大的公众的诗酒之社，这在吴自牧、周密的著作中都有真实的反映。吴自牧在《梦粱录》(卷十九)就记有南宋临安集会结社的盛况，而在其《社会》一则中则记录了当时西湖诗社的盛况。而南宋士大夫的奢靡，周密在《齐东野语》(卷二十)有《张功甫豪奢》一则，具体记录了当时一次牡丹会的种种排场，极尽奢华，就是今人亦难以企及。可以说，结社成了当时的一种时尚，是文人们社交的一种主要方式。在这样盛大的场面里，文人们分题同咏，争奇斗胜，应社之咏物词于此开始兴盛起来。到了宋末，浙江的遗民词人们经历了南宋自衰危至灭亡的一段悲惨的历史，对南宋灭亡有不少目击心伤的悲慨，他们结的已不是纯粹的娱乐竞奢豪的诗酒之社，而具有了一定的爱国的政治意味。著名的如元初因胡僧杨琏真伽发宋帝陵，词人们在山阴的一次词社集会。在这山阴结社中，词人们创作了 37 首咏物词，结集为《乐府补题》，而浙江的 7 位遗民词人就写了 21 首词作，每一阕都含有深刻的寓意。这是浙江遗民词人集体创作咏物之作并成绩斐然、影响深远的一次，而这正是结社吟咏产生的咏物词史上的硕果。

（三）蒙元残暴统治下的无奈选择——咏物寄托，隐晦曲折地表达亡国之恨及遗民失落伤感之情绪

宋末浙江遗民词人既目睹了南宋王朝的腐朽无能，又蒙受了新朝统治的残暴肆虐。词人们往往以咏物寄怀，用辞藻的外衣，来寄托他们对现实的感慨和家国败亡的哀痛。陈廷焯曾有"读碧山词者，不得不兼时势言之"[②]之说，正道出了对像王沂孙这样的遗民词人在特殊时代的曲折用心的深刻理解。

国破家亡江山易主的激变在宋末词人的心理上造成了深重的失落意绪，现实使他们痛苦焦灼，飘零之苦和异族统治的屈辱凝结郁集在一起，造成心理上的重压和矛盾。可以说整个时代都处在满目疮痍的凄苦之中，词人不能不受到这种时代氛围的影响。而据《元史・刑法志》记载："诸妄撰词曲，诬人以犯上恶言者，处死。"[③]"诸乱制词曲，为讥议者，流。"[④]在这样

---

① 龙榆生：《中国韵文史》，商务印书馆 2010 年版，第 143 页。

② [清]陈廷焯撰，屈兴国辑校：《白雨斋词话足本校注》，齐鲁书社 1983 年版，第 178 页。

③ [明]宋濂等：《元史》，第 9 册，卷 105，中华书局 1976 年版，第 2651 页。

④ [明]宋濂等：《元史》，第 9 册，卷 105，中华书局 1976 年版，第 2683 页。

一个总以流放和杀戮威胁文人的社会中，文坛噤若寒蝉，怎能不使人谨小慎微呢？这种悲剧的时代，使词人不能高亢悲歌，大胆抒写情志，只能以隐曲哀怨的笔致，晦涩地表达亡国的哀痛，寄托人生艰辛的感愤。这成了宋末遗民咏物词大量出现的一个重要原因。国破、异族的统治、前途的无望等极度的悲愤和词本身委婉深挚的特性，使词人们更倾心于借咏物曲折深挚地抒写情怀。

三、词史贡献

（一）提高咏物词体的地位

词人咏物之作，无非两种："或'因寄所托'，借抒身世之感；或'侔色揣称'，略等'有声之画'。"[①]其至北宋，无非也是作者偶一为之，偶有佳作，如苏轼《水龙吟》之咏杨花，晁补之《盐角儿》之咏梅。史达祖专以咏物名家（代表作《双双燕》"咏燕"），为张镃所称赏，谓其咏物之作："辞情俱到，织绡泉底，去尘眼中，妥贴轻圆，特其馀事；有瑰奇警迈清新闲婉之长，而无訑荡污淫之失。"（《梅溪词序》）姜夔亦称其"奇秀清逸，盖能融情景于一家，会句意于两得"（《词林纪事》），评价很高。可正如龙榆生先生所言，"史词描摹物态，信极工巧；特无甚寄托耳"。真正能够"集咏物词之大成，而能提高斯体之地位者，厥惟王沂孙氏"[②]。正是宋末浙江遗民词人群体之咏物大家王沂孙完成了咏物词绚丽的篇章，集其大成，高其地位。王沂孙咏物之作，不仅数量多，且质量上乘，周济称其词"餍心切理，言近旨远"（《宋四家词选》）；又谓："中仙最多故国之感，故着力不多，地分高绝，所谓意能尊体也。"（《论词杂著》）代表作如《齐天乐》"咏蝉"等，俱是咏物佳作。

（二）咏物专集的出现

《乐府补题》是宋末14位遗民词人的应社之词集，也是一部咏物词专集。全集共有咏物词37首，分以《天香》《水龙吟》《摸鱼儿》《齐天乐》和《桂枝香》五个词牌咏龙涎香、白莲、莼、蝉和蟹等五物，不仅描摹物态极为工巧，更有寄托之深意，"以咏物词聊抒亡国之哀思，异乎临安盛日之专以描摹物态为能事者矣"[③]。它的出现，从其内容看是应元僧杨琏真伽盗帝陵时事而起，从其题材看又是咏物词创作的一个巅峰和总结。

---

① 龙榆生：《中国韵文史》，商务印书馆2010年版，第143页。

② 龙榆生：《中国韵文史》，商务印书馆2010年版，第144页。

③ 龙榆生：《中国韵文史》，商务印书馆2010年版，第145页。

第二节　寿词与理学思想的深刻影响

一、创作概况

南宋以前，寿词创作大多限于庙堂，民间鄙而不传，因此，寿体文学并不繁盛，寿词成就自然也就不突出了。到了南宋，寿词大量出现。根据史料可知，南宋寿词创作之繁盛是过去任何一个时期都难以企及的，其涉及的词家之众、词作之丰形成了鲜明的时代特征，成为词坛一大景观。据《全宋词》以及《全宋词补辑》统计，南宋寿词约有 2347 首，约占宋词总数的 10％；涉及寿词创作的有姓名可考的词人约有 400 人，其中魏了翁以其 100 首寿词而位居众人之首。寿词创作如此之多，以至于一些词人别集中就单列有《贺生辰》《寿词》等类目，词学论著如张炎《词源・杂论》和沈义父《乐府指迷・寿曲》中还特别论述了寿词的创作，这些无不说明南宋寿词繁盛的事实。

时代发展到宋末元初，虽然汉民族面临着国破家亡的巨痛与空前的异族统治的屈辱，但是祝寿作为一种社会风俗仍然在民间延续着，配合着祝寿活动的寿词仍呈现不衰之趋势。就南宋浙江遗民词人中有姓名可考的 24 人而言，所留词作有多人涉及寿词，在 1165 首词作中有 94 首寿词，占创作总量的 8.1％。从个体情况看，寿词比例最高的是牟巘，9 首词中有 7 首寿词，几乎占了八成；其次是何梦桂、陈著，何梦桂 47 首词中有 17 首寿词，陈著 122 首中有 43 首为寿词，均超过各自词作总量的三分之一，而且陈著还是南宋浙江遗民词人中寿词绝对数量最多的一个。而陈允平是寿词意识最为突出的一个，其 208 首词作中有 19 首寿词，且专列“寿词”类目予以特别标注，是寿词创作的一个进步现象。可见，在南宋浙江遗民词人中寿词的创作也同样是值得注意的。

在同一时期的江西，遗民词人中寿词的创作数量也极为可观。仅以词作数量最多(《全宋词》录其词 351 首)、成就最高的刘辰翁来看，其寿词数量约占三分之一，颇为可观。从中可以发现，宋末遗民词人寿词创作，不因地域而别，相同的历史背景、相似的遗民心理在他们的寿词创作中起了重要的作用。

从此期寿词的形式看，主要有自寿、他寿和圣寿三种，而且在词人间的祝寿活动中，其寿词创作往往互为往来，因而虽非应社而作，却多寄赠次韵唱酬之作。

二、原因分析

法国著名文艺理论家丹纳曾经说过："作品的产生取决于时代精神和周围的风俗。"[①]而美国当代著名文化人类学家本尼迪克也说过，作为自己文化的创造物，"社群的习俗便开始塑造他的经验和行为"。[②] 寿词作为祝寿礼俗这一社会现象的副产品，其成因就蕴藏于其母体中。与前朝相比，风行一时的南宋寿词创作并非仅是纯粹的艺术活动，从外在机制看，南宋遗民寿词创作的兴盛可以说与理学思潮、遗民类聚心理和词文学自身的发展有着很密切的关系。

（一）理学思潮的深刻影响是南宋遗民寿词繁盛的深层原因

中国传统伦理意识体现着尊亲贵老等伦理精神。古人认为，"千富贵不如一长寿"，在福、禄、寿、喜、财的传统"五福"中也是以"寿为先"。这一思想体现在民间礼俗活动中，则表现为人们特别看重体现和表达珍视生命、强化宗族意识的寿礼。早在先秦，原始先民的祝寿风俗就被纳入吉、凶、宾、军、嘉"五礼"的嘉礼中，《诗经》中也出现了描绘祝寿保祚场面的诗句。到了汉代，随着封建礼治秩序的确立，祝寿风气日渐兴盛，但其后因社会治少乱多而渐渐趋于衰微。由此，可以想见当时的祝寿文学创作并不普遍、作品也不繁富，成就自然就不突出了。

南宋程朱理学日渐兴盛后，祝寿文学的情况随之发生变化。南宋既是一个朝野上下追求逸乐的时代，也是一个封建伦理得到空前强化的时代。士大夫们在儒家思想的影响下，特别注重"立德"。而在南宋这样一个文官主宰的封建官僚社会里，士大夫阶层的道德人格直接关联着社会的稳定，所以注重理想道德人格的培养就显得十分必要，理学正是适应这一需要而发展完善起来的。在周敦颐、张载、二程哲学基础上，朱熹集前人之大成，把外在伦理纲常规范内化为个体的需求，构建了一个以性理为本体的道德哲学体系，完善了传统儒家的心性理论和修养方法，为儒学道德伦理找到了宇宙论和心性论的依据，实现了儒学的内转。随着理学影响的扩大，它对士子文人道德的要求也日益强化，并开始对南宋士人的思想产生了广泛的影响，刘克庄在《汤埜孙长短句又四六》中感叹道，"今诸公贵人，怜才者

---

① （法）丹纳：《艺术哲学》，安徽文艺出版社 1998 年版，第 70 页。

② （美）露丝·本尼迪克：《文化模式》，生活·读书·新知三联书店 1988 年版，第 5 页。

少,卫道者多"[1],说的就是这一思想影响的结果。

而祝寿仪礼和寿词创作正是"卫道"的绝好手段,是孝道宣传和教化的重要媒介,体现着孝道文化精神,由此,可以说理学的兴盛是南宋寿词创作勃兴的社会机缘。理宗在宝庆三年(1227)下诏,说朱熹集注《大学》《论语》《孟子》《中庸》四书,是"发挥圣贤蕴奥,有补治道"[2]的。可见南宋统治者已经意识到,理学的道德哲学可用于教化世道人心,巩固皇权统治。因为在发达血缘关系基础上建立的宗法社会,其核心是家族,"君君、臣臣、父父、子子"正是封建礼教道德之本位,它的人伦情调更容易被社会各阶层认同并接受。从这个角度看,南宋宫廷铺张奢靡的祝寿庆典虽有强烈的享乐意味,却也有统治者借宣扬理学孝道精神来教化臣民的深刻用意。而朱熹他们倡导的正心诚意的心性修养,是一种带有日常情感体验的主观精神的自我内省与超越,它既为建立主体道德人格,也可体现在吟咏性情的文学创作中。当时文人中大量的南宋诸帝奉老养亲的"圣孝"之作,以及大量创作的寿亲词,正是基于理学寓性理于情感体验的价值追求。寿亲词的大量出现,正是理学思想对士人伦理观念的强化和渗透。正如朱熹所言,"这文皆是从道中流出",[3]"有那情性,方有那词气声音"[4]。可见从词的情感体验中寻求性善的道德义理的性体情用说正是炽烈的寿词创作的理论注脚。

及至南宋末年,积习已久的逸乐之风因宗国的覆灭而告消歇,而祝寿的习俗却仍在民间延续着,配合着祝寿活动的寿词仍频频出现。当然,在经历了国家覆灭、异族统治的深重灾难后,深受理学影响的浙江遗民词人们在寿词中表达了别一种的时代内容,更添了一种对理学所强调的人伦亲情的向往与追求,因而词中更多温馨醇美的人伦主题。

(二)末世遗民的类聚情结是遗民寿词不衰的心理基础

南宋偏安一隅,士子文人面对现实的危机四伏,无力改变,因而只能蜷缩在自我的小天地里,借着觥筹交错的祝寿活动,宣泄生命价值无从实现的苦闷,掩饰山雨欲来的惶恐。可以说,表面的歌舞升平,寿词中的享乐意识,正是南宋政治衰败、社会心理软弱的结果。虽说南宋朝野的逸乐风行是南宋寿词流行的最直接渊薮,但在宋遗民心里,情形不能并论,他们不仅

---

① [宋]刘克庄:《后村先生大全集》卷111,《四部丛刊初编》集部,卷211,上海书店1989年版,第405页。

② [元]脱脱等:《宋史》第1册,卷41,《理宗》,中华书局2000年版,第531页。

③ [宋]朱熹撰,[宋]黎靖德类编:《朱子语类》第8册,卷139,中华书局1986年版,第3305页。

④ [宋]朱熹撰,[宋]黎靖德类编:《朱子语类》第2册,卷25,中华书局1986年版,第626页。

没有了可以偏安的半壁江山，而且宋朝的灭亡对于他们而言，是亡国更是亡了汉民族的天下，有着强烈“夷夏之辨”的他们，其情之不堪远比一般意义的改朝换代为甚。异族统治、出处无着、前途无望，遗民词人们心灵漂泊，无以安放。于此情形下，词人们对同病相怜的亲情友情显得特别依赖与珍惜，借着寿辰的祝贺活动与诗词唱酬，捡拾珍贵的亲情友情，寻求心灵的支持与慰藉。这样一种类聚互慰的心理，不受地域的限制，在同样的社会时代背景下，不论浙江还是江西，使得遗民寿词得以长盛不衰。

（三）词体自身的不断解放是南宋寿词繁盛的重要因素

寿词南宋为盛，除了外在的社会历史渊源外，词体自身的发展与突破也影响了遗民寿词的发展。首先，这与词学的观念及词体的发展有着不可分割的关系。吴永江在《宋代寿词初论》里认为：“祝寿虽世俗，但很讲究喜庆和典雅，而且颇多忌讳，故《诗》以雅乐奏之。‘燕射歌辞’亦以典雅为重，以诗祝寿，诗的传统地位的尊崇自显庄雅吉祥。”①而词在产生之初直至宋初百余年间一直被封建正统文人视为“艳科”，是浅斟低唱娱宾遣兴的“小道”，不入大雅之堂，此时自是较少寿词创作。至北宋苏轼对词进行大胆革新，扩大了词的题材，打破了诗词界限，寿词也就同其他词作一样随词体的解放日趋发展，渐渐繁盛起来。到了宋末这一特定的历史条件下，浙江遗民词人的寿词创作更是打破了拘于颂祝的樊篱，他们或对自我生命进行反省，或抒发国家灭亡的悲慨、异族统治的屈辱，或抒写遁迹山林以遗民终老的情志，或表达对人伦亲情的向往……使寿词走向了更广阔的天地。其次，应歌向应社转型的词体发展过程也促进了遗民寿词的发展。如前所述，宋代文人结社之风盛行，特别是南渡以后，其风愈炽。文学社团是词人们的精神避难所，可以满足他们感情宣泄的要求，而祝寿又是这些社团的一项重要活动。即便是随着世事变迁、人员变动，社的活动多已消歇，遗民伤怀感旧以及类聚心理也在一定程度上促进着寿词的创作。寿词创作正是在这一机缘和心理中得以蓬勃发展起来。

综上所述，南宋浙江遗民词人的寿词创作是在源远流长的祝寿仪礼这块丰厚土壤中孕育，在宋末特殊的时代氛围、理学思想、文化心态等多种因素作用下催生，并在词体自身的演变发展下长成，在寿圣寿官、寿亲友及自寿三类题材中，寿词也展现出不同的风貌与意趣，其中有糟粕有精华，在对其剖析中见出宋末寿词日益显现的时代特点。

---

① 吴永江：《宋代寿词初论》，《中国韵文学刊》1996年第2期。

第三节　春惹恨长的四时节序词

一、创作概况

“遵四时之叹逝，瞻万物而思纷”（陆机《文赋》）、“感时花溅泪，恨别鸟惊心”（杜甫），不仅“物”使“思”纷，自然之物能引发人们的情思，“四时”之变一样能令人“叹逝”。那烂漫的春光、萧瑟的秋景、有着特定习俗的节日本就极易触发文人敏感多情的心灵。宋元之际，浙江遗民词人因了时代的巨变、心灵的巨大落差，四时的交替及重大的节日更能触动苦难而敏感的词人，并成为他们抒写内心悲慨的又一重要媒介。四时感伤、伤春悲秋是文人的传统，而对节日的特别重视，到南宋时为一大观，这从词人们的文集中亦可知一端。宋时节日是文人士大夫之间交游唱酬的好时节，在节日里，大家互送礼物并往往写札子互致问候与谢意，所以文集中“送……七夕札子”“回……七夕节仪札子”“回……七夕送物启”之类的文章数量可观，其所涉节日主要为包括社日、上巳、清明、端午、七夕、秋社、中秋等重大节日，其内容多为僚属或亲朋节日贺礼往来酬赠之作，可见宋人很重视节日也非常注重节日礼数，除了一些民俗活动外，亲朋间的礼尚往来也是极为盛行的，由此也成就了节俗的文章和诗词。从宋末浙江遗民词人的节序词创作看，陈著、何梦桂、张炎分别创作有 15 首、8 首和 17 首，是创作此类题材较多的几个。虽在词作的数量上不及咏物及寿词，但由于此期的节序词较过去同类题材的作品包含了更多且更为深广的时代内涵，因而也值得关注。

二、节序词之两大题材

四时节序词主要包括伤时及节日两大题材。

（一）伤时题材

“伤时题材实际上就是对人的有限生命的感伤的题材。”[①]正如初唐卢照邻《释疾文・悲夫》中所说，“春也万物熙熙焉，感其生而悼其死；夏也百草榛榛焉，见其盛而知其阑；秋也严霜降兮，殷忧者为之不乐；冬也阴气积兮，愁颜者为之鲜欢”[②]。四时交替，寒暑往来，盛衰荣枯的自然变化极易

---

① 王水照：《宋代文学通论》，河南大学出版社 1997 年版，第 414 页。

② ［清］董诰等：《全唐文》第 1 册，卷 167，上海古籍出版社 1990 年版，第 750 页。

引起人们对生命的感慨、对进退穷达的社会处境的联想，并进而触发喜怒哀乐的主观心境。这是岁时咏叹调的主旋律，是中国文学悠久的传统。而在生命无常出处维艰的宋末元初易代之际，遗民词人们更是对四时更替有着比常人更为敏锐的感受。在一年春、夏、秋、冬四时景物的抒写中，词人的笔下往往对于春、秋的抒写远远多于夏、冬之景。究其原因，乃是伤春、悲秋是中国古典文学中诱人搦笔的题材。《淮南子·谬称训》即谓"春女思，秋士悲"，而宋词男子常作闺音，花间范型既出，晏欧、张周等主雅派词人都曾大量地咏吟伤春之主题，所以在宋代词苑中存有大量的伤春悲秋之作。在宋时大量这样的伤春悲秋之作中，其感情内核往往是一颗"怜香惜玉"之爱心，以及对春天美好景物和盛大欢娱活动的追忆和好景不常在的感伤，体现了宋人对现世享乐生活的重视。但伤春也并非完全是对"欢娱少"的"恨"，更包含了"不干风月"的时不我待、仕途的偃蹇、情场的失意、叹老嗟卑、羁旅思乡、送远恨别等多重的内容。

到了宋末特殊的时代，伤春悲秋在浙江遗民词人们中几乎只剩下伤春了，他们对春的独重，除了传统文人的伤春情结外，更因为春天是宋亡的时节：元军攻入临安，掳帝后北去恰好发生在丙子(1276)的春天，南宋名存实亡；张世杰兵败崖山，陆秀夫负帝昺投海，南宋彻底覆亡，是在宋祥兴二年(1279)2月，也是春天。"自此(丙子1276)以后，每当春天来临，词人便有亡国之痛的发作。这说明，词人在这一年春天精神遭受的刺激与摧残十分严重，而且逐渐使与春天有关的事物变成具有情绪色彩的观念群。……这种被共同情调联系起来的使人烦躁不安的观念群，已经成为词人潜意识的'悲春'情结，几乎每年春天都要发作一次，并要通过词的创作来加以宣泄。"[①]正因为此，宋遗民词人的伤春词便打上了鲜明的时代烙印，大多有所比兴寄托。其所寓托的思想感情包含着更加深广的社会内容，往往借伤春抒发深沉的政治感慨，包括宋亡后个人之失、家国之痛以及昔日美好不再的绝望，把个人的愁与恨扩展而为国家与民族的大恨。因此也就具有了不同寻常的意义，使"伤春"这一传统题材获得了内涵的拓展和地位的提升。

（二）节序词

中国是一个重视传统节日的国家，不仅节日多，按时间先后有春节、元宵、立春、寒食、上巳、清明、端午、七夕、中秋、重阳、除夕等，而且经过长期

---

① 陶尔夫、刘敬圻：《南宋词史》，黑龙江人民出版社2005年版，第509页。

的积淀，节日蕴涵丰富，每个节日都有不同的仪式、活动内容和主题。进入两宋，尤其是南宋，经济的繁荣，加之朝野上下的逸乐之风，更使节日的活动变得多姿多彩。从孟元老《东京梦华录》、吴自牧《梦粱录》、周密《武林旧事》和陈元靓《岁时广记》等书的大量记载看，同样一个节日，较之梁宗懔《荆楚岁时记》、唐韩鄂《岁华纪丽》所记，就远为隆重繁盛、铺张扬厉和丰富多彩。也因此，宋词中的节序词也多至数百首，成为宋词的一大宗，这正是与两宋时令节日之盛相呼应的。在这许多节日中，元宵、中秋、清明、重阳等节日备受词人们的青睐。元夕佳节的普天同庆、中秋的阖家团圆、清明时节的纷纷雨水和重九赏菊登高的习俗，种种这些都是极易引发词人们的情感意绪的。尤其是宋末元初那个特殊的时代，对于遗民词人来说，国破家亡了，可节日年年依旧，这些节日很自然地就成为他们情感抒发的触发点，引发他们今昔盛衰的感慨，因而使得节令词在浙江遗民词人中又取得了较大的发展。

以上对于词人们创作题材选择的梳理与分析，可以看出，在题材的选择上，宋末浙江遗民词人表现出对咏物、祝寿以及四时节序等内容的偏好，这几类题材在他们的词作中占了较大的比重。张炎也注意到这种现象，因而在其《词源》中除了标出“赋情”“离情”词外，还特地标出“咏物”“节序”“寿词”三类。可见这三类词是南宋后期词坛的“特产”，这不仅延续了南宋以来宋词自身发展的特点，也与当时以词“应社”和以词为“羔雁之具”（王国维《人间词话》删稿语）的风气密切相关，是南宋社会奢华习俗熏染的结果，更是特殊历史时期沉痛情感抒发对题材选择的必然，体现出宋末元初这一飘摇巨变时代的明显特征。

这种题材选择的趋同性，一方面是由上述所分析的共同的社会历史和文化背景下具有的群体认同感决定的，另一方面也有着群体心理方面的因素。浙江遗民词人群体在当时所受的亡国灭族、仕途断绝、民族歧视等，伤害之深，前所未有。这种空前的伤害“像充满着情绪的电波”，总是影响着他们的“思想、感觉和生活”[①]，形成遗民们深入骨髓、挥之不去的遗民“情结”，这种情结全面地影响着他们词创作的各个层面。上述以祝寿、节序等共通性题材表现的是末世遗民的类聚情结，体现了对同病相怜的亲情友情的依赖与珍惜。这样一些题材的词作，不受地域的限制，在同样的社会时代背景下，以庐陵为中心的江西遗民词同样有着较多此类题材的词作，只是在表现方法以及词风方面有着各自不同的追求。

---

① （美）J. 洛斯奈：《精神分析入门》，社会科学文献出版社 1987 年版，第 29 页。

第六章　南宋浙江遗民词的主题分析

自从苏轼等人对词进行诗化的努力后，词的表现题材以及表达的主题开始有了明显的扩展与深化。“词映国势”，即反映了词表现功能的加强。宋亡前，词人们往往流连歌舞、徜徉湖山、推敲声律，似乎全然不知大厦之将倾。这种耽乐宴安、歌舞升平的风气，与南渡后以“一勺西湖水”而至“百年歌舞，百年酣醉”①的南宋最高统治阶层密切相关，正是统治者的醉生梦死、极意粉饰，而致人们在行为上上行下效，在思想上麻木不仁的结果。因此，宋亡前的词作很少有忧伤国难的主题。宋亡后，词人们突然面对亡国后“来孙却见九州同，家祭如何告乃翁”②的苦楚，面对一个强悍野蛮的漠北落后民族对一个具有数千年文明史的先进民族的彻底征服，以及随之而来的残酷的民族歧视和民族压迫，如此严酷的现实，给了广大知识分子以强烈的感情震荡和巨大的心灵创伤，使他们真正意识到了故国灭亡的可悲可悼。而这一切尤其强烈地刺激着宋末浙江的文士们，他们处于京畿之地，皇城根下，眼见昔日的繁华顷刻间灰飞烟灭，这种亡国的悲慨比其他地方的词人们要来得更沉痛更深刻，心理的失衡、落差也更为巨大。他们用比诗歌要委婉含蓄而又更为深沉的调子，共同吟唱起了时代悲音。因此，此期的词作更多也更集中地表达了深刻的遗民情怀——沉痛的黍离麦秀之悲、深挚的故国故人之思、普遍的隐逸旋律和对宁静淡泊生活的向往，呈现出鲜明的时代特征。

---

① ［宋］文及翁：《贺新郎·西湖》，唐圭璋《全宋词》第5册，中华书局1965年版，第3138页。

② ［宋］林景熙：《书陆放翁诗卷后》，《林景熙集补注》上，浙江古籍出版社2012年版，第308页。

第一节 “目断东南半壁,怅长淮已非吾土”[①]的亡国悲慨与反思

南宋浙江遗民词人虽在艺术风格上追慕姜周,注重艺术的“锻炼”,但亡国的巨痛、异族统治的屈辱成了词人心中不能承受又不得不承受的永远之痛。因此,不管是直抒胸臆还是借助咏物、祝寿、伤春等题材曲折寄慨,黍离麦秀之悲都是此期词作的重要主题。对此,后人多有评说:

> 暨于张氏炎、王氏沂孙,故国遗民,哀时感事,缘情赋物,以写闵周哀郢之思……[②]
>
> 碧山咏物诸篇,并有君国之忧。[③]
>
> 碧山、玉田生当宋末元初,黍离麦秀之感,往往溢于言外。[④]
>
> 《山中白云词》的主题思想显而易见是词人的黍离之感……[⑤]

的是确论。

一、反映时代巨变,直抒黍离麦秀之悲

身经离乱亡国的巨痛,屈辱而为落后的异族的臣民,任何一个大宋的子民都能感觉到这一痛苦,更何况敏感多情的词人们呢?汪元量、张炎、陈著、柴望等一批宋末浙江的词人们在他们的词作中皆有黍离之悲地深挚表达。

汪元量因其宋亡前宫廷琴师的特殊身份及宋亡后随主北行的特殊经历,使其由南至北目睹了江山易主后的满目疮痍。他的词虽不像其被称为“诗史”的诗歌直接记录宋亡的历史,但一样真实地表达了亡国的痛楚与反思。在其现存的50余首词中,大部分通过他北行以及黄冠归来所见所闻的简单勾勒,传达出深挚的亡国之痛。

---

① [宋]汪元量:《水龙吟》,唐圭璋《全宋词》,第5册,中华书局1965年版,第3340页。

② [清]王昶:《江宾谷〈梅鹤词〉序》,《春融堂集》下,卷41,上海文化出版社2013年版,第737页。

③ [清]张惠言:《论词》,唐圭璋《词话丛编》,第2册,中华书局1986年版,第1616页。

④ [清]蔡嵩云:《柯亭词论》,唐圭璋《词话丛编》,第5册,中华书局1986年版,第4913页。

⑤ 谢桃坊:《张炎词论略》,《文学遗产》1983年第4期。

不管是浙江楼上，还是重过金陵，词人听到的都是“怨笳哀笛”（《好事近·浙江楼闻笛》）、“哀笳怨角”（《莺啼序·重过金陵》），见到的是“月台花馆，慨尘埃漠漠。豪华荡尽，只有青山如洛”（《传言玉女·钱塘元夕》）、“一团燕月照窗纱”（《一煎梅·怀旧》），亡国后的凄凉及被迫北上留燕之心头滋味，由此可见。国已破，家难回，且把酒，来浇愁，可“未把酒、愁心先醉”（《莺啼序·重过金陵》），此愁无处可诉说，只能是“永夜角声悲自语”，而至“肠断裂，搔首一长嗟”（《望江南·幽州九日》）。亡国的痛楚、故国之思的深挚感人，令人泣下，真“乃遗民之心声”①。

由宋入元的历史背景，先朝旧臣的家世身份，痛定思痛的政治思想，给周密的词创作带来了很大的影响。“密放浪山水，著《癸辛杂识》诸书，每述宋亡之由，多追咎韩、贾，有黍离诗人‘彼何人哉’之感”②，著文如此，填词亦然。其《一萼红·登蓬莱阁有感》借登临怀古，曲折含蓄地抒发其故国故乡之思：

> 步深幽。正云黄天淡，雪意未全休。鉴曲寒沙，茂林烟草，俯仰千古悠悠。岁华晚、漂零渐远，谁念我、同载五湖舟。磴古松斜，崖阴苔老，一片清愁。　　回首天涯归梦，几魂飞西浦，泪洒东州。故国山川，故园心眼，还似王粲登楼。最怜他、秦鬟妆镜，好江山、何事此时游。为唤狂吟老监，共赋销忧。③

据王沂孙《淡黄柳》词序“又次冬(1276)，公谨自剡还，执手聚别……敬赋此解”及王沂孙词中“翠镜秦鬟钗别，同折幽芳怨摇落”诸语，可知周词作于1276年冬日。该年正月元兵入杭州，宋室灭亡。词人登楼远眺，俯仰古今，感慨沧桑，发而为词，寄慨遥深，凄哀入骨，向被推为《草窗词》的压卷之作。蓬莱阁，据词末自注，在绍兴，西浦、东洲皆其地。词在上片对蓬莱阁周围景致的描写之后，下片直抒胸臆，起首追怀流亡岁月中对故乡故都的刻骨思念，至“最怜他、秦鬟妆镜，好江山、何事此时游”句集中抒发了词人国破家亡的巨大伤痛，结尾故作轻松，欲自我排遣，而心中忧思却难以消解，最后“共赋销忧”意在言外，使沉痛之情在含茹吞咽之中又转深了一层，奔泻的感情转为更为沉痛的反思，显得沉郁顿挫，可谓“亡国之音哀以

① ［宋］汪元量撰，孔凡礼辑校：《增订湖山类稿》，中华书局1984年版，第237页。

② ［清］永瑢等：《四库全书总目》卷165《伯牙琴》提要，中华书局1965年版，第1417页。

③ 唐圭璋：《全宋词》，第5册，中华书局1965年版，第3290—3291页。

思"啊。

张炎则在其《月下笛》序言中说:"孤游万竹山中,闲门落叶,愁思黯然,因动黍离之感。"俞陛云亦谓,"玉田词每隐寓君国之思,此则明言《黍离》之感,抚连昌杨柳,访杜曲门庭,亡国失家之痛,并集于怀矣"[①],明白地指出了他这首词的创作主旨。而宋亡后与弟随亨、元亨、元彪遁迹江湖,号称"柴氏四隐"之一的柴望,在《念奴娇·山河》中说"登高回首,叹山河国破,于今何有",于此是"旧恨春风吹不断,新恨重重还又",使得词人"比花枝瘦","伤情万感,暗露啼血襟袖";而在《桂枝香》中,词人"叹暗水流花,年事非昨……谁家又唱江南曲,一番听、一番离索。孤鸿飞去,残霞落尽,怨深难托"。存词只有 8 首的柴元彪,其词大都抒写的是亡国之恨,作于 1279 年的中秋词《水龙吟》:"江左百年,风流云散,不堪重举。"作于宋亡后的《高阳台·怀钱塘旧游》:"凄凉往事休重省,且凭栏感慨,抚景衔杯。"又云:"知心只有西湖月,尚依依、照我徘徊。更多情,不间朝昏,潮去潮来。"语虽浅露,但因身历其境,故颇能感人。真可谓"忧国声诗,足追大雅"[②]。

再看陈著的《沁园春·次韵弟茝雪中见寄》:

> 天盖西倾,地轴东翻,两年以来。那关中形势,已归勃勃,江南人马,都是回回。咄咄书空,栖栖问路,岁晚山空风雪催。如何得,与浑家踏遍,雪顶岩隈。　　谁知有客敲推。把世变心烦都说开。道严霜不杀,不成葭苇,冱寒惯耐,方是松梅。万事过前,一场梦里,分付茅柴三两杯。犹痴望,有太平时节,游戏春台。[③]

词中对亡国的巨变用"天盖西倾,地轴东翻"八字做了极为形象而沉痛的概括。大好河山,"已归勃勃",满目所见"都是回回",沦为亡国奴之后的词人,内心充满愤懑与伤感。在又一首《沁园春》中,通过对昔日"六桥花舫,晴边访柳,孤山草酌,雪后评梅"[④]美好生活的回忆,衬托出今日愁情之深重,"覆水如何收上杯",则表达了复国无望的绝望与痛楚。而在《沁园春·次韵刘改之》中则直陈:"关心处,是离离禾黍,故国宗周。"[⑤]明确表达

---

① 俞陛云:《唐五代两宋词选释》,上海古籍出版社 2011 年版,第 476 页。

② [宋]柴自新:《凉州鼓吹题识》,朱孝臧辑校《彊村丛书》第 2 册,广陵书社 2005 年版,第 1085 页。

③ 唐圭璋:《全宋词》,第 4 册,中华书局 1965 年版,第 3046—3047 页。

④ 唐圭璋:《全宋词》,第 4 册,中华书局 1965 年版,第 3047 页。

⑤ 唐圭璋:《全宋词》,第 4 册,中华书局 1965 年版,第 3047 页。

出自己抒写的是黍离麦秀之悲。

不唯如此，其他如以言情、写景见长而较少感时伤世之作的陈允平，也在其晚年游历吴地登泽国楼时所作的《齐天乐·泽国楼偶赋》中，通过写登楼所见的“旧柳犹青，平芜自碧，几度朝昏烟雨”不堪寓目的故国景致，抒写“故国楼台，斜阳巷陌，回首白云何处”的亡国之痛。整首词虽无激荡的言辞和高昂的意绪，显得婉雅平正，而其晚年的漂泊流荡生涯、其低徊幽咽的身世之感和残山剩水的亡国之痛，却在词中真挚地表现了出来。另如“御苑烟花，宫斜露草，几度西风弹指”(《齐天乐·南屏晚钟》)、“琴心不度春云远，断肠难托啼鹃”(《绛都春》)、“玉宇无尘凉似水，销不尽，许多情”(《糖多令》)等，伤时念乱，凄恻感人。正如薛砺若在《宋词通论》中对张炎亡国后词的评价一样，浙江遗民词人们的创作“多苍凉激楚，不胜盛衰兴亡之感”①啊。

更为可贵的是词人并非一味沉浸在亡国的悲悼中，而能对亡国原因作深刻的反思。早在宋亡前，敏感而忠直的词人们已然感受到了那深深的忧患，“一勺西湖水。渡江来、百年歌舞，百年酣醉”“国事如今谁依仗？衣带一江而已”，由此，“天下事，可知矣！”(文及翁《贺新凉·游西湖有感》)在此，文及翁对偏安一隅的南宋小朝廷深感忧虑，体现了忠愤和忧国忧民的情怀，严厉斥责了南宋统治者歌舞升平、政治腐败和不图恢复的现状，表达了对国家前程的深深忧虑。

“正醉里、歌管成灰”(《金人捧露盘·越州越王台》)，汪元量在如潮的愁思中，清醒地指出是君臣们的只顾享乐不思抗敌复国而终至“黑风、吹雨湿霓裳，歌声歇”(《满江红·和王昭仪韵》)，含蓄而又沉痛地表达了谴责、痛惜之情。更有作于元世祖至元十三年(1276)赴燕途中的《六州歌头·江都》一词：

> 绿芜城上，怀古恨依依。淮山碎。江波逝。昔人非。今人悲。惆怅隋天子。锦帆里。环珠履。丛香绮。展旌旗。荡涟漪。击鼓挝金，拥琼璈玉吹。恣意游嬉。斜日晖晖。乱莺啼。　　销魂此际。君臣醉。貔貅弊。事如飞。山河坠。烟尘起。风凄凄。雨霏霏。草木皆垂泪。家国弃。竟忘归。笙歌地。欢娱地。尽荒畦。惟有当时皓月，依然挂、杨柳青枝。听堤边渔叟，一笛醉中吹。兴废谁知。②

---

① 薛砺若：《宋词通论》，上海书店出版社 1985 年版，第 321 页。

② 唐圭璋：《全宋词》，第 5 册，中华书局 1965 年版，第 3340 页。

精通音律的汪元量在此借急促的音调来表达他“一旦归为臣虏”的无比悲哀。词在借怀古之情引出山河破碎、流水东逝、事事皆非的亡国之恨、悲凉之叹后，借隋天子杨广暗喻宋恭帝，然后用“环珠履”“丛香绮”等语，揭示亡国的现实是由宋室君臣朝不虑夕、沉湎声色而造成的，正是因为为君者不思振业，为臣者不思御国，才导致“笙歌地，欢娱地，尽荒畦”的无奈结局。这里，词人一如其同时期的诗作一样将谴责的矛头直指宋室君臣，显得慷慨悲壮。

二、咏物寄托，深婉曲折地传达“君国之忧”

王水照先生认为，宋时的咏物词不管其数量如何庞大，内容如何驳杂，其审美形态盖不出乎三种：“第一，以形容尽致为终极的审美目的；第二，融咏物与艳情为一体的；第三，政治寓言式的，将难言或不能言的事以咏物的形式表现出来。”①虽说咏物词从闲适的审美情趣到情感的审美召唤，甚至成为政治斗争的工具和抒发政治情绪的载体，这三个层次并无高下、深浅之分，但在宋末，家国败亡之恨成为词人们共同关注的话语，自然界的寒霜冰雪、落叶春花、一草一物的细微变化，都能触发他们的故国之思、亡国之痛，因而寄托意志怀抱成为其时咏物词的共同特点。当时的社会形势，使得他们的咏物词与姜夔等人所作有了一些差异：词中寄托的不再是切切讽喻和殷殷规谏，而是因现实的残酷及其对文人的深刻影响，使得他们的咏物词毫无疑问更多地带上了政治寓意，深婉曲折地传达遗民们所剩的一片苍凉及满腔郁愤。在他们的咏物词中有写身世之感（如王沂孙《三姝媚・樱桃》、张炎《解连环・孤雁》），或写思乡之情（如王沂孙《水龙吟・落叶》、《南浦・春水》“柳外碧连天”），或写故人之思（如王沂孙《一萼红・红梅》“剪丹云”），或写日常生活（如王沂孙《高阳台・纸被》），等等，虽非全有“君国之忧”（张惠言《词选》于王沂孙《眉妩・新月》后评语），但在为元僧杨琏真伽发越陵事而作的《乐府补题》中，浙江七位遗民词人的 21 首词作以及未被收入其中的其他咏物之作，字里行间深藏着遗民词人们亡国后哀哀无告的极度悲伤和故国之思，其情感之凄楚，意绪之彷徨，皆是至深至重的，正谓“及碧山、草窗、玉潜、仁近诸遗民，《乐府补遗》中《龙涎香》《白莲》《莼》《蟹》《蝉》诸咏，皆寓其家国无穷之感，非区区赋物而已”②，而其中又

① 王水照：《宋代文学通论》，河南大学出版社 1997 年版，第 429 页。

② ［清］蒋敦复：《芬陀利室词话》卷 3，唐圭璋《词话丛编》，第 4 册，中华书局 1986 年版，第 3675 页。

以王沂孙为代表。

王沂孙是咏物词大家，其咏物词颇多，俞陛云谓“《花外集》凡词六十五首，而咏物近三十首”①，所咏之物除借以表现帝陵被盗之事的蝉、白莲、莼、龙涎香之外，还涉及多种动植物，植物如梅（《花犯·苔梅》《疏影·咏梅影》《一萼红·石屋探梅》《一萼红·红梅》二首）、碧桃（《露华·碧桃》）、牡丹（《水龙吟·牡丹》）、海棠（《水龙吟·海棠》）、落叶（《水龙吟·落叶》）、红叶（《绮罗香·红叶》二首）、萤（《齐天乐·萤》）、橄榄（《解连环·橄榄》）、樱桃（《三姝媚·橄榄》）、榴花（《庆清朝·榴花》）、水仙花（《庆宫春·水仙花》）等，其他如春水（《南浦·春水》二首）、新月（《梅妩·新月》）、秋声（《扫花游·秋声》）、绿阴（《扫花游·绿阴》三首），等等，所咏之物颇多，且其咏物词中往往“有寄托者为多”②。其宋亡前的咏物词作中已有明显的寄托，“千古盈亏休问！叹漫磨玉斧，难补金镜……试待它、窥户端正”（《眉妩·新月》），由月盈月亏，寄托国兴国亡的无限感伤，并寄寓了对国家统一的希冀，表现“一片热肠，无穷哀感”③。至宋末，伴随着元兵入杭，帝昺蹈海，南宋王朝终于彻底崩塌，面此，“身丁种族宗社之痛”④的遗民词人们便连这一线的微光淡彩的希望也破灭了，在他们“辞愈隐”的咏物词作中流露的则是“志愈哀”⑤的悲怆，婉转寄寓的是对故国的眷怀、亡国的痛楚和伤悼，因此，宋亡后王沂孙的咏物之作更是或隐或显地表达了深沉的家国之恨。如《水龙吟·牡丹》（“晓寒慵揭珠帘”）一词，由眼前的牡丹开放，想到唐以来的盛衰兴亡：从前是“池馆家家芳事。记当时、买栽无地”，而今却已“自真妃舞罢，谪仙赋后，繁华梦、如流水”，花事如此，国事亦复如此，“帝业共春光俱逝”⑥。在此，词人借惜春、惜花的心意寄托了对故国昌盛的一番凭吊之情，“感慨沉至”⑦。《水龙吟·落叶》（“晓霜初着青林”）则借咏落叶抒发家国之慨和身世之感。俞陛云评此词：“碧山忠爱之忱，出于不容已，故词中‘宫沟’‘故国’，触处生悲。……‘山路无人’句叹劫后之萧条。”⑧上

① 俞陛云：《唐五代两宋词选释》，上海古籍出版社2011年版，第429页。

② 俞陛云：《唐五代两宋词选释》，上海古籍出版社2011年版，第429页。

③ [清]陈廷焯：《白雨斋词话》卷2，人民文学出版社1959年版，第43页。

④ 夏承焘：《天风阁学词日记》，《夏承焘集》第5册，浙江古籍出版社、浙江教育出版社1998年版，第232页。

⑤ 夏承焘：《天风阁学词日记》，《夏承焘集》第5册，浙江古籍出版社、浙江教育出版社1998年版，第232页。

⑥ 俞陛云：《唐五代两宋词选释》，上海古籍出版社2011年版，第426页。

⑦ [清]陈廷焯：《词则·大雅集》卷4，上海古籍出版社1984年版，第140页。

⑧ 俞陛云：《唐五代两宋词选释》，上海古籍出版社2011年版，第427页。

片尽力描绘故国深秋萧瑟凄凉的景象，“渭水风生”以下几句，“笔意幽冷，寒芒刺骨”(陈廷焯语)，“颇警动”[①]；下片“因落叶而动乡思，断雁残蛩，同其凄韵”[②]，主要表现词人的今昔之叹与思乡之情。《齐天乐·萤》(“碧痕初化池塘草”)词咏萤火虫，“汉苑飘苔，秦陵坠叶，千古凄凉不尽”，寄托了朝代更迭的悲叹。《庆清朝·榴花》(“玉局歌残”)据夏承焘《〈乐府补题〉考》引张孟劬语云：“碧山他词若《庆清朝·榴花》亦暗寓六陵事。”该词虽没有直写发陵事，字里行间却充满了亡国的哀怨。其中“颠倒绛英满径，想无车马到山中”句“用韩愈榴花语，实与林景熙《梦中作》‘犹忆年时寒食祭，天家一骑捧香来’同意”(夏承焘)，表现出对故国的一片凭吊之情。《庆宫春·水仙花》(“明玉擎金”)词则用拟人手法，比水仙为湘夫人和金铜仙人，写出她的满怀幽怨之情，笔调凄婉，寄托了亡国的哀思，周济以为此词“用事有以盐着水之妙，凄然压海之音”，评价极高。

王沂孙比重较大的咏物词，尤其是宋亡后的咏物词作，几乎都寄托了其亡国的哀思。而这种亡国的沉痛，更是集中地爆发于《乐府补题》中。在《乐府补题》中，王沂孙有六首咏物词(为十四位作者中词作最多的一位)，又以《齐天乐·蝉》和《天香·龙涎香》最为有名：

> 一襟余恨宫魂断，年年翠阴庭树。乍咽凉柯，还移暗叶，重把离愁深诉。西窗过雨。怪瑶珮流空，玉筝调柱。镜暗妆残，为谁娇鬓尚如许。　　铜仙铅泪似洗，叹携盘去远，难贮零露。病翼惊秋，枯形阅世，消得斜阳几度。余音更苦。甚独抱清高，顿成凄楚。谩想薰风，柳丝千万缕。[③]（《齐天乐·蝉》）

这首词起笔用“宫魂”点出题目，巧用齐后饮恨而死化蝉栖息于庭树之上哀鸣不已的传说，一开始就使词带上了浓郁的感伤色彩。词中用蝉的不幸遭际表达自己难言的思想情致，将蝉的艺术形象与人的主观情感融为一体，借咏寒蝉“病翼”“枯形”的凄楚形象寄托自己无限的故国故君之思，显得哀婉深切，写尽了遗民词人们枯寂的心境和哀怆的情怀。

而在他的《天香·龙涎香》中，更是将这一种亡国哀痛表现得明显而深挚：

---

① 俞陛云：《唐五代两宋词选释》，上海古籍出版社2011年版，第427页。

② 俞陛云：《唐五代两宋词选释》，上海古籍出版社2011年版，第427页。

③ 唐圭璋：《全宋词》，第5册，中华书局1965年版，第3357页。

孤峤蟠烟，层涛蜕月，骊宫夜采铅水。讯远槎风，梦深薇露，化作断魂心字。红瓷候火，还乍识、冰环玉指。一缕萦帘翠影，依稀海天云气。 几回殢娇半醉。剪春灯、夜寒花碎。更好故溪飞雪，小窗深闭。荀令如今顿老，总忘却、樽前旧风味。谩惜余熏，空篝素被。①

词的上片精心描绘了龙涎香的产地、采集、制作以及焚爇的情景，下片转入对人事的叙写，借三国时爱香如命的荀令的老去而至“谩惜余熏，空篝素被”，使人顿生物是人非、往事难回之哀怨惆怅。而词中的“孤峤”“槎风”“海天云气”等叙写，暗中寓写了作者对崖山覆亡的一份怀思哀悼之情。这两首词，正如周济《宋四家词选》眉批曰：“赋物能将人景情思一齐融入，最是碧山长处。”②张惠言《词选》更是直接点明：“碧山咏物诸篇，并有君国之忧。”周济《介存斋论词杂著》：“中仙最多故国之感。”因而，周济所谓之“情思”乃是“君国之忧”即家国之恨和黍离麦秀之感。

《乐府补题》是宋亡后遗民词人亡国之恨的集中体现，除王沂孙外，仇远的一首《齐天乐·蝉》也颇有特色：

夕阳门巷荒城曲，清音早鸣秋树。薄剪绡衣，凉生鬓影，独饮天边风露。朝朝暮暮。奈一度凄吟，一番凄楚。尚有残声，蓦然飞过别枝去。 齐宫往事谩省，行人犹与说，当时齐女。雨歇空山，月笼古柳，仿佛旧曾听处。离情正苦。甚懒拂冰笺，倦拈琴谱。满地霜红，浅莎寻蜕羽。③

这首咏蝉词也与王沂孙的同调同题词一样，是为影射元僧杨琏真伽挖掘南宋帝后陵寝的暴行而作的。上片从渲染环境气氛入手，抓住秋蝉“凄吟”即鸣声凄切的基本特征，状写秋蝉在特定时空中愁苦哀怨的表现；下片回顾“齐宫往事”引出兴亡之感。作者通过联想，巧妙地把人与蝉联系起来，托物言情，同样寄寓了故国之思、身世之痛以及对元统治者某些作为的不满，寓意可谓深远。

① 唐圭璋：《全宋词》，第5册，中华书局1965年版，第3352页。

② ［清］周济：《宋四家词选目录序论》附“宋四家词选”，唐圭璋《词话丛编》，第2册，中华书局1986年版，第1656页。

③ 唐圭璋：《全宋词》，第5册，中华书局1965年版，第3412页。

在宋亡后的山阴结社题咏中，义士唐珏尤其值得一书。他本非词人，然正如周济《介存斋论词杂著》所谓："玉潜非词人也。其《水龙吟·白莲》一首，中仙无以远过，信乎忠义之士，性情流露，不求工而自工。"其"太液池空，霓裳舞倦""冰魂犹在，翠舆难驻"等词句，备写亡国之恨。可以说是这样一种深沉的爱国之情和亡国之悲成就了"词人"唐珏和他的四首咏物词作。由此，《乐府补题》中充斥的家国之恨可见一斑。

其实，不仅王沂孙、仇远、唐珏如此，严酷的社会现实一样迫使同时代的周密、张炎、陈著等词人借助"寓兴为上"的咏物词作为他们寄托深婉亡国之悲的恰当表现方式，"暨于张氏炎、王氏沂孙，故国遗民，哀时感世，缘情赋物，以写闵周哀郢之思……"[①]也因此这一种富有寓意的咏物词在这样的时代氛围中应运而"盛"了起来。

三、借助四时节令的描写痛悼今昔之巨变，发抒亡国之痛

四时交替，寒暑往来，盛衰荣枯的自然变化本就容易引起人们对生命的感慨，更何况在亡国这一特殊的时期，国家破亡，可四时、节日依旧，词人们往往借助"春"这一美好事物之象征体，借春的易逝以及无可挽留来抒写浓重的对故国伤悼之情；或者通过叙写昔日节日之盛况来抒写亡国后的凄清。

先看张炎《清平乐》（"采芳人杳"）一词：

采芳人杳。顿觉游情少。客里看春多草草。总被诗愁分了。
去年燕子天涯。今年燕子谁家。三月休听夜雨，如今不是催花。[②]

这首词是张炎在国破亡、家抄没后的客里所作，"客里看春多草草，总被诗愁分了"，由于心情的沉痛，失却了对春天作审美的心境，但这里的"诗愁"却不是少年男女无端的闲愁与情愁，也不是人到暮年"逝者如斯"的哀愁，而是寓载了深刻的政治意蕴的对国家与民族的"愁"。所以，无论是三月的夜雨，还是无家的燕子，在词人悲恸的情感投射下，都成了一种象征，黍离之悲充斥其间。

再看张炎的《高阳台·西湖春感》：

---

① [清]王昶：《江宾谷〈梅鹤词〉序》，《春融堂集》下，卷 41，上海文化出版社 2013 年版，第 737 页。

② 唐圭璋：《全宋词》，第 5 册，中华书局 1965 年版，第 3512 页。

接叶巢莺，平波卷絮，断桥斜日归船。能几番游，看花又是明年。东风且伴蔷薇住，到蔷薇、春已堪怜。更凄然。万绿西泠，一抹荒烟。

当年燕子知何处，但苔深韦曲，草暗斜川。见说新愁，如今也到鸥边。无心再续笙歌梦。掩重门、浅醉闲眠。莫开帘。怕见飞花，怕听啼鹃。①

面对“接叶巢莺，平波卷絮”春深时的良辰美景，词人却发出“能几番游，看花又是明年”的哀感以及留春不住的无奈，而至“莫开帘。怕见飞花，怕听啼鹃”更是响彻着凄切哀苦的杜鹃啼泣之声，留给读者以袅袅不尽的哀绪余音。

陈著在亡国后写过四时词，“是处处、是丹青图画，随意狂歌醉舞。奈蓦被、烟花浪手，一掷残阳孤注”(《宝鼎现・四时怀古春词》)②一“蓦”字写出正是君臣的偏安江南，导致“乐极悲来”。又如“问铜驼、应是多番曾见”，“更华林蝉咽，系人肠断”(《真珠帘・四时怀古夏词》)③，“可怜瘦月凄凉，把兴亡看破”(《金盏子・四时怀古秋词》)④，“故都冬亦好……回首孤山好景，倩人问、梅花安否。应自瘦”(《玉漏迟・四时怀古冬词》)⑤，通过春、夏、秋、冬四时不同景致，抒发了作者无尽的伤感与反思。

王易简的《齐天乐・客长安赋》，则是通过回忆昔日临安清明寒食时节的热闹景象，以蕴藉之笔，不露痕迹地抒写亡国的隐痛：

宫烟晓散春如雾。参差护晴窗户。柳色初分，饧香未冷，正是清明百五。临流笑语。映十二阑干，翠颦红妒。短帽轻鞍，倦游曾遍断桥路。　　东风为谁媚妩。岁华顿感慨，双鬓何许。前度刘郎，三生杜牧，赢得征衫尘土。心期暗数。总寂寞当年，酒筹花谱。付与春愁，小楼今夜雨。⑥

昔日临安“柳色初分，饧香未冷”的“清明百五”时节，是一派“临流笑

① 唐圭璋:《全宋词》，第 5 册，中华书局 1965 年版，第 3463 页。
② 唐圭璋:《全宋词》，第 4 册，中华书局 1965 年版，第 3045 页。
③ 唐圭璋:《全宋词》，第 4 册，中华书局 1965 年版，第 3046 页。
④ 唐圭璋:《全宋词》，第 4 册，中华书局 1965 年版，第 3046 页。
⑤ 唐圭璋:《全宋词》，第 4 册，中华书局 1965 年版，第 3046 页。
⑥ 唐圭璋:《全宋词》，第 5 册，中华书局 1965 年版，第 3422 页。

语"令"翠噘红妒"的繁闹景象,而今自己在美好的春日里重到西湖,往日欢游皆已化为今夜酿愁的春雨。作者将身历亡国巨变的怆痛借助节日情致的描写婉曲地表达出来。

四、借助送友惜别,曲折表达亡国之痛

亡国之痛、身世之感对宋末浙江遗民词人来说是弥漫全身的意绪,因而此期的词中,处处可以感受到这种挥之不去的主题流露。除了上述的几个方面之外,也有将家国身世之感"打并入"友情之作中的,著名的如张炎的《甘州·寄李筠房》:

> 望涓涓、一水隐芙蓉,几被暮云遮。正凭高送目,西风断雁,残月平沙。未觉丹枫尽老,摇落已堪嗟。无避秋声处,愁满天涯。　一自盟鸥别后,甚酒瓢诗锦,轻误年华。料荷衣初暖,不忍负烟霞。记前度剪灯一笑,再相逢、知在那人家。空山远,白云休赠,只赠梅花。①

李筠房即宋浙江遗民词人李彭老,他和张炎父子有着相同的生活志趣和词学风尚。宋亡后他与其弟弟李莱老隐居在龟溪,人称"龟溪二隐"。宋亡前,张炎与他曾在西湖聚首赋词,谁知一别之后国事顿变,江山易主。漂流他乡的词人只能寄词远慰隐遁在空山之中的老友,"空山远,白云休赠,只赠梅花",勉以梅花相赠,共保岁寒之贞。

张炎还有送别友人的《台城路·送周方山游吴》词:

> 朗吟未了西湖酒,惊心又歌南浦。折柳官桥,呼船野渡,还听垂虹风雨。漂流最苦。况如此江山,此时情绪。怕有鸥夷,笑人何事载诗去。　荒台只今在否。登临休望远,都是愁处。暗草埋沙,明波洗月,谁念天涯羁旅。荷阴未暑。快料理归程,再盟鸥鹭。只恐空山,近来无杜宇。②

周方山,即周暕,字伯阳,号方山,泰州人。月泉吟社第十九名,自署识字耕夫(据黄畬《山中白云词笺》卷三所云)。此词抒写别情舒徐不迫,感慨却十分深沉。"漂流最苦。况如此江山,此时情绪",写出了宋遗民词人共同的

① 唐圭璋:《全宋词》,第5册,中华书局1965年版,第3483页。
② 唐圭璋:《全宋词》,第5册,中华书局1965年版,第3482—3483页。

遭遇和哀思。"荒台只今在否。登临休望远，都是愁处"三句，真可谓是"无限江山，别时容易见时难"（李煜《浪淘沙》），且国破家亡，没有归处，远望又何能当归，词虽写别情却深婉传达出遗民词人心中亡国的凄楚。

张炎另有送别赵文叔的《甘州》（"记当年"）词，"同是可怜人"的张炎与赵文叔，二人赋别十余年，而今一个东游，一个北归，相见况味俱是寥落；"记当年"是画帘笑语，处处春情，散尽黄金；而今是"几点别余清泪"，可怜人在漂泊；遥想十年后，尊酒重逢，忆起今日，不知是何况味，语含凄然，甚是无奈。亡国的苦楚经时间的过滤，愈显深沉而凄楚。

此外，遗民词人们还有睹旧物抒亡国凄楚的，这方面张炎最为突出。张炎曾有非常辉煌的家世，周密《齐东野语》中有关于张炎曾祖父张镃宾客云集盛况空前的描述。宋亡后，末路王孙张炎重过故居，心情难以自已。其《长亭怨·旧居有感》（"望花外"）和《忆旧游》同为感念故园而作，"通篇无一字不呜咽，如断雁惊风、哀猿叫月"（陈廷焯《云韶集》卷九），词人张炎过故居睹旧物，那一份亡国亡家的至痛倾泻而出，难以自抑。

亡国之痛成为此期词人们共同的创作主题，不论是浙江的遗民词人还是以庐陵为中心的江西遗民词人，但两地词人情感表达的方式并不相同。浙江遗民词人之作，"往往在看似缥缈清幽的意境中却隐藏着极浓极深的沉痛之意，以隐约、深微、幽细之笔抒发对故国故君的怀念与同情，曲折体现对新朝之决绝的人生态度"。[①] 他们的这种"隐约、深微、幽细"，往往被误解为"忧惧及隐忍退避的心理"，并与江西庐陵遗民词中那种"不灭的丹心、信念，欲挽狂澜于既倒的英雄主义气概"[②]形成鲜明对比，相比之下颇有些相形见绌的意思。其实，不论以含蓄深婉还是以直抒胸臆的方式发抒亡国之痛，两者只是抒写方式的不同而已，其感情的沉痛并无二致，甚至从某种意义上说，浙江遗民词人经过内心积淀、意象和手法层层过滤的情感，历久而更显深挚和沉痛。

第二节　"雁书不尽相思字"的故乡故人之思

对故乡、对亲友的思念也是中国历代文学表现较为集中的主题。中国传统的农耕经济及宗法制的社会结构方式培育了中国古代士人特别浓厚

---

① 陶然：《金元词通论》，上海古籍出版社 2010 年版，第 414 页。

② 黄世民：《宋末元初江西庐陵遗民词人群体研究》，贵州大学 2006 年硕士学位论文。

的安土重迁的文化心理，而陵谷的迁变又必然会打破遗民们既往的生活秩序，让他们饱尝漂泊流离之苦，基于这样一种文化心理，中国人也就有着特别浓重的故土情结，人们恋土恋家，向往温馨安逸宁静的生活，乡心、友情就成了宁静和谐社会中极为常见的意绪。更何况在这样一个失去家园失去故土、成为亡国遗民的特殊时期，国家灭亡，社会动荡，生活无着，使得无奈之漂泊增多。无论空间多么辽阔，时间多么悠邈，都不能使遗民词人的桑梓之情褪色。而另一方面，国亡后，遗民失落绝望的心绪也需要友人互相的安慰，隐逸守节之志更需要友人的鼓励与支持，所谓的同声相和；更何况日渐流行的番腔、北音、北装在无情地吞噬着遗民心中自我设定的"遗民时空"，使得志同道合之人越来越少，"乱来朋友少"（赵文《哭张文翁同舍》），"无人可以话心期"（赵文《寄欧阳振中》），可见，随着时间的流逝，遗民的处境是越来越尴尬、孤绝。因而遗民词人们对友情有了更多的期盼和珍视，思乡、怀友之主题在宋末这一特定的环境中有了明显的增强，且在内涵的丰富、感情的深挚上显示着自己的特色。

一、西湖：浙江遗民词人共同的"故家"

考察南宋浙江遗民词人，在对故乡的思念中，又以对杭州尤其是西湖这一"故家"的思念为集中。这不仅因为西湖美，"出禁城西，湖光自别，唤醒两瞳。有画桥几处，通人南北，绿堤十里，分水西东……休归去，便舣舟荷外，梦月眠风"（陈著《沁园春・丁未春补游西湖》），美得吸引眼球，使"杭人无时而不游"（周密《武林旧事》卷三）并令人流连忘返，其中妙处"穷骚人墨客技不得尽"（董嗣杲《西湖百咏原序》，《西湖百咏》卷首，见影印文渊阁四库全书本）；也不仅因为它繁华，"钱塘自古繁华。烟柳画桥，风帘翠幕，参差十万人家。……市列珠玑，户盈罗绮竞豪奢"（柳永《望海潮》），繁华得成了南宋"销金锅儿"的地方；更因为它既是词人个体美好时光的象征，又是南宋王朝的象征。虽然宋季浙江的遗民词人大多不是临安人，但他们中的许多人都曾经是宋末的进士，西湖一带是他们青春岁月或是他们春风得意时流连之地，"倦游曾遍断桥路"（王易简《齐天乐・客长安赋》），它记录了词人们多少美好的记忆。更何况，西湖作为南宋京城的一个标志性的山水名胜，积淀了多少历史人文的蕴涵，在那时遗民的心目中，它不再是一个简单的物象，而是承载了词人们诸多情感的意象，成为词人故国故都以及昔日繁华的象征，是遗民心中永远的故国故乡，遗民词人都有着深深的西湖情结，因而宋末遗民的西湖词有着它特殊的内蕴。

亡国后，词人们重游西湖或对昔日西湖情致的描写，将今非昔比、昨日好景难再的亡国遗民臣子的凄楚心境和个人身世之感婉转地传达出来。张炎，循王张俊六世孙，词人张枢的儿子，一个昔日仕宦人家的风流子弟，如今是漂泊无依的“孤雁”，对西湖有着特殊的感情。在他的词集《山中白云词》里，西湖感事之作很多，《高阳台·西湖春感》《春从天上来·己亥春复回西湖……》《探芳信·西湖春感……》《祝英台近·重过西湖书所见》《声声慢·西湖》《南楼令·有怀西湖……》《菩萨蛮·晓行西湖边》等，而其他词人如文及翁也有《贺新郎·西湖》，王易简有《齐天乐·客长安赋》，周密有《探芳讯·西泠春感》《高阳台·送陈君衡被召》等，在王沂孙、仇远诸人集里也有这样的词作，他们同样在对西湖的怀念中寄托了无限的哀思：或写“我忧”“客游之漂泊”[①]（张炎《春从天上来·己亥春复回西湖……》词序）等个人的感伤浩叹，如“消魂忍说铜驼事，不是因春瘦。……我何堪，老却江潭汉柳”[②]（张炎《探芳信·西湖春感寄草窗》）、“买扁舟、重缉渔蓑。欲趁桃花流水去，又却怕、有风波”[③]（张炎《南楼令·有怀西湖……》）；或联及国事，“废苑尘梁，如今燕来否。翠云零落空堤冷，往事休回首。最消魂，一片斜阳恋柳”[④]（周密的《探芳讯·西泠春感》）、“醉中不信有啼鹃。江南二十年”[⑤]（张炎《阮郎归·有怀北游》）。这成了浙江遗民词的一大特色。且看张炎的名篇《高阳台·西湖春感》：

> 接叶巢莺，平波卷絮，断桥斜日归船。能几番游，看花又是明年。东风且伴蔷薇住，到蔷薇、春已堪怜。更凄然。万绿西泠，一抹荒烟。
>
> 当年燕子知何处，但苔深韦曲，草暗斜川。见说新愁，如今也到鸥边。无心再续笙歌梦，掩重门、浅醉闲眠。莫开帘。怕见飞花，怕听啼鹃。[⑥]

这首词是张炎在南宋灭亡以后重游西湖所作，抒发了他的亡国之痛。作者才说着“接叶巢莺，平波卷絮”春深时的良辰美景，却又忽地发出“能几番游，看花又是明年”这“春逝”的哀感、“东风且伴蔷薇住”的留春不住的无奈，而至“万绿西泠，一抹荒烟”就触着了亡国之痛的主题。西湖春光依旧，

① 唐圭璋：《全宋词》，第5册，中华书局1965年版，第3479—3480页。
② 唐圭璋：《全宋词》，第5册，中华书局1965年版，第3481页。
③ 唐圭璋：《全宋词》，第5册，中华书局1965年版，第3508页。
④ 唐圭璋：《全宋词》，第5册，中华书局1965年版，第3292页。
⑤ 唐圭璋：《全宋词》，第5册，中华书局1965年版，第3510页。
⑥ 唐圭璋：《全宋词》，第5册，中华书局1965年版，第3463页。

却只剩下“一抹”凄凉的野烟，今昔对比的亡国之痛于此淋漓而出。词的结尾更是响彻着凄切哀苦的杜鹃啼泣之声，留给读者以袅袅不尽的哀绪余音。

再看柴元彪西湖词《高阳台·怀钱塘旧游》：

> 丹碧归来，天荒地老，骎骎华发相催。见说钱塘，北高峰更崔嵬。琼林侍宴簪花处，二十年、满地苍苔。倩阿谁，为我起居，坡柳逋梅。
>
> 凄凉往事休重省，且凭栏感慨，抚景衔杯。冷暖由天，任他花谢花开。知心只有西湖月，尚依依、照我徘徊。更多情，不间朝昏，潮去潮来。①

柴元彪为宋末进士，宋亡后隐居不仕。在宋亡后的二十年重游西湖，只觉物是人非，往事不堪回首，遂生出“知心只有西湖月，尚依依，照我徘徊”的无限感慨。

在上述的西湖词里，体现着此期浙江遗民词人的“典型情绪”：“翻响着的既有前朝繁管细弦的余韵，更混合着当代遗民的呜咽暗泣”②，有着相当丰富的爱国情感和亡国之悲的内蕴。

相对于张炎等人西湖词的软弱低沉，宋末进士文及翁的一首《贺新郎》（“一勺西湖水”）词，以“渡江来百年歌舞、百年酣醉”描画当权者苟且偷生的嘴脸，极其严厉地批判当权者的昏庸与苟安；又以“借问孤山林处士，但掉头，笑指梅花蕊”讽刺只知享乐和自命清高的士大夫文人，爱之深而恨至极，笔锋犀利辛辣，富有批判精神。

浓重的故土情结，漂泊无依的处境，加之“每逢佳节倍思亲”的节日盼团圆的文化心态，使得思乡念旧之意绪成了节日里浓浓的挥之不去的情感流。因而宋季遗民的节序词一改之前以独特的民俗文化层面向人们展示“祛灾、祈愿、祝福”和“赏心、乐事、良辰”这两大节日民俗生活主题，而以抒写婉曲深致的思乡怀友情感为主，这也极大地丰富了节序词的人文内涵。周密即有多首这样的节日怀旧思归词，如《月边娇·元夕怀旧》《甘州·灯夕书寄二隐》《扫花游·九日怀归》等，且看他的《扫花游·九日怀归》：

> 江蓠怨碧，早过了霜花，锦空洲渚。孤蛩自语。正长安乱叶，万家

---

① 唐圭璋：《全宋词》，第5册，中华书局1965年版，第3373—3374页。

② 杨海明：《张炎词研究》，齐鲁书社1989年版，第119页。

砧杵。尘染秋衣，谁念西风倦旅。恨无据。怅望极归舟，天际烟树。

心事曾细数。怕水叶沉红，梦云离去。情丝恨缕。倩回纹为织，那时愁句。雁字无多，写得相思几许。暗凝伫。近重阳、满城风雨。①

从题序看，这首词是作者在杭失意思乡（周密祖籍在山东济南），逢重阳节时所作。“尘染秋衣，谁念西风倦旅”客居的凄凉使词人在“正长安乱叶，万家砧杵”这样一个万木飘零、万户夜晚捣衣的极易引起思乡的环境里触发了他的乡情，想回去，却又不能，只好“怅望极归舟，天际烟树”，“远望可以当归”（《古诗》）啊，权当以此聊慰失意的心灵。细数心事，愁思无限，“近重阳、满城风雨”值此重阳佳节，却只见满城愁人的风雨，整首词充满了凄清的怀归意绪。

二、友情：遗民词人重要的精神慰藉

故国已是不堪回首，而志趣相投的友人就成了这些遗民词人心中最可宝贵的财富，因此“雁书不尽相思字”（张炎《水龙吟·寄袁竹初》）、“重开又还重折”（张炎《台城路·寄姚江太白山人陈文卿》）的对友人的思念以及对友情的珍重成了浙江遗民词作的又一个重要的主题。而其中也以张炎为最。据笔者统计，在张炎的302首词作中，约有112首怀友赠答词，占三分之一强，由此可见一斑。

张炎大半生流落江湖，潦倒苦闷的境遇，使他更为珍重友情。他曾在《水龙吟·寄袁竹初》一词中云：“几番问竹平安，雁书不尽相思字……待相逢、说与相思，想亦在，相思里。”对朋友有说不尽的相思，而又觉得自己也是生活在朋友的思念之中，友情使他凄凉落寞的心灵得到了抚慰和寄托。而他一生没有仕进、多在漂泊中，交游较广，因而友人也多；更主要的是在这一天颠地裂的特殊时期，友情能给予像他这样的遗民词人以一种特殊的精神慰藉，或许还是他（们）重要的精神力量。词人往往通过叙写与友人的交游、唱和、赠答甚至拜祭等，抒写对友人的思念关切以及赏慕之情。如张炎《声声慢·别四明诸友归杭》：

山风古道，海国轻车，相逢只在东瀛。淡薄秋光，恰似此日游情。休嗟鬓丝断雪，喜闲身、重渡西泠。又溯远，趁回潮拍岸，断浦扬舲。

莫向长亭折柳，正纷纷落叶，同是飘零。旧隐新招，知住第几层

① 唐圭璋：《全宋词》，第5册，中华书局1965年版，第3291页。

云。疏篱尚存晋菊，想依然、认得渊明。待去也，最愁人、犹恋故人。①

一“喜”字点出漂泊词人即将“重渡西泠”重回故乡杭州时难以抑制的喜悦心情，可一旦要离开朝夕相处、给他以倦旅友情的四明诸友，他又是那么的眷恋不舍，“待去也，最愁人、犹恋故人”，通过对这种去与留、喜与愁矛盾心情的描写，细腻地表达了对友人的深挚感情。

再看张炎的另一首词《台城路·寄姚江太白山人陈文卿》：

薛涛笺上相思字，重开又还重折。载酒船空，眠波柳老，一缕离痕难折。虚沙动月。叹千里悲歌，唾壶敲缺。却说巴山，此时怀抱那时节。　　寒香深处话别。病来浑瘦损，懒赋情切。太白闲云，新丰旧雨，多少英游消歇。回潮似咽。送一点秋心，故人天末。江影沉沉，露凉鸥梦阔。②

姚江即浙江余姚，陈文卿是张炎可以互相倾吐心事的朋友。词人面对友人陈文卿的“薛涛笺上相思字”，用“重开又还重折”——两个“重”字以及两个表示动作的“开”和“折”，极为细腻形象地表达了作者难以言说的激动之态、欣慰之情，整首词也就笼罩在这样的一种情感氛围中。至词的结尾，词人愿自己是一只眠鸥，做一个幽梦，不辞天涯觅故人，但事实却是山长水远，忧愁满腹，寄词情难尽，愁多梦不成，无尽的诸般滋味孕满其中。显得情思浓郁，至为感人。

李彭老《浣溪沙·题草窗词》则写出了对友人周密人格词品的高度评价和赏慕之情。李彭老是周密的主要词友之一，他们结社吟词，唱和之作较多，如周密就有《甘州·邓夕书寄二隐》《齐天乐·次二隐寄梅》《忆旧游·次韵筼房有怀东园》《霓裳中序第一·次筼房韵》《梅花引·次韵筼房赋落梅》等，可见他们之间的交往与友谊。李彭老的这首词就是建立在他与周密的亲密接触以及对周密人格、词品的深刻理解之上的。词人通过人物形象的写照来品题周密的词作风格。上片依“雪”“春红”和“轻衫短帽”四季时序为草窗写照，下片则是从书画音乐为之写照，最后一句“阑干到处是春风”以写意之笔写出周密的清韵雅致人格所散发的精神魅力，其所到之处，无不使人感到“如沐春风”，表达了作者对周草窗人格品题的高度评

① 唐圭璋：《全宋词》，第5册，中华书局1965年版，第3479页。
② 唐圭璋：《全宋词》，第5册，中华书局1965年版，第3471页。

价和欣赏，可谓是周密的知音。

周密《高阳台·送陈君衡被召》则是另一番复杂的情思：

> 照野旌旗，朝天车马，平沙万里天低。宝带金章，尊前茸帽风攲。秦关汴水经行地，想登临、都付新诗。纵英游，叠鼓清笳，骏马名姬。
>
> 酒酣应对燕山雪，正冰河月冻，晓陇云飞。投老残年，江南谁念方回。东风渐绿西湖柳，雁已还、人未南归。最关情，折尽梅花，难寄相思。①

陈君衡即陈允平，宋亡以后曾被元王朝征至大都，临别之际，周密作此词为之送别。作为一个有着强烈爱国感情的遗民词人，对于陈君衡的应召北上，周密是有许多感慨的。出于为友人考虑，这首词中不仅写出送别友人时的依依惜别的心情，也有对其屈身仕元的隐忧和殷殷规劝，显得隐曲深情。上片送别时的热烈场景与下片设想友人远去冰雪之域的"冰河冻月"这一凄清景象形成了鲜明的对照，为下面的抒情铺垫了沉郁感伤的气氛：此别后，谁念江南"投老残年"的"方回"我？此别后，当春风又绿西湖的时候，友人你何时才会像大雁南归？而纵然是折尽梅花，也难以表达我对友人的思念之情啊。细味之，真挚恳切的怀念之中包含着对友人在元统治者高官厚禄面前忘怀自己、忘怀故国而晚节不保的深深担忧。

第三节 "无限沧桑身世感，新词多半说渊明"的隐逸旋律

在中国历代文人中，南宋浙江遗民词人属于十分独特的一群。如前所述，他们生活在南宋亡国前后那一可悲的历史时期，身遭家国沦丧、异族统治的惨祸，成为最下等的亡国之民，他们有着整体失衡的人生经历，有着最为窘迫的生活道路，有着极其痛苦的心灵体验，强烈的民族自尊促使他们在宋亡后隐居不仕，不与新朝合作。词人们以遗民自居，过一种不与新朝统治者合作的隐逸生活，如柴望与其弟的遁迹江湖，陈著隐居在家乡的四明山中，李彭老、李莱老兄弟的号称"龟溪二隐"，董嗣杲的以道士身份隐居西湖，吴大有的退处林泉、诗酒自娱，周密宋亡家破，居于杭州，以著述为其主要生活，可谓是隐于书……不一而足。这样的一种生活，使得他们的词

① 唐圭璋：《全宋词》，第5册，中华书局1965年版，第3291页。

中多有描写隐逸生活，并以东晋的高士陶渊明自比，表明自己不仕新朝的志节，正如清人陈兰甫题《山中白云词》所云："无限沧桑身世感，新词多半说渊明。"不惟张炎，其他的遗民词人的词作中一样洋溢着隐逸的旋律。

一、抒写隐逸之志

在宋末浙江的遗民词中，张炎是将他的隐逸之志寄托在友情之作中的，如前所引的《声声慢·别四明诸友归杭》一词，在词人即将离别四明的朋友们回到故乡杭州的时候，字里行间透露了他的隐逸之志。"疏篱尚存晋菊，想依然、认得渊明"三句是说想来只有西湖边的疏篱残菊，还记得我这个未曾变节的陶渊明吧。着一"晋"字，表示他不忘故国之思，曲折地表露出他甘为"大宋遗民"的思想。也以这"晋菊""渊明"向四明诸友表明自己的隐逸之志，实际上他已经是以遗民自居了。《长亭怨》("记横笛")词，是张炎于大德二年(1298)写给曾一同赴京写经的旧友吴菊泉的。词序云吴菊泉将要北行燕京求官，张炎写作此词一方面有对朋友的讽劝，"同去。钓珊瑚海树。底事又成行旅"，"如今又、京洛寻春，定应被、薇花留住"；另一方面则表明自己不仕的心志，"且莫把孤愁，说与当时歌舞"。此外，张炎也借助咏物抒写不仕新朝的心志。《绮罗香·红叶》("万里飞霜")是张炎优秀的咏物词作之一，它借咏红叶表达的是自己不羡荣华、不仕新朝的心志和飘零的身世。

而陈著则在寿词中也表现了这种隐逸之志。如《摸鱼儿·随湖南安抚赵德修自长沙回至鲁港，值其生日》，值赵德修生日之际，抒写"思量早归去"的初心及"只恐难留驻"的无奈。又如在《一剪梅·寿吴景丰》中，"隐耕窗下腹便便，相去神仙不远"，写出对似神仙的隐耕生活的赞慕之情，表明自己的隐逸之志。此外，陈著还在其他的一些词作中同样抒写着他的隐逸之志："把世变心烦都说开，道严霜不杀，不成蒹葭，冱寒惯耐，方是松椿……"(《沁园春·次韵弟茝雪中见寄》)表明要像经霜的蒹葭、耐寒的松椿一样经受住考验，明白地表达了不仕新朝的守节之志；在《沁园春·次韵姪演自遣》中，在面对"天盖西倾，地轴东翻"的亡国巨变后，痛定思痛，敏感的心灵犹如"怕酸人著梅"，酸涩苦楚，"看渊明归了，有形谁役，少陵醉里，无闷堪排"，最后在渊明、少陵中找到了隐逸乃是获取精神超脱之路，精神因此获得极大的自由，"层霄上，与大鹏盘礴，下视浮埃"。在《沁园春·示诸儿》中，写尽生活苦状，面对"谷难虚贷，长年断肉，菜亦悭搜"的"无生可谋""死又还生春复秋"的艰难情状，借未达时家道贫苦而能清廉自守的袁安的"恬然僵卧"，表明要像袁安一样淡泊自守的隐逸之志。

二、赞美隐逸生活

除了对隐逸之志的抒写，南宋浙江遗民词中还有许多词篇，进而描写了他们的隐居生活方式和环境，表达对隐逸生活的赞美。隐居生活，是一种摆脱了各种束缚后任情适意的生活，是一种回归自然、返璞归真的生活，是一种身心自由、充分感受山水田园风光的生活。它虽是简陋凡俗，却全无礼仪的束缚、违心的应酬，令人身心轻快，自由舒适。周密即在《甘州·题疏寮园》写出了这种隐居生活环境的清新可喜：

信山阴、道上景多奇，仙翁幻吟壶。爱一丘一壑，一花一草，窈窕扶疏。染就春云五色，更种玉千株。咳唾骚香在，四壁骊珠。　　曲折冷红幽翠，涉流花涧净，步月堂虚。羡风流鱼鸟，来往贺家湖。认秦鬟、越妆窥镜，倚斜阳、人在会稽图。图多赏，池香洗砚，山秀藏书。①

一丘一壑，一花一草，染就了五色春云，更构成了平淡悠远的自然韵致，是隐逸归来宁静适意心态的外化。隐逸生活得到了描绘和赞美，隐逸志趣也在描绘中得到舒展。

张炎《甘州·题赵药牖山居》描绘的则是山居环境的清冷绝俗：

倚危楼、一笛翠屏空，万里见天心。度野光清峭，晴峰涌日，冷石生云。帘卷小亭虚院，无地不花阴。径曲知何处，春水泠泠。　　啸傲柴桑影里，且怡颜莫问，谁古谁今。任燕留鸥住，聊复慰幽情。爱吾庐、点尘难到，好林泉、都付与闲人。还知否，元来卜隐，不在山深。②

一幅清冷绝尘的山居景致，此处虽是赵药牖的居所，却体现了作者对"点尘难到"的隐居环境和"怡颜莫问，谁古谁今"的隐居生活方式的喜爱和赞美之情。又如他的另一首《摸鱼子·高爱山隐居》词：

爱吾庐、傍湖千顷，苍茫一片清润。晴岚暖翠融融处，花影倒窥天镜。沙浦迥。看野水涵波，隔柳横孤艇。眠鸥未醒。甚占得莼乡，都无人见，斜照起春暝。　　还重省。岂料山中秦晋。桃源今度难认。

① 唐圭璋：《全宋词》，第5册，中华书局1965年版，第3289页。
② 唐圭璋：《全宋词》，第5册，中华书局1965年版，第3469页。

林间即是长生路，一笑元非捷径。深更静。待散发吹箫，跨鹤天风冷。凭高露饮。正碧落尘空，光摇半壁，月在万松顶。①

词的上片即着力描写了隐居处美丽清幽的景色：千顷湖水一片清润，周围晴暖的山光、苍翠的树色、参差的花影，都映照在这美丽如镜的湖里。高爱山不仅美丽而且还清净、自由，阒寂无人。于此作者忽发奇想：在万壑松风、玉宇无尘的月明之夜，自己吹箫跨鹤，凌风饮露，永远抛开了那充满不安和苦难的恶浊的尘世，达到自由之化境。

而号称“龟溪二隐”的李彭老、李莱老兄弟，则通过对隐居之所的题寄，表达隐逸之乐。李彭老有《高阳台・寄题荪壁山房》、李莱老有《木兰花慢・寄题荪壁山房》，荪壁山房是宋遗民金应桂隐居之所。金应桂，号荪壁，曾任知县。宋亡后，他弃官归隐，在风篁岭建屋隐居，自题居室为“荪壁山房”。他擅长书画，左弦右壶，设图史古器，清谈不休，以林和靖自比。且看这两首词：

石笋埋云，风篁啸晚，翠微高处幽居。缥简云签，人间一点尘无。绿深门户啼鹃外，看堆床、宝晋图书。仅萧闲，浴砚临池，滴露研朱。

旧时曾写桃花扇，弄霏香秀笔，春满西湖。松菊依然，柴桑自爱吾庐。冰弦玉柱风流在，更秋兰、香染衣裾。照窗明，小字珠玑，重见欧虞。②（李彭老《高阳台・寄题荪壁山房》）

向烟霞堆里，著吟屋、最高层。望海日翻红，林霏散白，猿鸟幽深。双岑。倚天翠湿，看浮云、收尽雨还晴。晓色千松逗冷，照人眼底长青。

闲情。玉麈风生。摹茧字，校鹅经。爱静翻缃帙，芸台棐几，荷制兰缨。分明。晋人旧隐，掩岩扉、月午籁沉沉。三十六梯树杪，溯空遥想登临。③（李莱老《木兰花慢・寄题荪壁山房》）

词调不同，抒写的却是同样的内容：山的高幽、山房的幽静、主人的萧闲，体现了遗民一种恬静安怡、纵情自然山水的田园隐逸生活之乐。

南宋浙江遗民词里飘荡着的隐逸旋律，是遗民词人隐逸生活以及情感的真实反映。而他们的隐逸生活又反映了宋末元初那一特定时代词人个

① 唐圭璋：《全宋词》，第5册，中华书局1965年版，第3469页。
② 唐圭璋：《全宋词》，第4册，中华书局1965年版，第2969—2970页。
③ 唐圭璋：《全宋词》，第4册，中华书局1965年版，第2974页。

体生命意识的觉醒和对自由天性的追求。而这种对于传统生命价值观的怀疑与否定，恰又是源于民族的苦难忧患和词人自我的人生苦闷与深沉的压抑感。独善其身，回归自然，寄情山水林泉之间，过闲云野鹤般的闲适生活，正是宋季浙江遗民词人在这民族与自我的双重苦难中，寻求到的对于痛苦的超越和精神的避难所。因而，他们在隐逸词中对隐居生活环境的描写与赞美，无疑是具有审美价值的，他们将主体走向自然时的那种愉悦、适意的情感充分地展示出来。从而让读者分明感受到抒情主体或流连田园或纵情山水，或渔樵共话或茅斋索居，或把酒放歌或慵懒长睡的艺术形象，读来清新可喜。[①]

第四节　"困眠醒起，无打门声"的宁静淡泊生活之向往

一、从身的隐逸到心的安放

宋亡既久，亡国的巨痛已随时间的推移而化为不绝如缕的心伤，民族与自我的双重忧患苦难，驱使宋末浙江遗民词人必须寻求对痛苦的超越和精神的避难所。面对"分明似，满一锅汤沸，无处清□"[②]（陈著《沁园春·和元春兄自寿》）的世界，心灵如何才能寻求到一个适意的家园成了词人们思索的问题。隐逸并不能脱离世间的生活，淡泊宁静的生活才是词人精神真正的避难所。因而，这时期的一些遗民词还表达了在风雨飘摇的岁月里，人们追求精神与心灵安逸的那份情怀，表达了历经纷纷世事，"万千看破"（陈著《沁园春·和元春兄自寿》）后心灵对宁静与淡泊生活的向往，希冀从身的隐逸到心的最终安放。

陈著在《沁园春·示诸儿》中，实笔描述入元后词人们的生活窘况："信书成痴，挨到如今，无生可谋。奈浑家梦饭，谷难虚贷，长年断肉，菜亦悭搜。风雨潇潇，江山落落，死又还生春复秋。"[③]面对这"堪吊堪羞"无以对诸儿的日子，作者从袁安、少陵身上汲取精神力量，虽家道贫苦，亦淡泊自守，"笑出门天阔，一片云浮"，神清气闲，泰然处之，心已自由。

在《沁园春·和元春兄自寿》中，展现了词人历经纷纷世事、"万千看破"后而归于一种深沉与淡泊的超然："菜羹粝饭，不求他味，芒鞋竹杖，足

① 参见丁称生、丁楹：《论元初南宋遗民词中的隐逸词》，《甘肃教育学院学报》2002年第4期。
② 唐圭璋：《全宋词》，第4册，中华书局1965年版，第3047页。
③ 唐圭璋：《全宋词》，第4册，中华书局1965年版，第3048页。

畅幽情”的自足，“无辱无忧无惧惊”的淡定，“困眠醒起，无打门声”的自适，表现了词人甘于物质的贫困，坚守隐逸的初衷，达到了超然物外的境界。

“妻孥安稳鸡犬乐，此外无复有神仙……得一聚首便为福，得一饷闲真是宝”[①]，陈著在此期的诗歌中，表达了同样的知足常乐的情怀。

二、温馨醇美的人伦情味

陈著在一些寿词中，用简淡的笔墨勾画出农村安静温馨的生活画面，表达对农业社会背景中和乐安宁生活之向往，词中充满身遭乱世而夫妻健在、儿孙绕膝的欣慰，充满一种温馨纯美的人伦情味。典型的如在陈著的《真珠帘·寿内六十》等三首寿内词：

闲居是念随云散。琴帘底、却自平生心满。百二十年期，笑道今才半。一味齑盐清得瘦，婉娩似、梅花香晚。相伴。老霜松宁耐，溪山寒惯。　　探借十日前春，小杯盘、也做寿筵模范。绕膝舞斑衣，有酒从他劝。但任真来浑是处，梦不到、笙歌瑶燕。双健。任旁人播尽，风流眉案。[②]（《真珠帘·寿内六十》）

潇洒琴帘，月灯归后新谐好。青云香里共清风，消得金花诰。争奈天颠地倒。好光阴、都惊散了。更听人说，七七年时，多多烦恼。　　挨到如今，信知空挂闲怀抱。天于贫处最饶人，颦也翻成笑。牢闭柴门自好。对梅花、杯盘草草。满前儿女，耐后夫妻，齑盐偕老。[③]（《烛影摇红·寿内子》）

梅窗归坐几岁寒。老生涯、寂寞自便。最喜得、双双健，与粗茶、淡饭结缘。　　眉前把酒深深劝，这时光、惟有靠天。看许大、痴儿女，且随宜、笑到百年。[④]（《恋绣衾·寿内子》）

表示要“牢闭柴门自好”，满足于“满前儿女，耐后夫妻，齑盐偕老”，“最喜得、双双健，与粗茶、淡饭结缘”，“看许大、痴儿女，且随宜、笑到百年”。表示要抛却世事，回归齑盐柴米的琐碎而真实的生活，显得平和冲淡，宁静和谐，充满温馨醇美的人伦之乐。最能体现儒家有关“家庭”思想中那种重视

---

① [宋]陈著：《醉书》，《本堂集》卷32，《文渊阁四库全书》第1185册，上海古籍出版社1987年版，第147页。

② 唐圭璋：《全宋词》，第4册，中华书局1965年版，第3046页。

③ 唐圭璋：《全宋词》，第4册，中华书局1965年版，第3051页。

④ 唐圭璋：《全宋词》，第4册，中华书局1965年版，第3055页。

生命之延续、重视子孙后代之瓜瓞绵绵、悠久福寿之基本观点，可见，在如陈著等宋末浙江遗民词人的寿词中，其社交功能渐渐淡化，寿词也逐渐成为文人抒情言志的重要载体。其间凝聚着中国文化的特征，体现了中国文人一种共通的文化情怀，值得玩味。

综上所述，从词学自身的发展来看，正是北宋中后期的苏轼以及“苏门四学士”中的黄庭坚、秦观他们在党争的刺激下，开始了词的诗化，并使之形成气候，较多地以士大夫的“诗心”作词，“遂变伶工之词而为士大夫之词”①，开创了雅俗分化的局面，“打破了俗词在载负娱宾遣兴、娱乐社交的世俗情欲与习尚中形成的那种普泛化、共通性的功能特征与表现模式，使词具有了抒发主体的胸襟抱负与个人的身世之感的鲜明特征”。② 此后，经过不断的发展，尤其是南渡后，面对北宋的沦陷，更多词人的更多词作抒写悲慨，具有“诗心”，词的情感表达功能加强了。而面对蒙古兵的入侵乃至于最终不能摆脱被异族统治而处于极为屈辱的状态，这些“故国遗民”的亡国之恨、故国之思以及由此而生发的种种情愫自然成了此一时期词作最主要的主题。

---

① 王国维：《人间词话》，唐圭璋《词话丛编》，第5册，中华书局1986年版，第4242页。

② 沈松勤：《唐宋词社会文化学研究》，浙江大学出版社2000年版，第343页。

第七章　南宋浙江遗民词的艺术追求

南宋浙江遗民词人不仅注重词的情感表达功能，在词中抒写国家巨变的沉痛、亡国之民的漂泊之苦，更在词的艺术上进行了不懈的追求与努力，从而形成清雅的风格、含蓄委婉的特色。

第一节　崇尚雅正、追慕姜周形成“清雅”词风

历代对于南宋浙江遗民词人群体词风及个人词作特点的评价非常多，以下从各家评说和当代文学史的界定两块加以论述。

一、各家评说

对于浙江遗民词人群体的评价。虽评价中并未及“浙江遗民词人群体”这样的概念，但所列举之词人均为本书群体概念中主要的代表性词人，因而对他们的评定意味着基本上可以揭示群体整体的主要特征：

> 一派为白石，以清空为主，高、史辅之。前则有梦窗、竹山、西麓、虚斋、蒲江，后则有玉田、圣与、公谨、商隐诸人，扫除野狐，独标正谛，犹禅之南宗也。[①]
>
> 北宋词人原只有艳冶、豪荡两派。自姜夔、张炎、周密、王沂孙方开清空一派，五百年来，以此为正宗。[②]
>
> 白石词在南宋，为清空一派开山祖，碧山、玉田皆其法嗣。[③]

---

① ［清］谢章铤：《赌棋山庄词话》续编 3，唐圭璋《词话丛编》，第 4 册，中华书局 1986 年版，第 3510－3511 页。

② ［清］谢章铤：《赌棋山庄词话》续编 4，唐圭璋《词话丛编》，第 4 册，中华书局 1986 年版，第 3549 页。

③ ［清］蔡嵩云：《柯亭词论》，唐圭璋《词话丛编》，第 5 册，中华书局 1986 年版，第 4913 页。

王沂孙、张炎、周密、陈允平之徒，皆以夔为宗。①

鄱阳姜夔出，句琢字炼，归于醇雅。于是史达祖、高观国羽翼之，张辑、吴文英师之于前，赵以夫、蒋捷、周密、陈允衡、王沂孙、张炎、张翥效之于后，譬之于乐，舞《箾》至于九变，而词之能事毕矣。②

以上所论，描述的是宋末浙江遗民词风的源与流，认为宋末浙江遗民词以姜夔为宗，传承其"清空"词风并有所发展。

从对具体词人的评价看。

周密词：

"周草窗之词，以姜白石为模范，与吴梦窗同志友善，并驱争先。"③

"其词尽洗靡曼，独标清丽；有韶倩之色，有绵渺之思……"④

"词莫善于姜夔，宗之者……周密……皆具夔之一体。"⑤

王沂孙词：

"王碧山词，品最高，味最厚，意境最深，力量最重。"⑥

"碧山词，观其全体，固自高绝，即于一字一句间求之，亦无不工雅。"⑦

"碧山词自是取法白石，风流飘洒，如春云秋月。"（陈廷焯《云韶集》）

"碧山词琢语峭拔，有白石意度。"

"予尝谓白石之词，空前绝后，匪特无可比肩，抑且无从入手，而能学之者则惟中仙。其词运意高远，吐韵妍和，其气清，故无沾滞之音；

① ［清］谢章铤：《赌棋山庄词话》卷3，唐圭璋《词话丛编》，第4册，中华书局1986年版，第3357页。

② ［清］汪森：《〈词综〉序》，［清］朱彝尊、［清］汪森《词综》，上海古籍出版社2014年版，第1页。

③ 刘毓崧：《重刊周草窗词稿自序》，《通义堂文集》卷13，《清代诗文集汇编》670，上海古籍出版社2010年版，第496页。

④ ［清］戈载辑，杜文澜校注：《宋七家词选》卷5，文昌书局曼陀罗华阁重刊1877年版，第50页。

⑤ ［清］朱彝尊：《黑蝶斋诗余序》，《曝书亭集》卷40，国学整理社1937年版，第488页。

⑥ ［清］陈廷焯：《白雨斋词话》卷2，人民文学出版社1959年版，第40页。

⑦ ［清］陈廷焯：《白雨斋词话》卷2，人民文学出版社1959年版，第41页。

其笔超，故有宕往之趣，是真白石入室弟子也。"①

张炎词：

"美成如杜，白石兼王孟韦柳之长，与白石并有中原者，后起之玉田也。"②

"玉田词亦是取法白石，而风度高远，襟期旷达，不独入白石之室，几欲与之颉颃。"③

"玉田词，清远蕴藉，凄怆缠绵，大段瓣香白石。"④

陈允平词：

"陈西麓词，和平婉雅，词中正轨。"⑤

"字字锤炼，却极醇雅，是西麓词本色。"⑥

"西麓词，风神绰约，丽而有则。亦是效法白石，而低徊宛转，深得《骚》《雅》之遗，盖其取法也近，其祖述也远矣。"⑦

仇远词：

"读其词，清丽和雅，与玉田、中仙、草窗相鼓吹。"⑧

李彭老词：

"张直夫尝为词叙云：靡丽不失为国风之正，闲雅不失为骚雅之赋……"⑨

---

① [清]戈载辑，杜文澜校注：《宋七家词选》卷6，文昌书局曼陀罗华阁重刊，1877年版，第 页。

② [清]冯金伯：《词苑萃编》卷5，唐圭璋《词话丛编》，第2册，中华书局1986年版，第1886页。

③ [清]陈廷焯：《云韶集》卷9，黄畬《山中白云词笺》，浙江古籍出版社1994年版，第48页。

④ [清]江顺诒：《词学集成》卷5，唐圭璋《词话丛编》，第4册，中华书局1986年版，第3270页。

⑤ [清]陈廷焯：《白雨斋词话》卷2，人民文学出版社1959年版，第38页。

⑥ [清]陈廷焯：《词则·大雅集》卷3，上海古籍出版社1984年版，第124页。

⑦ [清]陈廷焯：《云韶集》卷8，浙江古籍出版社1994年版。

⑧ 金启华等编：《唐宋词集序跋汇编》，江苏教育出版社1990年版，第302页。

⑨ [宋]周密：《浩然斋词话》，唐圭璋《词话丛编》，第1册，中华书局1986年版，第226页。

"筼房词秀润酝藉，不失名士风流。"[①]（王定甫）

"筼房词，夷犹清润，声静气和。"[②]（仪墨庄）

"皆佳妙，无可轩轾。"[③]

"清丽""工雅""清远蕴藉""和平婉雅""清丽和雅"或"秀润酝藉"，所用词语不同，说明词人具体词风有着一些差别和自己的个性，但上述语词的描述均有和雅、清丽的意思，概括了宋末浙江遗民词"清雅"之特点。

而就具体词作的评价，则更是可观，兹选几则以窥一斑。

张炎词：

《疏影》（"柳黄未结"）："……自叙身世之感，怨而不怒，哀而不伤，深得清真、白石之妙。"[④]

《湘月》（"行行且止"）："胸襟高旷，气象超逸，可与白石把臂入林。"[⑤]

《月下笛》（"万里孤云"）则云："骨韵俱高，词意兼胜，白石老仙之后劲也。"[⑥]

可谓得姜夔神髓了，评价极高。

王沂孙词：

咏蝉诸篇，低回深婉，"字字凄断，却浑雅不激烈"。[⑦]

"低回深婉""字字凄断，却浑雅不激烈"，这当可概括大多浙江遗民词情感抒写尚雅的共同艺术特质。

二、当代文学史的观点

关于宋末浙江遗民词风及其渊源问题，历来有不同评说，至当代学者

---

① 引自吴熊和主编：《唐宋词汇评》（两宋卷），浙江教育出版社2004年版，第3520页。

② 引自吴熊和主编：《唐宋词汇评》（两宋卷），浙江教育出版社2004年版，第3520页。

③ [清]况周颐：《宋人词话》，孙克强《唐宋人词话》（增订本）下，南开大学出版社2012年版，第1092页。

④ [清]陈廷焯：《云韶集》卷9，黄畬《山中白云词笺》，浙江古籍出版社1994年版，第48页。

⑤ [清]陈廷焯：《词则·大雅集》卷4，上海古籍出版社1984年版，第160页。

⑥ [清]陈廷焯：《词则·别调集》卷2，上海古籍出版社1984年版，第643页。

⑦ [清]陈廷焯：《白雨斋词话》卷2，人民文学出版社1959年版，第44页。

亦然。且以遗民词中较为突出且具代表性的周密、张炎、王沂孙等词人来论，即有宗姜和宗周之说。仅以周密而言，当代各种文学史的评说有二：一说主张周密是姜夔的追随者。程千帆、吴新雷认为周密词承白石而近梦窗，“本和以骚雅为宗的姜夔接近。……也受到吴（文英）的影响”①，含黍离之悲。袁行霈把周密与吴文英、张炎等列入姜夔的追随者，“以姜夔的‘雅词’为典范，注重炼字琢句，审音守律，追求高雅脱俗的艺术情趣……”②形成了典雅清丽的词风。章培恒、骆玉明评论包括周密在内的张炎、王沂孙等词人的作品，认为“大都继承了姜夔、吴文英以来格律谨严、炼字精工的传统……意境往往显得清婉、明丽、凄楚而不够豪宕开阔，但在发展词的独特艺术风格和语言技巧方面有较大的成就”③。一派则认为周密继承周邦彦道路。如吴组缃、沈天佑即认为周密属于“继承周邦彦道路，同时受姜夔影响的词人”④之一。赵义山、李修生将南宋末年的词坛分为稼轩、白石和清真三种流派，“导源清真派者，以吴文英、周密为代表”⑤，其风格是密丽的。蒋哲伦、傅蓉蓉亦将周密归于清真一派。刘扬忠认为周密是“宋末学清真派最成功的一家”⑥。

在上述两种不同的主张中，认为学白石的往往又带上吴文英，所谓承白石而近梦窗，“融汇白石、梦窗两家之长”⑦；认为宗周的又往往同时承认受姜夔影响，“继承周邦彦道路、同时受姜夔影响”⑧，创作上又接近梦窗。总之所论往往将姜夔、周邦彦和吴文英联系起来，说明周密词风本身所具有的多样性，如其填写的《效颦十解》中，对于稼轩、蒲江、梅溪、梦窗、花间等皆有拟作，可见其除“渊源既得自家传，兼有外家之授受，又得杨守斋为之酌定”⑨外，还受前辈多位词人影响的事实，从而形成了他风格的多样性。而其主导词风乃“以姜白石为模范，与吴梦窗同志友善，并驱争先”⑩，

---

① 程千帆、吴新雷：《两宋文学史》，上海古籍出版社1991年版，第436页。

② 袁行霈主编：《中国文学史》，高等教育出版社2003年版，第186页。

③ 章培恒、骆玉明：《中国文学史》（中），复旦大学出版社1996年版，第478页。

④ 吴组缃、沈天佑：《宋元文学史稿》，北京大学出版社1989年版，第182页。

⑤ 赵义山、李修生主编：《中国分体文学史·诗歌卷》，上海古籍出版社2001年版，第280页。

⑥ 刘扬忠：《唐宋词流派史》，中国社会科学出版社2007年版，第416页。

⑦ 肖瑞峰主编：《中国文学简史》，浙江大学出版社2012年版，第191页。

⑧ 游国恩等主编：《中国文学史》（三），人民文学出版社1964年版，第151页。

⑨ ［清］刘毓崧：《重刊周草窗词稿·序》，《通义堂文集》卷13，《清代诗文集汇编》670，上海古籍出版社2010年版，第496页。

⑩ ［清］杜文澜：《重刊周草窗词稿·序》，孙克强《唐宋人词话》（下），南开大学出版社2012年版，第1128页。

“其词尽洗靡曼，独标清丽”①。

无论宗姜还是宗周，体现出周密、张炎等南宋浙江遗民词人都存在转益多师的情况，这是一方面。也说明姜夔词与周邦彦词一定的渊源关系。但正如陶然老师所论，“姜夔词与周邦彦虽有渊源，但弃其软媚，高其格调，变其秾丽，出以清淡”②，张炎在《词源》总结中，“虽然强调远祖清真，近师白石，但实则姜夔的影响更为突出，他欲用白石之长以补清真之短”③，因而，他论词主雅正清空之说，雅正的标准即为姜夔，并在姜夔雅正的基础上发展了清空之说，“雅正、清空”遂为雅词派的论词标准和艺术主张，因此，可以说南宋浙江遗民词人整体上主导风格乃直接导源于姜夔，故而可以说南宋以张炎、周密、王沂孙为主要代表的浙江遗民词人在词艺术上有追慕姜夔，崇尚雅正的共同追求，从而形成了他们清雅的主导词风。

三、清雅词风的具体体现

清雅词风，一方面表现在词的雍容闲雅，气度从容。周济《宋四家词选目录序论》中称王沂孙及其词：“碧山胸次恬淡，故黍离麦秀之感，只以唱叹出之，无剑拔弩张习气。”其实不仅王沂孙如此，南宋理学背景影响下的浙江遗民词人如周密、张炎、陈允平等大多如此，他们极注重词的醇雅，“深加锻炼”“极要用功”④——是南宋浙江遗民词人共同的美学追求。无论是读张炎的思乡怀友词还是读王沂孙的咏物词，不论是周密还是陈允平、李彭老兄弟的词，字里行间飘散出清雅之风。

试看李彭老的一首情词《祝英台近》：

> 杏花初，梅花过，时节又春半。帘影飞梭，轻阴小庭院。旧时月底秋千，吟香醉玉，曾细听、歌珠一串。　　忍重见。描金小字题情，生绡合欢扇。老了刘郎，天远玉箫伴。几番莺外斜阳，阑干倚遍，恨杨柳、遮愁不断。⑤

从如今时节到旧时相识，从睹物思人至远别愁思，人事景物交融，将一段旧时恋情，深微曲折写出，词意往复，声容兼美，在宋季情词中，堪为工秀婉丽

---

① ［清］戈载辑，杜文澜校注：《宋七家词选》卷5，文昌书局曼陀罗华阁重刊1877年版，第50页。
② 陶然：《金元词通论》，上海古籍出版社2010年版，第102页。
③ 陶然：《金元词通论》，上海古籍出版社2010年版，第105页。
④ 杨海明：《论词源的论词主旨——兼论南宋后期的词学风尚》，《文学遗产》1993年第2期。
⑤ 唐圭璋：《全宋词》，第4册，中华书局1965年版，第2970页。

之作。

情词婉丽闲雅，不足为奇。宋季浙江遗民词人就是在寄慨亡国、抒发黍离麦秀之悲的词作里，也很少有激愤语，反倒写得极为幽静，极为深婉曲折。且看唐珏的《水龙吟·浮翠山房拟赋白莲》：

> 淡妆人更婵娟，晚奁净洗铅华腻。泠泠月色，萧萧风度，娇红敛避。太液池空，霓裳舞倦，不堪重记。叹冰魂犹在，翠舆难驻，玉簪为谁轻坠。　　别有凌空一叶，泛清寒、素波千里。珠房泪湿，明珰恨远，旧游梦里。羽扇生秋，琼楼不夜，尚遗仙意。奈香云易散，绡衣半脱，露凉如水。①

这是一首抒写亡国悲慨之词，其寄意是显而易见的。但词中却无一激愤语，即使是“泪湿”“恨远”，也皆发于无声，宛如大悲嚎之后的无声之泣。不仅这一首如此，唐珏流传下来的另外三首写于宋亡后的咏物词作也都具有这样的特点。如他在《齐天乐·赋蝉》中所写：“乱咽频惊，余悲渐杳……又抱叶凄凄，暮寒山静。付与孤蛩，苦吟清夜永。”不仅唐珏的四首咏物词如此，在《乐府补题》中深有寄托的咏物之作皆如此，陈廷焯即谓“读碧山词，须息心静气沉吟数过，其味乃出”②，词中的幽情苦绪，以一种幽冷的笔调出之，细细品味，其情弥永，浙江遗民词人的清雅词风，由此可见一端，与“多真率语，满心而发，不加追琢，有掉臂游行之乐”③的此期江西遗民词风有着较大的区别。

清雅词风，其另一方面表现在词的“去俗”为雅。即使是词中最易粘带俗气的寿词，南宋浙江的遗民词人们也能写得雅润清丽。且看陈允平和张炎的两首寿词：

> 四壁图书静不哗。里湖深处隐人家。斑衣自斗百家彩，乌帽亲裁一幅纱。　　新酿酒，旋烹茶。半溪霜月正梅花。前庭手种红兰树，看到春风第二芽。（陈允平《鹧鸪天·寿表兄陈可大》）④
>
> 波明昼锦，看芳莲迎晓，风弄晴碧。乔木千年长润屋，清荫图书琴

---

① 唐圭璋：《全宋词》，第5册，中华书局1965年版，第3426页。

② ［清］陈廷焯：《白雨斋词话》卷2，人民文学出版社1959年版，第45页。

③ ［清］况周颐著，孙克强辑考：《蕙风词话　广蕙风词话》，中州古籍出版社2003年版，第388页。

④ 唐圭璋：《全宋词》，第5册，中华书局1965年版，第3112页。

瑟。龟甲屏开，虾须帘卷，瑶草秋无色。和熏兰麝，彩衣欢拥诗伯。

溪上燕往鸥还，笔床茶灶，篛竹随游屐。闲似神仙闲最好，未必如今闲得。书染芝香，驿传梅信，次第来云北。金尊须满，月光长照歌席。(张炎《壶中天·寿月溪》)①

诚如张炎所论，“难莫难于寿词，倘尽言富贵则尘俗，尽言功名则谀佞，尽言神仙则迂阔虚诞”②，祝人身健长闲、福寿双全的寿词，很容易陷入一般好用“富贵”“功名”和“神仙”之类的俗套，但陈允平《鹧鸪天》词却能“融化字面”，去掉“俗忌之辞”而达到“语意新奇”③之致。张炎寿词亦颇得“去俗”之意，因而深得清人江昱赞赏：“宋人寿词，虽出名手，亦必沾带俗气，如此作(《壶中天》“波明昼锦”)雅润清丽，顿觉习语一空。……始知《指迷》所论，洵非虚言。”④

特别容易入俗的寿词，张炎、陈允平等南宋浙江遗民词人能做到去俗为雅，就是本为俗词的艳情之作，南宋浙江遗民词人也一样能做到化俗为雅。“词为艳科”，“簸弄风月，陶写性情”⑤乃是词的“专业”，艳情词一直是宋词的一个主要的题材内容，也是极易滑入像柳永那样格调低、词风直露、俚俗的“词语尘下”(李清照《词论》)的艳情行列的。张炎在宋亡前所创作的艳情词虽无太多创造性可言，但总体上写得很是不俗，正体现了南宋浙江遗民词人的尚雅追求。试对比柳永和张炎的两首艳情词：

凤枕鸾帷。二三载，如鱼似水相知。良天好景，深怜多爱，无非尽意依随。奈何伊。恣性灵、忒煞些儿。无事孜煎，万回千度，怎忍分离。　　而今渐行渐远，渐觉虽悔难追。漫寄消寄息，终久奚为。也拟重论缱绻，争奈翻覆思维。纵再会，只恐恩情，难似当时。(柳永《驻马听》)⑥

楚腰一捻。羞剪青丝结。力未胜春娇怯怯。暗托莺声细说。愁蹙眉心斗双叶。　　正情切。柔枝未堪折。应不解、管离别。奈如今

① 唐圭璋：《全宋词》，第5册，中华书局1965年版，第3516页。

② [宋]张炎著，夏承焘校注：《词源注》，人民文学出版社1963年版，第28页。

③ [宋]张炎著，夏承焘校注：《词源注》，人民文学出版社1963年版，第28页。

④ 江昱：《山中白云词疏证》卷8，吴熊和《唐宋词汇评》(两宋卷)第5册，浙江教育出版社2004年版，第4258页。

⑤ [宋]张炎著，夏承焘校注：《词源注》，人民文学出版社1963年版，第23页。

⑥ 唐圭璋：《全宋词》，第1册，中华书局1965年版，第34—35页。

已入东风睫。望断章台，马蹄何处，闲了黄昏淡月。（张炎《淡黄柳·赠苏氏柳儿》）①

柳词直接描写“凤枕鸾帷”“如鱼似水”的欢愉，还有如《西江月》（“师师生得艳冶”）之类更不堪的艳情词。而张炎此词用“羞”“娇”“愁”等字眼生动形象地描绘了一个初解风情的侍妾形象，虽然内容仍摆脱不了相思风流之情，却能脱去庸俗之腔，词末“闲了黄昏淡月”，融情入景，别具韵外之味，显得含蓄蕴藉。其他如《浣溪沙》（“犀押重帘水院深”）等艳情词，张炎均能坚决摒弃柳词俗艳风格，追求艳而雅的词风，正如其所言：“词欲雅而正，志之所之，一为情所役，则失其雅正之音。”②宋亡前，张炎的艳情词即能做到去俗为雅，宋亡后，由于家国之感涌进传统的艳情题材之中，张炎的艳情词更具时代感和生命力，更显雅丽之特色。如他作于大都的《国香》词：

莺柳烟堤。记未吟青子，曾比红儿。娴娇弄春微透，鬟翠双垂。不道留仙不住，便无梦、吹到南枝。相看两流落，掩面凝羞，怕说当时。

凄凉歌楚调，嫋余音不放，一朵云飞。丁香枝上，几度款语深期。拜了花梢淡月，最难忘、弄影牵衣。无端动人处，过了黄昏，犹道休归。③

词借对艺妓沈梅娇美丽娇羞和柔情依依的描写以及对昔日美妙情景的追写，对比衬出今日“相看两流落”的凄凉景况，撩开艳情的面纱，露出的是极为深沉的天涯沦落之感。词既具周邦彦词的“雅丽之思”（舒《序》评语），又有白居易《琵琶行》诗的深挚情意，显得“格调文雅，含蕴丰厚”。④

第二节　艺术表现上的雅化努力

宋末浙江遗民词人的清雅词风，“精工富丽，却又清虚骚雅，绝不作一市井语”（陈廷焯《云韶集》卷九评王沂孙《水龙吟·牡丹》），这种“精工富

---

① 唐圭璋：《全宋词》，第5册，中华书局1965年版，第3493页。
② ［宋］张炎著，夏承焘校注：《词源注》，人民文学出版社1963年版，第29页。
③ 唐圭璋：《全宋词》，第5册，中华书局1965年版，第3465页。
④ 杨海明：《张炎词研究》，齐鲁书社1989年版，第100页。

丽""清虚骚雅"清雅词风的最终形成，得力于词人们在艺术表现上全方位的雅化努力。具体表现在以下几个方面。

一、意象选择及语词铸造

（一）意象的选择

从预感到亡国的命运到已然经历了亡国的事实，有一个过程，但词人们精神世界里的情势却是一贯的黯然神伤。"朝为绮罗丛，暮作瓦砾场"[①]，朝暮之间，绮罗瓦砾之别，繁华业已消歇，不能永驻心间，于是在艺术世界里，传统的绮丽繁华之物，也莫不笼罩着荒寒阴冷的气氛。词人们往往用凄冷的字面，如夕阳、秋月、落叶、苦风冷雨、寒蛩飞雪等凄凉灰暗的意象来渲染气氛，抒写亡国之痛、漂泊失伴的悲苦心境。如张炎《绮罗香·红叶》词写道：

> 万里飞霜，千林落木，寒艳不招春妒。枫冷吴江，独客又吟愁句。正船舣、流水孤村，似花绕、斜阳归路。甚荒沟、一片凄凉，载情不去载愁去。　　长安谁问倦旅。羞见衰颜借酒，飘零如许。谩倚新妆，不入洛阳花谱。为回风、起舞尊前，尽化作、断霞千缕。记阴阴、绿遍江南，夜窗听暗雨。[②]

那"万里飞霜，千林落木"的景象，颇有杜甫"无边落木萧萧下"的气势，与下阕"断霞千缕"相应和，分明已传达出无边萧瑟中是火一样的心情，一种绝望的热情！"流水孤村""斜阳归路"，尚有古道西风意境，而"荒沟"的"一片凄凉"，便是阴冷的景象了。张炎的这首词，可与下面王沂孙的《水龙吟·落叶》并读：

> 晓霜初着青林，望中故国凄凉早。萧萧渐积，纷纷犹坠，门荒径悄。渭水风生，洞庭波起，几番秋杪。想重厓半没，千峰尽出，山中路、无人到。　　前度题红杳杳，溯宫沟、暗流空绕。啼螀未歇，飞鸿欲过，此时怀抱。乱影翻窗，碎声敲砌，愁人多少。望吾庐甚处，只应今

---

① [宋]方夔：《感兴二十七首》（其五），《富山遗稿》卷2，《文渊阁四库全书》第1189册，上海古籍出版社1987年版，第377页。

② 唐圭璋：《全宋词》，第5册，中华书局1965年版，第3472页。

夜，满庭谁扫。①

诚然，王沂孙的咏物词写来先有一种体物入微的切题之美，但词人显然有所寄托。上阕所渲染的叶落之际的天地空间，已是充满了无边的荒凉之感——没有人的迹象以使它展现生的意趣。下阕偏重借物写心，“乱影翻窗，碎声敲砌”，不可阻挡，也无可收拾，一片飘零之势，是那样的纷乱与破碎，这不正是词人心境的写照吗？

当然，王沂孙《齐天乐·余闲书院拟赋蝉》更加黯然神伤。这首咏物名作的寄托是显而易见的。“一襟余恨”开篇即点染出哀伤的基调，“病翼经秋，枯形阅世，消得斜阳几度”，更是朝不保夕的感觉。而这正是词人心境的写照，因为它并不是隔岸观火式的审美静观，须知，这是家，这是国！和王沂孙词境中的“蝉”神似，张炎笔下的“孤雁”同样地引人凄思：

> 楚江空晚。怅离群万里，恍然惊散。自顾影、欲下寒塘，正沙静草枯，水平天远。写不成书，只寄得、相思一点。料因循误了，残毡拥雪，故人心眼。　　谁怜旅愁荏苒。谩长门夜悄，锦筝弹怨。想伴侣、犹宿芦花，也曾念春前，去程应转。暮雨相呼，怕蓦地、玉关重见。未羞他、双燕归来，画帘半卷。（《解连环·孤雁》）②

张炎因这首词而有“张孤雁”的美名。“恍然惊散”后的四顾茫然，“写不成书”之际，如何不肝肠寸断？“残毡拥雪”，分明是北地苍茫之域中孤忠之臣苏武！在沙静草枯的萧瑟天地间，孤独一雁，飘零何似！

“一室秋灯，一庭秋雨，更一声秋雁”，王沂孙《醉蓬莱·归故山》中的这三句，可视为宋浙江遗民词意象的代表，遗民词人们用精彩的笔墨描绘出了一种清冷孤寂的境界，衬托的正是遗民词人们一颗秋心而已。

（二）语词的铸炼

宋末浙江遗民词人有着尚雅追求，他们“功于造句”（陈廷焯）、深加锻炼，在遣词造句中常见出别样功夫。张炎就是其中的代表，其《清平乐》（“候蛩凄断”），末有“只有一枝梧叶，不知多少秋声”句，字面平常而含蕴无限。许昂霄《词综偶评》称这两句：“淡语能腴，常语有致，唯玉田为然。”近人俞陛云《唐五代两宋词选释》说：“‘梧叶’十二字如絮浮水，如露滴荷，虽

① 唐圭璋：《全宋词》，第5册，中华书局1965年版，第3355页。

② 唐圭璋：《全宋词》，第5册，中华书局1965年版，第3470页。

沾而非着，词中胜境，妙手偶得之。欧阳公赋“秋声”，从广大处落笔，此从精微处着想，皆极文词之能事。”[①]评价甚是恰切。这种“如絮浮水，如露滴荷，虽沾而非著”的对于语言的深加锤炼，实为非常高的一种境界，在张炎的词中较多见，如“夜气浮山，晴晖荡日，无寻秋处”（《台城路·为湖天赋》）。又如《台城路·为湖天赋》（“扁舟忽过芦花浦”）下片云：

> 鱼龙吹浪自舞。渺然凌万顷，如听风雨。夜气浮山，晴晖荡日，一色无寻秋处。惊凫自语。尚记得当时，故人来否。胜景平分，此心游太古。[②]

人谓“字字精神团聚，锤炼归于和缓”（陈廷焯《云韶集》卷九），实至锤炼之佳境。

二、比兴寄托的大量运用

宋末浙江遗民词人对姜夔清雅词风的推崇与追求，以及宋末国破家亡特殊的时代背景，使得词人们在具体表现手法上亦有了自己的选择，词中的比兴寄托比比皆是，成了词人们的好尚。

相对于其他题材，宋末浙江遗民词人的咏物词可谓最尚寄托，“贵得风人比兴之旨”[③]。但咏物词并不是都尚寄托的，往往只在非常时期才重寄托，且所寓内容多关乎时事，正如蒋敦复所说，“唐、五代、北宋人词，不甚咏物，南渡诸公有之，皆有寄托。白石、石湖咏梅，暗指南北议和事。及碧山、草窗、玉潜、仁近诸遗民，乐府补遗中，龙涎香、白莲、莼、蟹、蝉诸咏，皆寓其家国无穷之感，非区区赋物而已”。[④]

不只是咏物词，宋末浙江遗民词人其他题材的词作也多习于运用比兴寄托的手法。何谓词中之比兴，谁又是此中圣手，陈廷焯在《白雨斋词话》卷六中对此问题有专门的阐述：“或问比与兴之别，余曰：‘宋德祐太学生《百字令》《祝英台近》两篇’字字譬喻，然不得谓之比也。以词太浅露，未合风人之旨。如王碧山《咏萤》《咏蝉》诸篇，低回深婉，托讽于有意无意之间，

---

① 俞陛云：《唐五代两宋词选释》，上海古籍出版社 2011 年版，第 471 页。

② 唐圭璋：《全宋词》，第 5 册，中华书局 1965 年版，第 3501 页。

③ ［清］蒋敦复：《芬陀利室词话》卷 3，唐圭璋《词话丛编》，第 4 册，中华书局 1986 年版，第 3675 页。

④ ［清］蒋敦复：《芬陀利室词话》卷 3，唐圭璋《词话丛编》，第 4 册，中华书局 1986 年版，第 3675 页。

可谓精于比义。若兴则难言之矣。托喻不深，树义不厚，不足以言兴。深矣厚矣，而喻可专指，义可强附，亦不足以言兴。所谓兴者，意在笔先，神余言外，极虚极活，极沉极郁，若远若近，可喻不可喻，反覆缠绵，都归忠厚。求之两宋，如东坡《水调歌头》《卜算子・雁》，白石《暗香》《疏影》，碧山《眉妩・新月》《庆清朝・榴花》《高阳台》（"残雪庭除"一篇）等篇，亦庶乎近之矣。"[①]陈廷焯认为，"比"并非只是简单的比喻，而应该做到"低回深婉，托讽于有意无意之间"，词义不能太浅露，要"合风人之旨"；而"兴"则应是"意在笔先，神余言外，极虚极活，极沉极郁，若远若近，可喻不可喻，反覆缠绵，都归忠厚"的。而宋末遗民词人达到并精于此比兴之要旨的，陈廷焯认为王沂孙即是。王沂孙的表现可以说代表了宋末浙江遗民词人在艺术上"雅化"的共同追求并达到了较高的成就。

寄托的方式，具体而言，大致有以下几种。

一是借用典故。在咏物词中，词人们很少只局限所咏之物的形态上，更多侧重与所咏之物相关的传说故事、诗词文句上。他们通过用典来寄托感慨，既扩大了词的思想容量，又使寄托更加含蓄、灵活而深刻。如《乐府补题》中咏白莲、蝉等诸篇，大抵用与杨妃、齐后有关的典故以寄托亡国之恨，如王沂孙的《齐天乐・蝉》，起句"一襟余恨宫魂断"即借用"齐后忿而死，尸变为蝉，登庭树嘒唳而鸣"[②]的典故，用"宫魂"二字点出题目，使词一开篇即带上浓郁的感伤色彩，为词人抒写遗民的亡国之恸奠定了情感基调。另外如王沂孙的《齐天乐・萤》：

> 碧痕初化池塘草，荧荧野光相趁。扇薄星流，盘明露滴，零落秋原飞磷。练裳暗近。记穿柳生凉，度荷分暝。误我残编，翠囊空叹梦无准。　　楼阴时过数点，倚阑人未睡，曾赋幽恨。汉苑飘苔，秦陵坠叶，千古凄凉不尽。何人为省。但隔水余晖，傍林残影。已觉萧疏，更堪秋夜永。[③]

仅上片中，即化用了六个典故。刘永济《微睇室说词》指出："起二句从腐草化萤起。'立秋腐草化为萤'，见《易通卦验》。'扇薄'三句，一用杜牧诗'轻罗小扇扑流萤'，二用张耒'影落金盘月中露'，三用秋磷比衬萤火。'练裳'

---

① [清]陈廷焯：《白雨斋词话》卷6，人民文学出版社1959年版，第158页。

② [五代]马缟：《中华古今注》，中华书局1985年版，第40页。

③ 唐圭璋：《全宋词》，第5册，中华书局1965年版，第3356页。

三句用杜甫'巫山秋夜萤火飞。帘疏巧入坐人衣'……'误我'二句用车胤囊萤夜读事……"[①]信手拈来，典故之密集，可谓少见。其《花犯·苔梅》的最后几句："罗浮梦、半蟾挂晓，幺凤冷、山中人乍起。又唤取、玉奴归去，徐香空翠被。"在前边用拟人手法状写苔梅的外形特点并苔梅之恨后，上引这几句词，则撇开梅的外形，借用了与梅有关的一个故事：相传隋开皇年间，赵雄师游罗浮山，天寒日暮中忽见一美女，于是同饮共语。醉卧醒来，已是月落参横，而美女已杳然不知去向，只留自己依在梅树下，内心忽然满是孤寂惆怅之感。作者借助这一典故寄托了自己作为南宋遗民的失落和痛苦心情，显得十分贴切又含蓄。

典故的运用，不仅体现在咏物词，也不仅是王沂孙擅用，其他词人亦然。张炎也是用典高手，看其《思佳客·题周草窗〈武林旧事〉》：

> 梦里瞢腾说梦华。莺莺燕燕已天涯。蕉中覆处应无鹿，汉上从来不见花。　今古事，古今嗟。西湖流水响琵琶。铜驼烟雨栖芳草，休向江南问故家。[②]

几乎句句用典。首句"梦华"，用《列子·黄帝》"黄帝昼寝而梦游于华胥氏之国"事，突出词人的恍然和惘然；三句"蕉中覆处应无鹿"，用《列子·周穆王》典，"郑人有薪于野者，遇骇鹿，御而击之，毙之。恐人见之也，遽而藏诸隍中，覆之以蕉，不胜其喜。俄而遗其所藏之处，遂以为梦焉"，也用《史记》"秦失其鹿，天下共逐之"之意，借言国家已亡，犹如一梦；四句"汉上从来不见花"，又用《诗经·周南·芣苢》"汉有游女"之典，借言昔日"游女如云"的景象早已杳然。词末"铜驼烟雨栖芳草"句用《晋书·索靖传》"靖知天下将乱，指洛阳宫门铜驼曰：'会见汝在荆棘中耳。'"典，指国家已亡。短短词章，用五个典故，可谓密集。而词人借如此密集的典故，曲折而含蓄地寄托其"恻恻兴亡之隐"[③]，显得深沉感人。

古诗词中用典，有用其事也用其名的，而俞陛云认为"词中引用古事，以用其事不用其名为佳"[④]，宋末浙江遗民词人在使事用典上即以此为自己的"雅化"追求，他们通常不直接用其名，因此得到俞陛云先生的赞赏。

---

① 刘永济：《微睇室说词》，上海古籍出版社1987年版，第129—130页。

② 唐圭璋：《全宋词》，第5册，中华书局1965年版，第3519页。

③ [清]永瑢等撰：《四库全书总目》卷70，中华书局1965年版，第626页。

④ 俞陛云：《唐五代两宋词选释》，上海古籍出版社2011年版，第430页。

品评王沂孙的《庆清朝·榴花》,俞陛云指出:"《片玉词》多用两人名作对语,如《宴清都》之'庾信愁多,江淹恨极'、《过秦楼》之'才减江淹,情伤荀倩',虽词句似凝重,而能不露人名,尤为隐秀。碧山此词之'玉局''金陵',《水龙吟·海棠》之'黄州''燕宫',皆引其事不显其名也。……"[①]虽则含蓄,这也是造成宋末浙江遗民词作晦涩难解、遭后人诟病的原因之一。又如王沂孙《庆宫春·水仙花》("明玉擎金"),写水仙而用湘夫人和金铜仙人事,写出满怀幽怨之情,用古事浑然无迹,真可谓是"用事有以盐着水之妙"(周济《周评〈绝妙好词笺〉》卷七),这是用典高妙之一例。

张炎在《词源》中总结作词的技巧,在论及词中的"用事"、用典时,他主张"要体认着题"而又要"融化不涩",要"用事不为事所使"(张炎《词源》)始为高妙。可见宋末浙江遗民词人在用事用典方面既继承了前人周邦彦、姜夔等词中用典经验,又对吴文英词中用事太涩之病有所扬弃。

二是采用双关和暗示。在宋末遗民的咏物词中,由于咏物而不滞于物的美学追求及评判标准,加之社会现实的严酷,使得遗民词人的咏物之作常常采用双关和暗示的方法来表现寄托。"国香到此谁怜,烟冷沙昏,顿成愁绝"(王沂孙《庆宫春·水仙花》)、"短梦深宫,向人忱自诉憔悴"(王沂孙《齐天乐·蝉》)分别借咏水仙花、蝉来记述南宋后妃被掳北上,只有梦魂才能回到故宫的亡国之痛,"国香"等词一语双关。又王沂孙在《水龙吟·落叶》写道:"想重岸半没,千峰尽出,山中路,无人到。"对此,陈廷焯《词则》评曰:"笔意幽冷,寒茫刺骨,其有慨于崖山乎?"此评虽有过于坐实之嫌,但崖山半没云云确乎是一种暗示,深有寄托。

张炎《三姝媚·送舒亦山游越》是一首送别友人的词作,在惜别之情的抒发中暗寓家国之恨,身世之慨。并对友人殷勤叮咛,语带箴规,耐人寻味。其中"抱瑟空游"中的"抱瑟"即语含双关,怀抱琴瑟也借以指怀抱萧瑟凄凉,显得委婉深情。

最突出的还是张炎"少年擅名之作"的《解连环·孤雁》,人雁双关,托辞孤雁以寓身世之感,堪为绝唱。后人因之名张炎为"张孤雁"。正是借着这种双关和暗示,词人的别样怀抱得以委婉流露。

三、今昔对比手法的运用

南宋虽是一个风雨飘摇的时代,可自上而下的享乐之风如同自我麻醉,体现着末世的气息。遗民词人们经历了亡国前后截然不同的两个时

① 俞陛云:《唐五代两宋词选释》,上海古籍出版社 2011 年版,第 430 页。

代，今昔之间本就有着极大的反差，面对今日的惨痛遭遇，难禁对昔日美好的怀想，更何况从艺术而言，渲染昔日的美好更能衬托出今日作为亡国遗民的凄凉，寄托对故国的愁思，因而在他们的词作中今昔对比手法的运用实乃不经意间之事，在昔日繁华的描摹中，今日的无比落寞自现并且越发地明显。且看汪元量的《眼儿媚》：

记得年时赏荼蘼。蝴蝶满园飞。一双宝马，两行箫管，月下扶归。而今寂寞人何处，脉脉泪沾衣。空房独守，风穿帘子，雨隔窗儿。①

忆昔是香花、满园蝴蝶、宝马箫管相伴直至“月下扶归”，不知今夕是何夕；看今却是寂寞泪沾衣、独守空房而又风雨交加，今非昔比的际遇显见。而其另一首《满江红・和王昭仪韵》，昔日宫中是夜夜欢宴的浮华豪奢，“天上人家，醉王母、蟠桃春色。被午夜、漏声催箭，晓光侵阙。花覆千官鸾阁外，香浮九鼎龙楼侧”；而今是一阵“黑风、吹雨”而至“湿霓裳，歌声歇”②，一切浮华皆被雨打风吹去，繁华过后的清冷寂静、昔是今非之感形象如见。

曾是宋末及第进士的王易简，想必在宋亡前春风得意的日子里经常畅游临安，饱览美景，亡国后在其《齐天乐・客长安赋》中，以临安比长安，对昔日清明寒食时节临安的湖光山色做了渲染，其上片云：

宫烟晓散春如雾。参差护晴窗户。柳色初分，饧香未冷，正是清明百五。临流笑语。映十二阑干，翠颦红妒。短帽轻鞍，倦游曾遍断桥路。③

那“柳色”“饧香”还有一群“临流笑语”令春色也为之嫉妒的美丽的姑娘们，极写昔日繁华；“东风为谁媚妩”追忆完毕，下片便是感慨：

东风为谁媚妩。岁华顿感慨，双鬓何许。前度刘郎，三生杜牧，赢得征衫尘土。心期暗数。总寂寞当年，酒筹花谱。付与春愁，小楼今夜雨。

---

① 唐圭璋：《全宋词》，第5册，中华书局1965年版，第3341—3342页。

② 唐圭璋：《全宋词》，第5册，中华书局1965年版，第3340页。

③ 唐圭璋：《全宋词》，第5册，中华书局1965年版，第3422页。

岁月无情，人亦易老，感慨系之，作者以为自己就像当年的刘禹锡、杜牧，旧地重游，美丽已不见，只剩些尘土，真有恍如隔世之感！这就是作者在美好的春日里重到西湖所产生的今非昔比、物是人非、难以为怀的感慨。词中借对昔日风月冶游的眷念和追惜，寄托今日自己对故国的愁思。

张炎写于元至元二十五年(1288)冬晚的《湘月》(“行行且止”)词，词人在与徐平野、王中仙曳舟溪上，在江南“天空水寒，古意萧飒”水墨般的水乡秋色图景中达成心灵的默契，借古慨今，表达深沉的君国之念。对此俞陛云有云：“下阕因《晋雪图》而叹袁安宅废，谢傅庭空，即使晋代犹存，而斯人不作，谁共清游。玉田与中仙皆君国之念甚深，其追怀晋代，亦借古慨今也。”[①]这又是别一种古今之慨，显出别一种胸襟，别一种气韵。

四、谋篇之法的讲究

如同对于字句的“锻炼”，宋末浙江遗民词人对于篇章结构一样地深加“锻炼”，极要用功。张炎在其《词源》中即强调篇章结构要浑然一气、前后连贯。并特别重视“过片”与结尾，提出，“最是过片不要断了曲意，须要承上接下”[②]；“末句最当留意，有‘有余不尽之意’始佳”[③]。概而言之，宋末浙江遗民词人篇章之布局主要有以下两种。

一是直抒胸臆的壮词作法。张炎在词的章法结构上深有讲究，他除了注重字句的“锻炼”，还非常注重词篇章的布局。通过章法结构的深加“锻炼”，化去词篇雕琢的痕迹，达到既波澜顿挫又一气舒展的妙处。代表作如《甘州》词：

> 记玉关、踏雪事清游。寒气脆貂裘。傍枯林古道，长河饮马，此意悠悠。短梦依然江表，老泪洒西州。一字无题处，落叶都愁。　　载取白云归去，问谁留楚佩，弄影中洲。折芦花赠远，零落一身秋。向寻常野桥流水，待招来、不是旧沙鸥。空怀感，有斜阳处，却怕登楼。[④]

读此词，既有旋折之感，又觉流畅之妙，真所谓“一气呵成”，“波澜起伏”，给

---

① 俞陛云：《唐五代两宋词选释》，上海古籍出版社1985年版，第456页。
② [宋]张炎：《词源》，中华书局1991年版，第45页。
③ [宋]张炎：《词源》，中华书局1991年版，第45页。
④ 唐圭璋：《全宋词》，第5册，中华书局1965年版，第3465—3466页。

人以“悠悠”不尽之意，令人生回肠荡气之感。

但在宋末浙江遗民词作的章法布局，像张炎此词“通篇一气直下，不使一提笔、转笔、衬笔”①的直抒胸臆的壮词作法，不仅“为《白云词》中所罕”②，也为宋末浙江遗民词作中所少见。

二是纡徐腾挪、情思萦转的谋篇布局之法。宋末浙江遗民词人们更喜欢并擅长的是纡徐腾挪、情思萦转的谋篇布局之法。在这一方面，王沂孙可谓是一个代表。俞陛云对王沂孙《高阳台》(“残萼梅酸”)之章法结构有细致的分析并赞赏有加：“……‘燕翎’四句及下阙‘佳期’以下至结句，皆用旋折之笔，而情思亦随之萦转。纡徐为妍，词家之佳境也……”③王沂孙词结构纡徐腾挪而不晦涩，刘永济《微睇室说词》对王沂孙《扫花游·秋声》结构有如下描述：“此因闻秋声引起旅居凄凉之情而作。起三句写秋风之声。‘顿惊’三句写听秋声之旅人。‘愁赋’以下皆取材于欧阳修之《秋声赋》。……换头旅人之情。曰‘老’，曰‘病’，皆无聊之旅况。‘故山’下六句又以‘鸿唳’‘蛩语’‘芭蕉细雨’以衬托秋风之声。歇拍以旅愁总结。”④词情的流转随着结构的纡徐变化，所以刘永济接着说：“清末王鹏运论学词当从王沂孙入。盖王词脉络分明，辞情交错而不晦不露，色泽浓淡之间，丰润停匀，声律谐婉，初学得之，易于领会也。”⑤“脉络分明，辞情交错而不晦不露，色泽浓淡之间，丰润停匀，声律谐婉”，确是对王词结构极为恰切的概括。

张炎也是此种谋篇布局的高手。他那首《高阳台·西湖春感》词，杨海明先生对其章法之妙有过详细的评析，颇为精当：

> ……其艺术效果之强，原因之一即得力于它的章法之妙，这种妙处主要即体现在一个“转”字上：开头三句，起得平缓。第四句就用一个短片(“能几番游”)，使之陡起波折，转入下文。接言“看花又是明年”，以一“又”字与上句呼应；此句稍一停顿后，下面两小节(“东风且伴蔷薇住，到蔷薇、春已堪怜”和“更凄然，万绿西泠，一抹荒烟”)就一步一紧，步步逼入，越转越深，越转越急。其中的“且”，“到……已”和“更”字，便把这两节词意紧紧“钩”成一团，衔接极密。下片则继续运

① 陈匪石编，钟振振校点：《宋词举(外三种)》，上海古籍出版社2016年版，第21页。

② 俞陛云：《唐五代两宋词选释》，上海古籍出版社2011年版，第454页。

③ 俞陛云：《唐五代两宋词选释》，上海古籍出版社2011年版，第431页。

④ 刘永济：《微睇室说词》，上海古籍出版社1987年版，第132—133页。

⑤ 刘永济：《微睇室说词》，上海古籍出版社1987年版，第133页。

> 用“转”字之妙，由景转入情，由物转到人。“当年燕子知何处”，换片而不换意，转入人事的描写。“见说新愁”后用一“也”字、“再”字层层追逼出词人愁极、闷极、无聊极的心理。“莫开帘，怕见飞花，怕听啼鹃”三句，又由紧极、密极而转为“放松”与疏宕，显得沉哀沁人，余韵不尽……①

全词就通过巧妙搭配的虚字、纡徐腾挪的章法，表达出“郁之至，厚之至”②的词意，显现出无穷韵味。

另外，张炎咏物名篇《绮罗香·红叶》（“万里飞霜”），结构上亦自有特色，“对句八字起，已关住红叶，下用‘枫冷吴江’点明，‘斜阳’句，略写高绝。后段‘衰颜借酒’是衬法，‘回风’二句，状丹枫之神，结句，反映安章顿句，极其妥贴，而思路更入微。”③安章顿句极重章法，妥帖井然，脉络清晰，纡徐中谐婉表现情思。另外，张炎《疏影》（“柳黄未结”）词，“先述旧游，后说北归，于事则为顺叙，于法则为倒装”④，也是极重结构章法的。

这种结构上的“腾挪之法”，源于周邦彦对词的雅化。这种“腾挪之法”是不直接抒情，闷住情感，转而研究理性，援用“腾挪”的技术性布局。在周邦彦，这种需要反复咀嚼方能领会的结构方式提纯了风月情事中“情”的成分，降低了恋妓内容的刺激强度，矫变了柳词的平叙结构，有着明显的雅化功用。从审美角度观察，“腾挪”构筑了层层脱换的有意味的形式结构，形成了深深包藏的表现风格，这是将宋代文人极为洗练的趣味感觉深深融合词这一样式的本来面目或纯粹抒情的质以后所产生的全新境界。⑤ 这也体现了宋元之际浙江遗民词人整体上对于周邦彦词艺术上的体认和接受，只是他们的雅化因为时代的原因提纯的不再是风月情事的“情”，而是一种亡国意绪。

---

① 杨海明：《张炎词研究》，齐鲁书社1989年版，第181页。

② ［清］陈廷焯：《白雨斋词话》卷2，人民文学出版社1959年版，第50页。

③ ［清］光著、程洪撰，胡念贻辑：《词洁辑评》卷5，唐圭璋《词话丛编》，第2册，中华书局1986年版，第1369页。

④ ［清］许昂霄撰：《词综偶评》，唐圭璋《词话丛编》，第2册，中华书局1986年版，第1573页。

⑤ 参见罗章：《从柳、周、姜词结构看宋婉约词的雅化过程》，《西南师范大学学报》1998年第6期。

第三节 “清雅”词风成因探析

在宋元之际的词坛上同时活跃着的浙江和江西两个遗民词人群体，在同样的时代氛围中，两地的词作在思想主题上有着较多的一致性，即主要抒写黍离麦秀之悲、漂泊无依的身世之感以及不仕新朝的仙隐之志。但在表达的气概以及艺术表现上有着明显的不同：相比于江西词人的雄心壮志与豪逸之气，浙江的遗民词人则更多地将亡国的巨痛内化为不绝如缕的心伤，体现出自身柔婉深挚的特点；相比于江西词人对社会现实近距离直接地反映、激烈情感的直接抒写，浙江的遗民词人则是“深加锻炼”“极要用功”，显得极为含蓄蕴藉。前文所引的诸多词作已经显现出这一特点，而江西词里则更多地是这样的词句：“十里废元宵，满耳番腔鼓”（刘辰翁《卜算子・元宵》），“江南女，裙四尺，合秋千。昨日老人曾见，久潸然”（刘辰翁《乌夜啼・何年似永和年》），“为斯文争一脉，斯文在，乾坤未了”（何文《氐州第一・寿刘府教》），“天长地阔多网罗，南音渐少北音多”（邓剡《鹧鸪词》），等等，词的散文化倾向非常明显。概而言之，“清雅”词风是南宋浙江遗民词有别于同期江西遗民词的一个极为鲜明的特点，它的形成有着多方面因素，主要有对姜夔词的崇尚及师承、文学创作理论及美学思想的指导、词社活动对清雅词艺的“锻炼”以及地域文化的一定影响等。

一、对姜夔词的崇尚及师承

不同的师承以及美学崇尚决定了不同的词作风格。比较宋末元初活跃于词坛的两大遗民词人群体——以庐陵为中心的江西遗民词人和以杭越湖为主的浙江遗民词人，其词风的成因则可了然。

词自苏轼、周邦彦之后，就判然分出诗化词与歌化词两种创作道路。诗化词以苏轼为领袖，以诗为词，使词从音乐文学走向文人的案头文学，提升了词的文学地位，使歌词之“词”逐渐走向一种可以与诗具有同等地位的抒情文体，成为诗词之“词”。歌化词以周邦彦为宗师，重声律、重法度，强调词的可歌性，追求音律的和谐、调美、律严、字工；此后南宋姜夔亦重声律，以江西诗风的清刚救词之软媚，形成“清空骚雅”的清雅词风。考察宋末浙江和江西两大遗民词人群体，江西遗民词人沿袭了诗化词，浙江遗民词人则沿袭歌化词一路。像张炎、周密、王沂孙、柴望等浙江遗民词人，均自觉地效法白石，创作雅词，在审美趣味、审美爱好以及创作风格上与之十分近似。柴望即对白石词崇尚有加,“近世姜白石一洗而更之……唯白石词登高眺远,慨然感今悼往之趣,悠然托物寄兴之思……故余不敢望靖康家数,白石衣钵或仿佛焉”①。张炎他转益多师,“周清真之典丽,姜白石之骚雅,史梅溪之句法,吴梦窗之字面,取四家之所长,去四家之所短,此翁之要诀”②,但他一生推崇姜夔,其《词源》论词专尊姜夔力主清空高远,因此仇远认为张炎的词,“意度超玄,律吕协洽……方之古人,当与白石老仙相鼓吹”③;刘熙载《艺概》卷四《词曲概》认为,“张玉田词,清远蕴藉,凄怆缠绵,大段瓣香白石……”④周密《弁阳老人自铭》认为自己的长短句,“或谓似陈去非、姜尧章”⑤。张炎在《琐窗寒》词序中称玉沂孙词,“琢语峭拔,有白石意度,今绝响矣”。其他如“山村亦姜派者”⑥,“若仇仁近……皆宗姜、张者”(陈洵《海绡说词・通论》),因而其词“清丽和雅,与玉田、中仙、草窗相鼓吹”(金匮孙氏刻本无弦琴谱孙尔准序)……词人的自评或他评,均以白石为榜样,字里行间透露了浙江遗民词人精神上对姜夔词的崇尚与追慕。浙江遗民词人追随姜夔,强调词之为词、“别是一家”的词之独立、本色的文体特征,注重音律的规范和字词的精雕细磨,形成雅正工丽的“清雅”词风。张炎即谓:“句法中有字面,盖词中一个生硬字用不得,须是深加锻炼。字字敲打得响,歌诵妥溜,方为本色语。如贺方回、吴梦窗,皆善于炼字面。”⑦而江西遗民词人却上接苏辛传统,“以诗为词”“以文为词”,注重词的表现功能,强调抒情而不拘于规范,词多淋漓慷慨,直抒胸臆,形成豪迈雄健、沉郁的审美风格。于是,相较于前文所大量陈述的浙江遗民词的低回深婉、凄断浑雅,江西遗民词多雄健强劲之音。或是呼唤英雄的横空出世“叹孟德周郎,英雄安在”(刘将孙《沁园春》“壬戌之秋”),“至今父老依依恨,犹说李将军好……余民如槁,愿金印重来,洪都开府,定复几时到”(刘辰翁《摸鱼儿・李府尹美任》);或表达对成就功名的渴望:“便万里传宣谁不羡,便万里封侯谁不愿”(赵文《最高楼・寿周耐轩》),“功名马上兜鍪出,莫书生、误尽了人间事”(刘辰翁《莺啼序・感怀》)。⑧

---

① [宋]柴望:《凉州鼓吹自序》,朱孝臧辑校《彊村丛书》第2册,广陵书社2005年版,第1085页。

② [元]陆辅之:《词旨》,唐圭璋《词话丛编》,第1册,中华书局1986年版,第301—302页。

③ [宋]仇远:《玉田词题辞》,[宋]张炎撰,吴则虞校辑《山中白云词》,中华书局1983年版,第164页。

④ [清]刘熙载:《艺概》卷4,上海古籍出版社1978年版,第112页。

⑤ [明]朱存理:《珊瑚木难》卷5,上海古籍出版社1991年版,第142页。

⑥ [清]谢章铤:《赌棋山庄词话》卷12,唐圭璋《词话丛编》,第4册,中华书局1986年版,第3471页。

⑦ [宋]张炎:《词源》,中华书局1991年版,第47页。

⑧ 黄世民:《宋末元初江西庐陵遗民词人群体研究》,贵州大学2006年硕士学位论文。

二、文学创作理论及美学思想的指导

上述不同的词风崇尚和师承，直接反映在他们对于词创作不同的理论阐述上，而不同的创作理论及美学思想又指导他们的词创作实践。

浙江遗民词人的美学思想和词学主张，主要体现在周密和张炎的著述里，在其他词人的文章中也有散在的论述。以周密来论，其美学思想，概而言之，为一“雅”字。其堂名曰“志雅”，已透出其美学之追求。可以说“雅”是周密美学思想的一个重要范畴，是他孜孜以求的最高艺术境界。他欣赏魏晋风度，奉从雅士的生活哲学，追求自然高妙的文风，均为其美学思想的体现。具体而言，一部《绝妙好词》即以“风流雅韵”为选取标准，体现其文学批评“风流雅韵”的宗旨；其自身创作实践，无论文学作品还是史学著述，皆追求文字典雅，以表现文人雅士情怀为宗旨。如其《武林旧事》自序中言及创作目标为“如吕荥阳《杂记》而加详，孟元老《梦华》而近雅”①；而于文士行为，则崇尚风流雅韵。在文学创作上，作为学者型的词人，周密非常重视学问与创作二者的关系，认为学问是创作的根基，因而赞同在文学创作中使用典故。认为诗文中穿插典故与故实，不仅使行文更为典雅，而且还能扩大读者想象的空间，留给读者极大的欣赏余地。当然用典必须切当，且故实与内容须紧密融合，因而其著述如《浩然斋雅谈》中多有“善用事”“用……事，甚佳”之语称赞用典切当的诗文。

周密作为此时浙江遗民词人群体实际的领袖，其尚雅的美学追求、“赞同用典，适当用典，慎于用典”②的创作理论不仅适当地修正了江西诗派“资书”与江湖诗派“弃书”的两左思想，还在一定意义上指导并影响了浙江遗民词人群体的创作，对宋末浙江遗民词人清雅词风的形成有着重要的意义。

张炎不仅是词人，也是著名的词学家，其《词源》云：“雅词协音，虽一字亦不放过。”又云：“词既成，试思前后之意不相应，或有重叠句意，又恐字面粗疏，即为修改……如此改之又改，方成无瑕之玉……作诗者且犹旬锻月炼，况于词乎？”③这既是对浙江遗民词人创作实践的理论总结，更成为一种创作指导，使姜夔成为浙江遗民词人创作的宗师，由此而形成浙江遗民词清雅的词风。从尊体的角度说，正是南宋浙江遗民词人的努力为雅词的

---

① ［宋］周密：《武林旧事》，中华书局2007年版，第1页。

② 刘静：《周密研究》，四川大学2005年博士学位论文，第76页。

③ ［宋］张炎：《词源》，中华书局1991年版，第45—46页。

艺术表现积累了丰富的经验，并使之进一步走向成熟。

江西遗民词人崇尚苏辛、"诗词同理"的词学主张则主要体现在代表词人刘辰翁的文章中，其在《辛稼轩词序》中阐述道：

> 词至东坡，倾荡磊落，如诗如文，如天地奇观，岂与群儿雌声学语较工拙。然犹未至用经用史，牵雅颂，入郑卫也。自辛稼轩前，用一语如此者，必且掩口。及稼轩横竖烂熳，乃知禅宗棒喝，头头皆是。又如悲笳万鼓，平生不平事并卮酒，但觉宾主酣，畅谈不暇。顾词至此亦足矣。……嗟乎！以稼轩为坡公少子，岂不痛快灵杰可爱哉！……
>
> ……顾稼轩胸中今古止用资为词，非不能诗，不事此耳。斯人北来，喑呜鸷悍，欲何为者，而谗摈销沮，白发横生，亦如刘越石陷绝失望，花时中酒，托之陶写，淋漓慷慨，此意何可复道，而或者以流连光景，志业之，终恨之，岂可向痴人说梦哉！①

其子刘将孙在《胡以实诗词序》中也认为"诗词与文同一机轴"，也主张"诗词同理"的词学观。

这样的词学观直接影响了他们的创作。况周颐《蕙风词话》卷二云："《须溪词》风格遒上似稼轩，情辞跌宕似遗山。有时意笔俱化，纯任天然，竟能略似坡公。"②又在《餐樱庑词话》中说"……《须溪词》多真率语，满心而发，不加追琢，有掉臂游行之乐。其词笔多用中锋，风格遒上，略与稼轩旗鼓相当……"③清晰描画了刘辰翁词学渊源、风格追求及创作特点，以庐陵为中心的江西遗民词人们与刘辰翁父子或同门或师友的关系中有意无意便表现出对"诗词同理"观的高度认同。这种"诗词同理"的词学观指导并影响了江西遗民词人群体的创作，从而形成他们豪放劲健的词风。

浙江和江西两地遗民词人群体，因为各自不同的传承与追求，以及不同的美学思想和创作理论，形成了各自不同的词风及创作特色。

三、词社活动对清雅词艺的"锻炼"和"用功"

不仅在理论上，浙江遗民词人在创作实践中也以姜夔为榜样，努力追

---

① [宋]刘辰翁撰，段大林校点：《刘辰翁集》卷6，江西人民出版社1987年版，第177—178页。

② [清]况周颐著，孙克强辑考：《蕙风词话·广蕙风词话》，中州古籍出版社2003年版，第37页。

③ [清]况周颐著，孙克强辑考：《蕙风词话·广蕙风词话》，中州古籍出版社2003年版，第37页。

求清雅的词风，在语言、结构上“深加锻炼”，极力求工。周密在《木兰花慢》词序云：“西湖十景尚矣……余时年少气锐……冥搜六日而词成……异日霞翁见之曰：‘语丽矣，如律未协何。’遂相与订正，阅数月而后定。”“冥搜六日”词乃成，“阅数月”而律协，足见出浙江词人艺术上“锻炼”之功夫、尚雅之追求。而这一种艺术上的努力是与以姜夔为代表的南宋雅词创作的审美风尚相一致的。清代吴焯为厉鹗《秋林琴雅》题辞中有这样的话：“临安以降……其或指称时事，博征典故，不竭其才不止。且其间名辈斐出，敛其精神，镂心雕肝，切切讲求于字句之间。其思泠然，其色荧然，其音铮然，其态亭亭然，至是而极其工，亦极其变。”[①]“不竭其才不止”“镂心雕肝，切切讲求于字句之间”，真可谓到了“艺”不惊人死不休的程度，而宋末浙江遗民词人周密等的努力正是与其一脉相承的。

词风体现在具体的词作中，理论对创作究竟发挥了多大的指导作用也体现在具体的词作中，而群体对于清雅词风的理解和认同必须借助平台得以落实和强化，结社互相唱酬活动正是这样一种平台。相较江西遗民词人群体的志士性、松散性，浙江的遗民词人群体则具备了一个相对严密的群体的多种因子。肖鹏在论及临安词人群时即持此看法。他认为临安词人群，至宋亡以后的至元后期，已经经历了自己的兴起、发展、成熟阶段而进入薄暮黄昏的相对完整的各阶段，在此期间，它有过自己的词社（西湖吟社），自己的词法（杨缵《作词五要》），自己的词谱（杨缵《紫霞洞谱》），在宋亡群体进入薄暮之时，它自己的词选《绝妙好词》和词论专著《词源》也就应群体的整体需要而适时出现了。张炎的《词源》是临安遗民词人群的创作理论总结，周密的《绝妙好词》则是一部选派型的词选，它以选为论，以选为宗派图，建构临安词人群的宗派门户，借选词申述江湖雅人以骚雅幽怨之格调、严格协律之形式、言志言品之立意三大主体特征为核心的词学审美观念。[②] 临安词人群是浙江遗民词人群体的主要组成部分，肖鹏的这一论述也同样适用于浙江的遗民词人群体。浙江遗民词人群体的相对严密性，结社是其一大表现。从宋亡前到宋亡后，结社唱酬活动较为频繁，内容从宋亡前的诗酒风流、吟风弄月到宋亡后的咏物寄托亡国之恨，体现了“词映国势”的变化，但结社活动中审音协律、词艺切磋的艺术竞技和追求却是一

---

① ［清］冯金伯：《词苑萃编》卷2，唐圭璋《词话丛编》，第2册，中华书局1986年版，第1787页。

② 参看肖鹏：《群体的选择——唐宋人词选与词人群通论》，凤凰出版社2009年版，第357—358页。

直未变，这点可以从宋亡后结社之作《乐府补题》中的咏物词得到证明，其时虽重在寄托，但摹写物态仍是十分工巧，绝不粗疏。经过多次这样“深加锻炼”“极要用功”的强化训练，词人们对于清雅词风有了普遍的理解和认同，对于雅词艺术形式也有了娴熟的掌握。具体表现在上述对于意象、用字用语的选择，典故的运用，结构章法的安排等，形成了浙江遗民词的共性特征。可以说，正是这样的结社唱酬活动，促进了浙江遗民词清雅词风的形成和发展，也促进了词人们词艺的提高。

四、浙江地域文化的影响

关于江西与江东浙江词风的区别，刘扬忠先生有过精彩的概括：“江西这边是激昂地呼喊，江东那边是低沉地细语；江西这边多直陈其事、直抒胸臆，江东那边多咏物寄情、曲折言怀；江西这边以悲壮慷慨为主调，江东那边以婉转缠绵为极致；江西这边以咏怀言志为目的，不暇计文字之工拙，音律之抗坠，江东那边却起劲地讲论词法，推敲乐律。”[①]确乎此论！出现这样的差异如前所论，一是因为师承与美学风尚的不同，其次是两地地域人文环境的影响。

客观来论，宋末江西遗民词人“以文为词”的散文化的表现形式虽更有助于词人自由直接地抒发情感，但也存在削弱词的特殊艺术美感的流弊，许多词读来缺少韵味。而宋末浙江遗民词人的骚雅追求，体现了词之为词的本色，词作含蓄婉转，意味深远，耐人寻味，艺术品位极高，感情也十分深沉、凄苦感人。只是稍有回避社会现实之弊，且一些词作难免过分晦涩难解，影响了情感的抒发和读者的解读。

而这种艺术风格上以及词的情感表达强度的区别显然也受到不同的地域文化的影响。

任何作家都不可能不受到其所处的地域文化环境的影响。正如美国最有影响的女人类学家之一露丝·本尼迪克所言：“个体生活的历史中，首要的就是对他所属的那个社群传统上手把手传下来的那些模式和准则的适应。落地伊始，社群的习俗便开始塑造他的经验和行为。”[②]正是江西“森秀竦插”“超然远举”[③]之山水长期以来孕育形成的简质无华的风俗人情，忠贞刚正、踔厉特出的士风，以及由此而来的好议论重骨力的文风、务

---

① 刘扬忠：《唐宋词流派史》，中国社会科学出版社2007年版，第434页。

② （美）露丝·本尼迪克：《文化模式》，生活·读书·新知三联书店1988年版，第5页。

③ ［清］刘献廷：《广阳杂记》卷4，中华书局1957年版，第188页。

实致用的学风促成了江西遗民词的特色：喜以文为词、以诗为词、多从诗词同理的角度强调词的表现功能，崇尚性情的即兴抒写，而不重视形式格律的雅致，也不避语言的俚俗。从词体本色论的角度来说，江西词注重了词的表现功能，却往往忽视了词体自身的特点。

而浙江一带，草长莺飞、山光水影的典型江南风光，对生长于斯的词人们特有气质的形成，起着至关重要的作用。宋末浙江遗民词在饱蘸亡国哀痛情感的浸染外，更在南国山水烟云的维系之下，展示出其特有的文化与审美质地，形成了宋季浙江遗民词的清雅特色。浙江的山，是以其幽、秀而沁人心脾的。山往往不高，可居可游因而亦是可亲近的。山势连绵，轮廓柔和，山间遍铺草木植被，蓊郁苍翠，却无岩石裸露之荒陋，极为“养目”。且山与水往往相衔，西湖三面环山，山光水影相映成趣，是为人间仙境。在这片秀美的山水中，更有钱塘之繁华富庶，引得士人游赏嬉戏其间，每以文雅相尚。宋室的南渡，南宋皇家气派的照临，临安一带更成为“销金锅儿”的地方。与这片山水风物相表里的浙江大地上，文士的言语诗词便增添了一份精致与华美，由此形成了词作含蓄、柔和之美。

浙江四季分明，湿润多雨、阴晴不定的气候使自然景物因此而各呈时序特点。如“浓妆淡抹总相宜”的西湖，“春则花柳争妍，夏则荷榴竞放，秋则桂子飘香，冬则梅花破玉、瑞雪飞瑶”①。当然秋风一起，黄叶飘飞，自然是满目萧疏景象。这样的气候作用于心灵，自然使人生出几分敏感与细腻。以善感的心灵去描摹多变的景物、变迁的世事，情所难免会在形式、文采上更为着力。宋末浙江的遗民词人即善用各种手段驱遣文字，使其出奇翻新，是谓“极要用功”“深加锻炼”，显现出对形式的讲究、对文采美的追求，从而也在一定程度上影响了清雅词风的形成。

---

① ［宋］吴自牧：《梦粱录》卷12，浙江人民出版社1980年版，第106页。

第八章　陈著研究

陈著，字子微，乳名陈必大[①]，小名祥孙，小字谦之[②]，号本堂，浙江鄞县人。家在奉化雪窦寺附近西莲叶峰下，风清林茂。“余家寺之近，杖履去来为数”[③]，“余家西莲叶峰下，有禅刹曰净慈。林麓茂悦，风月清美。擅里中游观胜地”[④]。生于1214年，卒于1297年。其创作及留存作品颇富，现有《本堂集》九十四卷，其中凡诗三十四卷、词五卷、杂文五十五卷，不仅在宋末浙江遗民词人中，就是在整个南宋文人中也是一个值得关注的人。以下结合其创作及其他相关文献，就陈著的家世、为政、创作及交游等情况作一探析。

第一节　关于家世及其争议

一、陈著的父母兄弟妻儿

陈著《本堂集》九十四卷，从其留存下来的诗文作品，基本可以清楚描述其父母、兄弟及子女情况。关于陈著父亲陈德刚的情况，后文将专门论述。陈著母亲竺氏有兄弟姐妹十人，其母最长，“一母十郎娘，吾母实居长”[⑤]；外祖“盛德表一乡”[⑥]，择婿不论富贵，只看重诗礼，“择婿俗流外，眼

---

① [宋]陈著:《前妻童氏墓表》,《本堂集》卷90,《文渊阁四库全书》第1185册,上海古籍出版社1987年版,第492页。

② 据宝祐四年文天祥榜“题名碑石”,《宋宝祐四年登科录》卷3。

③ [宋]陈著:《雪窦山资圣禅寺记》,《本堂集》卷48,《文渊阁四库全书》第1185册,上海古籍出版社1987年版,第236页。

④ [宋]陈著:《重修净慈寺记》,《本堂集》卷50,《文渊阁四库全书》第1185册,上海古籍出版社1987年版,第245页。

⑤ [宋]陈著:《送竺玥秀》,《本堂集》卷26,《文渊阁四库全书》第1185册,上海古籍出版社1987年版,第128页。

⑥ [宋]陈著:《送竺玥秀》,《本堂集》卷26,《文渊阁四库全书》第1185册,上海古籍出版社1987年版,第128页。

高意见长……吾父本儒家，诗礼夙自将。乃以吾母妻，相期早腾骧”。[①] 因而才有了其父母的婚姻。“二十一年间，母没父亦亡”[②]，据陈著之孙陈桎《通鉴续编》，陈著父亲陈德刚卒于1234年。陈著与母家亲戚交往频繁，在其诗文中常常提到舅舅竺九成、内弟竺少博和竺少博之子、内侄竺稷等，或诗歌唱和，或书斋取名，或正月拜贺等，有着较频繁的交往唱酬和较深挚的亲情，正如陈著《岁首戒子到外家展驾寄内弟竺少博》所言：“古俗流传重岁新，交相来往笃亲亲。外家在望无十里，内表如今能几人。”[③]

陈著有兄弟姐妹四人。陈著十岁时长兄至能(1197—1223)[④]亡，十五岁时次姊亡，癸亥年(1263)陈著五十岁时，童氏姊也离世。“父母相持哭，二姊哭抚尸。时我甫十载，痛哭已深知”[⑤]；“十岁而哭兄，有十五而哭次姊，独吾姊见吾五十岁，今又哭之矣。吾丧父母，吾两娶妻，吾为贫奔走出入，扶持之，经纪之，劳苦抚摩之，有吾姊也。……兄弟姊妹四人，今独吾未死……”[⑥]父母早亡，兄弟凋零，“吾姊于某爱之扶之甚于母与子”[⑦]，唯一的童氏姊对于陈著而言实同父母，因而对于童氏姊的去世，陈著难掩“兄弟姊妹四人，今独吾未死”的孤独与辛酸。

陈著先后有两次婚娶。“吾两娶妻”，如其《祭童氏姊文》所述，28岁时首娶童氏尚柔(1216—1252)。据《前妻童氏墓表》：“妻童氏，讳尚柔，字子敬，同邑进士居高之女，生于嘉定丙子(1216)闰月己酉，年二十有六而归余。淳祐壬子(1252)产男，后一日卒，实十二月乙亥，得年三十有七。子男一，四日而不育。女四，婉、闰、清儿、儿玉，皆不期而殒。”[⑧]据此，童氏小陈

---

① [宋]陈著：《送竺甥秀》，《本堂集》卷26，《文渊阁四库全书》第1185册，上海古籍出版社1987年版，第128页。

② [宋]陈著：《送竺甥秀》，《本堂集》卷26，《文渊阁四库全书》第1185册，上海古籍出版社1987年版，第128页。

③ [宋]陈著：《本堂集》卷18，《文渊阁四库全书》第1185册，上海古籍出版社1987年版，第87页。

④ 此据[宋]陈著《先兄至能远忌丙寅十一月十七日行都谢氏家遇作》，《本堂集》卷24，“嘉定癸未春，援笔题春词。词云青春过，二十七年期。谶语殊可怪，河鱼忽乘之”，1223年27岁，故推知其生年为1197年。

⑤ [宋]陈著：《先兄至能远忌丙寅十一月十七日行都谢氏家遇作》，《本堂集》卷24，《文渊阁四库全书》第1185册，上海古籍出版社1987年版，第121页。

⑥ [宋]陈著：《祭童氏姊文》，《本堂集》卷88，《文渊阁四库全书》第1185册，上海古籍出版社1987年版，第475页。

⑦ [宋]陈著：《答胡表仁制机(元叔)》，《本堂集》卷78，《文渊阁四库全书》第1185册，上海古籍出版社1987年版，第404页。

⑧ [宋]陈著：《本堂集》卷90，《文渊阁四库全书》第1185册，上海古籍出版社1987年版，第492页。

著2岁,26岁嫁给陈著,37岁产子后一日即亡,两年后下葬。共生有四女一子,皆早亡。故47岁时陈著所得之子陈深实为第二任妻子赵氏所生,为其实际的长子。

童氏去世后,陈著再娶赵氏必兴为妻。据《内子友良字说》:"吾内氏赵名必兴,字友良。……氏之及笄……而名而字以归于我……"[①]是谓15岁及笄之年嫁给陈著。此文写于癸巳(1293)五月望日,则此时赵氏尚健在。妻兄赵景文(必昌),"予之娶乃其妹"[②],中寿而亡;赵氏父(外舅)赵元章(崇焘),知县,宰华亭[③],有诗《拜先外舅墓坐雨用赵景文韵二首》(《本堂集》卷十八);赵氏母董安人(1205—1261),据陈著《祭赵氏外姑董安人文》(《本堂集》卷八十八),辛酉年(1261)亡,享年57岁,故推知生于1205年。

陈著至少有六个儿子。据其《四子名字说》:"吾四男子,一母所出,而禀气不同。吉初,吾欲其潜而有本也,名以深,字汝资。麟儿,吾欲其流而有归也,名以瀹,字汝海。都儿,吾欲其明而有信也,名以洵,字汝都。朝儿,吾欲其正而有守也,名以湜,字汝沚。吾老矣,汝等懋之,尚观厥成。德祐元年五月廿五日,书于天府之芙蓉堂。"[④]此文写于德祐元年,即1275年,时陈著62岁,此后赵氏当另有生子。据陈著诗文综合考索,赵氏当生有六子:长子吉初(1260—?),名深,字汝资,陈著47岁时生。其堂名"清高",为陈著所取[⑤],入赘黄氏[⑥]。次子麟儿,名瀹,字汝海,娶妻竺氏,陈著73岁时瀹得一女,"某七十三矣,令女一索而得女,女亦孙也,倘未露晞,犹有含饴之乐"[⑦]。三子名洵,字汝都,小名都儿,其妻黄氏,于壬辰(1892)得子庭元,时陈著79岁,陈家有后,陈著颇为宽慰[⑧]。四子名湜(1272—

---

① [宋]陈著:《本堂集》卷35,《文渊阁四库全书》第1185册,上海古籍出版社1987年版,第165页。

② [宋]陈著:《祭赵景文(必昌)文》,《本堂集》卷89,《文渊阁四库全书》第1185册,上海古籍出版社1987年版,第481页。

③ 参见[宋]陈著:《祭外舅赵元章崇焘知县文》,《本堂集》卷88,《代外舅赵元章崇焘赴华亭宰通李漕文孙启》,《本堂集》卷65,《文渊阁四库全书》第1185册,上海古籍出版社1987年版。

④ [宋]陈著:《本堂集》卷34,《文渊阁四库全书》第1185册,上海古籍出版社1987年版,第159页。

⑤ [宋]陈著:《清高堂记》,《本堂集》卷48,《文渊阁四库全书》第1185册,上海古籍出版社1987年版,第232页。

⑥ [宋]陈著:《深纳币黄氏启》,《本堂集》卷82,《文渊阁四库全书》第1185册,上海古籍出版社1987年版,第434页。

⑦ [宋]陈著:《答竺梅潭送良女弥月》,《本堂集》卷77,《文渊阁四库全书》第1185册,上海古籍出版社1987年版,第400页。

⑧ [宋]陈著:《书梦事付洵》,《本堂集》卷52,《文渊阁四库全书》第1185册,上海古籍出版社1987年版,第255—256页。

1276)，字汝沚，小名朝儿，早亡。据陈著《本堂集》卷八八《祭亡男朝儿墓文》：朝儿于丙子年即1276年元兵入侵逃难途中得痢疾而亡，年仅5岁，据此可推知生于1272年。"汝生于行都之签判厅，长于通判之北厅，天下大乱，母抱归避于三石之祖居，于里西之黄沙坑。"①元兵入侵，不仅亡了大宋的半壁江山，对陈著而言，更添折子之痛，"中间失一最小子，老痛甚于割"②，这种"甚于割"的丧子剧痛历久而难于消解，在陈著多篇诗文中有沉痛的抒写：

昨日山前痛忆儿，回头凝望更依依。如今精爽知何在，采得兰花泣看归。③（《游蔡峰道三首》其三《回途望黄沙怀朝儿》）

忆昨携儿寄小轩，儿今何在小轩存。唤爹若有褰裳语，恋母犹多泪席痕。两树桃花飞痛血，一山松影护游魂。销凝良久忽如见，与我同归家处村。④（《三月五日过云南竺湘家旧轩南轩怀朝儿》）

入谷崎岖十里程，更崎岖处见沙坑。幼儿曾记流鸿影，老我难忘舐犊情。后日早知为死别，当时寸步亦同行。如今但有东风泪，洒入流泉恸失声。⑤（《游蔡峰过黄沙坑怀朝儿》）

老年丧子之痛、舐犊之情、痛悔之意一并倾泻。即便是两年后梦见朝儿，也是大恸而泪下如雨，写下《戊寅正月二十六日更四梦中见朝儿大恸泪如雨因作招魂词三章》（《本堂集》卷八十九）。另有《祭亡男朝儿墓文》（《本堂集》卷八十八）等多处文字深悼朝儿的夭亡。除以上四子外，在陈著《四子名字说》撰写之后，赵氏当又生有二子：一为泌（1278？—？），字汝泉，为陈著幼子，陈著写于1297年即其去世那年的《名幼子泌字汝泉说》，谓"吾晚年得泌"（见《本堂集》卷三五），则泌为陈著最小的儿子，著有《通鉴续编》的陈桱即为陈泌之子。另据陈著多首诗题，如《送儿沆赴昌国学录》（《本堂集》卷三十三）、《送儿沆再之台学并似许梧山张在轩》（《本堂集》卷三十三）、《送儿沆再之婺》（《本堂集》卷三十三）、《送沆赴台州学录》（《本堂集》

① ［宋］陈著：《祭亡男朝儿墓文》，《本堂集》卷88，《文渊阁四库全书》第1185册，上海古籍出版社1987年版，第478页。

② ［宋］陈著：《答戴帅初架阁（表元）书》，《本堂集》卷75，《文渊阁四库全书》第1185册，上海古籍出版社1987年版，第385页。

③ ［宋］陈著：《本堂集》卷3，《文渊阁四库全书》第1185册，上海古籍出版社1987年版，第16—17页。

④ ［宋］陈著：《本堂集》卷16，《文渊阁四库全书》第1185册，上海古籍出版社1987年版，第75页。

⑤ ［宋］陈著：《本堂集》卷16，《文渊阁四库全书》第1185册，上海古籍出版社1987年版，第77页。

卷三十三）等，陈著当还有儿子沆，只不见其他资料，据前所述，当推知其生年在幼子泌之前。但据陈著《答胡表仁制机（元叔）》（《本堂集》卷七十八）：“荆妇近亦多病，苟焉朝夕，有四男子，上三子聊借残书为生，或坐馆，或在家，无足为尊上道，最小者方习童学，大儿妇、次女皆是黄东发家子女……某年七十有五，眼昏手弱书不成字，有怀如海难以笔殚。”[①]陈著 75 岁时谓有四男子，则沆是谁有待进一步考索。加上前期童氏所生，陈著当有六七子。

陈著有多个女儿。长女滋，许竺氏[②]。次女洸（1270—？），字汝玉，据陈著甲申年（1284）所写《名女洸字汝玉说》，“今笄矣”[③]，古人及笄之年为 15 岁，故推知生于 1270 年；与黄东发长孙黄正孙结亲[④]；据陈著《朝归生日女洸有诗因次韵》《次韵女洸九日坐病与泌诗》等诗，当知洸也能诗；洸有子二，长即黄玠。黄玠，字孟成，小名相儿[⑤]。因为黄正孙入赘陈家，十七年后始回，因而黄玠少年时期当在外公陈著家，陈著有多篇诗文提及，如《外孙黄相儿求诗》《黄相儿求诗》《外孙黄相儿求写送春三首并示》《外甥黄阿相生日》等，言辞中流露出对外孙黄相儿的喜爱。季女清，字汝则，“生于吾宰嵊时”[⑥]，则应生于 1268—1271 年间，嫁给陈著丙辰同袍胡三省之子胡幼文。“吾婿胡幼文德华甫也，吾于其父制机公为丙辰同袍生，相与追从，忘形骸，见肺肝……二十年后各归故山……公以子请婚，吾亦以其父知其可妻，而妻之以女清……”[⑦]据《宋元学案》卷八十五“深宁学案”条，胡幼文，“字德华，天台人也。制幕三省之子，本堂婿”[⑧]，可见胡幼文是深宁学派门人。幼女冲（1281？—？），字汝和，陈著幼女，见《本堂集》卷三五《名女冲字

---

① [宋]陈著：《本堂集》卷 78，《文渊阁四库全书》第 1185 册，上海古籍出版社 1987 年版，第 404 页。

② 此据[宋]陈著：《答长女（滋）许竺氏启》，《本堂集》卷 82，《文渊阁四库全书》第 1185 册，上海古籍出版社 1987 年版，第 433 页。

③ [宋]陈著：《本堂集》卷 35，《文渊阁四库全书》第 1185 册，上海古籍出版社 1987 年版，第 163 页。

④ 参见[宋]陈著：《答次女（洸）许黄氏启》《答黄氏请婚次女洸启》，《本堂集》卷 82，《文渊阁四库全书》第 1185 册，上海古籍出版社 1987 年版，第 433－434 页。

⑤ 参见[宋]陈著：《名外孙黄玠字孟成说》，《本堂集》卷 35，《文渊阁四库全书》第 1185 册，上海古籍出版社 1987 年版，第 167 页。

⑥ [宋]陈著：《名女清字汝则说》，《本堂集》卷 35，《文渊阁四库全书》第 1185 册，上海古籍出版社 1987 年版，第 167 页。

⑦ [宋]陈著：《赠甥胡幼文还侍序》，《本堂集》卷 38，《文渊阁四库全书》第 1185 册，上海古籍出版社 1987 年版，第 181 页。

⑧ [清]黄宗羲：《宋元学案》卷 85，上海中华书局民国 25 年版，第 383 页。

汝和说》，嫁史氏[①]，陈著另有诗歌《上巳酒边即事示女冲二首》(《本堂集》卷六)、《题女冲所藏彩笺》(《本堂集》卷三十六)。另陈著在其诗中提及女润及淑等，“女润卧东床，方困痰寒窒”[②]，《次韵女淑寿兄诗》(《本堂集》卷二十)，未见及其他资料，情况不详。加之前期童氏所生四女，则陈著至少有八女。

由于陈著自身博学多识、重视教育，因而其众多儿女多受到良好的教育，儿孙多有学识，秉承家学并发扬光大，如史料有载，幼子陈泌后来为西湖书院山长[③]，其孙陈桱成为元明之际史学家；女儿亦往往能诗，并通过与博学家庭之子女如与黄东发儿子、胡三省儿子等的联姻，形成一个学术气氛浓厚的诗礼之家，并进而结成一个以同年、父子、翁婿等为主体的重要学术流派“东发学派”。可见陈著谨守家风，在他的努力下，陈家延续先世之遗风，成为一个“诗礼自将”的家庭。

二、关于陈著先祖的争议

据元明之际陈桱所撰《通鉴续编》卷二三记载：陈著高祖显，进士出身，官至户部尚书；祖父伸，官至吏部尚书；父德刚，嘉定十年(即 1217 年丁丑吴潜榜)进士，理宗时任工部尚书。按，陈桱字子经，陈泌之子，陈著之孙，浙江奉化人，流寓长洲，入明为翰林编修，以附杨宪，迁待制，事详于《明书·胡惟庸汪广洋杨宪传》。陈桱所撰《通鉴续编》二十四卷，现藏于扬州图书馆，元末至正二十一年(1361)刻本，白棉纸印，为续朱熹《通鉴纲目》而作。是书著录于《四库全书总目提要》史部编年类。前有自序及周伯琦序。周伯琦序云：“近世浙东大儒金仁山(履祥)氏，由周威烈王而溯其年代，始于陶唐，名曰前编。四明陈君桱子经甫世其史学，尊承先志(其父泌为元校官，尝续《历代纪统》，世传著史之业)，纂辑前闻，凡方册所载，若盘古至高辛，考其纪年事为第一卷，以冠金氏之所述。又摭拾契丹辽氏建国之始，并于五代为第二卷。迄宋有国三百二十年为二十二卷。其建号也，系于甲子，逮于太平兴国四年，混一中原，始大书其年代为正统，至国亡。而辽金之事附见之，一以《通鉴纲目》为法。盖地有偏全，而统无偏全，势有强衰，而今无强弱。总之为卷二十有四，名之曰《通鉴续编》，实有继宋宗之志，为

---

① 据[宋]陈著：《幼女冲回许史氏札》，《本堂集》卷 83，《文渊阁四库全书》第 1185 册，上海古籍出版社 1987 年版，第 445 页。

② [宋]陈著：《深自妇氏归侍》，《本堂集》卷 26，《文渊阁四库全书》第 1185 册，上海古籍出版社 1987 年版，第 129 页。

③ 据《六艺之一录》卷 111，《西湖书院重修大成殿记》后署“至元二年(1336)夏五月朔山长陈泌记”；《元圣旨碑》又谓：“至元二年丙子岁秋九月甲子西湖书院山长臣陈泌拜手稽首谨书”。

万世之计。至正二十一年鄱阳周伯琦序。”关于《通鉴续编》的思想倾向，今人谢国桢指出：盖是书虽续朱熹《通鉴纲目》之作，抱有正统之旨，然于宋元之际著者目睹时艰，编为是编，实负有爱国之思想，未可以其意见迂腐忽之。”并引沈周《客座新闻》所载：“桱著此书时，书宋太祖匡胤自立而还，未辍笔，忽迅电击其案。桱端坐不慑曰：‘霆虽击吾手，终不为之改易也。’”[①]此虽近于小说之辞，附会之谈，然足以见其志节。

作为一个编年史书作者，陈桱言其家世，有先祖官职有事件经过，言之凿凿。如关于陈著父亲陈德刚：嘉定十七年(1224)九月，“以礼部侍郎程珌、吏部侍郎朱著、户部侍郎陈德刚、中书舍人真德秀并兼侍读”，后注“德刚，伸子也”[②](《通鉴续编》卷二十)；理宗宝庆元年(1225)七月，“罢工部尚书陈德刚、金部员外郎洪咨夔”，后注“论济王之冤，忤史弥远也”(卷二十一)；理宗绍定六年(1233)十一月，“以陈德刚为福建制置使兼知福州”，后注“德刚醇正明决，与史弥远同乡里，每以济王之事责弥远，贬奉祠者十年，至是复用。及入对，帝慰劳甚，至因问：‘夹攻蔡州以复仇，如何？’德刚曰：‘此在国家不可一日而忘此仇，但恐此举之后方烦圣虑耳。’帝曰：‘朕与廷臣深计之，时不可失也。’德刚曰：‘所谓时者，人材资用无匮之谓，陛下还有之乎？’帝默然”(卷二十一)。理宗端平元年(1234)六月，“郑性之、陈德刚佥书院事”(卷二十二)；同年九月，“陈德刚卒”，后注：“德刚居位七日而卒，帝深惜之。”(卷二十二)

综之陈桱其书对于其先辈的叙述，如《(雍正)浙江通志》卷二百八十转引明人黄瑜《双槐岁抄》所言，“……其先世曰户部尚书显者，尝论蔡京之奸不复仕；显孙曰吏部尚书伸，上章辨伪学谏韩侂胄北伐，遂致仕；伸子曰工部尚书德刚，请复济王官爵，端平中左迁而卒；德刚子曰太学博士著，上书论贾似道奸邪，出判临安府”。[③] 从显、伸到德刚、陈著，一代代下来，皆刚正不阿，敢于直言，忤逆当权之蔡京、韩侂胄、史弥远、贾似道等，并因之不惜辞官或被贬。对此，明时黄溥已提出质疑，笔者亦表示怀疑，理由有四。

首先，《宋史》未载，后人多不认可。据《四库全书总目》卷四十七评《通鉴续编》云：“黄溥《简籍遗闻》(笔者注：《简籍遗闻》二卷，[明]黄溥撰)又谓，桱纪其先户部尚书显、吏部尚书伸、工部尚书德刚诸事，为《宋史》所不

---

① 谢国桢：《江浙访书记》，生活·读书·新知三联书店2007年版，第23页。

② [元]陈桱：《通鉴续编》卷20，《文渊阁四库全书》第332册，上海古籍出版社1987年版，第884页。后引《通鉴续编》均据此版本，只注卷数。

③ [清]嵇曾筠等纂：《(雍正)浙江通志》卷280，《文渊阁四库全书》第526册，上海古籍出版社1987年版，第638页。

载。成化间，续《纲目》者亦皆削去，疑其或出于妄托。则挟私滥载，尤不协至公。”[①]一是《宋史》未载，二是后人多不认可，“成化间，续《纲目》者亦皆削去”，可见陈桱语出无本，有溢美先祖之嫌。

其次，据元袁桷《清容居士集》卷二八《陈县尉墓志铭》：“君讳观，字国秀，尝调临安府新城县尉。十世祖棠，尉奉化，因占籍焉。子孙日蕃，其最显者曰太学博士著，于君为兄。”[②]墓主陈县尉即陈著感情深挚、诗文中频繁提及的族弟陈观（1238—1318）。陈著、陈观十世祖陈棠因官奉化尉，陈家始定籍奉化。“子孙日蕃，其最显者曰太学博士著”，此谓之子孙，当是指十世祖陈棠之子孙，包括陈著的父祖高祖等，而“最显者曰太学博士著”，此与陈桱所言陈著高祖、祖父和父亲的仕宦情况大有抵牾，若陈桱所言为确，则袁桷墓志所言“最显者”为太学博士陈著实为不当。而作为墓志铭，当不该出现这样明显的错误；且袁桷（1266—1327）为宋元之际学官、书院山长，与陈著、陈观生活时间均有几十年的重合，又为奉化不远的鄞县人，若是墓主祖上有如此显赫的家世，当不至于略过乃至无视。证之黄溥《简籍遗闻》所言，则陈桱确有溢美先祖之嫌。

第三，再看陈著《本堂集》九十四卷诗词文，只字未述及先祖显赫的仕宦经历，当也可为一佐证。《本堂集》中有“吾父本儒家，诗礼夙自将”（《本堂集》卷二十六《送竺甥秀》）等记载，另在《奉文本心枢密》一文中，陈著奉书请文及翁为其“喜还堂”和“本堂”书扁，曰：“敝庐三间曰‘喜还堂’，乃先人久馆于外，以晚年得归为喜，取坡诗所谓‘猿鹤喜君还’句中语以为铭。”[③]先人“久馆于外，以晚年得归”，可见陈著先人当以长期在外设馆授徒为业，并非如陈桱所说之显赫仕宦。而其子入赘为婿，此难为之事，若非生活困顿实非得以，可见其窘迫之家境，似非世代高官之家世所该有，更像是世代“诗礼自将”的儒者家世。

第四，宝祐四年（1256）七月二十五日立于礼部贡院的文天祥榜“题名碑石”即四库全书中《宋宝祐四年登科录》卷三所录，记录陈著在当年文天祥榜登进士为第五甲第十七人（第五甲总共 213 人），在陈著名下，记录了陈著字、小名和小字、兄弟、妻子及籍贯等情况，也照例刻录了其先辈情况，“曾祖宏、祖伸、父德刚”，只是先祖名下也未见任何官职的记录，若有官职，

---

① ［清］永瑢等：《四库全书总目》卷 47，中华书局 1965 年版，第 429 页。

② ［元］袁桷：《清容居士集》，《文渊阁四库全书》第 1203 册，上海古籍出版社 1987 年版，第 382 页。

③ ［宋］陈著：《本堂集》卷 79，《文渊阁四库全书》第 1185 册，上海古籍出版社 1987 年版，第 410—411 页。

则会像其他进士名下之父祖，有"迪功郎"等的记录，如第一甲第九人王应凤下，"兄应麟从事郎""曾祖安道观察使""祖晞亮武经郎""父㧑直秘阁"，等等，可见在当时官方的也是最为权威的陈著个人履历中，其父祖不仅没有显赫的官职，甚至连一般的官职也没有。

以上为笔者存疑与简略的考证，当未为完备，也少些本证，书于此以备一说。

第二节　关于为政及其争议

宝祐三年(1255)秋，陈著得中乡试，随后于次年即宝祐四年(1256)进士及第。登第后，陈著"初监饶州商税"，继而"调光州教授"[①]，开庆元年(1259)秋在庐陵讲学，景定元年(1260)为白鹭洲书院(今南京市西南)山长，景定四年(1263)，经赵孟頫父亲赵与訔的举荐，提领江淮盐茶所芜湖茶局，时为迪功郎[②]。咸淳四年(1268)，陈著知嵊县。七年(1271)十一月通判扬州。八年(1272)正月，寻改临安签判[③]。十年(1274)，京签考满，即除通判。德祐元年(1275)，以元军攻破独松关，陈著因上书乞从文天祥议，由是得罪陈宜中，知台州。后因国事日非，辞官。[④] 宋亡后隐居四明山中，自号嵩溪遗耄。元大德元年(1297)卒，年八十四。

一、勤政廉洁，治绩斐然

在进士及第后的二十年仕途生涯中，陈著官运虽并未大亨通，但已是其陈家子孙中"最显者"[⑤]，更可贵的是陈著为官清廉，治绩斐然。

且以嵊县任官情况来看。《宋史翼》卷二五："咸淳四年，改知嵊县。"[⑥]从1268年知嵊县，到1271年通判扬州，知嵊县的三年间，陈著惩乱治恶，嘉惠于民，治绩斐然。陈著惩恶治乱，不遗余力，正气凛然，勇气可嘉。据

① [清]陆心源：《宋史翼》，中华书局1991年版，第269页。

② [宋]陈著：《谢江淮提领赵待制(与訔)辟芜湖茶局启》，《本堂集》卷56，《文渊阁四库全书》第1185册，上海古籍出版社1987年版，第275页。

③ [宋]陈著：《特除京签谢贾太傅启》，《本堂集》卷63，《文渊阁四库全书》第1185册，上海古籍出版社1987年版，第315页。

④ [清]樊景瑞：《宋太博陈本堂先生传》，见陈著《本堂先生文集》，清光绪癸巳年刻本，《文渊阁四库全书》第1185册，上海古籍出版社1987年版。

⑤ [元]袁桷：《清容居士集》卷28，《文渊阁四库全书》第1203册，上海古籍出版社1987年版，第382页。

⑥ [清]陆心源：《宋史翼》，中华书局1991年版，第269页。

明·徐象梅《两浙名贤录》卷二七《吏治》载："宗室外戚有居嵊者，持一邑权，前令率以谴去，缺令者十有七年。又有豪贵布凶徒于僻地，剽絷行人役于家，及造白契占人田产者。著至，政教并举，独持风裁，诸豪乃敛戢，民赖以安。"①面对宗室外戚把持邑权、豪贵布凶于僻地乃至缺令十七年的嵊县现状，陈著采取两种策略：一是上书寻求帮助和支持。在《上京尹潜户侍（说友）札》文中，陈著在"欲冒昧申闻，又无从可达"②的情况下，向京尹潜说友陈述"得罪于府第"的三件事，希望"蒙九鼎之重，屑一转语"，非为某一身，乃"为一县、为天下立纪纲也"，正气凛然。同时又呈《上家宪札》，向家宪寻求帮助，足见其惩恶之勇气和决心。潜说友（1216—1288），字君高，号赤壁子，缙云县人，时任中奉大夫、代理户部尚书、临安（今杭州）知府。虽因曲意附和奸相贾似道，得以提升，但潜说友颇有才干，善治繁剧，凡民讼曲直，物价低昂，皆在审度之内，处之裕如。当可推知，陈著的上书应该能够得到潜说友的支持。二是发榜劝农禁恶。据陈著《本堂集》载，知嵊三年间，陈著每年发布《嵊县劝农文》，励民以勤③；三次发布《劝粜榜》并《上刘帅乞振粜嵊县札》，以平米价④；两次发布《嵊县禁夺仆榜》，严禁豪强肆意抢夺人口以充役使⑤。一边劝农，一边治害。遇到自然灾害，陈著又能带领嵊县百姓一边自救，一边做好安抚工作，同时向上级备述治下百姓之苦状，真心忧虑百姓之生存，"岁收不支岁用，民良苦，令忧焉"⑥，竭力为民请命，谋求生路，"活得一人是一人，活得一县是一县"⑦，言辞恳切。当劝农途中看到嵊县田野"簇翠麦苗起，缬斑麻甲生"⑧（其一）的丰年景象时，陈著情不自禁表达了自己能共"老农欢笑声"的由衷喜悦。如此不遗余力的努力与付出，甚得民心，由是赢得了百姓的敬仰。因而陈著离任时，嵊民恳

① ［明］徐象梅：《两浙名贤录》卷27，书目文献出版社1987年版，第798—799页。

② ［宋］陈著：《本堂集》卷71，《文渊阁四库全书》第1185册，上海古籍出版社1987年版，第365页。

③ 参见［宋］陈著：《本堂集》卷52，《文渊阁四库全书》第1185册，上海古籍出版社1987年版，第257页。

④ 参见［宋］陈著：《本堂集》卷72，《文渊阁四库全书》第1185册，上海古籍出版社1987年版，第367页。

⑤ 参见［宋］陈著：《本堂集》卷53，《文渊阁四库全书》第1185册，上海古籍出版社1987年版，第261页。

⑥ ［宋］陈著：《嵊县劝农文二》，《本堂集》卷52，《文渊阁四库全书》第1185册，上海古籍出版社1987年版，第257页。

⑦ ［宋］陈著：《申诸司乞宽催科札状》，《本堂集》卷54，《文渊阁四库全书》第1185册，上海古籍出版社1987年版，第269页。

⑧ ［宋］陈著：《嵊县劝农途中示同寮二首》，《本堂集》卷7，《文渊阁四库全书》第1185册，上海古籍出版社1987年版，第40页。

留，祖帐遮道数十里，送至城固岭，并易岭名为“陈公岭”以识去思。据《万历绍兴府志》：“陈公岭在县东七十里，旧名城固岭。宋知县明州陈著有惠政，及代去，民攀舆泣留，祖帐夹道，送之岭上，因易今名。”①

观陈著理政，并不仅仅靠勇气和决心，还有他先进的为政理念。陈著主张为政须教化先行，狱讼征赋其后。据《宋元学案》，陈著离任后，后令李兴宗曾问政于著，陈著答曰：“义利明而取予当，教化先而狱赋后，识大体而用小心，爱细民而化巨室，如斯而已。”②这样的为政思想，在其文章中多有阐述，“古之为政，先教化，次狱讼，征赋末也。教化行而狱讼省，而征赋在其中矣。世远道散，政失其序，以征赋为第一事，狱讼犹以为缓，复暇及教化乎”③？其为政理想是“人生天地间，有志于斯世……得为百里宰，使士者乐其有庠序之教，农者安其有耕桑之业，工得以食其艺，商得以通其货，就职分以行，吾之素志，庶乎其可也”④。完全是中国古代儒家仁政的理想，因此，在具体执政中，陈著能够做到“听讼宁过于审，而不敢以乘快为能；催科宁失之宽，而不敢以严督求羡；学校之设几成虚设，不容不为之振刷，而非敢终更也；田里之微薄于有力，不容不为之捍卫，而非敢骄亢也”⑤。可谓兢兢业业，终赢得了百姓的爱戴与感念。

不仅嵊县百姓感念他，当时一些官员亦以其政绩，力以荐举，家铉翁荐举曰：“介特自持，疏通无滞。不交游谈以取虚誉。务修实政以妥疲氓。察其所施，足以任重。”⑥王爚枢密则谓：“学有原本，政尚廉强。抚字良劳，蔼有民誉。”⑦短短数语，却也毫不夸饰地概括了陈著的政绩。

二、“乞罢公田，忤贾似道”辩

陈桱在其《通鉴续编》卷二三云：“（景定）四年（1263）春二月，（朝廷）买公田于浙西，罢翰林学士徐经孙、著作郎陈著。”并细述两人被罢始末：“贾

---

① ［明］萧良幹修，［明］张元忭等纂：《（万历）绍兴府志》，宁波出版社 2012 年版，第 137 页。

② ［清］黄宗羲撰：《宋元学案》卷 86“东发学案”，上海中华书局民国 25 年版，第 61 页。

③ ［宋］陈著：《谢家则堂提刑（铉翁）应诏特荐书》，《本堂集》卷 73，《文渊阁四库全书》第 1185 册，上海古籍出版社 1987 年版，第 374 页。

④ ［宋］陈著：《谢王枢密（爚）举升陟书》，《本堂集》卷 73，《文渊阁四库全书》第 1185 册，上海古籍出版社 1987 年版，第 375 页。

⑤ ［宋］陈著：《谢王枢密（爚）举升陟书》，《本堂集》卷 73，《文渊阁四库全书》第 1185 册，上海古籍出版社 1987 年版，第 375 页。

⑥ ［宋］陈著：《谢家则堂提刑（铉翁）应诏特荐书》，《本堂集》卷 73，《文渊阁四库全书》第 1185 册，上海古籍出版社 1987 年版，第 374 页。

⑦ ［宋］陈著：《谢王枢密（爚）举升陟书》，《本堂集》卷 73，《文渊阁四库全书》第 1185 册，上海古籍出版社 1987 年版，第 375 页。

似道以国计困于造楮，富民困于和籴，思有以变法而未得其说。知临安府刘良贵、浙西转运使吴势献买公田之策。似道乃命殿中侍御陈尧道、正言曹孝庆上疏言：'三边屯列，非食不饱；诸路和籴，非楮不行。既未免于廪兵，则和籴所宜广图；既不免于和籴，则楮币未容缩造。为今日计，欲便国便民而办军食、重楮价者，莫若行祖宗限田之制……'帝从之，诏买公田……独徐经孙条具其害，似道讽御史舒有开劾之，经孙遂致仕去。著作郎陈著复上疏曰：'似道居外阃而志在败君，处端揆则务于瘠民。欺君则将来敌兵以危宗社，瘠民则必施重敛以病国本，自古以来未有将相如此而能致隆平者。臣见民不堪命，祸未可测，乞罢买公田，斥逐似道，庶可以救国而安民。'似道大怒，出知嘉兴府。著，德刚子也。经孙所举陈茂濂为公田官，分司嘉兴，闻经孙去国，曰：'我不可以负徐公。'亦谢事归家不起，时人称为'三烈'。"①

此后与此有类似记载的还有清嵇曾筠《雍正浙江通志》卷一五九、清陆心源《宋史翼》卷二五、清樊景瑞《宋太博陈本堂先生传》等。而清钱维乔《(乾隆)鄞县志》卷三〇则认为陈著弹劾贾似道一事不实，据其考证，"……考著以宝祐丙辰登第，至景定四年癸亥，仅止八载，校其资历甚浅，无由遽典大郡。据《本堂集》，景定元年三月，在鹭洲书院山长任内，被荐，未几北还。浙漕提领赵与訔辟监三石桥酒库，既而湖南帅赵必普辟帅淮，既而江淮提领赵与訔辟芜湖茶官，则本堂实无官著作郎之事，且与訔即措买公田之人，使著果有弹奏，何以转受与訔之辟，此其不足信一也"。② 清钱大昕《潜研堂集》卷一九也有相同的论述。

鉴于上述对于陈著先祖的考辨，对陈著"乞罢公田，忤贾似道"一事，亦需慎重对待。古代学者即已分成两派，"乞罢公田，忤贾似道"一说首先源于陈桱《通鉴续编》，此后清代的嵇曾筠、陆心源和樊景瑞均承此说，未加详考。清钱维乔和钱大昕的质疑始引人思考。笔者结合陈著诗文及今人厦门大学张韶华、刘荣平的论述，略论于后，以备一说。

首先，关于此事的记载最早见于元明之际陈桱的《通鉴续编》，成书比其早的《宋史》《宋史全文》《延祐四明志》等均未提及陈著此事。问题是陈桱所谓的包括其祖陈著在内的"三烈"，《宋史》卷四百一十《徐经孙传》却分明记载了另二人徐经孙和陈茂濂的事迹，唯独没有提及陈著以及"三烈"之

---

① [元]陈桱：《通鉴续编》卷23，《文渊阁四库全书》第332册，上海古籍出版社1987年版，第901页。

② [清]钱维乔：《(乾隆)鄞县志》，清乾隆五十三年刻本。

谓，这颇令人费解。“公田法行，经孙条其利害，忤丞相贾似道，拜翰林学士、知制诰，未逾月，讽御史舒有开奏免，罢归……经孙所荐陈茂濂为公田官，分司嘉兴，闻经孙去国，曰：‘我不可以负徐公。’遂以亲老谢归，终身不起。”[①]这则史料清楚地记录了徐经孙被罢，陈茂濂主动请辞之事件，未言及陈著。此外，明柯维骐《宋史新编》卷一五六《徐经孙传》、明王宗沐《宋元资治通鉴》卷四九、明冯琦《经济类编》卷三七《财赋类三》、明邵经邦《弘简录》卷一五三、清毕沅《续资治通鉴》卷一七七均记载有徐经孙因陈述买公田之害而遭贬黜，陈茂濂主动请辞之事，也都没有提及陈著被斥知嘉兴事。这是否可以说，这些晚于《通鉴续编》成书的文著似乎并不认同陈桱的“三烈”说。如此，则陈著之孙陈桱难免有溢美先祖之嫌。

其次，从陈著与赵与訔、贾似道以及刘良贵的关系来看，陈著也无弹劾贾似道的可能。先说赵与訔。赵与訔即赵孟頫的父亲，在公田法实施后，他是执行者之一，且因买公田有功而受赏。《宋史》卷一七三《食货志·农田条》云：“景定四年，殿中侍御史陈尧道、右正言曹孝庆、监察御史虞虑张睎颜等言廪兵、和籴、造楮之弊，‘乞依祖宗限田议，自两浙、江东西官民户逾限之田，抽三分之一买充公田……’”又云：“所遣刘良贵、陈訔、赵与訔、廖邦杰、成公策等推赏有差。”[②]陈著是在景定三年(1262)二月至景定四年(1263)十月间被赵与訔举荐到芜湖茶局任职的。据张韶华、刘荣平推论：

> 若赵与訔的举荐在景定三年二月到景定四年二月之间，那么有可能如陈桱所言陈著在景定四年二月因上书弹劾贾似道而被斥知嘉兴，但事实是陈著在这一年的十月仍在其《祭童氏姊文》中自称“持差监提领江淮盐茶所芜湖茶局兼准备差遣陈某”。可见他并未遭贬而放外任到嘉兴，那么弹劾贾似道一事就自当不实。若赵与訔的举荐在景定四年二月之后，那么陈著就更没有上书弹劾贾似道的可能，因为赵与訔作为公田官显然与贾似道是共事关系，一旦陈著弹劾，赵与訔处事其中，怎么还会举荐他任芜湖茶局官呢？[③]

再说贾似道。陈著自咸淳七年嵊县离任，到咸淳十年除临安通判，其仕途晋升，无不得力于贾似道。陈著文集中有《代王参谋谢贾相》(卷六

---

① [元]脱脱等：《宋史》卷410，中华书局2000年版，第9695页。

② [元]脱脱等：《宋史》卷884，中华书局1977年版，第12348页。

③ 张韶华、刘荣平：《陈著生平事迹系年》，《闽西职业技术学院学报》2010年第12卷第1期。

六）、《水龙吟·代寿贾秋壑》（卷四一）、《真珠帘·代寿秋壑母》（卷四一）、《嵊县远迎贾平章似道归绍兴私第状》（卷五四）等文字，虽多为代笔，均是表达对贾似道的谢意。如宝祐四年至景定四年（1256—1263）间有弹劾贾似道事，就不可能在咸淳七年至十年（1271—1274）得到贾似道的提拔。最后说刘良贵。从陈著与刘良贵的关系来看，陈著也是不可能弹劾贾似道。在陈著文集中，有多篇贺札寄与刘良贵，如《贺刘仓良贵浙东帅札》（卷六十九）、《贺刘帅良贵升直宝章阁兼浙东仓札》（卷七十）、《贺刘帅除太府卿寻除直文华阁札》（卷七十一）、《贺刘帅良贵元旦札》（卷七十）、《贺刘帅冬至札》（卷七十二）等，数量可观的贺札，或是贺刘良贵仕途晋升，或是节日祝福，往来颇为频繁。后来陈著知嵊县，初考通过便上《嵊县初考谢刘帅良贵启》（卷六十一）道谢，任内还有《上刘帅乞振粜嵊县札》（卷七十二）、《上刘帅札》（卷七十二），而刘良贵也曾举荐陈著改官，因而陈著才有《谢刘帅良贵举升陟启》（卷六十二）。以上贺札、谢启均收录在《本堂集》，其所反映的史实也都发生在景定四年前后。它们足以证明陈著与刘良贵的关系非同一般。景定四年是刘良贵向贾似道提出了买公田之策，且被任命为提领，专职此事。《通鉴续编》卷二三云："贾似道以国计困于造楮，富民困于和籴，思有以变法而未得其说。知临安府刘良贵、浙西转运使吴势献买公田之策。"《宋史》卷四五《理宗纪》云：景定四年二月"丁巳，置官田所，以刘良贵为提领，陈訔为检阅"①。如果刘良贵是私下里向贾似道献买公田之策，那么陈著当然有理由不知道。但刘良贵被任命为公田提领官却是公开的，陈著若要弹劾贾似道，无疑是连同着弹劾刘良贵，安得刘良贵后来反又举荐他改官呢？②

基于以上几方面的存疑，笔者认为陈著弹劾贾似道乞罢买公田而被斥知嘉兴一事当不足信。今所见关于陈著的论述，凡涉及其生平介绍的，都会言其"上疏乞罢公田，忤贾似道，出知嘉兴府"事，可见陈桱此说流传甚广，引用者往往未加详考。笔者考述此事，以备后来者详查。

---

① ［元］脱脱：《宋史》卷 844，中华书局 1977 年版，第 12348 页。

② 张韶华、刘荣平：《陈著生平事迹系年》，《闽西职业技术学院学报》2010 年第 12 卷第 1 期。

第三节 交游考略

陈著交游，从其诗词文看，主要涉及文人学者、仕宦之人、同族兄弟以及方外之人等。以下主要根据其诗词文作品以及其他文献分别予以叙述。

一、文人学者

观陈著诗词文集，其交游的对象主要是有气节、有成就的文人学者，其形式包括结社赋诗、相携同游、频繁的诗文唱酬与赠答等，一般相知较深，往来密切。从其《本堂集》看，陈著所交之文人学者，更多的是与他一样的遗民文人和成就卓著的学者，主要如黄震、戴表元等。

1. 周密、文及翁和何梦桂等浙江遗民词人

在本书第三章"南宋浙江遗民词人交游考略"中，从陈著所留存的词作看，未见及其与浙江其他遗民词人的交游唱酬，而在其诗歌文章中虽也未见及他们之间相携同游或诗文唱和，但在《钱塘白珽诗序》中有文字述及其他，虽只聊聊数语，却至为珍贵地记录了陈著对周密、文及翁等浙江其他遗民词人的了解以至欣赏，只是因为某些机缘陈著与他们无由或无缘交集而已。

76 岁时，陈著为诗人白珽作《钱塘白珽诗序》。白珽，字廷玉，钱塘人，四明名儒舒少度遗腹子，幼颖悟，擅诗，至孝。陈著认识他较早，在诗序中论及当时名贤对白珽诗歌的赏爱时，有这样一段话："一时名贤如文本心、陈存斋、方蛟峰，皆为之印予。家性存、方虚谷、周草窗、何潜斋辈，又相为练核磨淬。"①文本心、周草窗、何潜斋均为浙江遗民词人，可见虽在陈著的诗词文中未见及他们相互间的唱酬，但陈著对于浙江的这些遗民词人是知晓的，并以名贤誉之，对他们充满敬意。另陈著在《本堂集》卷七七、卷七九和卷八一，分别有《奉文本心枢密》。文本心即文及翁，于宋恭帝德祐元年(1275)，官至资政殿学士、签书枢密院事，则陈著三封书信当写于 1275—1276 年间。书信内容或是为自己父亲留下的"喜还堂"向文本心乞堂名，

---

① ［宋］陈著：《本堂集》卷 37，《文渊阁四库全书》第 1185 册，上海古籍出版社 1987 年版，第 174 页。

"乞燕许笔,记'喜还',并著数语于'本堂记'之后"[①];或为"四明山心仗锡寺现住持炳同,自号少野"[②]求塔铭。虽其书信往往只见去而未见本心回复,"某去年正月二十五日……乞其门师退耕塔铭,尝贡尺书,迄今无回音"[③],也不知所求之事是否如愿,但已足证陈著对文及翁的欣赏与敬重,有书信之交,也是一种交集。当然,从书信的内容和口吻以及逾年未回复的情况看,文及翁当时位在枢密,高高在上,陈著与文及翁虽认识但似无深交,关系并不密切。

2. 陈恕可

陈著于丙申年(1296)正月 83 岁时为陈恕可作《识全轩记》(《本堂集》卷五一)。文中述及陈恕可的名字籍贯以及"识全轩"的由来。据《识全轩记》,陈恕可,字行之,天台人,因恋西湖,于湖边"负城筑轩",取东坡诗句之意名曰"识全"。而据《陈旅安雅堂集》,陈恕可以荫补将仕郎,咸淳十年中铨试,授迪功郎泗州虹县主簿,以平江路吴县尹致仕。诗文醇正近古,小篆似吴兴张有,自号宛委居士。[④] 又据陈泌《西湖书院重修大成殿记》,"前本院山长承务郎平江路吴县尹陈恕可主奉"[⑤],即至元二十七年(1290)陈恕可为西湖书院山长。元顺帝至元五年(1339)卒,年八十二。恕可除诗文外,亦好词,工小篆,尝在宋亡后与浙江遗民词人王沂孙、周密等著有咏物词《乐府补题》一卷、《词林纪事》传于世。从陈著为其所撰《识全轩记》看,两人应有一定的了解和交往。

3. 学者王应麟

王应麟(1223—1296),字伯厚,号深宁居士,又号厚斋。祖籍河南开封,后迁居庆元府鄞县(今浙江鄞县),理宗淳祐元年(1241)进士,宝祐四年(1256)复中博学宏词科。历官太常寺主簿、通判台州,召为秘书监、权中书舍人,知徽州、礼部尚书兼给事中等职。为人正直敢言,因屡次冒犯权臣丁大全、贾似道而遭罢斥,后辞官归里,专意于著述二十年。王应麟既是南宋

① [宋]陈著:《奉文本心枢密》,《本堂集》卷 79,《文渊阁四库全书》第 1185 册,上海古籍出版社 1987 年版,第 411 页。

② [宋]陈著:《奉文本心枢密书》,《本堂集》卷 81,《文渊阁四库全书》第 1185 册,上海古籍出版社 1987 年版,第 428 页。

③ [宋]陈著:《奉文本心枢密书》,《本堂集》卷 81,《文渊阁四库全书》第 1185 册,上海古籍出版社 1987 年版,第 428 页。

④ [清]孙岳颁等:《御定佩文斋书画谱》卷 35,《文渊阁四库全书》第 820 册,上海古籍出版社 1987 年版,第 448 页。

⑤ [清]倪涛:《六艺之一录》卷 111,《文渊阁四库全书》第 832 册,上海古籍出版社 1987 年版,第 303 页。

官员，又是著名学者，为学宗朱熹，涉猎经史百家、天文地理，熟悉掌故制度，长于考证。一生著述颇富，计有二十余种、六百多卷。陈著与其交往，主要在于对其学识的赏识，《本堂集》中，陈著有《祭礼部尚书王伯厚（应麟）文》，对王公的名望学识予以高度评价，同时述及两人交谊，“前岁之除，去春之初，相看话旧，耿耿如何。虽不尽言，有不尽意……”[①]在王应麟去世前一年的春节前后，两个老朋友“相看话旧”，未料第二年即1296年季夏，王应麟先陈著而逝，祭文中陈著一方面抒写了自己对友人去世的痛惜之情，同时也抒写了“予亦朝露”的暮年之慨。写作此文的1296年，陈著已83岁，第二年也即去世。关于两人的交往虽无更多文字，但寥寥数语，已见出入元后两位遗老的交谊。

4. 名儒黄震

据《吴谊甫墓志铭》，从吴谊甫儿子口中得知，陈著与“前忠介唐公震、前太史黄公震为三友”[②]，可谓至交。黄震（1213—1281），字东发，浙江余姚（今慈溪掌起镇黄家村）人。世称于越先生，身后门人私谥其为“文洁先生”。乃“东发学派”的创始人，是南宋末年重要的哲学家、名儒。黄震宝祐四年（1256）中进士，授迪功郎、吴县尉，咸淳三年（1267）任史馆检阅，预修宋宁宗、理宗两朝《国史》《实录》，因论当时弊政，直言当时大弊为民穷、兵弱、财匮及士大夫无耻，建议停办僧道度牒，触怒度宗，连降三级。隔年出任广德军通判，后改为绍兴府通判。历官抚州知州、江西提点刑狱、提举浙东常平茶盐、侍郎官等官职，为权豪所忌。黄震之仕途经历，可见其为官清廉，不畏权贵，正气浩然，以直言果敢著称于世，虽屡遭挫折，均坚贞不屈。南宋灭亡后，黄震隐居定海灵渚乡泽山（今浙江慈溪市三北镇田央乡）等地，榜其门曰“泽山行馆”，室其名曰“归来之庐”，遂专心整理自己的著作，自称“非圣之书不可观，无益之诗文不作”[③]，后饿死于鄞县宝幢山[④]。黄震学宗程朱，兼叶适“功利之学”，形成其“东发学派”。他主张理是“四时行，百物生”的“自然之准则”[⑤]；释“道”为日用常行之理，斥道家高谈“人心”

---

① ［宋］陈著：《本堂集》卷89，《文渊阁四库全书》第1185册，上海古籍出版社1987年版，第485页。

② ［宋］陈著：《本堂集》卷91，《文渊阁四库全书》第1185册，上海古籍出版社1987年版，第501页。

③ ［明］王鏊撰：《姑苏志》卷41《宦迹》五，《文渊阁四库全书》第493册，上海古籍出版社1987年版，第750页。

④ ［清］黄宗羲撰：《宋元学案》卷86“东发学案”，上海中华书局民国25年版，第40页。

⑤ ［宋］黄震：《余姚县学讲义》，《黄氏日钞》卷82，《文渊阁四库全书》第708册，上海古籍出版社1987年版，第844页。

"道心"之玄虚。反对空谈义理,学术上大胆批判理学之"人心道心""即心是道"[①]论。黄震著述丰富,其《东发日钞》(又作《黄氏日钞》),是一部满含睿语哲理的读书笔记,对古书辨伪功力至深,为"东发学派"的代表作。另著有《古今纪要》《古今纪要逸编》《戊辰修史传》《读书一得》《礼记集解》《春秋集解》等多种。

细览陈著诗词文,可以发现陈著与黄震有着多重关系。首先,两人同为文天祥榜进士,为同年;其次,由于学术、思想相通,均重经史考辨,陈著又为黄震"东发学派"学侣,与黄震之子黄梦榦、黄叔雅、黄叔英等将"东发学派"思想传播至闽浙一带;第三,陈著还降低辈分与黄震结成了双重的姻亲关系。他们多重的关系确如陈著所言,"余交国史黄公震东发为深"[②]"余与之越公黄太史震为金石交"[③],是为金石至交。

在陈著《本堂集》中有《甲申(1284)夏到杖锡忆戊寅(1278)秋同黄东发游》(卷十八)、《同黄东发提举游杖锡山》(卷十六)、《寄赋黄东发湖山精舍》(卷三十)、《答黄东发书》(卷七十五)、《挽黄提举(震)三章(东发)》(卷九十)等多篇诗文,彼此唱和,述及生前同游杖锡山以及死别后的忆念,在挽诗三章中还深情回忆他们一生的交往,总结黄东发在为官、治学等方面的成就,并深情感慨他俩同为亡国遗民的遭际、结为儿女亲家以及黄震为其"本堂"题记的欣慰,诗曰,"同是无枝鹊,危如游釜鱼。偷生盟世好(自注:谓次女与其嫡长孙缔婚也),访远记山居(自注:戊寅十月访于山居作本堂记)。已矣向谁恸,儿孙书满庐",[④]这首挽诗很好地概括了他们共同的遭际和生平交往。"偷生盟世好(自注:谓次女与其嫡长孙缔婚也)","同年丈人陈本堂"在其长子陈深入赘为黄东发族弟、同为东发学侣的虚谷先生黄翔凤黄子羽山长为女婿之后,竟然"屈行辈与为亲家"[⑤],将自己的次女洸又嫁给了黄东发长孙、黄梦榦长子黄正孙为妻,这样的亲上加亲,若非因为思想的相通,若非对于同年黄震的至交以及对其长子黄梦榦"沈潜汲古,天性淡静"的赏爱,恐怕是不可能的。

---

① [宋]黄震:《舜典·人心惟危一章》,《黄氏日钞》卷5,《文渊阁四库全书》第707册,上海古籍出版社1987年版,第65页。

② [宋]陈著:《赠吴安仲序》,《本堂集》卷37,《文渊阁四库全书》第1185册,上海古籍出版社1987年版,第177页。

③ [宋]陈著:《送甥黄正孙入越序》,《本堂集》卷38,《文渊阁四库全书》第1185册,上海古籍出版社1987年版,第179页。

④ [宋]陈著:《本堂集》卷90,《文渊阁四库全书》第1185册,上海古籍出版社1987年版,第488页。

⑤ [宋]黄宗羲撰:《宋元学案》卷86"东发学案",上海中华书局民国25年版,第63页。

与黄东发这样的交游及多重姻亲关系，使得陈著的哲学思想也深受黄东发影响，与其子陈深、陈泌、孙陈桱、女婿胡幼文以及黄东发之子孙黄梦榦、黄叔雅、黄叔英、黄正孙等成为“东发学派”一传及再传的重要弟子，将“东发学派”发扬光大到整个浙闽地区。在宋代浙江的诸学派中，大部分人主宗陆九渊的“心学”，至慈湖学派杨简，遂为大盛。度宗咸淳以后，情况发生变化，许多学者转而尊崇朱熹的理学，其时主要有二支，一以何基、王柏、金履祥、许谦等为代表的“北山学派”；另一即宋末黄震所创的“东发学派”。黄震曾师事王文贯，非圣贤之书不观，无益之诗文不作。遍览周敦颐、二程、朱熹以来理学家论著，接受了程朱理学思想。他本贯定海，其后徙于慈溪，晚年辞官曾归居定海灵诸（或绪）乡之泽山，后又先后侨寓鄞之南湖、桓溪，避地于同谷等地，与其子弟唱叹于海隅，因而形成了自己的“东发学派”。一传及数传子孙及弟子甚多，著名者除如前所述外，还有吴应奎、黄珏、岑士贵、王士毅、杨维桢等。“东发学派”学宗周敦颐、二程和朱熹，又能“折衷诸儒”，“于考亭（朱熹）亦不肯苟同”，对“朱学”并不盲从，而是有所立异，因而具有修正程朱之学的思想风格。他们用变易的观点来解释“理”与“道”，既把“理”视为亘古永存、无所不在的超时空的存在，又反复强调“万事莫不有理”，“理”在事中，否认天地人事之外“理”的存在；把“道”释为“大路”，谓“道者，大路之名……人之无有不由于路”[①]，认为“道”并非“遗落世事”而“超出于人事之外”的“高深之道”，而是“日用常行之理”。他们所说的“道”与“事”的关系，并非指客观事物及其内部的规律性，而是指人们的生活中践履封建伦理道德的准则。他们反对侈谈人性，谓“何今世学者言性之多也”[②]，不同意以“虚容”来言“心”与“性”，批评那些高谈“人心”“性”之人是“多潜移于禅学而不自知”[③]。他们还批评“生知”说和“静坐”之修养方法，赞赏胡瀍、孙复、石介三先生的“笃实之学”，强调“躬行之本”，提出“言之非艰，行之为艰”之说，主张“先明义理”，“然后见之躬行”。“东发学派”还否认儒家道统说，指出所谓“十六字心传”乃“面相授受之密传”。他们为学亦重经史考辨。观陈著所论，多有对黄震学术思想的继承与发扬，《宋元学案》卷八十六《东发学案》即已指出，如：

---

① ［宋］黄震：《临汝书堂癸酉岁旦讲义》，《黄氏日钞》卷 82，《文渊阁四库全书》第 708 册，上海古籍出版社 1987 年版，第 842 页。

② ［宋］黄震：《阳货篇性相近章》，《黄氏日钞》卷 2，《文渊阁四库全书》第 707 册，上海古籍出版社 1987 年版，第 18 页。

③ ［宋］黄震：《抚州辛未冬至讲义》，《黄氏日钞》卷 82，《文渊阁四库全书》第 708 册，上海古籍出版社 1987 年版，第 840 页。

人之为学，莫病于过，过则其归为老、庄；亦莫病于固，固则其归为告子。故君子必择乎中庸，而知性为难，知言为尤难。（赠吴安仲）

夫人幸而儒其名，必儒其实，滔滔于中。与俗俱流，日荡而薄，于本心何在？至于明呼俦引，区区小技，风月自命，妄立标榜，行行然无复余事，良可悲矣！（赠孙会叔）

学无止法，老当益惧。（书山房图后）

道，天常也。常之外，安有道？外常以求道，妄而已。奚其儒？儒以身任道。道与儒有二乎？二儒与道自太史公始，不知道而以家分之，流弊之极，至于谓"可以乘云御风，骑鹤按鲤"。吁，有是哉！（题洞真观石后）①

……

所论与黄震一脉相承。

不仅陈著与其亲家黄子羽成为"东发学派"之学侣、主干，在"东发学派"表中，陈著之子陈深、陈泌，其孙陈泌儿子陈桯，其女婿、同年之子胡幼文，黄震三个儿子黄梦榦、黄叔雅、黄叔英，陈著女婿、黄震长孙黄正孙等形成一个关系密切的学派脉络圈，他们以书院为阵地，讲学传徒，著书立说，传承、发扬"东发学派"思想，使之广泛流播于浙闽一带，成为浙江一大学派。

5. 文章大家戴表元及朋友圈

戴表元（1233—1310），字帅初，一字曾伯，号剡源，或称质野翁、充安老人，庆元奉化剡源榆林（今属浙江班溪镇榆林村）人。宋度宗咸淳中，入太学，升上舍，咸淳七年（1271）登进士第，教授建康。后迁临安教授，行户部掌故，皆不就。宋亡后隐居家乡，授徒卖文自给。元大德八年（1304），被荐为信州教授。再调婺州，以病辞归。卒年六十七。戴表元曾受业于以文章师表一代的同郡王应麟和天台舒岳祥，至元、大德间，以文章大家名于东南。戴表元论诗文，主张宗唐得古，要"杂采众草木之芳腴"，博采众长，形成自家风格，同时强调学诗要先学"游"，即要有生活实感。因而其诗文深得后人称道，顾嗣立在《元诗选・初集》小传中引宋濂的话表达了对戴表元诗文的欣赏："濂尝学文于黄文献公，公于宋季词章之士，乐道之而弗已者，惟剡源戴先生为然。"②其诗诗律雅秀，力变宋季粗浮之习，且多伤时闵乱，

① ［清］黄宗羲：《宋元学案》卷86"东发学案"，上海中华书局民国25年版，第61—62页。

② ［清］顾嗣立：《元诗选・初集》，中华书局1987年版，第226页。

悲忧感愤之辞；其文清深雅洁，受欧阳修文风影响，故谓“至元、大德间，东南以文章大家名重一时者，唯表元而已”①。有《剡源集》三十卷②。生平事迹见集中自序、《清容居士集》卷二八《戴先生墓志铭》、《元史》卷一九〇、《宋元学案》卷八五、《新元史》卷二三七等。

陈著与戴表元的交游，在其《本堂集》中可见及《次韵戴帅初不赴丹山醵饮二首》等 34 首（篇）诗文，内容涉及交往的方方面面。

戴表元是陈著更生诗社社友，从其《次韵戴帅初不赴丹山醵饮二首》（卷十七）“我檄方从风里去，君诗却占日前来”（其二），此次诗社丹山醵饮，戴表元虽未能前来，但作为诗社成员，其诗歌却已如约而至。同样在陈著《次戴帅初以水涨不及赴茂林醵饮重午韵》（卷十七）中：“回头林谷已云迟，心不怀疑遁自肥。有菊可寻方觉是，无根自乐岂吾非。危时一醉便为福，好客相过莫放归。欲吊湘累波浩渺，但须珍重芰荷衣。”在诗社的又一次茂林醵饮中，戴表元因为大水未能赴约，也有诗歌参与，因而才有陈著的这首次韵诗。两次有约未赴、两次诗歌赴约，可见戴表元是陈著更生诗社忠实的社友。

除了诗社诗歌唱和往来，他们还常有田园归居、嫁女赠物等日常生活的诗歌唱酬，如《次韵戴帅初村园杂兴二首》（卷三）、《次韵戴帅初架阁（名表元）剡居四首》（卷三）、《次韵戴帅初觅茶子二首》（卷五）、《次韵帅初浙西回及得新居三首》（卷十七）、《羞戴帅初架阁（表元）嫁女》（卷八五）等，可见他们交往之频繁。而更有意思的是，在百无聊赖时，诗歌唱酬更成为他们生活的重要一部分，且看陈著《戴帅初九日无憀以满城风雨近重阳为韵七首袖而示余因次其韵》（卷八），戴表元在重阳佳节因无以聊赖，作诗七首，袖以见著，陈著作诗次韵，“谁知百年内，忧乐元不同”（其二），“吾发白且老，面目又尘土……徒怀万里心，夜梦良劳苦，欲言言向谁，鸡鸣正风雨”（其四），既是对友人九日袖诗来访的回应，又借以表达遗民的心志与感喟。

除了戴表元，此期陈著交往密切的还有单君范、孙常州等，单、孙二人同时也是戴表元的朋友，他们几人诗文唱酬，交相往来，形成了一个志趣相投的朋友圈。

单君范（1239—1305），名庚金，字君范，戴表元曾为其作挽诗和墓志铭，其生平经历因此得以留传。据戴表元《单君范墓志铭》：同为剡源人的单君范，初与戴表元“俱以词赋行州里间，有微名。既一再不得志于贡举，

① ［明］宋濂等：《元史》第 14 册，卷 190，中华书局 1976 年版，第 4336—4337 页。

② 原二十八卷，其板久佚，明嘉靖间周仪得其旧目，广为搜辑，厘为三十卷。

即去而他游”；庚午年(1270)秋天，戴表元“在钱塘，叨太学荐送，两浙漕运使者亦以君范名闻”；第二年(1271)春天，戴表元举进士，“君范竟守母丧居庐，迨甲戌(1274)岁，始来就南省别试所，乃见黜免，于是遂归隐剡源晦溪山中者三十年”。三十年的归隐生活中，单君范能够做到“日夜取古圣贤经传遗言，洗濯磨治，家无赢余，口不道营殖，面不带忧愠，饮水茹蔬。客至，开门清言，款接忘倦，盖真以德义自给者。而予解弃官守，携持老稚，晚方徙依君范同乡而居，每见之，未尝不内愧也”。①

> 君范卒，且葬，其孤函裹父所著书及事状来征铭。按，单氏之籍，自婺迁明奉化凡三枝……而晦溪枝称君范，曾祖光喆，祖大年，父钦，字崇道，世醇儒。君范知读书，崇道公辍衣食用以供其师；妣龚氏，尤贤明，游学资费取之簪珥无吝惜。其书已脱稿，有《春秋三传集说》，分纪五十卷，用吕氏程氏所纂自左氏、公羊传、穀梁传以来诸家之异同，定于一书，后学得以依据。又解春秋正经，题为《春秋传说集略》者、十二卷。又读论语，去取诸儒本，题为《增集论语说约》者、若干卷。杂著五七言诗、拟古乐府，题为《晦溪处士余力稿》者，又若干卷。嗟夫，君范惟无利禄得丧于心，故能善其道，全其身；若令得一下士之秩，碌碌驱驰尘土中，终复何所成就。令居产能致千金装，孰与清素传子孙之为安。然君范性谦旷，非若他人能商略利害为避就。往往大山长谷，故家遗俗，风声气泽，陶写停积而致然乎？生己亥十一月十九日，卒大德九年乙巳十月二十四日，寿六十七。娶鄞县西山吴氏，子男二，涵、池；孙女二，素心、如心。以十一年丁未十一月某日葬嵊县忠节乡葛竹山之原。兆穴，手自铨制。盖于地理家亦臻其奥矣。铭曰：大山嶙嶙，长流沄沄，是为晦溪明经处士之坟，百世之下，宁无智者。勿蹦其石，勿剪其榎。②

墓志铭里详细叙述了单家“世醇儒”，君范知读书，性谦旷，父亲“辍衣食用以供其师”，母亲典卖簪珥以供其游学资费。可惜君范无缘科举，此后便“归隐剡源晦溪山中者三十年”，箪食瓢饮苦读古圣贤经传，以德义自给，著有《春秋传说集略》《增集论语说约》《晦溪处士余力稿》等诗文集，著述丰

① [元]戴表元：《单君范墓志铭》，《剡源集 附札记》卷16，中华书局1985年版，第240页。

② [元]戴表元：《单君范墓志铭》，《剡源集 附札记》卷16，中华书局1985年版，第240—241页。

富，君范以“无利禄得丧于心”，终于能够善其道、全其身，成就其事业。与《单澧贡君范挽诗》“竟抱遗经死，斯人亦可哀。传家一夔足，涉世万牛回。白屋身空脱，青山手自开。樵苏且莫近，玉树炯泉台”①一样，戴表元在深深地哀叹中盛赞君范的学问品行。

而陈著于单君范，则有《送君范到下溪头》（卷五）、《次单君范（庚金）袖来汪西皋（名元寅字日宾）所撰咏秋十章以示因和之十绝》（卷四）、《与单君范坐凝光亭》（卷九）、《喜见单君范》（卷九）、《次韵单君范行李中诸诗，前数章自道，后二章为此人作也，八首》（卷十八）、《送单君范赴汪西皋馆》（卷十九）、《次单君范遗次儿韵效鲁直体（卷十九）》、《单君范过西皋迂途来访一诗道别》（卷十九）、《送别单君范》（卷二十一）、《次韵单君范》（卷二十一）、《和单君范古意六首》（卷二十五）、《次韵单君范寄梅行》（卷三十一）、《与单君范书》（卷七十五）等近四十首（篇）诗文，可见他们之间极为频繁的往来唱酬，更从这样的日常唱酬中表现相互间的相投相谐：或欣喜于“可人忽相访，忽忽应灯花”②的故人相访；或感慨于“聚忽如萍散忽云，今朝得见满腔春”③的聚散无常；或忧心于“岁事有丰歉，官税无减除。谁知山中田，沙土多蒿萎。秋来倘有成，犹恐才半租。或其水旱至，不足偿耰锄”④的民生疾苦；或焦虑于子女“连年奔走山林逃难……先世一丝经脉，凛凛乎莫续。若曰待天下事定，然后为计，则水流已下，蓬遂其曲，何日可回”⑤而委君范以其子之师、传续先世经脉的重任……频繁的诗文往来和唱酬中，陈著颇为欣赏君范的博学广识和人品德行，相知亦颇深颇永。

孙常州，是陈著和戴表元交游圈中的另一位朋友。关于孙常州的名、字、号，有不同的说法。据陈著《次韵四明孙常州》（卷十八）诗题下自注：“名嘉，字耕宽”，则可知四明人孙常州，名嘉，字耕宽。而据戴表元《耕宽堂赋》，“孙常州既纳印而归，筑堂于四明山之阳，命之，曰‘耕宽’”⑥，则“耕宽”为其堂名，以之为号似较为合理。又据黄东发《黄氏日钞》卷八十六《霁

---

① [元]戴表元：《单澧贡君范挽诗》，《剡源集　附札记》卷29，中华书局1985年版，第452页。

② [宋]陈著：《次弟观似单君范一首》，《本堂集》卷10，《文渊阁四库全书》第1185册，上海古籍出版社1987年版，第52页。

③ [宋]陈著：《次韵弟观似单君范》，《本堂集》卷20，《文渊阁四库全书》第1185册，上海古籍出版社1987年版，第100页。

④ [宋]陈著：《和单君范古意六首》（其一），《本堂集》卷25，《文渊阁四库全书》第1185册，上海古籍出版社1987年版，第125页。

⑤ [宋]陈著：《招单君范（庚金）教子书》，《本堂集》卷75，《文渊阁四库全书》第1185册，上海古籍出版社1987年版，第390页。

⑥ [元]戴表元：《剡源集　附札记》卷21，中华书局1985年版，第314页。

窗记》,“客有问霁窗于余者,曰:‘孙常州天下士,以霁窗自名,何居?’……吾知其读易余闲,钓帘倚徙六合,吾户牖气象同此一清明也。……余以告霁窗,霁窗笑不语……景定五年(1264)七月日记。”若此之孙常州即陈著所言之孙常州,则不仅可见其与黄震交往甚亲密,也知“霁窗”当是其书斋名或为其号。而今《余姚文史资料　第12辑　浙江省历史文化名镇梁弄》则谓孙嘉(1212—1287),字崧卿,号耕宽,此信息当据其宗谱而来,结合前之分析,当较为可信。而习称其为“孙常州”者,则是因咸淳五年(1269)春,孙嘉升为常州知府,时人遂有是称。

孙嘉自嘉熙二年(1238)中进士后,任庆元府鄞县县尉,因为丁忧未上任。淳祐五年(1245),改任为临安府仁和县平镇税。五年后调嘉兴府魏塘酒库。宝祐二年(1254),被任命为徽州目理。宝祐六年(1258)又升为太平州当涂县县尹。景定二年(1261)授签书、宁海节度判官。景定五年(1264)又被命为干办行在所诸军审计院。至咸淳元年(1265),任为监尚书六部门下。咸淳三年(1267)夏,调司农寺簿。直至咸淳五年(1269)春,升为常州知府。从其履历看,其仕途平顺。后因宋亡,归隐四明山中。戴表元“咸淳朝士今布衣”即谓其这一经历。

孙嘉为人亢直,能识大体,不计小失。据《孙氏宗谱》,孙嘉乃孙子秀之族侄,所以孙嘉晚年也在姚山别业内营造房屋,并号为“耕宽堂”,作为居住之所。①

孙嘉晚年隐居家乡,过着悠游山水的诗酒生活,好写诗,而尤好白居易诗,诗歌创作颇丰。据戴表元《题孙常州摘稿》,孙常州天资笃雅潇洒,晚岁归卧四明山中,“即园池之适易轩马之荣,用篇翰之勤寄簿书之能,而尤好哦白乐天诗,意至辄效其体为之。得之不劳而神全机纵,坐客往往服其敏、而慕其达也。余以连姻往来,屡预其集。每见琴樽仗席之间,诗行酒起、酒倦诗止,名谈势语,终夕不及。私叹、一时风流,略与乐天何异?亦由承平士大夫气习薰摩沾灌之所致。而今岂复易得斯人哉”?② 对孙常州称赏备至。孙嘉去世,其子将版刻家集以传,因孙常州诗歌数量极多,只能先摘刊一二,刊刻了诗歌选集。戴表元题记在伤感于连姻孙常州的死别之外,又欣慰于孙常州有子为其留存的大量诗歌刊刻诗集,不似白居易无子只能垂老亲自编次诗文且寄藏于浮屠之室以求传于后世的不幸。惜孙常州诗作,

---

① 谷白云:《常州知府孙嘉》,《余姚文史资料第12辑　浙江省历史文化名镇梁弄》,1984年6月编,第83页。

② [元]戴表元:《剡源集　附札记》卷18,中华书局1985年版,第277页。

今所见仅有《游丹山》和《酬汪将军携游白云寺》等：

与客穷幽胜，同登白水山。银涛翔月落，苍壁倚天寒。采药穿云坞，围棋坐石坛。因忘归路晚，纫佩得秋兰。（《游丹山》）

将军恒爱客，载酒喜行游。山殿晴云落，天香静磬浮。嘉莲艳宝水，甘露降灵楸。征古一为瑞，清香思更幽。（《酬汪将军携游白云寺》）

孙常州归隐后悠游山水的诗酒生活一见于戴表元的题记中，而其与戴表元、陈著三人之间的交往与友情则可从他们较为频繁的诗文唱酬里得见。陈著有“相知惟有诗相寄，便羽一封三印斜”[①]“殷勤寄到新诗卷，寄字终须问子云”[②]和《咏孙常州飞蓬亭》等。而戴表元与孙常州的关系则要更近一层，在《题孙常州摘稿》中谓，其与孙常州以“连姻”往来，屡预其集。袁桷所作《戴先生墓志铭》（《清容居士集》卷二十八）中提到戴表元的四个女婿，其中一个名为孙肖翁，则似可推知孙肖翁当为孙常州之子。

对于孙嚞的离世，陈著与戴表元都深表哀挽，分别写下了《挽孙常州寺簿（嚞）二首》（《本堂集》卷九十）和《孙常州挽诗》（《剡源文集》卷二十九），表达他们相知之情谊以及沉痛之心情。陈著挽诗其一云：“蚤宦早收还，相从溪与山……手铭平日事，打破死生关。”[③]尾联下自注“自作墓志而死”，云孙常州勘破生死，自作墓志之超然淡定。戴表元除了上述《耕宽堂赋》为之“耕宽堂”作赋以申其义外，还有《春溪恶寄孙常州（孙有约不至）》诗：

春溪恶，日日春风吹过客。千车万辙不相嫌，一客歌来吹倒却。旁人借问客为谁，咸淳朝士今布衣，声名欲隐人自知。君不闻孙兴公，逃乱走入黎州峰。子孙百世居峰下，往往翰墨余仙风。鹑衣藿食何足耻，头白河清吾亦俟。向来南面五马车，只饮西山一盂水。青牛处处迷行踪，白鹤归来余故宫。道逢樵客知去远，迟君不来三日晚。溪水

---

① [宋]陈著：《用戴帅初韵寄孙常州》，《本堂集》卷18，《文渊阁四库全书》第1185册，上海古籍出版社1987年版，第88页。

② [宋]陈著：《次韵四明孙常州》，《本堂集》卷18，《文渊阁四库全书》第1185册，上海古籍出版社1987年版，第87页。

③ [宋]陈著：《本堂集》卷90，《文渊阁四库全书》第1185册，上海古籍出版社1987年版，第490页。

犹能作吴语，似续君家遂初赋。①

“溪水犹能作吴语，似续君家遂初赋”，诗借东晋孙绰孙兴公作《遂初赋》，致意于“止足之分”和归隐生活，寄讽孙常州的有约不至，语含调侃，愈见关系之密切。

6. 门人吴棣窗

吴棣窗即吴应奎。据陈著《本堂文集》卷八《到净慈展墓次韵吴棣窗》下自注：“名应奎，字可文。”又据陈著《题学子吴应奎文可游山纪胜》（卷四六）和《宋元学案》卷八十六“东发学案”中“本堂门人”条下：

吴先生汉

吴先生应奎（合传。）

吴汉，字叔度；吴应奎，字文可，奉化人也。二吴皆居白岩，而学于本堂。（补。）

可见，吴应奎为陈著门人，其字当为“文可”，棣窗应为其号，为奉化人，居白岩。陈著《本堂集》中有《到净慈展墓次韵吴棣窗》（卷八）、《答吴棣窗》（卷九）、《戴时芳（名方）时可（名宾兴）学子吴叔度（名汉）文可（名应奎）载酒西坑劳苦（公堂戴，白岩吴）》（卷二〇）、《次韵吴应奎解嘲》（卷二一）、《浪淘沙・示吴应奎》（卷四二）、《题学子吴应奎文可游山纪胜》（卷四六）等多首（篇）诗词文，与门人吴应奎寄赠唱和，师生厚谊及陈著对于门人吴应奎的赏爱之心于文词中毕现。

在五律《答吴棣窗》中，“来访在家僧，连床坐夜灯。狂谈抛玉麈，剧饮渴黄藤。一见皆风月，相投不炭冰。何当长作伴，山水足临登”②，灯下的“狂谈”与“剧饮”，毕现师生“相投”之情状；在《浪淘沙・示吴应奎》“迟饭甑炊红”词中，陈著着重抒写“兵后故人能有几”的感慨，并欣慰于他们师生的“依旧情浓”③；而在《题学子吴应奎（文可）游山纪胜》中，八十岁的陈著更是直接称道吴应奎的“襟怀洒落”，谓其与东涪山水有缘，称赏其品题山水

---

① ［元］戴表元：《剡源集　附札记》卷28，中华书局1985年版，第434页。

② ［宋］陈著：《本堂集》卷9，《文渊阁四库全书》第1185册，上海古籍出版社1987年版，第46页。

③ ［宋］陈著：《本堂集》卷42，《文渊阁四库全书》第1185册，上海古籍出版社1987年版，第205页。

之文字，“何其清而新，美而畅也”，情不自禁流露其对于门人的“爱助之心”①。

7. 胡三省、胡幼文父子

胡三省(1230—1302)，宋元之际著名史学家。字身之，又字景参，台州宁海(今属浙江)人，世称梅涧(或作梅磵)先生。又据《宋宝祐四年登科录》卷三，胡三省为宝祐四年(1256)文天祥榜进士，为第五甲第121人，小名蒲孙，小字子持，母亲周氏，娶妻张氏，曾祖友闻，祖须，父钥，台州宁海县新宁乡人。胡三省在理宗宝祐四年进士及第后，历任慈溪县尉、寿春府府学教授、朝奉郎等职。南宋末年应贾似道召，从军至芜湖，屡有建言，贾似道专横不能用。宋亡后，隐居不仕。作为史学家，胡三省自宝祐四年即开始专心著述《资治通鉴广注》，得97卷，论10篇。德祐二年(1276)临安失陷后，其手稿在流亡新昌(今广东台山)途中散失。宋亡后，发愤重新撰写，于元世祖至元二十二年(1285)完成《资治通鉴音注》294卷及《释文辩误》12卷。据袁桷《祭胡梅涧先生》(《清容居士集》卷四三)：“甲申之岁，先生出峡，访先子于城南。桷时弱冠气盛，望先生之道，不知珮玉之利于徐趋，驾车之不可脱御也。先生微机以抉之，再而赧，三而竭，垂头却立，毕志以请业……”袁桷祭文中所述，即甲申年胡三省为校勘新稿而去袁家坐馆之事。在胡三省历经20年心血所撰的《资治通鉴广注》散失后，又经9年辛劳，新稿《资治通鉴音注》撰写就绪，因家乡地处偏僻，通经识文者和校勘之书籍资料皆为寥寥，为了校勘之便，胡三省在浙东首府鄞县之望族南湖袁家袁洪的邀请下，于甲申之岁(1284)离家去袁家坐馆，在辅导袁家子弟学业之余，得益于袁家丰富的藏书，胡三省每日校勘并手抄书稿，“迄乙酉(1285)冬始克成编”。胡三省先后花了三十年时间，对《通鉴》作校勘、考证、解释，对《释文》作辩误，并对史事有所评论，其《资治通鉴音注》学术价值极高。《四库总目提要》称其“于象维推测、地形建置、制度沿革诸大端，极为赅备”，“至于礼乐、历数、天文、地理，尤致其详”。《通鉴音注》中多有史事评论，今人陈垣在《通鉴胡注表微》中称他“充分表现了民族气节和爱国热情”。另有《通鉴小学》1卷，《竹素园稿》100卷，皆佚。

胡三省为陈著丙辰同袍，其子胡幼文又娶陈著季女清为妻，于是，陈著与胡三省同年之谊又结姻亲之缘，关系愈加密切。从陈著《本堂集》看，有《次韵胡景参制机(名三首)见寿二首》(卷二十一)、《答胡景参判机(三省)

---

① [宋]陈著：《本堂集》卷46，《文渊阁四库全书》第1185册，上海古籍出版社1987年版，第220页。

教授(一字身之)》(卷七十八)、《答胡景参》(卷七十八)、《与胡景参》(卷七十九)、《季女清许胡氏答启》(卷八二)、《答胡景参制机(三省)为子幼文请婚季女札》(卷八十三)、《答胡表仁制机为侄孙幼文纳币请期札》(卷八十三)(胡幼文的叔公)、《答胡表仁为侄孙请期札》(卷八十三)等多篇与胡家父子甚至叔父的寄赠唱和文字,备述两人"相与追从,忘形骸,见肺肝"之情谊以及两家联姻之好事。

胡幼文,字德华,天台人也。制幕三省之子,本堂女婿。陈著选择胡幼文为季女陈清之夫婿,首先是出于对同年胡三省的深挚情谊和学识人品的赏识与信赖,"吾婿胡幼文德华甫也,吾于其父制机公为丙辰同袍生,相与追从,忘形骸,见肺肝……二十年后各归故山……公以子请婚,吾亦以其父知其可妻,而妻之以女清……"[①]其次,据《宋元学案》卷八十六"东发学案",胡幼文还是陈著门人,可见也是出于对胡幼文自身学识和修养的认可。《本堂集》中可见及《二月十日送女清出适还次韵弟观代主留客》(卷十)、《次韵胡甥幼文留别》(卷十一)、《送女清适宁海胡氏回次韵弟观净慈诗写情》(卷二十一)、《与胡甥幼文》(卷七十九)等诗文述及胡幼文。

二、仕宦之交

由于多年的仕宦,陈著与当时同朝为官的官员们有较多的交往,大多为公事应酬之交,也有不少是志趣相投、精神相通之交。从其文集看,主要有:

1. 潜说友

潜说友(1216—1288),字君高,号赤壁子,缙云人。南宋淳祐元年(1241)进士,官至代理户部尚书,封缙云县开国男。潜说友任临安(今杭州)知府期间,重视疏浚西湖,修葺名胜,整修道路,关注京城百姓民生。主修《咸淳临安志》,该志与《乾道临安志》《淳祐临安志》并称"临安三志",是南宋地方志中的佳作。后迁任平江(今苏州)知府。德祐元年(1275)元兵逼平江时弃城逃跑,在福州降元,任福州安抚使,被部将李雄杀死。潜说友虽晚节不保,但在宋亡前还是颇有作为的。陈著与潜说友的交往主要在宋亡前,一方面是因为潜说友对其有举荐之功,陈著有《贺潜京尹说友除户侍札》(《本堂集》卷六九)、《谢京尹潜户侍说友举缴札》(《本堂集》卷七一)等多篇信札文字,主要是礼节性的贺札和谢札;另一方面是关于地方治理、惩奸除恶上的寻求帮助和支持,在嵊县为官期间,面对宗室外戚把持邑权、豪

① [宋]陈著:《赠甥胡幼文还侍序》,《本堂集》卷38,《文渊阁四库全书》第1185册,上海古籍出版社1987年版,第181页。

贵布凶于僻地乃至缺令十七年的嵊县现状，陈著撰写《上京尹潜户侍说友札》(《本堂集》卷七一)，向潜说友陈述实际情况，希望得到帮助和支持，为一县、为天下立纲纪，可谓正气凛然。从陈著斐然的治绩看，潜说友当是有感于陈著惩恶之勇气和决心，给予了大力的支持。潜说友 1270 年任临安知府，则此文约写于 1270 年，时陈著为嵊县令。

2. 马光祖

马光祖(1200—1273)，字华父，浙江东阳马宅镇(一说城西)人。赐号裕斋，封金华郡公，谥号庄敏。理宗宝庆二年(1226)进士。后历任沿江制置使、江东转运使、知临安府、三知建康府(今南京)、户部尚书、大学士，咸淳三年(1267)拜参知政事，咸淳五年(1269)升授为知枢密院事，以金紫光禄大夫致仕。马光祖是与范仲淹、王安石等齐名的宋朝名相，《宋史·卷四一六》有传。

陈著有词《大酺·寿沿江大制使观文马裕斋同知》(“问大江东”)(《本堂集》卷三九)、诗《寿马裕斋观文》(《本堂集》卷一)和文《贺马观文(光祖)除知院兼参政札》(《本堂集》卷六九)涉及马光祖。从题目看，多为礼节性的应酬之作，但从内容看，如寿诗四首，分别以山之高、水之永和谢傅东山颂裕斋德之高、德泽之源深流长和裕斋东山之志，以有鹤表达自己不能“从翁而乐”[①]的遗憾，表达无比崇敬之意。虽无更多的实质性交往，但陈著对于为民着想、政绩卓著的名相马光祖的敬仰，也从侧面表现出其在政治上的追求。

3. 文天祥

文天祥是宋末大英雄，正气浩然，所作所为，颇为人们敬重，陈著与文天祥的交往，不在两人之间行为上实际的交往，主要是国难当头之际，作为有正义感的文臣对于文天祥凛然正气的神往与激赏。陈著有《与文宋瑞枢密(天祥)书》，据其文意，当写于国家危难、文天祥出兵勤王之时，“当今京师凛乎器欹，宗社危于发缀，望之者不知所措手……听命效死，至不费朝廷一钱一粒，而精甲数万来勤于阙下……”[②]陈著信中为文天祥壮举所感动，激赏文天祥之举，行文不由充满豪气，表现宋亡之际爱国之士精神上的相通，以及一样的正气凛然。

---

① [宋]陈著:《寿马裕斋观文》,《本堂集》卷 1,《文渊阁四库全书》第 1185 册,上海古籍出版社 1987 年版,第 3 页。

② [宋]陈著:《本堂集》卷 74,《文渊阁四库全书》第 1185 册,上海古籍出版社 1987 年版,第 383 页。

4. 家铉翁

家铉翁(约1213—1297),字宪(据陈著文题),号则堂,眉州(今四川省眉山市东坡区)人。家铉翁身长七尺,状貌奇伟,威严儒雅。以荫补官,累官知常州,迁浙东提点刑狱,入为大理少卿,直华文阁。咸淳八年(1272),权知绍兴府、浙东安抚提举司事。德祐初,权户部侍郎兼知临安府、浙西安抚使,迁户部侍郎,权侍右侍郎,兼枢密都承旨。二年(1276),赐进士出身,拜端明殿学士、签书枢密院事。元兵次近郊,丞相贾余庆、吴坚檄天下守令以城降,铉翁独不署。奉使元营,留馆中。宋亡,守志不仕。元成宗即位(1294),放还,赐号处士,时年八十二,后数年以寿终。《宋史》卷四百二十一有传。有《则堂集》六卷,《彊村丛书》辑为《则堂诗余》一卷。词存三首收于《全宋词》中。家铉翁义不贰君,颇受世人敬重,足为臣轨。有子家性存①,亦有文名。

陈著文集中屡有提及家宪(铉翁),如《贺家宪元旦札》(《本堂集》卷七〇)、《贺家宪除都官郎中仍旧任启》(《本堂集》卷七一)、《贺家宪冬至札》(《本堂集》卷七二)、《贺新除浙东家宪铉翁启》等贺札,《谢家则堂提刑铉翁应诏特荐书》(《本堂集》卷七三)、《谢家宪铉翁举升陟启》(卷六一)、《通浙东家宪铉翁缴札》(卷七十)、《嵊县考满谢家宪札》(卷七二)等谢札,从内容看,家铉翁对于陈著有举荐之恩,因而这些贺札和谢札,有对举荐之事的感谢,还有逢年过节的节日问候,当然也有对于家铉翁升迁的祝贺,可见陈著与家铉翁之间有着较为频繁的联系和密切的关注。此外,家铉翁不仅宋亡后有义不二君之举,从宋亡前一路升迁的仕宦经历来看,应该是善于治理、政绩卓著的,因此,除了礼节性的贺札谢札外,陈著还有《上家宪札》(《本堂集》卷七一),同《上京尹潜户侍说友札》一样,向家铉翁请求支持和帮助,表明其为嵊县令时正气凛然惩恶之勇气和作为。

三、同族亲戚

陈著兄弟姐妹四人,长兄去世较早,后两个姐姐也先后去世。在陈著漫长的人生中,与其交往密切,感情深挚的有其陈家的族兄弟,从其诗文唱酬及其他史料来看,主要有陈观和梅山弟陈苢两人关系至为密切,相互寄赠唱和颇为频繁,留下的诗作数量多且内容丰富。

1. 陈观

陈观(1238—1318),陈著族弟。字国秀,度宗咸淳十年(1274)甲戌科

---

① 参见杨镰:《元诗史》,人民文学出版社2003年版,第371页。

进士，尝调临安府新城县尉①。卒于元仁宗延祐五年(1318)三月，得年八十有一，可推知生于1238年，与陈著(生于1214)相差24年。袁桷此记载正与陈著《赠弟观之王传心馆数语送行》诗中“吾年七十四，疾病常乘衰。汝年亦五十，半发成雪丝”所言吻合。死后葬于剡源乡毕驻里，祔于曾祖迪功某之兆。祖母戴氏，以守节著，事见州志；父承务郎，母臧氏、董氏。子汉。孙时说、时敏。《本堂集》中有多达近50首与陈观的诗歌唱和，这样频繁的诗文寄赠唱酬足见其兄弟情深；其兄弟深情还表现在早年陈著对于陈观的照拂和晚年陈观对于陈著侍陪相伴上。据袁桷《陈县尉墓志铭》，陈著倅临安时(1272—1274)，陈观馆于著家，其父亲承务亦在馆(陈著《本堂集》卷九十有《挽族父承务郎衡之(铨)三首》，大概挽的就是陈观父亲)；陈观中举，陈著欣然贺喜；晚岁，陈观谢去诸生业师，“徜徉岩壑，侍博士穷幽抉奇，连唱属和，有帙曰《棣萼集》”。兄弟相携，友爱一生。陈观有诗文集《窍蚓集》《蒿里集》，已佚。事见清光绪《奉化县志》卷二三。《全宋诗》卷三六五六据清彭祖训《剡川诗钞》补编卷一和清张豫章《御选宋金元明四朝诗》卷五五录有其诗8首。

2. 陈茝

陈茝(1227—?)，即诗文中频频提及的梅山弟。名茝，字楚秀，号梅山，鄞(今浙江宁波)人，善画梅，陈著族弟。事见《剡川诗钞》补编卷一。另据陈著《梅山记》(《本堂集》卷五〇)：“梅山，陈茝楚秀自号也。……余，族兄本堂老人也。”又《跋弟茝梅轴》(《本堂集》卷四四)，“梅山，吾族弟也”。又据陈著《饮于梅山弟家醉书八首》(《本堂集》卷四)中其二云“梅山少我十三年”句，知梅山弟当生于1227年。有子圣涯、孙山孙(见《本堂集》卷四《饮于梅山弟家醉书八首》其六诗题《右示圣涯侄》和其七诗题《右喜见山孙》)兄弟诗歌唱酬颇为频繁，《本堂集》中有唱和诗60余首。《全宋诗》卷三六五七录陈茝诗1首。

四、方外之交

陈著交游，多方外之士，诗词文中提及的就有法椿长老、道士卢竹溪、四明天宁报恩禅寺住持可举等，不仅交游之僧道为众，且诗文唱和寄赠也颇多。“蚤岁雄心撼不周，晚年归老契禅游”②，可见陈著的方外之交在宋

① 此据[元]袁桷：《陈县尉墓志铭》，《清容居士集》，中华书局1985年版，第494页。

② [宋]陈著：《用前韵似龄叟》，《本堂集》卷20，《文渊阁四库全书》第1185册，上海古籍出版社1987年版，第97页。

亡退隐之后尤甚，亦有以此明志及迫不得已的意思。

1. 法椿

法椿长老(1238—?)，号龄叟，初为雪窦山慈云寺主僧，1281年为鄞县净慈寺住持。《本堂集》卷五〇《重修净慈寺记》："余家西莲叶峰下，有禅刹曰'净慈'……辛巳法椿以公选住持。"辛巳即1281年。陈著《正月二日游慈云为龄叟作》云："我年今已七十六，师五十二亦多病。"推知龄叟生于1238年，比陈著小24岁。另据周扬波《宋代士绅结社研究》考，法椿长老为陈著所结诗社社友[①]。由于有着这一层特别的社友关系，陈著在诗歌中与龄叟的唱和最多，有30余首，内容涉及交往的方方面面。

有写两人之间的结缘与交谊。陈著与法椿长老似乎特别有缘，"一相从后便相知，结得因缘似许奇。如水笑谈多尽日，与云来往本无时"[②]"我与龄叟心事通"[③]"有时话到有处无，有时瞑到入禅定。本来僧俗不相干，气味投时堪隽永"[④]，两人一见如故，心事想通，气味相投，交谊深挚而长久。在另一首次韵族弟陈观给龄叟的诗中，"我今亦是陶潜辈，三笑图中就写真"。[⑤]，陈著直接以陶渊明自比，并用儒者陶渊明与道士陆修静相携访问在庐山修行之高僧慧远的"虎溪三笑"典故，抒写自己亦儒亦道归隐生活的怡然自在和方内方外三人的亲和与投缘。

有写诗社唱酬的。据当代学者周扬波考，龄叟为陈著所结诗社之社友。据陈著写于1277和1278的两篇《菊集所檄》(《本堂集》卷五三)，诗社宋亡后以重阳登高置宴赏菊为主题，采用醵会即合力出钱置办宴席的集会方式，社员们次韵赋诗，抒写亡国之痛和隐居之志。陈著《本堂集》中存有《次韵前人醵更生会三首》(《本堂集》卷十五)，同卷又有《次前韵示前人》一首，用韵意境皆与前三首相合，当为同一次更生会而作。"更生"为菊之别名，故其实就是菊集。所作四首，皆沉郁顿挫。诗中用"追陶令"，伯夷、叔齐采薇而不食周粟以及殷浩败绩而空书咄咄等典故，表明在宋完全覆灭，天下已易朝为元之后，诗人们以陶潜式的归隐和伯夷、叔齐的不食周粟，明

---

① 周扬波：《宋代士绅结社研究》，中华书局2008年版。

② [宋]陈著：《寿法椿长老二首》，《本堂集》卷23，《文渊阁四库全书》第1185册，上海古籍出版社1987年版，第116页。

③ [宋]陈著：《登慈云阁示龄叟月峤》，《本堂集》卷31，《文渊阁四库全书》第1185册，上海古籍出版社1987年版，第145页。

④ [宋]陈著：《正月二日游慈云为龄叟作》，《本堂集》卷32，《文渊阁四库全书》第1185册，上海古籍出版社1987年版，第146页。

⑤ [宋]陈著：《次弟观与龄叟诗韵》，《本堂集》卷19，《文渊阁四库全书》第1185册，上海古籍出版社1987年版，第92页。

确而坚定地表达不与新朝合作的态度，保持了作为遗民的独立人格。而作为诗社成员的龄叟，虽已不能见到其关于诗社活动唱和的诗篇，但陈著“何惜盟吟社，浮尘付过鸿”①“诗盟终有缘”②和“为莲社约非吾事，读藕花诗欲汝师”③似都提及了结社之事；而他们之间频繁的诗歌唱酬也包含了诗社好友间的交谊。

另有如《游慈云似龄叟》(《本堂集》卷二六)、《乙酉(1285)正月九日游慈云三首》(《本堂集》卷四)、《游慈云》(《本堂集》卷七)、《游慈云二首》(《本堂集》卷九)、《正月二日游慈云为龄叟作》(《本堂集》卷三二)、《登慈云阁示龄叟月峤》(《本堂集》卷三一)、《龄叟招饮醉中》(《本堂集》卷十)、《龄叟醉我以鼓笛之筵八句见意》(《本堂集》卷九)、《次韵椿长老惠莲花扇》(《本堂集》卷八一)、《答净慈寺主僧法椿(龄叟)惠素淘》(《本堂集》卷八一)、《答净慈寺主僧法椿馈生日》(《本堂集》卷八六)、《寿法椿长老二首》(《本堂集》卷二三)、《龄叟以诗来寿余次韵以复》(《本堂集》卷十)等数量众多的诗文，或慈云览胜，或邀饮赋诗，或赠物次韵，或祝寿唱酬……足见陈著与法椿长老之间因为共同志趣而形成的深挚情谊。

2. 可举

可举，自号直翁，曹洞宗东谷妙光禅师(？—1253)法嗣，“其传承法系是：天童宏智正觉→净慈自得慧晖→华藏明极惠祚→灵隐东谷妙光→天宁直翁可举→天童云外云岫”④。元至元十三年(1276)，可举住持四明天宁报恩禅寺，至元十九年，天宁寺遭遇火灾，可举奋志重建，经十余年而成，时可举已八十余岁。弟子云岫曾编其语录，今未见传世。日藏宋僧诗集《一帆风》⑤中有可举的诗作，《新撰贞和分类古今尊宿偈颂集》《重刊贞和类聚祖苑联芳集》中也收录了可举的诗偈，前者录诗十首，后者录九首，除去重复的七首，二者共录有可举十二首佚诗。由此可见，可举实乃一诗僧。

陈著与可举的交游，见诸《本堂集》中多篇关于直翁可举的诗文，如《寿

---

① [宋]陈著：《用前韵答龄叟见寄》，《本堂集》卷9，《文渊阁四库全书》第1185册，上海古籍出版社1987年版，第46页。

② [宋]陈著：《次韵达观弟送法椿长老入杭》，《本堂集》卷11，《文渊阁四库全书》第1185册，上海古籍出版社1987年版，第54页。

③ [宋]陈著：《寿法椿长老二首》，《本堂集》卷23，《文渊阁四库全书》第1185册，上海古籍出版社1987年版，第116页。

④ 许红霞：《日藏宋僧诗集〈一帆风〉相关问题之我见》，北京大学中文系编《北大中文学刊(2012)》，北京大学出版社2013年版，第696页。

⑤ 《一帆风》是汇集南宋僧人为送别入宋日僧南浦绍明而作的六十九人的诗歌总集，此集流传于日本，中国国内未见著录与流传，因而其中所录僧人及诗歌大都为《宋僧录》《全宋诗》所未收，颇具辑佚价值。同时，它也是宋末中日佛教文化交流的一个见证。

天宁寺主僧可举八十》(卷二九)、《代天宁寺主僧可举赠梓人善斫歌》(卷三四)、《可举长老退休于西山庵赋西山好以送之》(卷三四)、《僧可举真赞》(卷三六)、《天宁寺主僧可举语录序》(卷三八)、《题天宁寺主僧可举罗汉图后》(卷四七)、《天宁报恩禅寺记》(卷四八)等。[①] 从《天宁寺主僧可举语录序》看,弟子云岫记录其师可举言辞的语录,虽未能传世,陈著在当时却不仅得以一见,且应云岫之请为之作了序。而《天宁报恩禅寺记》,则详细记录了天宁报恩禅寺的历史,尤其是在被大火烧毁、大家都以为此刹"已矣"的情况下,主僧可举"奋而誓""必复之",不辞万千辛苦终于将禅寺"尽还其旧而恢拓过之",重新建立起来。陈著"审其竟成事者",用"公、勤、和、密"四字概括了可举获得成功的原因,并由此感慨,"世之兴起已坏之业有能如师之杰然者乎?使世之人皆如师之用心,天下事有不可办者乎"[②]?世上不可为之事,若能以可举的这种精神来为,就没有做不成的事,由此表达了对可举的由衷敬佩和深深敬意。在陈著诗文里,不仅读到了可举的可敬,同时还可以读到陈著与可举"相与既久"的交情,既情谊深厚,又随性而自然,如陈著入城即住可举的禅寺,两人同赏罗汉图;如以戏言出之的语录序和真赞等。

综上所述,陈著交游的主要圈子:其一是学术圈即"东发学派"中人,包括学派创始人黄东发、黄东发之子与孙等,其关系从同年进一步发展到姻亲关系,可谓亲上加亲,牢不可破。其间有学术的探讨,也有诗文寄赠唱酬,关系密切。其二是著名文人的圈子,如与胡三省的交往,既是丙辰同袍的同年关系,也进一步发展为姻亲关系,于是较多诗文寄赠唱酬;还有文章大家戴表元等,共同的志趣而为诗文交游圈子。三是同僚的圈子,多是一些志趣相同或多有提携的官员,交往主要以致谢与应酬为主。四是家人主要是兄弟圈子,以族弟陈观和陈莀为主,尤其在隐居后诗酒唱酬特别频繁,或相携悠游,或吟诗明志,或叙写困窘,等等,他们是至亲之人,也是心气相通之友,在困窘的岁月中聊相慰藉,共度艰难的生涯。

---

① 分别见于[宋]陈著《本堂集》卷29、卷34、卷36、卷38、卷47、卷48,《文渊阁四库全书》第1185册,上海古籍出版社1987年版。

② [宋]陈著:《天宁报恩禅寺记》,《本堂集》卷48,《文渊阁四库全书》第1185册,上海古籍出版社1987年版,第234—235页。

第四节　著述颇丰　评价两极

陈著能诗词文，著有《历代纪统》（已佚）和《本堂文集》九十四卷，今存旧抄本、《四库全书》本、清光绪刻本。《全宋诗》卷三三五五至三三八八录其诗三十四卷。《全宋文》卷八〇九四至八一一九收其文十六卷。《全宋词》第四册收其词一百二十二首。时人对其诗词文评价甚高，吴益举词称其“笔可扛鼎，气欲凌云”①，蒋岩亦称其“挟其耿介之气，发于雄深之文。岿然独立，皓首不变”（《本堂集跋》）。而《四库全书总目》所评“诗多沿‘击壤集派’，文亦颇杂语录之体，不及周、楼、陆、杨之淹雅。又奖借二氏，往往过当，尤不及朱子之纯粹”②，与时人评价不一。

今观其词，多祝寿应酬之作。其论诗则鄙薄四灵，有“今天下皆淫于四灵”之语。然其文学创作成就，犹如四库馆臣所论：“宋代著作获存于今者，自周必大、楼钥、朱子、陆游、杨万里外，卷帙浩博，无如斯集。惟其诗多沿袭‘击壤集派’，文亦颇杂语录之体，不及周、楼、陆、杨之淹雅。又奖借二氏往往过当，尤不及朱子之纯粹。然宋自元祐以后，讲学家已以说理之文自辟门径，南渡后辗转相沿，遂别为一格，不能竟废。”③卷帙虽然浩博，但诗文大多跳不出宋理学家之窠臼，是为“击壤集派”、语录体也。

关于语录体和“击壤集派”。宋人语录内容上多涉性理，语言上往往鄙俚凡俗，对文学产生了较大的负面影响。对此有过尖锐批评且对后世影响深远的是宋季刘克庄，“本朝文治虽盛，诸老先生率崇性理，卑艺文，朱主程而抑苏，吕氏文鉴去取多朱氏意，水心叶氏又谓洛学兴而文字坏”（《迂斋标注古文序》）。又谓：“本朝则文人多，诗人少，三百年间，虽人各有集，集各有诗，诗各自为体，或尚理致，或负材力，或逞辩博，少者千篇，多至万首，要皆经义策论之优韵者尔，非诗也。自二三巨儒及十数大作家，俱未免此病。”（《跋竹溪诗》）入木三分地揭示出宋末理学笼罩下的诗文积弊现状。在理学语录的深刻影响下内容多涉性理的宋末诗歌简直就成了“押韵语录”（周密语）。

---

① [宋]陈著：《谢京尹户判吴府卿（益）举升陟启》，《本堂集》卷63，《文渊阁四库全书》第1185册，上海古籍出版社1987年版，第317页。

② [清]永瑢等：《四库全书总目提要》卷164，中华书局1965年版，第1408页。

③ [清]永瑢等：《四库全书总目提要》卷164，中华书局1965年版，第1408页。

除了内容多涉性理，缺乏比兴、情境等文学性外，宋代语录对诗歌的负面影响还体现在语言上的以鄙俚方言入文，有违典雅。宋人有“语录方言皆入笔墨之习”①和“方言俚字无不可以入集者”②。

语录体是宋代理学的派生物，而“击壤派”和“濂洛风雅派”是理学家诗文的代表。所以四库馆臣往往以“语录体”论文、以“击壤派”和“濂洛风雅派”论诗，二者放在一起共同评论诗文。上述对于陈著《本堂集》的评论即是一例。“有韵语录”和“语录为文”成了四库馆臣频繁品评宋元明清历代诗文著作的经典术语。

虽说，四库馆臣对于刘克庄观点的高度认同，以及热衷于用“击壤派”“语录”等说法品评诗文是与当时的文学思潮即清初“宋诗派”之争和“桐城派”古文尚雅的观点有直接关系的③，但后世论及陈著诗文的较少，其诗文影响也相对较弱。究其原因，“言之无文，行而不远”，其诗文内容偏重对性理的关注而少文采，读来少味，此为其诗文之弊端，也是其诗文虽数量多却影响不大的原因之一。

观陈著诗文，从其内容看，多为对程朱理学思想的深刻认同。其于至元壬辰(1292)所作《奉化县学记》，借他人言表自己心志：“远取诸颜、孟，近取证诸周、程、朱、张，诚于心，践于身，行于家庭，信于宗族、乡党、朋友，贵其所自贵，乐其所自乐。”④足见程朱之学深入人心，成为人们行为的准则。

关于内容与形式，陈著主张“孝弟为根本，文章特绪余”⑤，“文弊莫如今，独存师古心。汲深六经海，茹实百家林”⑥，以“师古”之六经、百家救当时“文弊”，即更多关注于诗歌的内容，而较为忽略对诗歌形式的追求，因此如其《送儿深赴婺之月泉山长》(《本堂集》卷三三)、《送儿沆再之台学并似许梧山张在轩》(《本堂集》卷三三)等诗，多教诲寄语，语白少诗味；又如《醉书》“庚寅仲冬之八日，与诸兄弟诸子侄”⑦等诗句，亦是平白如口语，皆散化，了无诗之韵味。

---

① [清]永瑢等：《四库全书总目提要》卷166，中华书局1965年版，第1433页。

② [清]永瑢等：《四库全书总目提要》卷168，中华书局1965年版，第1460页。

③ 任竞泽：《宋代“语录体”对文学的影响》，《文学遗产》2009年第6期。

④ [宋]陈著：《本堂集》卷49，《文渊阁四库全书》第1185册，上海古籍出版社1987年版，第238页。

⑤ [宋]陈著：《答妻侄赵良藩问学》，《本堂集》卷1，《文渊阁四库全书》第1185册，上海古籍出版社1987年版，第3页。

⑥ [宋]陈著：《挽黄提举(震)三章(东发)》，《本堂集》卷90，《文渊阁四库全书》第1185册，上海古籍出版社1987年版，第488页。

⑦ [宋]陈著：《本堂集》卷32，《文渊阁四库全书》第1185册，上海古籍出版社1987年版，第147页。

在对诗人的评价上，陈著对邵雍《击壤集》十分推崇。在其对后学的鼓励中，即强调："熟读渊明诗，以豁达其门户。他如明道之'傍花随柳'、康节之《击壤集》，东坡之'挂起西窗浪接天'等作，是皆与造物者游，朝夕涵泳，久当自得，得则自有悠然之时。"①他将程颢、邵雍等理学家的诗歌与陶渊明、苏东坡的诗歌并提，认为皆是游于造物之佳制，后生当朝夕涵泳，以求悠然之境。他自己也好读邵雍诗，《早起诵邵尧夫诗》曰："二十年前尘路忙，如今都住寂寥乡。梅花时节溪山好，菜粥人家门户香。否往泰来天外事，早眠晏起枕中方。案头只有尧夫集，参得透时滋味长。"②

当然，文学界对于邵雍为代表的理学诗文学成就的评价，始终未能予以足够的重视或者总是带有一定的偏见，对此，南京大学袁辉的硕士论文《邵雍文学研究》，较为客观而公允地重新审视并评价了邵雍理学诗的文学价值，值得大家深思。

> 同其他北宋四子相比，邵雍在文学尤其是诗歌领域也取得了令世人瞩目的实绩。然而长期以来，由于受传统诗学观的影响和对理学重道轻文观念的偏见，诗论家对以邵雍《伊川击壤集》为代表的理学诗的文学成就始终未能引起足够的重视。
>
> 但在南宋严羽的《沧浪诗话》中，以说理为主的"康节体"赫然与苏黄王陈等宋诗诸大家相并列，充分地体现出其强烈的个性化色彩，这也是在文学批评史上第一次对邵雍诗歌进行的诗学化的身份确认，具有重大的认识价值。近几十年来，学术界对于理学与文学关系的探讨日益深化，诗歌总量冠居宋儒之首的邵雍作为理学诗创作的典型个案受到了研究者的青睐，取得了丰硕的研究成果。《伊川击壤集》在东亚文化圈内也有着非常广泛的传播与影响，并且在日本和朝鲜都曾多次刊刻，现今亦有朝鲜刊本与和刻本传世，虽然《伊川击壤集》不是宋诗中的正格，但他却以自身的文学实绩切实地参与了宋诗精神的创建，对于宋诗风貌的形成也具有重要的促进作用，应该在文学史的书写中占有一定的地位。③

---

① [宋]陈著：《悠然轩记》《本堂集》49，《文渊阁四库全书》第1185册，上海古籍出版社1987年版，第237页。

② [宋]陈著：《早起诵邵尧夫诗》，《本堂集》卷20，《文渊阁四库全书》第1185册，上海古籍出版社1987年版，第100页。

③ 袁辉：《邵雍文学研究》，南京大学2013年硕士学位论文。

邵雍也罢,陈著也罢,若在文学创作中能保持有自己的追求的,“吾诗不受世促迫,亦不肯与人谐嬉”[①],对于诗歌风貌的形成都将具有重要的促进作用,应该在文学史的书写中占有一定的地位。诗如此,文如此,词亦如此。

① [宋]陈著:《庚寅仲冬七日醉书梅山弟家》,《本堂集》32,《文渊阁四库全书》第1185册,上海古籍出版社1987年版,第146页。

附　录　南宋浙江遗民词人活动年表[①]

1212 年，壬申，宋宁宗嘉定五年

柴望生。

《秋堂集》附录苏幼安《安国史秋堂柴公墓志铭》。

1214 年，甲戌，宋宁宗嘉定七年

陈著生。

《宋元学案》卷八十六"东发学案"；《宋史翼》卷二十五。

1226 年，丙戌，宋理宗宝庆二年

莫起炎生。

宋濂《莫月鼎传碑》。

1227 年，丁亥，宋理宗宝庆三年

牟巘生。

戴表元《剡源戴先生文集》卷十《陵阳牟氏寿席诗序》。

1229 年，己丑，宋理宗绍定二年

何梦桂生。

《潜斋集》卷一〇《王石涧临清诗稿跋》。

1232 年，壬辰，宋理宗绍定五年

周密生。

《癸辛杂识》后集"先君子出宰"条。

1234 年，甲午，宋理宗端平元年

朱嗣发生。

《牟氏陵阳集》卷二四《朱雪崖朝奉墓志铭》。

1241 年，辛丑，宋理宗淳祐元年

汪元量生。

至元二十七年（1290），汪元量赴湘，李嘉龙《题汪水云试卷》云："江湖牢落叹蘧年"，蘧年即蘧伯玉五十之年。

---

① 参见牛海蓉：《元初宋金遗民词人研究》，中国社会科学出版社 2007 年版。

1243 年，癸卯，宋理宗淳祐三年

陈允平为余姚令。

《四明丛书》第七集张寿镛《西麓诗稿序》。

1246 年，丙午，宋理宗淳祐六年

柴望上《丙丁龟鉴》。

《秋堂集》附录《柴望墓志铭》。

1247 年，丁未，宋理宗淳祐七年

唐珏生。

罗有开《唐义士传》。

仇远生。

仇远《金渊集》卷五《授时历以丁未为一岁》。

1248 年，戊申，宋理宗淳祐八年

张炎生。

《山中白云词》卷八《临江仙》词序。

1253 年，癸丑，宋理宗宝祐元年

文及翁及第。

《南宋馆阁续钞》卷九。

1256 年，丙辰，宋理宗宝祐四年

陈著登进士。

《宋史翼》卷二五。

1258 年，戊午，宋理宗宝祐六年

莫起炎浙东祈雨。

宋濂《元莫月鼎传碑》。

1260 年，庚申，宋理宗景定元年

汪元量入宫给事，当为此前后数岁间事。

孔凡礼辑校《增订湖山类稿》。

陈著任鹭洲书院山长。

《宋元学案》卷八六“东发学案”；《宋史翼》卷二十五。

1261 年，辛酉，宋理宗景定二年

周密为临安府幕属监和剂药局，充奉礼郎，兼太祝。

《宋史翼》卷三十四。

1263 年，癸亥，宋理宗景定四年

周密、陈允平等赋西湖十景。

周密《木兰花慢》词序陈允平十景词注。

陈著因上疏贾似道，出知嘉兴府。

《宋元学案》卷八六“东发学案”；《宋史翼》卷二十五。

1264 年，甲子，宋理宗景定五年

张枢、杨缵、周密结西湖吟社。

周密《瑞鹤仙》词序萧鹏《西湖吟社考》。

何梦桂省试第一，廷试一甲三名。

《宋史翼》卷三十四。

1266 年，丙寅，宋度宗咸淳二年

汪元量作《太常引》为谢太后六十寿。

汪元量《太常引》词序。

范晞文因弹劾贾似道，被窜琼州。

《绝妙好词译注》范晞文小传。

1267 年，丁卯，宋度宗咸淳三年

汪元量以琴事谢太后、王昭仪。

孔凡礼《增订湖山类稿》。

周密访李彭老、李莱老兄弟于余不溪。

周密《三犯渡江云》词序。

1268 年，戊辰，宋度宗咸淳四年，蒙古忽必烈至元五年

柴元彪第进士。

《全宋词》小传。

文及翁以国子司业、礼部郎官，兼学士院权直，秘书少监。同年十一月，直华文阁知袁州。

《宋史翼》卷三十四。

陈著出知嵊县。

《宋元学案》卷八六“东发学案”；《宋史翼》卷二十五。

1270 年，庚午，宋度宗咸淳六年，蒙古忽必烈至元七年

李莱老以朝请郎知严州。

郑瑶、方仁荣《景定严州续志》卷二《知州题名》。

1273 年，癸酉，宋度宗咸淳九年，元世祖忽必烈至元十年

（正月，元兵破樊城，二月，宋襄阳守将吕文焕以襄阳府降元，且自请为攻宋前锋，南宋门户洞开。）

陈允平任事于慈湖书院。

《四明丛书》第七集张寿镛《西麓诗稿序》。

1274 年，甲戌，宋度宗咸淳十年，元世祖忽必烈至元十一年

（六月，元世祖下诏大举伐宋，以伯颜为主帅，率大军沿长江水陆并下。七月，宋度宗死，子显即位，年四岁，是为恭帝，太皇太后谢氏临朝听政。十二月，宋诏贾似道都督诸路军马，以抵御元军，并诏天下勤王。）

周密为丰储仓所检察。

周密《癸辛杂识·续集上》“江西术者奇验”条。

1275 年，乙亥，宋恭帝德祐元年，元世祖忽必烈至元十二年

（二月，贾似道兵败鲁港。沿江州郡多已降元，太皇太后的勤王诏书到达赣州。十六日，文天祥即移檄诸路，聚兵积粮，纠募吉、赣等地兵民五万人，尽以家产充军费。四月，领兵下吉州。八月，至临安，驻兵西湖上。九月，朝廷命文天祥出知平江府。十月，文天祥至平江，派尹玉等援常州，败于五木。朝廷调文天祥守独松关，未至而关破。十二月，签书枢密院事。）

陈允平授沿海制置参议官。

《四明丛书》第七集张寿镛《西麓诗稿序》。

文及翁自尚书礼部侍郎除签书枢密院事。元兵将至，弃官遁。

《宋史翼》卷三十四。

1276 年，丙子德祐二年（五月，端宗即位，改景炎元年），元世祖忽必烈至元十三年

（正月，伯颜率军驻扎于临安东北的皋亭山，宋帝赵显、宋太皇太后遣使奉玺及降表以降。三月，伯颜入临安，命人籍宋秘书省、国子监、国史院、学士院、太常寺图书祭器乐器等物。又掳宋恭帝赵显、全太后、福王赵与芮、王昭仪等离杭赴大都。太皇太后谢氏旋亦北去，汪元量随谢后北行。闰三月，陆秀夫、张世杰、陈宜中于温州奉益王昰为天下兵马都元帅，广王昺副之。五月，陈宜中等人奉益王昰即帝位于福州，改元景炎，是为端宗。七月，文天祥开府南剑州，号召四方起兵，十一月，元兵入福建，陈宜中等奉端宗南走。十二月，端宗在惠州遣使奉表请降于元。）

冬，周密与王沂孙在会稽作词告别。

王沂孙《淡黄柳》词序。

周密为义乌令。

萧鹏《周密及其词研究》。

牟巘国亡隐居，凡三十六年。

《宋史翼》卷三十四。

1277 年，丁丑，端宗景炎二年，元世祖忽必烈至元十四年

（十一月，张世杰奉宋祖是走井澳。陈宜中遁入占城。）

柴望授迪功郎，史馆国史编校。

厉鹗《宋诗纪事》卷六十五。

周密弁阳家破，始离吴兴而寓杭。

牟巘《陵阳集》卷十《周公谨复庵记》，又《宋史翼》卷三十四。

1278年，戊寅，景炎三年（五月，帝昺即位，改为祥兴元年），元世祖忽必烈至元十五年

（是年四月，帝昰死，年十一。陆秀夫等立卫王昺，年八岁。）

陈允平谋复宋，不成。

《四明丛书》第七集张寿镛《西麓诗稿序》。

唐珏葬诸陵骨。

《唐义士传》。

1279年，己卯，宋帝昺祥兴二年，元世祖忽必烈至元十六年

（正月二日，张弘范下海，置文天祥于舟中。十三日，至厓山。二月六日，厓山兵败。三月十三日，还至广州。四月，张弘范派兵护送文天祥去大都。文天祥于六月十二日至建康，十月一日至大都。）

周密等遗民词人分咏而为《乐府补题》。

据夏承焘《乐府补题考》。

1280年，庚辰，元世祖忽必烈至元十七年

春，汪元量访文天祥于囚所，袖出《行吟》一卷，文天祥盛赞其人其诗，并为作后跋一篇。八月中秋，汪元量到兵马司监狱慰问文天祥，抚琴作《胡笳十八拍》，并索天祥赋胡笳诗，而文天祥仓促中未能成就。十月，复来监狱。文天祥因集老杜句成《胡笳曲》十八拍，与元量共商略之，并应元量之请，书以遗之。

汪森辑《湖山类稿》引文天祥《书汪水云诗后》；《文山先生全集》卷十四《胡笳曲序》。

柴望卒。

《秋堂集》附录苏幼安《宋国史秋堂柴公墓志铭》。

1281年，辛巳，元世祖忽必烈至元十八年

周密始为《癸辛杂识》。

夏承焘《唐宋词人年谱·周草窗年谱》。

1286年，丙戌，元世祖忽必烈至元二十三年

正月，元廷遣使代祀岳渎东海，汪元量被命为使者。行前，世祖尝召见。元量此次所祀，有北岳恒山、西岳华山、中岳嵩山、南岳衡山、东岳泰山及青城山、济渎、孔子庙等，行程凡一万五千里。

孔凡礼辑校《增订湖山类稿》。

三月五日，周密、王沂孙、仇远等十四人宴集唱和于杨氏池堂。

戴表元《剡源戴先生文集》卷十《杨氏池堂宴集诗序》。

张炎作《一萼红》贺周密"志雅堂"新居。

张炎《一萼红》词序。

1287 年，丁亥，元世祖忽必烈至元二十四年

周密得王献之保母志，仇远、王易简、王沂孙诸人题诗张之。

夏承焘《唐宋词人年谱・周草窗年谱》。

1288 年，戊子，元世祖忽必烈至元二十五年

冬，汪元量三上书元世祖，得以黄冠南归。别大都，宋旧官人及燕赵诸公子饯别。

孔凡礼辑《增订湖山类稿》。

张炎在山阴与王沂孙、徐平野等游。

张炎《湘月》词序。

何梦桂为东鲁王野塘送行，歌颂其德政。

何梦桂《八声甘州》词序。

1289 年，己丑，元世祖忽必烈至元二十六年

春，汪元量回到钱塘。

《续资治通鉴长编》卷一百八十八。

孔凡礼辑校《增订湖山类稿》。

周密作《志雅堂杂钞》。

夏承焘《唐宋词人年谱・周草窗年谱》。

莫起炎作为异人被召入大都宫中。

宋濂《元莫月鼎传碑》。

1290 年，庚寅，元世祖忽必烈至元二十七年

九月，张炎与赵与仁、沈尧道、曾心传同往大都写金字《藏经》。

张炎《台城路》词序及江昱之疏证。

何梦桂为江淮等处行尚书省参知政事高兴写词颂扬。

何梦桂《沁园春》词序。

1291 年，辛卯，元世祖忽必烈至元二十八年

（逮江南释教总统杨琏真伽下狱。《续资治通鉴长编》至元二十八年考异："僧格既败，始捕其党下狱，坐侵盗官物，非以发陵故也。"）

周密《齐东野语》成，《武林旧事》成于此年前。

夏承焘《唐宋词人年谱・周草窗年谱》。

张炎、赵与仁北归。

《山中自云词》《疏影》词序，《甘州》词序。

1293 年，癸巳，元世祖忽必烈至元三十年

张炎与赵与仁会于古杭。

张炎《忆旧游》词序。

1294 年，甲午，元世祖忽必烈至元三十一年

（正月，元世祖忽必烈病逝。四月，皇孙铁穆尔即位，是为成宗。）

莫起炎卒。

宋濂《莫月鼎传碑》。

1297 年，丁酉，元成宗大德元年

张炎客宁海，将登台峰，舒岳祥临觞赠言。

舒岳祥《山中白云序》。

陈著卒。

《全宋词》小传。

1298 年，戊戌，元成宗大德二年

周密卒。

夏承焘先生《唐宋词人年谱・周草窗年谱》。

1300 年，庚子，元成宗大德四年

邓牧为张炎词集作序。

1301 年，辛丑，元成宗大德五年

仇远出为镇江学正。

戴表远《剡源佚诗》卷四诗题。

1304 年，甲辰，元成宗大德八年

朱嗣发卒。

《牟氏陵阳集》卷二四《朱雪崖朝奉墓志铭》。

1306 年，丙午，元成宗大德十年

汪元量于丰乐桥外作小楼五间，以为湖山隐处。

刘将孙《养吾斋集》卷二十二《湖山隐处记》。

1308 年，戊申，元武宗至大元年

曹良史卒于此年前。

《全宋词》小传。

1311 年，辛亥，元武宗至大四年

牟巘卒。

《宋元学案》卷八十“鹤山学案”。

1315 年，乙卯，元仁宗延祐二年

（是年初行会试、廷试，取进士 56 人，以蒙古、色目人为右榜，汉、南人为左榜。特命会试下第之举人，70 岁以上者从七品流官致仕，60 岁以上者授府、州教授，其余授山长、学正，后不为例。）

张炎与钱良祐、方子仁、张雨等游西湖。

钱良祐《词源跋》。

1317 年，丁巳，元仁宗延祐四年

汪元量卒于此后不久。

孔凡礼辑校《增订湖山类稿》。

张炎《词源》成书于此前。

钱良祐《词源跋》。

参考书目

[宋]陈鹄撰:《西塘集耆旧续闻》,上海:上海古籍出版社,1993 年。
[宋]陈允平撰:《西麓诗稿》,《影印文渊阁四库全书》本。
[宋]陈振孙撰:《直斋书录解题》,北京:现代出版社,1987 年。
[宋]洪迈撰:《容斋随笔》,上海:上海古籍出版社,1978 年。
[宋]黄昇编:《花庵词选》,沈阳:辽宁教育出版社,1997 年。
[宋]黎靖德编,王星贤点校:《朱子语类》,北京:中华书局,1986 年。
[宋]李心传撰:《建炎以来系年要录》,北京:中华书局,1988 年。
[宋]汪元量撰,孔凡礼增订:《增订湖山类稿》,北京:中华书局,1984 年。
[宋]王沂孙撰,吴则虞校点:《花外集》,上海:上海古籍出版社,1988 年。
[宋]张炎撰,黄畬笺注:《山中白云词笺》,杭州:浙江古籍出版社,1994 年。
[宋]张炎撰,吴则虞校点:《山中白云词》,北京:中华书局,1983 年。
[宋]张炎撰,夏承焘注:《词源注》,北京:人民文学出版社,1963 年。
[宋]周淙、施谔编:《南宋临安两志》,杭州:浙江人民出版社,1983 年。
[宋]周密编,[清]厉鹗、查为仁笺:《绝妙好词笺》,郑州:中州古籍出版社,1990 年。
[宋]周密撰:《草窗韵语》,《密韵楼景宋本七种》本。
[宋]周密撰:《癸辛杂识》,北京:中华书局,1988 年。
[宋]周密撰:《浩然斋雅谈》,《文渊阁四库全书》本。
[宋]周密撰:《齐东野语》,北京:中华书局,1983 年。
[宋]周密撰:《武林旧事》,上海:古典文学出版社,1956 年。
[元]戴表元撰:《剡源戴先生文集》,《四部丛刊初编》本。
[元]凤林书院辑:《名儒草堂诗余》,商务印书馆,1939 年。
[元]刘辰翁撰,吴企明校注:《须溪词》,上海:上海古籍出版社,1998 年。
[元]刘将孙撰:《养吾斋集》,《影印文渊阁四库全书》本。
[元]刘一清撰:《钱塘遗事》,《武林掌故丛编》本。
[元]马泽修,袁桷撰:《延祐四明志》,《宋元方志丛刊》本,北京:中华书局,1990 年。

[元]仇远撰:《金渊集》,《影印文渊阁四库全书》本。
[元]仇远撰:《山村遗集》,《影印文渊阁四库全书》本。
[元]陶宗仪撰:《南村辍耕录》,北京:中华书局,1959 年。
[元]脱脱等撰:《宋史》,北京:中华书局,1977 年。
[元]王元恭修,王厚孙、徐亮纂:《至正四明续志》,《宋元方志丛刊》本,北京:中华书局,1990 年。
[元]佚名撰:《元典章》,北京:中国广播电视出版社,1998 年。
[明]陈邦瞻撰:《宋史纪事本末》,北京:中华书局,1977 年。
[明]毛晋编:《宋六十名家词》,上海:上海古籍出版社,1989 年。
[明]宋濂等撰:《元史》,北京:中华书局,1976 年。
[明]田汝成撰:《西湖游览志余》,《影印文渊阁四库全书》本。
[明]王质述,程敏政辑:《宋遗民录》,北京:中华书局,1991 年。
[明]杨慎撰:《词品》,《词话丛编》本,北京:中华书局,1986 年。
[清]陈廷焯编:《词则》,上海:上海古籍出版社,1984 年影印本。
[清]董诰:《全唐文》,上海:上海古籍出版社,1990 年。
[清]黄宗羲撰:《宋元学案》,北京:中华书局,1986 年。
[清]况周颐撰:《蕙风词话》,《词话丛编》本,北京:中华书局,1986 年。
[清]厉鹗撰:《樊榭山房集》,《影印文渊阁四库全书》本。
[清]刘熙载撰:《艺概》,上海:上海古籍出版社,1978 年。
[清]陆心源辑撰:《宋史翼》,北京:中华书局,1991 年。
[清]彭定求等编:《全唐诗》,北京:中华书局,1979 年。
[清]沈雄撰:《古今词话》,《词话丛编》本,北京:中华书局,1986 年。
[清]万树编:《词律》,上海:上海古籍出版社,1984 年。
[清]王鹏运辑:《四印斋所刻词》,上海:上海古籍出版社,1989 年。
[清]叶申芗编:《本事词》,《词话丛编》本,北京:中华书局,1986 年。
[清]永瑢等撰:《四库全书总目提要》,北京:中华书局,1965 年。
[清]张惠言编:《词选》,清刻本。
[清]张宗橚编,杨宝霖补正:《词林纪事、词林纪事补正合编》,上海:上海古籍出版社,1998 年。
[清]赵翼著,霍松林、胡主佑校点:《瓯北诗话》,北京:人民文学出版社,1963 年。
[清]周济撰:《介存斋论词杂著》,北京:人民文学出版社,1959 年。
[清]朱彝尊编:《词综》,北京:中华书局,1975 年。
[清]朱祖谋编刻:《彊村丛书》,上海:上海古籍出版社,1989 年。

蔡美彪主编:《中国历史大辞典》(辽夏金元卷),上海:上海辞书出版社,1986 年。
昌彼得等编:《宋人传记资料索引》,北京:中华书局,1988 年。
程民生:《宋代地域文化》,开封:河南大学出版社,1997 年。
程千帆、吴新雷:《两宋文学史》,上海:上海古籍出版社,1979 年。
邓洪波:《中国书院史》,上海:中国出版集团东方出版中心,2004 年。
邓绍基等:《元代文学史》,北京:人民文学出版社,1991 年。
冻国栋:《唐代人口问题研究》,武汉:武汉大学出版社,1993 年。
方勇:《南宋遗民诗人群体研究》,北京:人民出版社,2000 年。
方智范等:《中国词学批评史》,北京:中国社会科学出版社,1994 年。
傅璇琮等编:《全宋诗》,北京:北京大学出版社,1991 年后陆续出版。
顾易生、蒋凡、刘明今编:《宋金元文学批评史》,上海:上海古籍出版社,1996 年。
韩经太:《徜徉两端》,郑州:河南人民出版社,2000 年。
胡阿祥:《魏晋本土文学地理研究》,南京:南京大学出版社,2001 年。
胡适选注:《词选》,石家庄:河北人民出版社,1999 年。
黄兆汉:《金元词史》,台北:学生书局,1992 年。
金启华:《中国词史论纲》,南京:南京出版社,1992 年。
况周颐撰:《白雨斋词话》,北京:人民文学出版社,1959 年。
李国玲编:《宋人传记资料补编》,成都:四川大学出版社,1994 年。
李浩:《唐代关中士族与文学》,北京:中国社会科学出版社,2003 年。
李浩:《唐代三大地域文学士族研究》,北京:中华书局,2008 年。
李修生等编:《全元文》,南京:江苏古籍出版社,1997 年后陆续出版。
刘扬忠:《唐宋词流派史》,北京:中国社会科学出版社,2007 年。
刘毓盘:《词史》,上海:上海书店,1985 年。
刘跃进:《秦汉文学地理及文人流布》,北京:中国社会科学出版社,2012 年。
刘尊明、王兆鹏:《唐宋词的定量分析》,北京:北京大学出版社,2012 年。
龙榆生:《龙榆生词学论文集》,上海:上海古籍出版社,1997 年。
陆俊岭编:《元人文集分类篇目索引》,北京:中华书局,1979 年。
路成文:《宋代咏物词史论》,北京:商务印书馆,2005 年。
露丝·本尼迪克:《文化模式》,北京:生活·读书·新知三联书店,1988 年。
马兴荣、吴熊和、曹济平编:《中国词学大辞典》,杭州:浙江教育出版社,

1996 年。
梅新林:《中国古代文学地理形态与演变》,上海:上海人民出版社,2014 年。
欧阳光:《宋元诗社研究丛稿》,广州:广东高等教育出版社,1996 年。
饶宗颐:《词集考》,北京:中华书局,1992 年。
沈松勤:《唐宋词社会文化学研究》,杭州:浙江大学出版社,2000 年。
施蛰存主编:《词籍序跋萃编》,北京:中国社会科学出版社,1994 年。
孙克强编著:《唐宋人词话》,郑州:河南文艺出版社,1999 年。
谭其骧主编:《中国历史大辞典》(历史地理卷),上海:上海辞书出版社,1996 年。
唐圭璋编:《词话丛编》,北京:中华书局,1996 年。
唐圭璋编:《全金元词》,北京:中华书局,1979 年。
唐圭璋编:《全宋词》,北京:中华书局,1965 年。
陶尔夫、刘敬圻:《南宋词史》,哈尔滨:黑龙江人民出版社,1992 年。
陶礼天:《北"风"与南"骚"》,北京:华文出版社,1997 年。
万斯同编:《宋季忠义录》,《四明丛书》本。
王德毅等编:《元人传记资料索引》,北京:中华书局,1987 年。
王国维:《宋元戏曲史》,上海:华东师范大学出版社,1995 年。
王国维著,腾咸惠校注:《人间词话新注》,济南:齐鲁书社,1986 年。
王水照主编:《宋代文学通论》,开封:河南大学出版社,1997 年。
王沂孙等撰:《乐府补题》,《知不足斋丛书》本。
王易:《词曲史》,上海:上海书店,1989 年。
王兆鹏:《唐宋词史的还原与建构》,武汉:湖北人民出版社,2005 年。
吴洪泽编:《宋人年谱集目宋编宋人年谱选刊》,成都:巴蜀书社,1995 年。
吴梅:《词学通论》,上海:华东师范大学出版社,1996 年。
吴松弟:《中国移民史》,福州:福建人民出版社,1997 年。
吴文治编:《中国文学史大事年表》,合肥:黄山书社,1993 年。
吴熊和:《唐宋词通论》,杭州:浙江古籍出版社,1989 年。
夏承焘:《唐宋词人年谱》,上海:上海古籍出版社,1979 年。
谢和耐著,刘东译:《蒙元入侵前夜的中国日常生活》,南京:江苏人民出版社,1995 年。
谢桃坊:《中国词学史》,成都:巴蜀书社,1993 年。
徐梓:《元代书院研究》,北京:社会科学文献出版社,2000 年。
许总:《宋明理学与中国文学》,南昌:百花洲文艺出版社,1999 年。

薛砺若:《宋词通论》,上海:上海书店,1985 年。

杨殿珣编:《中国历代年谱总录》,北京:书目文献出版社,1996 年。

杨海明:《唐宋词风格论·张炎词研究》,镇江:江苏大学出版社,2010 年。

杨海明:《唐宋词史》,南京:江苏古籍出版社,1987 年。

杨义:《文学地理学会通》,北京:中国社会科学出版社,2013 年。

引得编纂处编:《四十七种宋代传记综合引得》,北京:中华书局,1987 年。

曾大兴:《文学地理学概论》,北京:商务印书馆,2017 年。

曾大兴:《文学地理学研究》,北京:商务印书馆,2012 年。

曾大兴:《中国历代文学家之地理分布》,北京:商务印书馆,2013 年。

曾枣庄等编:《全宋文》,成都:巴蜀书社校点本。

张伟然:《中古文学的地理意象》,北京:中华书局,2014 年。

张毅主编:《宋代文学研究》,北京:北京出版社,2001 年。

张璋等编:《全唐五代词》,上海:上海古籍出版社,1986 年。

章培恒、骆玉明主编:《中国文学史》,上海:复旦大学出版社,1996 年。

周峰主编:《南宋京城杭州》,杭州:浙江人民出版社,1997 年。

周晓琳、刘玉平:《空间与审美——文化地理视域中的中国古代文学》,北京:人民文学出版社,2009 年。

朱惠国:《中国近世词学思想研究》,上海:上海古籍出版社,2005 年。

邹建军:《江山之助——邹建军教授讲授文学地理学》,北京:中央编译出版社,2014 年。

后　记

《南宋浙江遗民词人研究》就要出版了，其基础是我在华东师范大学攻读古代文学硕士学位时所完成的学位论文，从选题、文献查阅、研究、撰写到今天的校毕付印，经历了一个断续而漫长的过程。其间我经历了工作调动，从瓯江之畔的丽水学院，来到了钱塘江边的浙江财经大学，如今是浙江财经大学东方学院的一名教师，开启了人生新的一段旅程。一路走来，有辛苦，也颇多收获。

华东师范大学在词学研究方面有优良的学术传统和深厚的学术积累，记得当初在朱惠国导师的指导下很自然地就选择了宋词的研究。近些年来，学界对于南宋遗民词人及遗民词的研究已取得不菲的成果，其中也有涉及浙江遗民词人的研究，因此本书在研究思路、方法及内容诸方面都做了努力，力求体现出自己的特色。

在研究思路上，本书主要从南宋遗民词人的核心——浙籍遗民词人——这一实际关涉宋末遗民词全局的群体出发，从浙江遗民词人本体以及词创作的题材选择、主题取向以及艺术风格等方面，在史学、哲学、地域等大的文化背景以及文学尤其是词学本身发展的脉络上，对南宋浙江遗民词人创作复杂的全貌进行梳理和分析，从而揭示出其共同的具有时代和地域风貌的特性以及在中国古代文学史上应有的价值和地位。

在研究方法上，本书综合运用筛选、文本阅读、文献查阅以及实地调研等方法，在充分占有资料的基础上，进行比较分析、归纳综合。在对"遗民""浙江"等概念界定并考察词人行迹出处后，筛选确定研究范围及具体词人24人；在对24位遗民词人1000余首词作及他们丰富的诗文等材料反复细读、多渠道搜集整理词人相关文献资料及针对性地实地调研探访后，将宋末浙江遗民词人作为一个研究对象的同时，选取同时代其他地方（主要是江西等地）的遗民词人创作以及其他文学门类（主要是诗歌）的创作进行横向比较，探寻属于他们的特色；又将他们放在文学史尤其是词史发展的脉络中进行纵向比较，探究他们词创作的承继关系与对后世的影响。通过纵横比较分析，南宋浙江遗民词人创作的特色和价值得到更加全面、更加深刻地揭示。

在研究内容上，将研究对象置于宏观的社会文化背景中加以考察，注重两个结合：一是同史学、哲学和地域文化结合起来，进入南宋浙江遗民词人创作的世界；二是将全貌梳理与个案研究结合起来，从词人群体、创作内容、艺术风格、词人个案等方面展开论述，较为细致地论列了各方面的具体情况，丰富了相关的认识。其中第六章从“目断东南半壁，怅长淮已非吾土”的亡国悲慨与反思到“雁书不尽相思字”的故乡故人之思以及“无限沧桑身世感，新词多半说渊明”的隐逸旋律和“困眠醒起，无打门声”的宁静淡泊生活之向往四个层面，较为全面、细致地对创作主题暨遗民词人情感心理进行了梳理分析，系统、深入地揭示了遗民词创作内容的时代特色，揭示了宋末浙江遗民词人的心迹，用力较勤，多有发现；第八章“陈著研究”对陈著生平事迹、著述活动的梳理考述，亦较为全面、深入，发人所未发之覆。从整体而言，本书是目前学界首次对南宋浙江遗民词人进行全面、系统、深入的研究，具有开拓、创新意义。

也记得当初选题的确定，还出于对浙江地方文化的热爱以及对浙江地方文化建设的热情，希望以此尽一份身为浙江人的绵薄之力，而南宋浙江遗民词人的研究有利于彰显浙江文化风格，也有利于让世人再识浙江的古代文学尤其是宋代文学的成就，彰显浙江文化文学之魅力与价值。如今著述出版之时，浙江已进入地方文化建设的新时期，正举全省之力进行“浙江诗路”文化建设。因此，于我而言，南宋浙江遗民词人的研究是画上句号了，但“浙江诗路”文化建设正当其时，我近两年开设《文学地理学》《地方文化调研》等课程，不仅是希望自己，也是希望我的学生们能够更多地了解并热爱地方文化文学，未来我们都应大有所为。

本书是我在丽水学院时立项的国家社会科学基金后期资助项目(15FZW044)的最终成果，感谢我的导师朱惠国教授，在整个研究过程中给予我的多方面的指导，并为本书作序；也感谢我的先生徐文平，基于他长期从事科研的经历给予我的诸多帮助和支持；还要感谢毛美琴、叶蔚芳、潮莉、刘俊伟等同事在资料查阅、英文翻译等方面给我的帮助；最后感谢浙江大学出版社宋旭华老师在课题申报时给予的各种建议和吴超老师在书稿出版过程中的辛勤付出。

2021 年 5 月 28 日于杭州杨柳郡园

图书在版编目（CIP）数据

南宋浙江遗民词人研究 / 李香珠著. — 杭州 ：浙江大学出版社，2021.6

ISBN 978-7-308-21366-0

Ⅰ. ①南… Ⅱ. ①李… Ⅲ. ①词人—人物研究—浙江—南宋 Ⅳ. ①K825.6

中国版本图书馆 CIP 数据核字(2021)第 089564 号

南宋浙江遗民词人研究

李香珠 著

责任编辑 吴 超 宋旭华
责任校对 吴 庆
封面设计 项梦怡
出版发行 浙江大学出版社
(杭州市天目山路 148 号 邮政编码 310007)
(网址：http://www.zjupress.com)
排　　版 杭州朝曦图文设计有限公司
印　　刷 浙江新华数码印务有限公司
开　　本 710mm×1000mm 1/16
印　　张 14.25
字　　数 253 千
版 印 次 2021 年 6 月第 1 版 2021 年 6 月第 1 次印刷
书　　号 ISBN 978-7-308-21366-0
定　　价 68.00 元